Une dangereuse séduction

★

Une tentation interdite

★

L'honneur d'une Sicilienne

KATE HEWITT

Une dangereuse séduction

Traduction française de
ELISHÉVA ZONABEND

HARLEQUIN

Titre original :
THE DARKEST OF SECRETS

Ce roman a déjà été publié en 2018

HARPERCOLLINS FRANCE
83-85, boulevard Vincent-Auriol, 75646 PARIS CEDEX 13
Service Lectrices — Tél. : 01 45 82 47 47 - www.harlequin.fr
ISBN 978-2-2804-8535-7

Composé et édité par HarperCollins France.
Imprimé en mars 2023 par CPI Black Print (Barcelone)
en utilisant 100% d'électricité renouvelable.
Dépôt légal : avril 2023.

FSC www.fsc.org
MIXTE
Papier issu de sources responsables
FSC® C159065

Pour limiter l'empreinte environnementale de ses livres, HarperCollins France s'engage à n'utiliser que du papier fabriqué à partir de bois provenant de forêts gérées durablement et de manière responsable.

1

— Retirez la porte, maintenant, ordonna Khalis.

Ce n'était pas trop tôt, songea-t-il. Deux jours pleins, ou presque, pour en venir à bout ! Il avait dû faire appel à deux techniciens hautement qualifiés pour ouvrir la chambre forte de son père, située dans le sous-sol de la propriété. Ce dernier était tellement paranoïaque qu'il avait mis en place un système de sécurité hautement performant. Impossible de débloquer la serrure, malgré tous leurs efforts ! Finalement, il avait fallu utiliser une machine laser à la pointe de la technologie pour découper le métal.

Khalis se recula pour permettre aux deux hommes de retirer la porte de ses gonds. Que contenait cette pièce ? Il n'en avait aucune idée. Jusque-là, il en ignorait même l'existence. En revanche, depuis son arrivée sur l'île privée, il avait fait le tour du reste du domaine ; ce qu'il y avait déjà découvert aurait suffi à envoyer son père en prison pour le restant de ses jours, s'il avait été encore en vie.

— C'est le noir total, là-dedans, déclara un des techniciens.

L'obscurité empêchait de distinguer quoi que ce soit à l'intérieur de la pièce. Khalis eut un sourire sarcastique.

— Je doute fort qu'il y ait des fenêtres.

Que pouvait-il bien y avoir ici, d'ailleurs ? Un trésor… ou de gros ennuis ? Avec son père, les deux allaient souvent de pair.

— Passez-moi une lampe torche, demanda-t-il.

Un des hommes lui en tendit une. Il l'alluma et avança d'un pas, le cœur battant et les mains moites. À quel nouveau témoignage de puissance et de cruauté devait-il se préparer, cette fois ? Il avait peur. Pourtant, vu ce à quoi l'avait habitué son père, il aurait dû être blindé.

Un pas de plus et l'obscurité l'enveloppa. Il sentit sous ses pieds l'épaisseur d'un tapis. Des odeurs de bois et d'encaustique — pour le moins inattendues — parvinrent à ses narines. Des odeurs rassurantes. Plus à l'aise et plus audacieux, il leva alors la lampe et balaya la chambre forte de son faisceau lumineux.

Un endroit étonnamment spacieux, meublé comme le bureau d'un gentleman, avec des canapés et des fauteuils élégants, se révéla à lui. Il y avait même un bar… Mais si son père s'enfermait dans une chambre forte souterraine, ce n'était sûrement pas juste pour se détendre et boire un verre de son meilleur whisky. Alors, que venait-il y faire ?

Remarquant un interrupteur, Khalis l'actionna. La lumière inonda la pièce. Sa lampe toujours à la main, il tourna sur lui-même, parcourant du regard le mobilier, puis les murs. Les murs, et ce qui les ornait… Des tableaux, et encore des tableaux. Khalis en reconnaissait certains et, pour les autres, il avait son idée sur l'identité du peintre. Médusé, il sentit l'accablement s'abattre sur ses épaules. Et voilà… Une complication de plus. Une nouvelle preuve des nombreuses activités illégales de son père !

— Monsieur Tannous ? appela l'un des techniciens depuis l'extérieur de la pièce.

Khalis comprit qu'il ne pouvait rester silencieux plus longtemps.

— Tout va bien, répondit-il.

C'était loin d'être le cas — en fait, c'était stupéfiant

et terrifiant, mais personne ne devait rien savoir de cette découverte.

Encore sous le choc, il pénétra plus avant et vit une autre porte lambrissée dans le fond, vers laquelle il se dirigea avec une pointe d'appréhension. Elle s'ouvrit aisément et il déboucha dans une deuxième pièce, beaucoup plus petite. Elle ne contenait que deux tableaux. Mais quels tableaux ! Il n'en crut pas ses yeux. Si ces toiles étaient bien celles qu'il croyait…

— Khalis ?

Cette fois, c'était la voix d'Eric. Aussitôt, Khalis quitta la petite pièce, qu'il referma. Puis il éteignit la lumière et sortit de la chambre forte. De l'autre côté de la porte, son assistant et les deux techniciens l'attendaient, sans cacher leur inquiétude et leur curiosité. Pourtant, personne ne posa de question. Tant mieux, parce qu'il n'avait aucune intention de divulguer ce qu'il venait de découvrir dans la chambre forte. Comment ne pas se méfier de ces techniciens, qui avaient été au service de son père ? Il fallait être soit prêt à tout, soit totalement dénué de scrupules pour travailler pour un homme comme Balkri Tannous. Et, dans les deux cas de figure, la confiance n'était pas de mise.

— Vous pouvez partir à présent, fit-il en s'adressant aux techniciens. Un hélicoptère vous conduira à Taormina.

Ils hochèrent la tête en signe d'approbation et, après qu'il eut désactivé le système de sécurité, tous s'engouffrèrent dans l'ascenseur qui menait aux étages supérieurs.

La tâche s'annonçait compliquée et Khalis sentait la tension raidir son corps. Une tension qui s'était accumulée tout au long de la semaine, depuis qu'il avait quitté San Francisco pour cette île perdue, après l'annonce du décès de son père et de son frère dans un accident d'hélicoptère.

Depuis quinze ans, il n'avait plus de contact avec eux,

n'avait plus rien à voir avec les Entreprises Tannous, l'empire bâti par son père. Un empire colossal, puissant, corrompu jusqu'à la moelle. Et voilà que, brusquement, il en héritait. Lui que son père avait désavoué. Lui qui avait quitté l'entreprise paternelle à l'âge de vingt et un ans. Quelle ironie du sort !

De retour dans le bureau de son père, devenu le sien à présent, il inspira longuement, las, et se passa la main dans les cheveux. Cela faisait une semaine qu'il tentait de faire le point sur les biens familiaux et essayait d'évaluer s'ils avaient été acquis légalement. La découverte de cette chambre forte et de son contenu venait encore compliquer une situation qui l'était déjà suffisamment !

Il laissa vagabonder son regard. Dehors, la Méditerranée scintillait comme une pierre précieuse sous un soleil jaune citron mais pour lui, l'île n'avait rien d'un paradis. Ce lieu où il avait passé son enfance lui faisait à présent l'effet d'une prison, et pas à cause des hauts murs surmontés de fils de fer barbelés et de tessons de bouteille. Non. Rattrapé par son passé, il se sentait captif de ses souvenirs. Autrefois, rongé par les désillusions et le désespoir, il était parti ; mais, malgré toutes ces années, il lui suffisait de fermer les yeux pour revoir la plage, le vent dans les cheveux de Jamilah, son visage ravagé par le chagrin et ses yeux noirs pleins de larmes tandis qu'elle le regardait s'éloigner pour la dernière fois.

— Ne m'abandonne pas, Khalis !

— Je reviendrai. Je reviendrai et t'emmènerai loin d'ici, Jamilah. Je te le promets.

Il chassa le souvenir de sa mémoire, comme il le faisait depuis quinze ans. Il avait fait le seul choix possible. Sauf qu'il n'en avait pas prévu les conséquences…

— Khalis ?

L'arrivée d'Eric interrompit le cours de ses pensées. Son

assistant ferma la porte et attendit ses instructions. Avec son bermuda, son T-shirt, il avait tout du Californien qui passe sa vie à la plage. Or, son allure décontractée cachait un esprit vif et des connaissances en informatique au moins aussi pointues que les siennes.

— Il nous faut faire venir un expert d'art le plus vite possible, déclara Khalis. Le meilleur qui soit, spécialiste de la Renaissance de préférence.

Étonné, Eric haussa les sourcils.

— Qu'es-tu en train de me dire ? Qu'il y avait des tableaux dans la chambre forte ?

— Oui. Beaucoup de tableaux. À mon avis, il y en a pour des millions.

Khalis se cala dans son fauteuil, fixant d'un œil absent la liste des biens qu'il avait passés en revue. Depuis qu'il était revenu, une question le hantait : maintenant qu'il avait repris les rênes de l'empire Tannous, comment allait-il s'y prendre pour faire de cette entreprise véreuse une affaire honnête ? C'était une gageure. Tout juste s'il avait envie d'essayer.

— Bien entendu, cet expert doit venir dans la plus grande discrétion.

— Pas de problème. Que comptes-tu faire des tableaux après leur évaluation ?

— M'en débarrasser.

Il était hors de question qu'il garde le moindre objet ayant appartenu à son père, et certainement pas des œuvres d'art inestimables, très certainement volées.

— Tu informeras les autorités dès que nous saurons de quoi il retourne, ajouta-t-il. Je n'ai pas envie de voir débarquer Interpol.

Eric émit un léger sifflement.

— Ça sent mauvais, on dirait !

— C'est le moins qu'on puisse dire, répliqua Khalis,

sarcastique. Pour l'expert, le plus tôt sera le mieux. Cette chambre forte ouverte à tous vents, c'est beaucoup trop risqué.

— Tu veux rire ! Il n'y a aucun danger qu'on vole quoi que ce soit. Où irait le voleur ?

Khalis haussa les épaules.

— Les gens de l'île sont capables de tout.

Son assistant le fixa un instant de ses yeux bleus.

— Cet endroit t'en a sacrément fait baver, pas vrai ?

Il ne répondit pas.

— Mission spéciale pour la Joconde !, lança David.

— Trop drôle, répliqua Grace d'un ton neutre.

Depuis son arrivée chez Axis Assurances Art, ses collègues l'avaient toujours surnommée ainsi. À cause de ses connaissances sur l'art de la Renaissance, mais aussi de son sourire. Un sourire énigmatique, lui affirmait son entourage.

Elle fit pivoter son fauteuil pour se trouver face à son collègue, expert en détection de faux Picasso. Ce dernier brandit une feuille de papier devant ses yeux. Au lieu de s'en saisir, elle se contenta de hausser les sourcils et de sourire.

— Ah, le fameux sourire, commenta David d'un air amusé.

— Qu'est-ce que c'est que cette feuille ? demanda-t-elle sans se laisser déstabiliser.

— On a reçu une demande urgente d'évaluation d'une collection privée, répondit David. Ils veulent un spécialiste de la Renaissance, précisa-t-il.

— Vraiment ? fit-elle d'un ton détaché.

En fait, elle était dévorée de curiosité, mais pas question de se trahir.

— Vraiment, répéta David, tout en agitant le papier

sous son nez. Tu n'as pas envie d'en savoir un petit peu plus, Grace ?

En guise de réponse, elle reporta son attention sur son écran d'ordinateur et se plongea dans l'estimation d'une copie du Caravage, datant du XVIIe siècle. Une toile intéressante, sans plus. Elle ne se vendrait pas aussi bien que son client l'espérait.

— Et si je te dis que l'expertise a lieu sur une île privée de la Méditerranée, tous frais payés ? la relança David.

Voilà qui n'avait rien de surprenant. Les collections privées n'étaient pas facilement transportables et les collectionneurs ne souhaitaient en général pas attirer l'attention sur leurs œuvres d'art.

Elle leva les yeux sur David et demanda :

— Tu connais le collectionneur ?

Ils n'étaient qu'une poignée dans le monde à posséder des tableaux de la Renaissance, et la plupart se montraient d'une discrétion extrême.

David secoua la tête.

— Top secret. Le chef veut te voir en personne pour t'en parler le plus tôt possible.

— Le chef ? s'exclama-t-elle, furieuse. Et c'est maintenant que tu le dis ?

David se contenta de sourire tandis que Grace, sans cacher son mécontentement, s'emparait de l'imprimé avec lequel il s'était amusé à ses dépens. Puis elle fila sans plus attendre en direction du bureau de Michel Latour, une vaste pièce élégamment meublée qui donnait sur la rue Saint-Honoré, au cœur de Paris.

— Vous vouliez me voir ? demanda-t-elle en entrant.

— Ferme la porte, s'il te plaît. Je ne veux pas qu'on nous entende.

Grace obtempéra.

— On nous demande d'expertiser une collection

privée de tableaux de la Renaissance d'une importance considérable.

— Je ne vois guère qu'une demi-douzaine d'amateurs d'art au monde susceptibles de posséder une telle collection, dit Grace.

— Notre homme ne fait pas partie des collectionneurs auxquels tu penses.

Michel répondit à sa perplexité par un sourire entendu.

— Tannous.

— Tannous ? s'exclama-t-elle, incrédule. Balkri Tannous ?

Cet homme d'affaires immoral était connu pour être un collectionneur d'art obsessionnel, mais personne ne savait ce que contenait sa collection. On ne savait même pas si elle existait, d'ailleurs, puisque personne ne l'avait jamais vue. Ce qui n'empêchait pas les rumeurs d'aller bon train chaque fois qu'un musée était cambriolé. On volait un Klimt dans une galerie à Boston, un Monet au Louvre ? Aussitôt, le nom de Tannous courait sur toutes les lèvres.

— Une minute, reprit Grace. Je croyais qu'il était mort ?

— Il l'est, confirma Michel. Il s'est tué la semaine dernière dans un crash d'hélicoptère. Un crash suspect, apparemment. Son fils mène l'enquête.

— Il n'est pas mort dans l'accident, lui aussi ?

— Je te parle de son second fils.

Son patron retira d'un dossier quelques feuilles annotées qu'il lui tendit. Elle les parcourut ; il y était question de différents vols de tableaux dans lesquels Tannous était chaque fois mis en cause, bien qu'il n'y ait aucune preuve de sa culpabilité.

— S'il prévoyait d'utiliser les circuits parallèles pour vendre, il ne se serait pas adressé à nous, fit valoir Grace.

— Non, en effet, il n'aurait pas choisi une agence ayant pignon sur rue. À mon avis, il n'a pas l'intention de vendre sa collection sous le manteau.

— Vous croyez qu'il envisage une donation ? demanda Grace sans chercher à dissimuler son incrédulité, tant cette hypothèse lui paraissait peu probable. Il y en a sans doute pour des millions de dollars. Peut-être même plus.

— Je ne pense pas que l'héritier Tannous ait besoin d'argent.

— Qui est-il ? Je ne savais pas que Balkri Tannous avait un deuxième fils.

— C'est normal : il a quitté le bercail à tout juste vingt et un ans, après avoir obtenu un diplôme de mathématiques à l'université de Cambridge, avec mention très bien. Ensuite, il a créé une société de conseil en technologies de l'information aux États-Unis et coupé définitivement les ponts avec son passé.

— Son entreprise est légale ?

— Apparemment, oui. La demande est assez urgente. Khalis Tannous voudrait une estimation le plus tôt possible.

— Pourquoi ?

— J'imagine aisément pourquoi un homme d'affaires honnête voudrait se délester légalement et vite de tout un lot d'objets d'art volés.

— À supposer qu'il soit honnête…

Michel secoua la tête.

— Le cynisme ne te va pas, Grace.

— La naïveté ne m'a pas réussi non plus.

— Allons, lui dit-il avec douceur, reconnais que tu meurs d'envie de voir ce qui se trouve dans cette chambre forte.

Grace ne répondit pas aussitôt. Impossible de nier qu'elle brûlait de curiosité, en effet. Mais l'expérience l'avait rendue prudente. Elle avait beaucoup trop souffert pour ne pas avoir d'hésitations.

— Il pourrait aussi bien tout remettre à la police, finit-elle par déclarer.

— C'est ce qu'il fera certainement, après l'expertise.

— Si c'est une collection importante, l'expertise risque de prendre des mois…

— Une expertise détaillée, oui, concéda Michel. Mais je crois que, pour l'instant, Khalis Tannous n'a besoin que d'un simple avis éclairé.

— Je n'aime pas ça. Vous ne savez rien sur cet homme.

— Je lui fais confiance, répondit simplement Michel. Le fait qu'il veuille faire évaluer ses tableaux dans la plus stricte légalité plaide en sa faveur.

Grace ne répondit pas. Ce Tannous ne lui inspirait rien qui vaille. Elle se méfiait des hommes en général, et surtout des magnats véreux.

— Quoi qu'il en soit, poursuivit Michel sans se départir de son ton affable, il veut que l'expert s'envole pour l'île d'Alhaja… ce soir !

— Ce soir ? s'écria-t-elle en fixant avec effarement celui qui était à la fois son patron, son mentor et son sauveur. Pourquoi une telle précipitation ?

— Pourquoi pas ? Je te l'ai dit, conserver chez soi autant d'œuvres d'art de cette valeur ne doit pas être une perspective très attrayante. Les gens se laissent facilement tenter.

— J'en ai fait l'expérience, répondit Grace.

Une lueur de remords passa brièvement dans les yeux de Michel.

— Je ne voulais pas…

— Je sais.

Grace secoua la tête. Elle avait eu un accès de curiosité mais c'était fini. Sa décision était prise.

— Je ne peux pas m'occuper de cette affaire, Michel. Je dois faire très attention, vous le savez bien.

— Combien de temps vas-tu continuer à être esclave de cet… ?

— Aussi longtemps qu'il le faudra ! coupa-t-elle.

Elle se détourna. Pas question de laisser paraître devant

Michel la souffrance qu'elle n'arrivait toujours pas à dissimuler, même au bout de quatre ans. Aux yeux de ses collègues, elle passait pour quelqu'un de froid, voire d'insensible, mais ce n'était qu'un masque soigneusement élaboré. Il lui suffisait de penser à Katerina pour sentir ses larmes monter et son cœur se serrer.

— Je pense que ce serait bien pour toi d'aller à Alhaja, murmura Michel d'une voix douce.

— Bien pour moi, vraiment ?

— Oui. Et puis tu es mon meilleur expert en art de la Renaissance. J'ai besoin que tu prennes l'avion pour l'île d'Alhaja, dès ce soir.

Interloquée, Grace considéra Michel avec attention. À en juger par la lueur qui brillait dans ses yeux, il ne reviendrait pas sur sa position.

— Je ne peux pas.

— Tu peux et tu dois, fit-il d'un ton ferme. J'étais peut-être le plus vieil ami de ton père, mais je suis aussi ton patron. Et je n'ai pas l'habitude de faire de cadeau, Grace. Ni à toi, ni à personne.

Rien de plus faux, songea-t-elle aussitôt. Au contraire, il lui avait fait un cadeau inestimable, quatre ans auparavant, alors qu'elle était désespérée et au fond du trou. En lui offrant un poste chez Axis, il lui avait, à sa manière, redonné vie.

— Vous pourriez y aller vous-même, lui fit-elle remarquer.

— Tu connais la Renaissance beaucoup mieux que moi.

— Michel…

— N'insiste pas. Je serai inflexible, Grace.

Devant tant de détermination, elle sentit sa gorge se nouer et son cœur se mit à battre la chamade.

— Mais si par hasard Loukas découvre…

— Découvre quoi ? coupa Michel. Tu ne fais que ton travail. Même lui te le permet.

— Il n'empêche.

Grace se tordit les doigts. Le pouvoir de séduction des œuvres d'art était redoutable, elle était bien placée pour le savoir… Approcher les œuvres les plus remarquables et les plus chères du monde pouvait rendre fous ceux qui brûlaient de les posséder, au point de transformer l'amour en haine et la beauté en laideur. Elle l'avait vécu et s'était fait le serment de ne plus jamais endurer cela.

— Cette expertise s'effectuera dans la discrétion la plus totale et elle ne présente aucun risque, reprit Michel. Personne ne saura que tu te trouves là-bas. De plus, je te rappelle qu'il y aura du personnel. Ce n'est pas comme si tu devais être toute seule.

Grace prit une profonde inspiration.

— Combien de temps cela devrait-il durer ?

— Une semaine, peut-être. Tout dépend de ce qu'on te demandera exactement.

— Une semaine ! Mais c'est impossible !

— Bon, ça suffit, trancha Michel en levant une main. Tu y vas, un point c'est tout. Ton avion part dans trois heures.

— Et quand est-ce que je fais ma valise ?

— Maintenant ! Pense à prendre un maillot de bain. À cette époque de l'année, la température est très agréable en Méditerranée.

— Je n'ai pas l'intention de me baigner, répliqua-t-elle sèchement. Si je vais là-bas ce sera pour boucler cette affaire le plus rapidement possible.

— Ma foi, rétorqua Michel avec un sourire, tu pourrais aussi essayer de prendre du bon temps, pour une fois. Tu vis comme une recluse depuis trop longtemps.

Grace leva les yeux au ciel. Prendre du bon temps, elle savait où cela pouvait mener. Elle s'était juré de ne plus jamais céder à la tentation.

2

— Tenez, on aperçoit l'île, indiqua le pilote.

Grace, peu rassurée, tendit le cou pour regarder par le hublot de l'hélicoptère qui la transportait de Sicile à Alhaja, au large de la Tunisie. Elle distingua au loin un îlot rocheux en forme de croissant, et la vue de ce minuscule point noir perdu dans l'immensité ne fit qu'accroître son malaise. Elle sentit ses mains devenir moites. Discrètement, elle les essuya sur son trench-coat de soie beige. Il fallait absolument qu'elle se raisonne, qu'elle réussisse à dominer son angoisse.

— Encore dix minutes et nous y sommes, annonça le pilote.

Grace se cala dans son siège. Le sifflement des pales ajoutait à son angoisse, et elle ne put s'empêcher de penser que huit jours plus tôt, deux membres de la famille Tannous avaient péri dans un crash d'hélicoptère. Elle n'avait pas spécialement envie de subir le même destin…

Heureusement, elle perçut bientôt que l'appareil amorçait sa descente. Le cœur chaviré, elle ferma les yeux, assaillie par les doutes. Dans quelle affaire s'était-elle laissé embarquer ? Cette mission dépassait de loin le cadre de son expérience professionnelle. Son terrain, c'étaient surtout les musées, loin des projecteurs et du scandale. D'habitude, c'était Michel qui s'occupait des collections privées, des relations souvent difficiles et houleuses avec les collectionneurs, ces propriétaires dont les œuvres d'art pouvaient atteindre des valeurs inestimables. Alors pourquoi lui avait-il confié cette mission trop délicate ?

Lorsqu'elle rouvrit les yeux, le sol se rapprochait à toute vitesse. Elle vit une étroite plage de sable blanc, une crique rocheuse, un enchevêtrement d'arbres et, surtout, une haute clôture surmontée d'une double rangée de fils de fer barbelés. Eh bien... On ne plaisantait pas avec la sécurité chez les Tannous. Il y avait fort à parier que d'autres dispositifs bien plus sophistiqués encore assuraient la protection de la propriété.

À son grand soulagement, l'hélicoptère se posa enfin. Une Jeep noire stationnait à côté de l'aire d'atterrissage. À côté se tenait un homme mince, vêtu d'un T-shirt et d'un jean coupé, les cheveux blonds ébouriffés par la brise marine.

— Mademoiselle Turner, je suppose ? Je suis Eric Poulson, l'assistant de Khalis Tannous, dit-il en s'avançant vers Grace. Bienvenue à Alhaja.

Elle se contenta de hocher la tête, décontenancée par la mise de son interlocuteur. Eric Poulson ne correspondait pas à l'idée qu'on pouvait se faire de l'assistant d'un milliardaire.

— Vous allez pouvoir vous rafraîchir et vous détendre un peu avant que Khalis vous reçoive, lui apprit-il en l'aidant à s'installer dans la Jeep.

À ces mots, Grace se hérissa instinctivement. Elle détestait qu'on lui dicte sa conduite. Surtout si c'était dans le but de la faire poireauter, après avoir précipité son départ.

— Je croyais que mon expertise était urgente, fit-elle remarquer sèchement.

Eric Poulson lui lança un regard moqueur.

— Nous sommes sur une île méditerranéenne, mademoiselle Turner. Ici, le mot « urgent » est inconnu.

Grace garda le silence. Ce genre d'humour n'était pas sa tasse de thé. Et elle qui s'efforçait toujours d'être sérieuse et discrète n'aimait pas l'attitude un peu trop désinvolte de cet homme.

La Jeep s'engagea sur une route caillouteuse, qui menait à l'entrée principale de l'enceinte, une large porte à deux vantaux, probablement blindée. Les battants s'ouvrirent et se refermèrent sans bruit. Grace eut pourtant l'impression de les entendre claquer. Maintenant, elle était prisonnière.

De nouveau.

Une boule dans l'estomac, Grace descendit de la Jeep, qui venait de s'arrêter devant le perron de ce qui ressemblait davantage à un énorme bunker qu'à la villa d'un milliardaire. Mais les jardins qui l'entouraient étaient magnifiques, luxuriants. Le parfum des bougainvillées embaumait l'air et elle huma leur odeur enivrante.

L'assistant la mena à l'entrée du bâtiment, dont l'accès était commandé par un système de sécurité à reconnaissance d'empreintes digitales. Grace le suivit dans un vaste vestibule carrelé de terre cuite, éclairé par un puits de lumière, puis dans un salon à l'élégance sobre, meublé de canapés et de fauteuils dans des tons neutres et apaisants, décoré d'objets anciens artistiquement disposés. La grande baie vitrée offrait une vue saisissante sur l'immense étendue de la mer. Fascinée, Grace regarda l'eau bleue qui s'étalait à l'infini.

— Puis-je vous offrir quelque chose à boire ? demanda Eric Poulson d'un ton désinvolte, la tirant de sa contemplation. Jus de fruits, vin, une piña colada ?

Grace se crispa devant son air amusé. Peut-être la trouvait-il trop guindée ?

— Juste un verre d'eau gazeuse, s'il vous plaît, déclara-t-elle en conservant délibérément ses distances.

— Le choix de la raison, ironisa-t-il.

Il la laissa seule le temps d'aller chercher sa boisson. Grace en profita pour parcourir la pièce du regard. Des antiquités, des œuvres d'art, mais surtout des faux, de bonnes copies. Où était donc la fameuse collection Tannous ? Au bout de quelques instants, son interlocuteur revint avec le verre d'eau demandé, puis il se retira de nouveau en lui assurant que Tannous n'allait pas tarder.

— Faites comme chez vous. Et relax ! lui lança-t-il.

Se relaxer ici ? Très peu pour elle. Elle but quelques gorgées d'eau. L'impatience la gagna à mesure que les minutes s'égrenaient. Si la demande de Tannous était aussi urgente qu'il l'avait prétendu, pourquoi la faisait-il attendre ainsi ? Était-ce à dessein ?

Elle n'aimait pas ça ; pas du tout même ! Le seul fait de se trouver dans cet endroit lui déplaisait profondément. Elle n'aimait pas les murs défensifs qui ceignaient le domaine, elle n'aimait pas les portes blindées, elle n'aimait d'avance pas l'homme qu'elle était censée rencontrer. Tout cela lui rappelait trop de souvenirs douloureux. « Ce qui ne nous tue pas nous rend plus fort », disait-on. Grace lâcha un soupir désabusé. Alors, la vie aurait dû la rendre terriblement forte. Sauf que là, ce n'était pas le cas. Elle se sentait vulnérable, nerveuse. Elle avait travaillé dur ces dernières années pour se forger une attitude impersonnelle et professionnelle, et voilà que ses efforts étaient réduits à néant juste parce que cet endroit la mettait mal à l'aise ? Elle devait absolument se ressaisir. Aller respirer.

Elle ouvrit la porte qui, à son grand soulagement, n'était pas fermée à clé. Dans le hall d'entrée, deux portes-fenêtres donnaient sur un patio et une piscine à débordement, ombragée par des palmiers. L'eau miroitait dans la lumière crépusculaire. C'était magnifique.

Grace se glissa à l'extérieur et prit une profonde

inspiration. Des odeurs de lavande et de romarin emplirent ses narines. Elle sentit une brise sèche dans sa nuque. Par réflexe, elle repoussa une mèche qui s'était échappée de son chignon et la remit en place. Puis elle s'approcha de la piscine. Ses talons cliquetèrent sur le carrelage. Les vaguelettes clapotaient contre les bordures du bassin. Elle tendit l'oreille. Ce qu'elle entendait, c'était le bruit régulier d'un corps fendant l'eau. Quelqu'un nageait dans le clair-obscur du soir, et il n'était pas difficile de deviner qui.

Après quelques pas de plus, elle vit, cachée derrière un palmier, le nageur, qui fendait l'eau avec une aisance de dauphin.

Ainsi, Khalis Tannous se révélait plein d'assurance jusque dans sa façon de nager ! Arrogant et sûr de lui. Grace se crispa sous le coup de la colère : tandis qu'elle faisait le pied de grue, anxieuse et tendue, cet individu *nageait* ? S'il s'imaginait qu'elle allait le laisser jouer avec elle, elle allait s'empresser de le détromper. Déterminée et furieuse, elle quitta sa cachette et se dirigea à grands pas vers la chaise longue sur laquelle une serviette avait été jetée. Elle l'attrapa puis se posta au bord du bassin.

Quelques secondes plus tard, Khalis Tannous agrippa le carrelage. Il leva les yeux, comme elle l'avait espéré. Seulement, elle ne s'était pas préparée à… À quoi ? À recevoir un tel électrochoc ? À se sentir si bouleversée ? Incapable d'identifier ce qu'elle éprouvait vraiment, elle frissonna. Ce frisson se répercuta au plus profond de son être lorsqu'elle plongea dans les yeux gris-vert bordés de longs cils noirs du maître des lieux.

Cet attrait irrésistible la terrifia. Elle devait absolument recouvrer ses esprits ! Luttant pour ne rien laisser paraître de son émoi, elle tendit la serviette aussi calmement qu'elle put.

— Monsieur Tannous, j'imagine ?

Il eut une expression perplexe, mais Grace vit passer dans ses yeux un éclair de défiance. Tout comme elle, il se tenait sur ses gardes, constata-t-elle avec surprise et un peu de satisfaction. D'un mouvement fluide, il se hissa sur la terrasse et lui prit la serviette des mains.

— Merci, dit-il.

Il se sécha avec une lenteur délibérée, comme pour la jauger à son aise. Grace retint son souffle. Il lui était impossible de ne pas regarder à la dérobée cet homme magnifique, de ne pas admirer son torse musclé, sa peau dorée perlée de gouttelettes d'eau… En fait, Khalis Tannous était plus que beau : il émanait de lui une impression de puissance. Pas parce qu'il était grand, mais à cause de la force et de l'énergie qui se dégageaient de chacun de ses mouvements. Assurés, souples, précis.

— Et vous, qui êtes-vous ? demanda-t-il après quelques minutes de silence troublant.

Grace détourna vivement les yeux. Pourvu qu'il n'ait pas remarqué qu'elle le regardait !

— Grace Turner, de chez Axis Assurances Art.

Elle glissa la main dans la poche de sa veste et en sortit sa carte de visite. Il la prit sans même y jeter un coup d'œil.

— Vous m'attendiez, je crois ? poursuivit-elle, agacée.

— Tout à fait.

Il se ceignit les reins avec la serviette et posa sur elle un regard rapide mais appuyé.

— J'avais cru comprendre que l'expertise était urgente…

— Très urgente, admit Tannous.

Il eut un sourire narquois. De toute évidence, il avait perçu la critique sous-jacente.

— Je me dois de vous présenter des excuses pour mon manque flagrant de courtoisie. J'avais pensé que l'expert aimerait se rafraîchir avant de me rencontrer. Du coup, je me suis permis de terminer mes longueurs.

— *Experte*, corrigea Grace froidement. Et votre experte est parfaitement en état de se mettre au travail tout de suite.

— J'en suis heureux, mademoiselle…

Il marqua une pause pour jeter un coup d'œil à la carte de visite.

— … ou bien est-ce *madame* Turner ?

Grace ne releva pas. Tannous la jaugeait de nouveau. Était-il en train de regarder la femme ou l'experte en art ? Elle n'allait pas se laisser intimider pour si peu. Elle soutint son regard sans ciller.

— Si vous voulez bien me suivre dans mon bureau, nous pourrons discuter de la tâche qui vous incombe.

Grace examina la grande pièce. Un bureau d'homme, de toute évidence, qui donnait sur un superbe jardin paysager. Elle ne put se retenir d'aller l'admirer par la fenêtre. Aussitôt, son regard rencontra les hauts murs hérissés de tessons de verre. De nouveau, sa gorge se noua. Elle se sentait prise au piège. Il lui fut d'autant plus difficile de se raisonner que son hôte s'était approché et se tenait à présent juste derrière elle. Comment oublier qu'il ne portait rien d'autre qu'un short de bain et une serviette autour des reins… Le léger bruit de sa respiration, son souffle chaud dans sa nuque, sa présence presque palpable. Mortifiée par le trouble qui s'emparait d'elle, Grace se raidit aussitôt, bien décidée à garder son self-control.

— C'est très beau, n'est-ce pas ?, murmura-t-il d'une voix suave.

Grace se força à rester immobile pour éviter le moindre contact.

— Je trouve que le mur gâche considérablement la vue.

Mieux valait s'éloigner de cette fenêtre. En passant, elle frôla sans le vouloir le torse de Khalis Tannous. Une nouvelle vague de désir la submergea, qu'elle essaya tant bien que mal de repousser. Elle redressa les épaules et le menton, prête à se battre contre cette attirance insensée.

— Vous avez parfaitement raison, fit-il. Le mur gâche la vue. Bien, je vais m'habiller.

Enfin seule, Grace prit une profonde inspiration puis expira lentement. Ne pas s'angoisser, même si ce n'était pas évident dans cette prison dorée, qui lui rappelait une autre île, un autre mur. Et l'immense chagrin qui s'était ensuivi — par sa faute…

La voix de Tannous interrompit le cours de ses pensées :

— Me revoilà, mademoiselle Turner.

Grace se retourna et se figea, fascinée. Il se tenait dans l'embrasure de la porte. Il avait troqué son maillot contre une chemise de soie gris acier, ouverte à l'encolure, et un pantalon noir. Cette tenue à l'élégance décontractée mettait en valeur son corps svelte. Elle déglutit péniblement. Cet homme était trop séduisant, trop dangereux ; elle devait absolument garder la tête froide. Espérant ne rien laisser paraître de son trouble, elle recula légèrement.

— Monsieur Tannous, répondit-elle d'une voix calme, je suis prête à travailler.

— Je vous en prie, appelez-moi Khalis.

L'appeler par son prénom ? Il n'en était même pas question !

— Parlez-moi de vous, mademoiselle Turner, poursuivit-il avec un léger sourire. Vous êtes, à ce que j'ai compris, une experte expérimentée de l'art de la Renaissance ?

— C'est en effet ma spécialité. Ma thèse portait sur les copistes de Léonard de Vinci au XVIIe siècle.

— Des faussaires et des copies, donc ?

— Exactement.

— Je ne pense pas qu'ici, vous aurez affaire à des faux.

Grace réprima un frisson d'excitation : elle avait tellement hâte de découvrir cette collection ! Elle en aurait presque oublié ses craintes et son angoisse. Les mots sortirent plus vite qu'elle ne l'aurait voulu :

— Si vous voulez bien me montrer…

— Depuis combien de temps travaillez-vous pour Axis Assurances Art ? l'interrompit Tannous.

Elle eut l'impression de recevoir une douche froide.

— Quatre ans, répondit-elle, de nouveau sur la défensive.

— Vous êtes bien jeune, il me semble…

Grace leva les yeux au ciel. Une fois de plus, un de ses clients — un homme, comme par hasard… — émettait des doutes sur ses compétences.

— M. Latour peut répondre de mes capacités, monsieur Tannous…

— Khalis, corrigea-t-il de sa voix douce comme une caresse, qui la fit tressaillir.

Aussitôt, un sentiment de méfiance aigu la saisit tout entière. Elle ne devait surtout pas baisser la garde et, aussi ridicule que cela puisse paraître, refuser d'appeler cet homme par son prénom. Maintenir des relations formelles était la meilleure façon de garder une distance professionnelle raisonnable — à supposer que sa mission soit maintenue…

— Si vous préférez faire appel à un autre expert, il vous suffit de le dire. Je n'y verrai aucun inconvénient.

Après tout, hormis la déception professionnelle, quitter cette île serait indéniablement un soulagement.

— Pas du tout, mademoiselle Turner, répliqua-t-il avec un large sourire. Ce n'était qu'une simple observation.

Cet homme n'était-il donc jamais déstabilisé ? Mal à l'aise, Grace attendit la suite, sans trop savoir à quoi s'en tenir. Si seulement elle arrivait à paraître aussi imperturbable que lui ! Il continuait à se taire et l'impatience commençait à la gagner sérieusement.

— Alors, cette collection… ?, finit-elle par demander.

— Ah oui. La collection.

Il détourna les yeux pour regarder par la fenêtre et Grace fut frappée par son changement d'expression. L'homme qu'elle avait trouvé jusque-là si courtois et si plein d'assurance parut, l'espace d'un instant, en proie à un vif tourment. Cela ne dura pas. Elle vit les traits de son visage se détendre et son petit sourire resurgir.

— Dans le sous-sol de ce bâtiment, mon père a réuni une collection d'art privée dont j'ignorais totalement l'existence.

Grace s'abstint de tout commentaire. Tannous haussa un sourcil, l'air narquois.

— Vous paraissez sceptique.

— Je ne demande qu'à voir, monsieur Tannous.

— Vous déciderez-vous à m'appeler Khalis ?

Décidément, le sujet lui tenait à cœur… Elle allait mettre les points sur les *i*.

— Je préfère que nos relations restent professionnelles, répondit-elle froidement.

— Et m'appeler par mon prénom, ce serait trop… *intime* ?

Grace se sentit enveloppée par la brise tiède de cette voix suave et veloutée. Comment cet homme s'y prenait-il pour exercer sur elle une telle attirance ? Elle s'obligea à se ressaisir.

— *Intime* n'est pas le mot que j'emploierais, déclara-t-elle avec un sourire forcé. Quoi qu'il en soit, puisque vous semblez tellement tenir à ce que je vous appelle Khalis, je ne vous refuserai pas plus longtemps ce plaisir.

Khalis… Le simple fait de prononcer ce prénom l'avait troublée. Un tressaillement la traversa. Seigneur, voilà qu'elle se couvrait de ridicule, à présent ! Pourtant, elle avait aperçu une brève lueur s'allumer dans les pupilles de Tannous lorsqu'elle avait prononcé son prénom. Elle ne le laissait donc pas insensible… Il était impératif de quitter ce terrain miné sur lequel elle s'était engagée bien malgré elle.

— Puis-je voir les tableaux ? demanda-t-elle d'une voix qu'elle espéra assurée.

— Bien sûr. Nous saurons peut-être ainsi à quoi nous en tenir.

Khalis se leva d'un mouvement fluide et sortit du bureau sans même se retourner, s'attendant visiblement à ce que Grace lui emboîte le pas. Quelle muflerie !… Pourtant, il la surprit en lui tenant la porte, non sans s'être effacé pour la laisser passer — à se demander s'il n'avait pas lu dans ses pensées.

— Après vous, murmura-t-il avec un sourire malicieux.

Mon Dieu, pourvu qu'il ne la voie pas rougir… Elle passa devant lui et s'engagea dans le couloir. Derrière elle, elle percevait les mouvements de son hôte. Depuis quatre ans, aucun homme n'avait réussi à éveiller chez elle le désir ou l'amour. À force de volonté et de persévérance, elle était parvenue à bâillonner ses sentiments. Un seul faux pas, et c'était le fragile équilibre qu'elle avait réussi à construire qui s'effondrerait. Alors, quelle folie ce serait de lâcher la bride à l'attirance instinctive qu'elle éprouvait pour Khalis Tannous, dirigeant d'un empire aussi fabuleux que véreux, un homme à qui elle ne pourrait jamais faire confiance !

— Tournez à droite, lui ordonna-t-il dans un souffle. Vous vous débrouillez incroyablement bien avec vos talons aiguilles, mademoiselle Turner, mais ce n'est pas une course.

Grace réalisa qu'elle avait sans le vouloir pressé le pas. Elle se força à ralentir et s'engagea dans un deuxième long couloir. Par les fenêtres aux volets ouverts, elle constata qu'ils se trouvaient d'un autre côté du patio.

— À gauche, maintenant.

Il était de nouveau tout près d'elle, trop près, et cette

voix de velours dans son oreille fut comme une caresse, qui l'électrisa au point qu'elle sentit se hérisser les petits cheveux de sa nuque. Elle se retrouva face à un ascenseur d'aspect austère : portes d'acier, dispositif de sécurité sophistiqué, que Khalis désactiva à l'aide de ses empreintes digitales et d'un code chiffré, tandis qu'elle détournait les yeux par discrétion.

— Oubliez votre réserve, déclara-t-il. De toute façon, je vais devoir vous permettre l'accès à la chambre forte. Toutes les toiles devront impérativement rester dans le sous-sol.

Grace faillit s'étrangler. Quoi, travailler ici ? Au sous-sol en plus ? Hors de question !

— Pour être honnête, monsieur Tannous…

— Khalis.

— … je ne pense pas pouvoir faire grand-chose sur place, poursuivit Grace sans se laisser démonter. La plupart des expertises ont besoin d'être effectuées dans un laboratoire, avec le matériel approprié.

— Il se trouve que mon père avait le même souci de perfection que vous, mademoiselle Turner. Je crois que vous trouverez ici tout le matériel dont vous avez besoin.

Elle ne put répondre, la gorge nouée. Elle détestait être enfermée ; surtout seule avec Khalis Tannous, dans cet ascenseur qui n'en finissait pas de descendre. La cabine était pourtant bien assez grande pour deux personnes, mais comment lutter contre cette impression de perdre le contrôle de soi ?

Khalis, lui, semblait si détendu ! Elle aurait donné n'importe quoi pour être aussi décontractée. Et, elle devait bien se l'avouer, pour ne pas éprouver l'excitation de la tentation.

— Plus que quelques secondes, lui apprit-il.

De toute évidence, il était conscient de son malaise.

Elle avait pourtant l'habitude de cacher ses émotions. Comment cet étranger, un homme qu'elle ne connaissait ni d'Eve ni d'Adam, pouvait-il lire en elle aussi vite et aussi aisément ? C'était étonnant… et effrayant !

Voilà, le moment était venu : elle se trouvait devant la chambre forte de Balkri Tannous ! Sur la droite, une épaisse porte en acier, qu'on avait visiblement sciée pour la retirer de ses gonds, était posée près de l'ouverture.

— Entrons, déclara Khalis en allumant la lumière.

Gagnée par l'impatience et en proie à une légère appréhension, Grace sentit son cœur s'emballer. Elle allait enfin percer le secret des Tannous !

À peine entrée, elle porta la main à sa gorge. Quel choc ! Il y avait des toiles partout. Jamais de sa vie elle n'en avait vu autant dans un espace aussi restreint. Là, un Klimt et un Monet ; ici des Picasso. Des douzaines de tableaux volés ! Il y en avait pour des millions et des millions de dollars… Elle entendit Khalis Tannous rire.

— Je suis loin d'être un expert, dit-il, mais je crois pouvoir affirmer qu'on ne voit pas tous les jours une telle collection.

Grace se figea devant une toile. Mais… ce Picasso avait disparu depuis plus de vingt ans ! Elle n'était pas spécialiste de l'art contemporain mais doutait fort qu'il s'agisse d'une copie. Elle étudia la netteté des formes géométriques et les différentes teintes de bleu du tableau.

— Pourquoi avez-vous fait venir un expert en art de la Renaissance ? Toutes les périodes sont représentées ici.

— En effet.

Il vint se placer à côté d'elle et se mit à observer lui aussi le Picasso. Il eut une moue perplexe.

— À vrai dire, ma filleule de cinq ans en ferait autant !

— Voilà une affirmation bien hâtive, protesta Grace.

— J'ai oublié de préciser que ma filleule est particulièrement douée...

À sa grande surprise, Grace sentit un rire monter dans sa gorge. Elle riait peu. Le plus rare, surtout, c'était qu'un *homme* la fasse rire.

— Elle est peut-être douée, mais de là à comparer Picasso à une enfant qui peint avec les doigts.

— Oh ! mais ma filleule utilise un pinceau !

De nouveau, Grace ne put s'empêcher de rire.

— Alors, elle sera peut-être célèbre, un jour.

Était-ce bien elle qui venait de parler ? Se ressaisissant, elle se tourna vers Tannous. Il se trouvait à un souffle d'elle. Elle chavira. Son visage, ses *lèvres* n'étaient qu'à quelques centimètres. Des lèvres pleines et charnues, irrésistibles. Seigneur, comment un homme aussi viril pouvait-il avoir une bouche aussi sensuelle, une bouche qu'on avait envie d'embrasser ? Un éclair de désir la transperça.

— Alors pourquoi moi ? Pourquoi une spécialiste de la Renaissance ? reprit-elle, espérant chasser son trouble.

— Venez, vous allez comprendre.

Tannous la prit par la main. Elle se dégagea d'un mouvement brusque, dans un sursaut d'indignation — ou plutôt, comme si elle avait reçu une décharge électrique.

Khalis s'arrêta net, visiblement surpris par sa réaction. Grace rougit, paralysée par la honte. Comment avait-elle pu se montrer aussi ridicule ? Qu'allait-elle pouvoir dire, maintenant, pour expliquer son geste ? Rien, malheureusement. Le mieux était encore de faire comme si de rien n'était. Elle releva le menton.

— Je vous suis, déclara-t-elle.

Il lui lança un dernier coup d'œil perplexe, puis ouvrit une porte qu'elle n'avait pas remarquée, dans le mur du fond. Petite et ronde, la pièce donnait l'impression qu'on se trouvait à l'intérieur d'une tour, ou peut-être d'un mausolée. Et là…

Grace eut le souffle coupé. Muette de stupéfaction, elle se rapprocha pour examiner de plus près les deux tableaux qu'abritait la pièce. Mon Dieu… Mais oui, ces huiles sur bois, cette intensité…

— Savez-vous de quoi il s'agit ? murmura-t-elle, fascinée.

— Pas précisément. Mais une chose est sûre : ma filleule n'aurait pas été capable d'en faire autant.

— Et pour cause…, convint Grace sans pouvoir retenir un sourire. Ce sont des Léonard de Vinci.

— Je vois. Un peintre assez connu, je crois ?

Le sourire de Grace s'accentua. Décidément, cet homme avait le don de l'amuser…

— Certes, il se pourrait que ce soient des faux.

— J'en doute, répliqua Khalis. Mon père n'aurait pas pris la précaution de les enfermer ici, sinon.

Il s'interrompit un instant.

— Et je connais mon père. Il n'aimait pas se faire avoir, poursuivit-il d'un ton dur.

— Certains faux peuvent être d'une qualité exceptionnelle, objecta Grace, et même avoir une certaine valeur.

— Mon père détestait les seconds choix. Il se servait toujours dans le haut du panier. Pour tout.

Grace reporta son regard sur les tableaux. De vraies merveilles ! Difficile d'en détacher les yeux. S'ils étaient authentiques, combien de personnes au monde avaient eu la chance de les voir ?

— Comment s'est-il débrouillé pour les acquérir ? demanda-t-elle.

— Aucune idée. Et je n'ai pas vraiment envie de le savoir.

— En tout cas, ils n'ont pas été volés ; du moins pas dans un musée. D'ailleurs, ils n'ont jamais été exposés.

— Alors ils doivent être d'une rareté exceptionnelle, j'imagine.

— Je ne vous le fais pas dire, ironisa Grace.

Incroyable ! Deux tableaux de Léonard de Vinci dont on ne connaissait pas l'existence jusque-là.

— Si ce sont des originaux, reprit-elle, ils constitueront la découverte la plus importante du siècle dans le domaine de l'art.

Khalis poussa un lourd soupir — à croire qu'il était déçu par une telle nouvelle.

— C'est bien ce que je craignais, dit-il en éteignant les lumières. Vous pourrez les examiner à loisir plus tard ; pour l'instant, je crois que nous avons tous les deux besoin de reprendre des forces.

Reprendre des forces ? Perdue dans ses réflexions, Grace ne comprit guère ce qu'il voulait dire.

— C'est l'heure du dîner, mademoiselle Turner, précisa Khalis Tannous. Et je suis affamé.

Il ponctua ces derniers mots d'un sourire ravageur.

3

Grace faisait les cent pas dans la chambre somptueuse qui lui avait été attribuée. Elle brûlait d'appeler Michel, mais impossible d'avoir accès au réseau de téléphonie mobile sur cette satanée île. Était-ce fait exprès ? Balkri Tannous n'avait sûrement pas envie que ses hôtes soient en contact avec le monde extérieur ; en était-il de même avec Khalis ?

Elle ne savait absolument rien de cet homme. Tout ce que lui en avait dit Michel se résumait à quelques informations on ne peut plus succinctes : il était le fils cadet de Balkri Tannous, avait fait ses études à Cambridge et avait quitté sa famille à vingt et un ans pour vivre sa vie aux États-Unis.

Elle avait quelques certitudes, par contre : il était beau, charismatique et d'une assurance insolente. Et il suffisait qu'il s'approche d'elle pour que son pouls s'accélère. Ah, ne pas oublier qu'il l'avait amusée.

Grace secoua la tête. Il fallait absolument qu'elle lutte contre l'attirance qu'elle ressentait pour cet homme. Et même si son corps la trahissait, son esprit saurait résister.

Non, elle ne plongerait pas une nouvelle fois.

Elle avait vu comment richesse et puissance avaient transformé un homme au point de le rendre méconnaissable. Charmant extérieurement — comme Khalis — mais égoïste et cruel. Son hôte ressemblait-il à son ex-mari ?

Seigneur, voilà qu'elle s'égarait de nouveau… Quelle idée de comparer Khalis et son ex-mari ! Khalis était son client, rien de plus.

Il fallait absolument qu'elle arrête de réagir en fonction de ses émotions, ses souvenirs et ses peurs. De faire des comparaisons avec une autre île, un autre homme. Les choses étaient différentes. Elle-même était différente, maintenant. Plus forte. Plus dure. Plus avisée.

Oui, il était impératif qu'elle se recentre sur sa mission. Résolue à ne pas perdre de vue son objectif, elle s'assit et se saisit d'un bloc-notes. Le travail, et rien d'autre. Plus question de penser à Khalis dans son short de bain, à son torse sculptural et à ses épaules d'athlète. Plus question d'évoquer la façon dont il l'avait fait rire. Et surtout, plus question de se demander s'il risquait de finir comme son père, Balkri Tannous, ou son ex-mari : corrompu par le pouvoir, perverti par la richesse. Encore quelques jours et elle dirait adieu à cette île et à son propriétaire.

Seul dans son bureau, Khalis regardait la petite carte blanche qu'il tenait dans sa main.

« Grace TURNER ».

En plus de l'identité de la jeune femme, elle indiquait ses qualifications, le nom de sa société et son numéro de téléphone. Il la fit tourner entre ses doigts avant de la porter machinalement à ses lèvres. Comme si ce petit morceau de papier pouvait livrer quelque chose d'elle !

Cette femme l'intriguait. Bien sûr, ce qui l'avait frappé de prime abord, c'était son physique : avec ses cheveux miel et ses yeux chocolat, elle avait une beauté hors du commun, atypique. De longs cils noirs frangeaient ses paupières, qu'elle baissait souvent, comme pour cacher les émotions qu'il lisait dans son regard.

Comment pouvait-on être aussi sexy avec une blouse de soie blanche et une simple jupe droite, visiblement destinées à lui donner une allure professionnelle mais qui la rendaient incroyablement attirante ? Pourtant, malgré ses talons aiguilles, ses courbes généreuses et ses jambes interminables, elle n'avait pas l'air du genre à vouloir attirer les regards. Elle était aussi rébarbative qu'un oursin et aurait aussi bien pu avoir « Ne pas toucher » inscrit sur son front.

Or, il avait envie de la toucher... Et ce depuis l'instant où ces jambes sublimes étaient entrées dans son champ de vision, lorsqu'il terminait ses longueurs de bassin. Il n'avait pu s'empêcher de lui prendre la main dans la chambre forte, et la réaction qu'elle avait eue les avait surpris l'un comme l'autre.

Cette femme avait sûrement son lot de secrets... Il ressentait son extrême tension, sa peur même. Quelque chose dans cette île — ou chez lui — la rendait nerveuse. Dans un sens, cela n'avait rien d'extraordinaire. De l'extérieur, l'île d'Alhaja ressemblait à une prison. Quant à lui, n'était-il pas le fils d'un homme à la réputation sulfureuse ? Pourtant, il avait l'intuition que sa peur avait une autre origine. De quelles blessures gardait-elle encore les traces ?

Et s'il était tout simplement en train de projeter ses propres émotions sur cette femme mystérieuse et énigmatique pour masquer ses propres angoisses ? songea-t-il subitement. Force était de constater que se retrouver à Alhaja n'avait rien d'une partie de plaisir et que les souvenirs douloureux y remontaient facilement à sa mémoire.

« Ne m'abandonne pas ici, Khalis. »

Il se leva brusquement et se mit à arpenter son bureau. Quinze années durant, il avait réussi à faire taire cette voix, mais il avait suffi qu'il remette le pied sur ce maudit rivage pour qu'elle revienne le narguer et le tourmenter.

Rien ne l'empêchait de prendre en main les affaires de son père depuis n'importe laquelle des nombreuses villes où ce dernier avait des bureaux, comme le lui avait suggéré Eric. Mais il avait refusé. Il avait fui cette île jadis. Pas question de se dérober cette fois-ci.

— Khalis ?

Eric se tenait dans l'embrasure de la porte.

— Le dîner est servi, annonça-t-il.

— Merci, répondit Khalis tout en glissant la carte de visite de Grace dans la poche intérieure de son blazer.

Il sentit un agréable frisson d'impatience le parcourir à la perspective de cette nouvelle entrevue avec la fascinante Mlle Turner…

Lorsqu'il arriva sur la terrasse où était dressée la table, Khalis constata avec satisfaction que la lueur des torches créait une atmosphère d'intimité idéale pour un tête-à-tête. Grace n'était pas encore arrivée et il prit la liberté de remplir deux verres de vin. Il venait à peine de terminer lorsqu'il entendit le claquement de ses talons. Aussitôt, il ressentit un picotement électrique se propager dans tout son corps. Il suffisait qu'il sente sa présence pour avoir les sens en ébullition… Il se retourna, un sourire aux lèvres.

— Mademoiselle Turner.

— Si vous insistez pour que je vous appelle par votre prénom, alors vous devez en faire autant.

Khalis hocha la tête, tout en s'étonnant *in petto* que cette proposition lui fasse autant plaisir.

— Merci… Grace.

Elle entra dans le patio. Dieu, qu'elle était belle à la lueur des torches ! Elle avait conservé son chignon classique mais troqué sa tenue de ville contre une robe fourreau de soie couleur chocolat, qui moulait parfaitement ses courbes voluptueuses et chatoyait à chacun de ses mouvements. Et dire qu'elle ne se doutait certainement pas de l'effet qu'elle produisait ; elle avait même probablement choisi cette tenue pour sa sobriété. Elle n'en était que plus séduisante.

— Vous prendrez bien un peu de vin ?

— Merci.

— Je porterais bien un toast, mais l'occasion ne s'y prête guère, je pense.

— En effet, acquiesça Grace en reposant son verre. Vous devez vous douter, monsieur Tannous…

— Khalis, rectifia-t-il.

— Ah oui, j'avais oublié…

— Vous avez du mal, on dirait.

— Je vous l'ai dit, je préfère m'en tenir à des relations strictement professionnelles.

— Nous sommes au XXIe siècle, Grace. Appeler quelqu'un par son prénom n'est absolument pas une invitation à avoir des relations plus intimes, déclara-t-il, même si cette perspective ne le séduisait que trop…

Elle leva vers lui ses grands yeux sombres et il fut frappé par l'expression soudain sérieuse de son regard.

— Sans doute, admit-elle. En tout cas, je voulais vous dire ceci : je suis sûre que vous êtes conscient que la plupart des œuvres d'art contenues dans cette chambre forte ont été volées dans divers musées un peu partout dans le monde.

— C'est la raison pour laquelle j'ai souhaité cette expertise, afin d'avoir la confirmation que cette collection ne contient pas de faux.

— Et ensuite ?

Il but une gorgée de vin tout en lui lançant un regard amusé.

— Ensuite j'ai l'intention de tout vendre au marché noir puis de me débarrasser discrètement de vous.

— Si c'est une blague, elle est de très mauvais goût ! s'indigna Grace.

— *Si c'est une blague ?* Mais vous croyez vraiment que je suis capable d'une chose pareille ? Quel genre d'homme pensez-vous que je suis ? s'exclama-t-il, abasourdi.

Elle rougit légèrement et s'empressa de se justifier :

— Je ne vous connais pas. Tout ce que je sais, c'est ce que j'ai entendu dire sur votre père…

— Je suis loin de ressembler à mon père, protesta-t-il avec indignation.

Un sentiment de révolte et d'injustice s'empara de lui. Toute sa vie, il avait agi pour prouver qu'il était totalement différent de son père ; il avait dû faire des choix douloureux et en payer le prix, mais il s'était acquitté de sa dette.

— Que je vous rassure, reprit-il cependant avec un sourire forcé, jamais, au grand jamais, je ne ferais une chose pareille. Et à ma connaissance, mon père n'était pas un assassin.

— Mais c'était un voleur, rétorqua Grace calmement. Et pas des moindres.

— Il est mort. Il ne peut malheureusement pas payer pour ses crimes, mais je peux réparer les torts qu'il a causés.

— C'est ce que vous faites avec les Entreprises Tannous ?

Cette femme était vraiment implacable. Il avait l'impression de se trouver face à un juge. Son corps se raidit sous l'effet de la tension.

— Ce que j'essaie de faire, précisa-t-il. C'est une tâche herculéenne mais je ne reculerai pas devant la difficulté.

— Pourquoi est-ce à vous qu'il a laissé son entreprise ?

— C'est une question que je me suis posée à maintes reprises, et à laquelle je n'ai toujours pas trouvé de réponse. C'est mon frère aîné qui aurait dû hériter, mais lui aussi est mort dans l'accident.

— Et les autres actionnaires ?

— Ils sont très peu nombreux et ce sont des actionnaires

minoritaires. Cela n'empêche pas qu'ils ne sont guère ravis que je prenne le contrôle de la société.

— Que pensez-vous qu'ils feront ?

Il haussa les épaules.

— Que peuvent-ils faire ? Pour l'instant, ils attendent de voir quelle sera ma ligne de conduite.

— Pour savoir si vous serez comme votre père.

Cette fois-ci, elle avait abandonné son ton accusateur. Il y avait même de la sympathie dans sa voix, constata Khalis, agréablement surpris…

— Ils risquent fort d'être déçus.

— Pourquoi n'avoir pas tout simplement remis la collection à la police ? demanda soudain Grace.

Il eut un rire bref.

— Dans cette partie du monde ? Mon père était peut-être corrompu mais il n'était pas le seul. Il avait mis la moitié des forces de police locales dans sa poche.

— Oh ! je vois, murmura-t-elle.

Elle s'était levée et lui tournait le dos, à présent. Il n'était pas difficile de voir à quel point la tension contractait son corps svelte. Elle était de toute évidence sur ses gardes ; il allait être difficile de gagner sa confiance, de la persuader de sa bonne foi.

— Que les choses soient claires, Grace. Une fois que vous aurez expertisé les œuvres d'art — en particulier les tableaux de Léonard de Vinci — et que vous m'aurez garanti que ce ne sont pas des faux, j'ai l'intention de remettre l'intégralité de la collection à Axis pour qu'ils se chargent de restituer chaque pièce à son musée d'origine, que ce soit le Louvre, le Met, ou un obscur petit musée au fin fond de l'Oklahoma.

— Il y a des procédures légales…

Il l'interrompit, écartant sa remarque d'un geste de la main.

— Je n'en doute pas. Et je suis sûr que votre cabinet d'expertise saura s'occuper de cette affaire et s'assurer que chaque chef-d'œuvre regagne l'endroit où il était exposé.

À ces mots, elle tourna la tête et lui lança un regard étonné par-dessus son épaule, la bouche légèrement entrouverte, dans une pose incroyablement séduisante. Khalis frissonna de désir. Était-ce sa trop longue période d'abstinence ? Toujours est-il que Grace Turner le fascinait et l'attirait plus qu'aucune autre femme. Il brûlait d'embrasser ces lèvres douces et pleines, mais il voulait aussi les voir sourire… Oui, il devait se rendre à l'évidence, ce n'était pas une simple attirance physique qu'il éprouvait pour cette femme, et cette constatation l'ébranla plus qu'il ne l'aurait cru. Heureusement, la voix de Grace vint fort à propos le rappeler à la réalité.

— Je vous l'ai dit tout à l'heure, ces huiles sur bois de Léonard n'ont jamais été dans un musée.

— Pourquoi donc ?

— On n'a jamais été sûr de leur existence.

— Que voulez-vous dire ?

— Avez-vous reconnu le sujet des tableaux ?

— Il m'a semblé que c'était inspiré de la mythologie grecque. Léda et le cygne, je crois, ajouta-t-il après un instant de réflexion.

— Tout à fait. Vous connaissez l'histoire ?

— Vaguement. Le cygne, c'était Zeus, c'est ça ? Et il a séduit Léda.

— Oui, il l'a violée. Ce mythe a beaucoup inspiré les peintres de la Renaissance, qui l'ont traité avec un érotisme très suggestif.

Elle se trouvait à présent face à lui et son visage semblait pâle et triste à la lueur vacillante des torches.

— Le tableau qui se trouve dans la chambre forte serait

la première représentation de *Léda et le Cygne*, attribuée à Léonard de Vinci.

— Et il n'a pourtant jamais été exposé dans un musée ?

— Non, la dernière fois qu'il a été vu, c'était à Fontainebleau en 1625. Les historiens pensent qu'il a été délibérément détruit. De toute façon, s'il ne l'a pas été totalement, tout le monde s'accorde pour reconnaître qu'il a très certainement été terriblement endommagé. Ainsi donc, si votre tableau est authentique, votre père, ou un propriétaire antérieur, a obligatoirement dû le faire restaurer.

— Si cela fait quatre cents ans que personne ne l'a vu, comment peut-on savoir à quoi il ressemblait ?

— Grâce à des copies, toutes basées sur la première d'entre elles, effectuée par un des élèves de Léonard. On peut probablement l'acheter en poster dans la rue pour dix livres.

— En tout cas, ce n'est pas un poster qui se trouve dans la chambre forte.

— Non, en effet, répondit-elle en plantant ses yeux dans les siens.

Une fois encore, Khalis fut subjugué. Quel pouvoir incroyable avaient sur lui ces grands yeux bruns pensifs… La tristesse voilée qu'il y lisait réveillait en lui un instinct protecteur enfoui depuis des années, et il avait suffi d'un regard de Grace pour qu'il refasse surface. À présent, il n'avait qu'un désir : prendre soin de cette femme. Comment pouvait-il se sentir aussi sentimental ? Cela devenait inquiétant…

— En fait, continua Grace, j'aurais présumé qu'il s'agissait d'une copie s'il n'y avait pas eu le deuxième tableau.

— Le deuxième tableau ? répéta Khalis, qui avait du mal à suivre la conversation à cause de l'effet que Grace produisait sur lui.

Avec la légère rougeur qui colorait désormais ses joues, elle était encore plus séduisante. Une vague de désir lui coupa le souffle ; il prit une gorgée de vin pour cacher son trouble. Qu'avait donc cette femme de si particulier pour mettre ainsi ses sens en émoi ?

— Oui. D'après les historiens d'art, le deuxième tableau est une huile que Léonard n'a jamais achevée.

Elle secoua lentement la tête, comme si elle avait du mal à croire ce qu'elle avait vu de ses propres yeux. Elle cilla et Khalis comprit qu'elle était en proie à une intense émotion. Il fut pris d'une envie folle de l'attirer contre lui pour l'embrasser ou la serrer dans ses bras afin de la réconforter.

— Léda, non pas avec le cygne, poursuivit-elle, mais avec les enfants nés de cette union tragique : Hélène, Clytemnestre, Castor et Pollux.

— S'il ne l'a jamais achevée, comment les spécialistes peuvent-ils envisager son existence ?

— Il avait fait plusieurs études préparatoires. Il était fasciné par le mythe de Léda. Il est l'un des rares artistes à l'avoir peinte comme une mère, non comme une amante.

— Vous semblez passablement émue, observa-t-il doucement.

Cette remarque ne fit qu'accroître la tension de Grace et son corps frémit, comme parcouru d'une secousse électrique. Elle tenta visiblement de contrôler sa respiration irrégulière et, après une courte pause, se tourna vers lui en affichant un sourire serein.

— C'est normal, rétorqua-t-elle. Comme je vous l'ai dit, cette découverte est d'une importance considérable.

Khalis resta silencieux, se contentant de l'observer. À présent, elle avait repris contenance : son regard était neutre, son visage impassible — une expression qu'elle devait souvent adopter ; un masque pour cacher les émotions qui bouillonnaient sous la surface tranquille. Mais il n'était pas dupe : il avait lui-même une technique similaire. Sauf que son masque à lui était bien plus impénétrable. Il ne laissait rien passer, tandis qu'une ombre mélancolique voilait parfois le regard de Grace.

— N'est-ce pas l'histoire de Léda plutôt que la découverte de ces tableaux qui vous émeut ?

— Que voulez-vous que je vous dise ? Je ne peux m'empêcher de la plaindre, c'est tout.

Elle haussa les épaules, et le regard de Khalis fut irrésistiblement attiré par le mouvement de sa voluptueuse poitrine. La jeune femme avait visiblement surpris son regard car elle lança, le visage fermé :

— Vous avez dit tout à l'heure que vous mouriez de faim. Si on dînait ?

— Mais bien sûr.

Il se dirigea vers la table et tira sa chaise pour l'inviter à s'asseoir. Grace hésita puis le rejoignit d'un pas vif et s'assit. Il émanait d'elle une délicieuse et délicate odeur d'amande. Il prit place en face d'elle, de plus en plus troublé par l'effet qu'elle produisait sur lui. Tout en elle lui plaisait. Chaque mot, chaque geste, le surprenant mélange de force et de vulnérabilité qu'il percevait chez elle. Quant aux émotions qu'elle remuait en lui… Mieux valait ne pas y penser. Les événements de la semaine précédente l'avaient quelque peu fragilisé, voilà tout. Alors, quoi d'étonnant à ce qu'il se sente bêtement émotif ? Cela lui passerait…

Grace posa sa serviette sur ses genoux avec des doigts tremblants. Comment expliquer qu'elle soit à ce point ébranlée ? Était-ce de se trouver sur cette île effrayante, d'avoir vu ces tableaux étonnants ou la présence de Khalis Tannous qui la mettait dans cet état ? Les trois sans doute, malheureusement.

Impossible de nier que la façon dont cet homme semblait lire en elle la déstabilisait. Il suffisait que son regard s'attarde sur elle pour que tous ses sens soient en émoi. Non, il ne fallait pas, elle ne voulait pas que son corps la trahisse.

Il y avait si longtemps qu'elle s'était entraînée à ne rien ressentir de tel. Comment cet homme pouvait-il faire voler en éclats ses défenses aussi rapidement et aussi totalement ? Comment pouvait-il exercer sur elle un tel pouvoir d'attraction ? Elle ne savait que trop ce qu'on récoltait quand on laissait un homme s'approcher, quand on lui accordait sa confiance. Désespoir. Chagrin. Trahison.

— Si vous me parliez un peu de vous, suggéra Khalis, interrompant le cours de ses pensées.

Sa voix basse et nonchalante glissa sur elle comme de la soie, douce promesse d'une volupté à laquelle elle brûlait de s'abandonner. Il emplit de nouveau son verre. Elle aurait dû refuser, songea-t-elle, consciente que les quelques gorgées qu'elle avait bues lui étaient déjà montées à la tête — à moins que ce ne soit dû à l'effet que Khalis produisait sur elle ?

— Que voulez-vous savoir ?

— Tout, répondit-il avec un grand sourire en se calant dans son siège, son verre de vin à la main.

— C'est assez simple. Comme je vous l'ai dit, j'ai un doctorat en…

— Je ne parle pas de vos qualifications professionnelles.

Grace ne répondit pas : il était hors de question qu'elle dévoile sa vie privée…

— D'où êtes-vous ? demanda Khalis avec douceur, conscient sans doute qu'elle ne se livrerait pas facilement.

Son ton bienveillant la mit en confiance malgré elle ; c'était comme une invitation à lâcher prise et elle se surprit à respirer un grand coup, prenant par là même conscience de la tension dont elle se libérait.

— Cambridge.

— Et c'est à l'université de Cambridge que vous avez fait votre doctorat ?

— Oui, et aussi ma licence.

— Vous n'avez pas perdu de temps. Je ne vous donne pas plus de trente ans.

— J'en ai trente-deux. Et, en effet, non, je n'ai pas perdu de temps.

— Vous savez que j'ai fait mes études à Cambridge ?

Elle acquiesça d'un signe de tête ; elle avait lu dans l'avion le dossier que Michel avait constitué sur lui.

— On s'y est probablement trouvés en même temps. J'ai quelques années de plus, mais pour peu que vous ayez commencé vos études lorsque je terminais les miennes, il est possible qu'on se soit croisés.

Elle se contenta de hausser les épaules, rêveuse. Si Khalis Tannous s'était trouvé à moins de cinquante kilomètres d'elle, elle l'aurait su, à coup sûr. Ou peut-être pas, après tout. À l'époque, c'était par un autre étudiant de Cambridge qu'elle était éblouie — son ex-mari. Éblouie et obnubilée. Dire qu'à l'époque Khalis et Loukas se connaissaient peut-être, ou qu'ils étaient amis… Elle en frémissait rien que d'y penser. Et si Loukas découvrait où elle était — et surtout *avec qui* ? Même s'il s'agissait d'un déplacement professionnel, elle connaissait trop bien son ex-mari pour ne pas deviner sa réaction : il pourrait bien l'empêcher de voir Katerina. Pourquoi, mais *pourquoi* avoir laissé Michel la contraindre à accepter cette mission ?

— Grace ?

Elle leva les yeux. Khalis la fixait d'un air inquiet.

— Vous êtes devenue pâle comme un linge en l'espace de quelques secondes.

— Ce n'est rien, désolée. Le vol m'a un peu fatiguée et je n'ai rien mangé depuis le petit déjeuner, bafouilla-t-elle.

— Alors permettez que je vous serve.

Il frappa dans ses mains, et aussitôt une jeune femme apparut avec un plateau débordant de plats.

Elle regarda machinalement Khalis lui emplir son assiette mais son esprit était ailleurs. Il y avait peu de chances, finalement, qu'il connaisse Loukas. Et quand bien même il le connaîtrait, il avait tout intérêt à se montrer discret au sujet de la collection d'art de feu son père. Seigneur, voilà qu'elle recommençait avec sa paranoïa ! D'un autre côté, elle n'avait pas d'autre choix que d'être constamment sur ses gardes si elle voulait continuer à voir sa fille. Les visites étaient si rares — et toujours sous le contrôle total de son ex-mari…

— Bon appétit, fit Khalis.

— Ça a l'air délicieux, répondit-elle en se forçant à sourire.

— Vraiment ? Parce que vous contemplez votre assiette comme s'il s'agissait de votre dernier repas.

Elle se pressa discrètement le front ; une migraine se préparait, mais elle se devait de faire bonne figure. Elle n'avait surtout pas envie de passer pour une petite nature.

— Un dernier repas bien succulent, en tout cas, répliqua-t-elle d'un ton qu'elle voulut léger.

Elle prit une bouchée de couscous et réussit à l'avaler, malgré le regard insistant et interrogateur de Khalis posé sur elle. Il n'était visiblement pas dupe…

— Et donc, vous avez grandi à Cambridge ? demanda-t-il enfin.

— Oui, mon père était professeur à Trinity College, répondit-elle, soulagée de constater qu'il changeait de sujet.

— Était ?

— Il est mort il y a six ans.

— Je suis désolé.

— Je devrais vous dire la même chose. Je suis désolée pour la perte de votre père et de votre frère.

— Merci, mais ne prenez pas cette peine.

Grace resta un instant silencieuse, sa fourchette à la main.

— Même si vous ne les aviez pas vus depuis longtemps, c'est certainement une perte.

— J'ai quitté ma famille il y a quinze ans, Grace. Ils étaient morts pour moi. Mon deuil, c'est à ce moment-là que je l'ai fait.

Il parlait d'une voix neutre mais sous son affabilité décontractée, Grace perçut une dureté implacable.

— Vous ont-ils manqué à l'époque ?

— Non, répliqua-t-il, impassible et catégorique.

La question était close. Mieux valait passer à autre chose…

— Qu'est-ce qui a motivé votre choix de vous installer aux États-Unis ?

— La distance.

Grace comprit qu'elle n'avait pas choisi le bon sujet de conversation. Durant quelques instants, ils mangèrent en silence. On n'entendait que le murmure des vagues et du vent. Quel calme, quelle douceur ! Sans ces hauts murs qui l'entouraient, cette île au milieu de la Méditerranée serait un vrai paradis. Mais même si elle ne les voyait pas, ils étaient présents dans son esprit. À cette pensée, un nouvel éclair de douleur lui vrilla le crâne et sa main se crispa sur sa fourchette.

— Grace ? s'inquiéta Khalis, surpris par son soudain changement d'expression.

— Avez-vous grandi ici ? demanda-t-elle brusquement. Derrière ces murs ?

Il resta un moment silencieux, le regard pensif.

— J'y étais surtout pendant les vacances, finit-il par

répondre. À l'âge de sept ans, je suis parti dans un internat en Angleterre.

— Sept ans, murmura-t-elle. Cela a dû être dur.

Khalis haussa les épaules.

— J'imagine. À l'époque, j'étais trop petit pour en savoir sur eux autant que j'aurais dû.

— Que voulez-vous dire ?

— Vous n'ignorez sûrement pas que mon père n'était pas le plus admirable des hommes. Enfant, je n'en avais pas conscience. Et donc, il me manquait, oui.

Malgré le ton détaché de Khalis, Grace ne put s'empêcher de se sentir touchée. Elle aurait aimé en savoir plus. Quand avait-il perdu ses illusions sur son père ? Quand avait-il quitté l'université ? Cessait-on d'aimer quelqu'un lorsqu'on découvrait ses travers ? Pour lui, la réponse était certainement oui.

— Et votre mère ? se hasarda-t-elle à demander.

— Elle est morte lorsque j'avais dix ans. Je ne me souviens pas trop d'elle.

— Ah bon ? s'exclama Grace, sans pouvoir cacher sa surprise. J'avais treize ans quand la mienne est morte, et j'ai tant de souvenirs ! Le parfum de sa crème pour les mains, la douceur de ses cheveux, les berceuses qu'elle me chantait.

Elle se souvenait aussi combien leur maison sur Grange Road lui avait paru poussiéreuse et vide après sa mort, avec son père entouré de ses livres et de ses antiquités…

— C'était il y a longtemps, dit Khalis.

Il avait parlé sans rudesse, mais il n'était pas difficile de comprendre que le sujet était clos. On aurait dit qu'il *voulait* ne pas se souvenir de sa mère, ou de qui que ce soit de son passé.

Quel homme mystérieux. Elle avait la quasi-certitude qu'il cachait des secrets. Une blessure. Derrière le ton souvent léger, le sourire facile, elle devinait un côté obscur et une dureté qui la repoussaient et la captivaient à la fois. Il était hors de question qu'elle se laisse séduire, encore moins par un homme comme Khalis. Et pourtant... Comment se détacher de l'éclat gris-vert de son regard légèrement voilé ? Comment ignorer cette vague de désir qui la submergeait malgré son mal de tête lancinant ? Douleur et plaisir. Tentation et torture. Ils allaient toujours de pair, semblait-il.

Mais elle s'égarait... Pis, si elle ne redonnait pas rapidement un tour professionnel à la conversation, elle risquait fort de baisser la garde.

— Demain matin, j'aimerais voir le matériel dont vous m'avez parlé, déclara-t-elle d'un ton volontairement sec. Plus vite je serai en mesure d'évaluer si les Vinci sont authentiques et mieux ce sera.

— Vous en doutez vraiment ?

— Mon métier, c'est de douter. J'ai besoin de prouver que ce sont des vrais.

— Fascinant, murmura Khalis. La quête de la vérité. Qu'est-ce qui vous a poussée à faire ce métier ?

— Mon père était professeur d'histoire ancienne. J'ai passé la majeure partie de mon enfance dans les musées — à part une période où j'étais férue d'équitation et où tout ce que je voulais faire, c'était monter à cheval. Le musée Fitzwilliam, à Cambridge, était pratiquement une deuxième maison.

— Tel père, telle fille ?

— Parfois, répondit-elle en plongeant son regard dans le sien, un père et sa fille ont en commun bien plus que le sang qui coule dans leurs veines.

Ses yeux restaient rivés à ceux de Khalis, comme aimantés. Ils réveillaient son désir enfoui d'être comprise, reconnue — ou même révélée. Et s'il était vrai que les yeux reflétaient les émotions, dans les yeux agate de Khalis elle lisait du chagrin, de la colère, peut-être même du désespoir.

Ou bien était-elle tout simplement en train de regarder dans un miroir ?

Tous ces sentiments qui se bousculaient dans son esprit n'avaient fait qu'aggraver son mal de tête. Le sang battait à ses tempes. Elle ressentit le besoin irrésistible de fermer les yeux.

— Vous devez goûter nos desserts, dit Khalis d'une voix légère, après un long silence. Une spécialité tunisienne : des cornets aux amandes et au sésame.

À peine avait-il prononcé ces mots que la jeune femme qui les servait entra avec des pâtisseries, ainsi qu'une cafetière et des tasses en porcelaine.

Grace prit une bouchée de gâteau mais fut incapable d'avaler une goutte de café. Son mal de tête était devenu insupportable. Si elle ne s'allongeait pas dans le noir, elle serait dans l'incapacité de faire quoi que ce soit pendant des heures, voire des jours.

Ces migraines revenaient avec une régularité déprimante depuis son divorce. D'une main tremblante, elle reposa sa tasse dans la soucoupe.

— Je suis désolée mais je me sens très fatiguée. Je crois que je vais aller me coucher.

Khalis se leva aussitôt, le regard assombri par l'inquiétude.

— Bien sûr. Vous n'avez pas l'air bien. Vous avez la migraine ?

Grace hocha très légèrement la tête. Des points lumineux dansaient devant ses yeux. Elle se leva de table avec précaution. Des éclairs de douleur lui transperçaient le crâne à chacun de ses mouvements.

— Venez, dit Khalis en la prenant par la main et en passant un bras autour de ses épaules.

— Je suis désolée, murmura-t-elle.

— Vous auriez dû me le dire.

— C'est arrivé brusquement.

— Veuillez m'excuser pour une telle familiarité, mais ce sera plus simple et plus rapide comme ça.

Alors, il la prit dans ses bras pour la porter jusqu'à sa chambre.

Grace resta silencieuse. Dans l'état de faiblesse où elle se trouvait, elle n'avait pas la force de protester. Pas l'envie non plus, à vrai dire… C'était tellement bon de se laisser porter, lovée contre son torse musclé. Il y avait tellement longtemps que personne ne l'avait tenue dans ses bras, que personne n'avait pris soin d'elle. Elle avait beau savoir où tout cela menait, elle avait beau s'être promis qu'on ne l'y prendrait plus, elle ne fit pas le moindre geste pour résister. Elle se blottit même encore plus contre Khalis, la tête enfouie au creux de son épaule.

— Vous auriez dû me le dire plus tôt, murmura-t-il tout en repoussant une mèche de cheveux de sa joue.

Elle ferma les yeux. La douleur était devenue intolérable. Elle était incapable de parler ou même de penser.

Finalement, elle entendit une porte s'ouvrir, puis sentit Khalis la déposer doucement sur un lit. Lorsqu'il fut sorti, elle se sentit soudain totalement seule. Mais il revint peu après avec un linge humide qu'il posa sur son front. Elle poussa un gémissement de soulagement.

— Pourrez-vous avaler cela ? lui demanda-t-il en déposant deux comprimés dans sa main.

— Qu'est-ce que c'est ? parvint-elle à articuler.

— Du paracétamol. Je n'ai rien de plus fort, malheureusement.

Il lui tendit un verre d'eau et, malgré les élancements qui lui vrillaient le crâne, Grace réussit à avaler les médicaments. Elle reposa la tête sur l'oreiller, épuisée. Sa douleur était telle que plus rien n'avait d'importance, pas même de savoir que Khalis la voyait dans cet état de faiblesse et de vulnérabilité, le jour même de son arrivée…

Elle sentit qu'il lui retirait ses talons aiguilles puis qu'il saisissait ses pieds et commençait à lui en masser la plante avec les pouces. Elle se laissa faire, s'abandonnant totalement. C'était incroyablement bon et elle sentit son mal de tête diminuer un peu, son corps se détendre. Pour rien au monde elle n'aurait bougé, même si elle en avait eu la force.

Sans doute sombra-t-elle dans le sommeil car, le lendemain matin, la dernière chose dont elle se souvenait de la soirée de la veille, c'était la douceur des doigts de Khalis en train de lui masser les pieds.

4

Grace s'assit dans son lit et regarda autour d'elle, affolée. Non, Khalis n'était pas dans sa chambre. Quelle humiliation, s'il avait passé la nuit entière auprès d'elle ! Elle était suffisamment gênée qu'il l'ait vue aussi mal en point. Pourtant, avec quelle douceur il l'avait massée, avec quelle gentillesse il s'était occupé d'elle ! Cela n'en était que plus mortifiant : elle détestait se sentir faible ; elle détestait que Khalis l'ait vue dans cet état et qu'il en ait, d'une certaine façon, profité. Même si elle n'était pas restée insensible à la tendresse et à la sollicitude qu'il lui avait manifestées.

Elle se leva et se dirigea vers la salle de bains, bien déterminée à oublier les événements de la veille, à démarrer la journée sous l'angle du travail.

Revigorée par sa douche, elle enfila un pantalon noir étroit et un T-shirt blanc ajusté. Puis elle se maquilla discrètement, attacha ses cheveux en queue-de-cheval et prit son attaché-case. Elle était prête à offrir l'image qu'elle souhaitait donner d'elle : professionnelle, forte, maîtresse de la situation, et non pas faible ou en manque d'affection.

Eric, l'assistant de Khalis, l'accueillit au bas de l'escalier principal avec un grand sourire. Ce matin encore, il portait un de ses shorts de plage, avec un T-shirt orné d'un logo.

— Mademoiselle Turner, permettez-moi de vous conduire à la salle à manger.

— Merci.

Tandis qu'ils suivaient un couloir carrelé, elle ne put s'empêcher de laisser libre cours à sa curiosité.

— Vous connaissez M. Tannous depuis longtemps ?

— Depuis son arrivée aux États-Unis, il y a quinze ans. Je bosse pour lui depuis le début. Il a de grandes idées, moi non ; mais les tâches administratives, c'est mon rayon.

— Vous étiez au courant, pour sa famille ?

Eric hésita une seconde.

— En Californie, tout le monde, ou presque, prend un nouveau départ.

Malgré son ton cordial et décontracté, Grace comprit qu'il n'en dirait pas plus.

— Nous y voilà, annonça-t-il en l'introduisant dans une pièce agréable, à l'arrière du bâtiment.

Khalis était déjà installé à la table du petit déjeuner. Il buvait du café, absorbé par l'écran de son ordinateur portable. Lorsqu'elle entra, il leva la tête et la gratifia de ce sourire tranquille qui commençait à lui être familier. Aussitôt, des images envahirent son esprit. Dire que, la veille, il l'avait tenue dans ses bras, qu'elle avait pressé la tête contre son torse, qu'il lui avait massé les pieds… Le pire, songea-t-elle alors en sentant le rouge lui monter aux joues, c'est qu'il avait bien dû remarquer qu'elle y avait pris plaisir.

— On dirait que ça va mieux, lui fit-il remarquer.

Elle prit place et se versa elle-même du café.

— Oui, merci, répondit-elle, les yeux rivés sur sa tasse pour dissimuler son embarras. Je vous prie de m'excuser… hum… pour hier soir.

— Mais de quoi ?

Elle ajouta du lait dans son café, incapable d'affronter le regard de Khalis.

— D'avoir été si peu…

— Vous étiez souffrante.

Sa voix était si calme que Grace, un peu rassurée, osa lever les yeux. Elle lut sur le visage de son hôte une telle compréhension que, pour un peu, elle aurait cédé à l'envie de se confier à lui…

— Certes, répondit-elle, sauf que je suis ici pour exécuter une tâche bien précise. Et je dois l'assumer.

Elle remua son café et en but une gorgée.

— Et je suis sûr que vous l'exécuterez admirablement. D'ailleurs, qu'est-ce qui est à l'ordre du jour, au juste ?

Grace retint un soupir de soulagement. Dieu merci, il n'avait pas l'intention de revenir sur l'épisode de la nuit dernière !

— Dans un premier temps, expliqua-t-elle, j'aurai besoin de cataloguer tout ce qui se trouve dans la chambre forte ; puis de consulter la base de données qui répertorie les œuvres d'art et les antiquités disparues. Les objets qui s'avéreront volés pourront être, pour l'instant, mis de côté. Des experts des musées concernés devront être contactés ainsi que…

— Je préférerais ne contacter personne tant que l'on ne saura pas exactement à quoi s'en tenir, l'interrompit Khalis.

À ces mots, Grace sentit la méfiance l'envahir. C'était peut-être ridicule, mais c'était plus fort qu'elle. Khalis n'avait sans doute pas l'intention de garder les œuvres d'art pour lui, n'empêche qu'elle ne lui faisait pas confiance. Ni sur le plan professionnel ni sur le plan personnel.

— Et pourquoi donc ? demanda-t-elle froidement.

— Tout simplement parce que j'ai envie de pouvoir contrôler un tant soit peu la tempête médiatique qui se déclenchera inévitablement lorsqu'on découvrira que mon père détenait un grand nombre de tableaux volés, expliqua-t-il avec douceur. Je n'aime pas particulièrement la publicité.

— Moi non plus, figurez-vous.

— Et pourtant, votre nom sera certainement mentionné dans les articles qui ne manqueront pas d'être écrits sur le sujet.

— Le nom d'Axis Assurances Art, peut-être, objecta Grace avec vivacité, pas le mien. Cela a toujours été ainsi, selon un accord avec mon cabinet.

Khalis la fixa par-dessus sa tasse de café.

— Si vous n'aimiez vraiment pas la publicité, ma décision d'attendre avant de contacter une source extérieure devrait rencontrer votre approbation totale.

— Vous cherchez à me manipuler, affirma-t-elle alors sans se laisser impressionner.

Il haussa un sourcil, étonné.

— Parce que si je vous demande d'attendre avant d'appeler la police, ça veut dire que je vous *manipule* ?

Elle se mordit la lèvre. Elle était allée un peu loin : Khalis ne lui avait rien demandé d'illégal. Mais autrefois, elle avait cru un homme, elle avait eu foi en ses promesses. Elle avait aliéné sa liberté… et plongé dans le désespoir. Rien que d'y penser, son corps se raidit et ses muscles se contractèrent. La souffrance remonta à la surface, réveillant sa migraine. Allons, il fallait qu'elle se raisonne : Khalis Tannous n'était pas son ex-mari.

— Vous ne me faites toujours pas confiance, n'est-ce pas ? demanda Khalis. Vous n'êtes pas convaincue que je souhaite m'occuper de la collection de mon père en toute légalité ?

Grace se sentit piégée. Difficile d'admettre que là n'était pas la question. C'était dans les recoins les plus sombres de sa mémoire qu'il fallait fouiller pour trouver la clé d'un comportement qu'elle avait du mal à s'expliquer.

— J'ignore quel genre d'homme vous êtes, reconnut-elle en plantant les yeux dans les siens.

— Certes, concéda Khalis, mais si j'avais l'intention de conserver les tableaux ou de les vendre au marché noir, contacter votre agence aurait vraiment été la chose la plus stupide à faire. Voyez, votre manque de confiance frise le ridicule, Grace.

Elle se raidit, vexée. Malgré la démarche de Khalis, elle n'arrivait pas à faire taire cette peur instinctive qui couvait en elle depuis le moment où elle avait découvert la *Léda* de Léonard de Vinci. Son existence, à l'instar de celle de Léda, avait été des plus malheureuses, et le souvenir de ce qu'elle avait vécu, adorée et recluse, cachée aux yeux du monde comme si elle avait été un tableau dans cette chambre forte, expliquait ses réactions face à cet homme.

— Cela peut vous sembler ridicule, en effet, répliqua-t-elle sèchement, mais sachez que l'expérience m'a rendue méfiante.

— L'expérience professionnelle ou… personnelle ?

— Les deux, répondit-elle en contrôlant le tremblement de sa voix.

Seigneur… Cette conversation mettait vraiment ses nerfs à rude épreuve. Comment afficher un visage serein et parler posément quand l'émotion vous submergeait ? Elle devait absolument calmer son agitation intérieure. Pour se donner une contenance, elle se mit à beurrer une tartine. Pendant ce temps, Khalis buvait lentement son café. En silence mais de toute évidence, il n'en pensait pas moins. Elle en avait trop dit, c'était clair.

Après tout, quelle importance ? S'il voulait connaître son histoire, ou du moins une partie, il lui suffisait de lancer une recherche sur internet. Il en apprendrait suffisamment pour pouvoir la blesser. C'était peut-être déjà fait, d'ailleurs, bien que l'air indifférent qu'il affichait laisse supposer le contraire.

— Et donc, dit-il finalement, que ferez-vous après avoir catalogué les tableaux et consulté ce fichier ?

— Je compte effectuer des tests préliminaires sur ceux qui s'avéreront ne provenir d'aucun musée. Je suppose que votre père ne répertoriait pas ses œuvres d'art.

— J'en doute, en effet.

— La plupart des tableaux de valeur ont des certificats d'authenticité, poursuivit-elle. Il est pratiquement impossible de vendre un tableau de grande valeur sans ce document.

— Vous voulez dire que mon père aurait dû être en possession de ces certificats ?

— Pour les tableaux qui n'ont pas été volés, oui. Pour les autres, les certificats sont certainement restés dans les musées auxquels appartenaient les tableaux. Sérieusement, il faudrait contacter une autorité juridique. Interpol, ou le département pour la protection du patrimoine culturel du FBI.

— Non.

Grace sentit son sang se figer. Khalis n'avait pas haussé la voix mais ce « non » était glacial. Il lui rappelait le ton implacable de Loukas lorsqu'elle lui avait demandé la permission d'aller à Athènes pour y faire les magasins. Un misérable petit voyage afin d'effectuer quelques achats pour Katerina. Elle n'avait pas protesté, à l'époque, comme paralysée. Et maintenant non plus, elle n'avait pas l'audace de protester. Peut-être n'avait-elle pas changé autant qu'elle l'avait espéré… ?

— Je n'ai aucune envie de voir les forces de l'ordre envahir cette propriété et tout passer au peigne fin, précisa Khalis.

— Vous cachez quelque chose.

— Mon *père* cachait des tas de choses, corrigea-t-il. Et j'ai l'intention de découvrir quoi avant d'inviter la police.

— Donc, dit-elle d'une voix tremblante de colère

contenue, c'est vous qui déciderez quoi révéler et quoi dissimuler, c'est ça ?

Un éclair passa dans les yeux de Khalis. Il se pencha et lui encercla le poignet avec sa large main, d'un geste précis et contrôlé, mais qui dénotait une puissance redoutable.

— Que ce soit bien clair, martela-t-il. Je ne suis *pas* corrompu. Je ne suis *pas* un criminel. Je n'ai nullement l'intention de laisser les Entreprises Tannous poursuivre leurs activités illégales. Pas plus que je n'ai l'intention de remettre les rênes à une bande de bureaucrates qui pourraient aussi vouloir se remplir les poches, comme mon père. Compris ?

— Lâchez mon poignet, ordonna-t-elle froidement.

À ces mots, il parut prendre conscience de ce qu'il était en train de faire. Il desserra son emprise puis poussa un profond soupir tout en se passant une main dans les cheveux.

— Pardonnez-moi. Je suis désolé si je vous ai effrayée.

Rassemblant sa dignité, Grace garda le silence. Elle n'allait certainement pas admettre qu'elle avait eu peur, ni en exposer la raison.

Khalis lui jeta un regard pensif.

— Vous avez été blessée par le passé, n'est-ce pas ? Par un homme.

Le choc de la vérité lui glaça les sangs, et sa tasse de café faillit échapper à ses mains tremblantes.

— Cela ne vous regarde pas.

— Vous avez raison. Je vous présente de nouveau mes excuses.

Il détourna le regard. Le silence se fit pesant.

— Alors, ces tests préliminaires, en quoi consistent-ils ? demanda-t-il au bout d'un moment, revenant sur un terrain moins risqué.

Grace s'éclaircit la voix.

— Eh bien, j'ai besoin de vérifier quel matériel se trouve

dans le sous-sol. S'il convient, je peux déterminer l'âge du bois des panneaux. C'est un moyen particulièrement fiable pour dater les œuvres de maîtres européens, puisqu'ils peignaient presque toujours sur bois.

— Les deux tableaux de la pièce du fond sont sur bois.

— Oui.

— Intéressant, dit-il en hochant la tête. Vraiment fascinant.

— Tout à fait d'accord.

Il lui adressa un bref sourire et Grace se sentit touchée malgré elle. Quelle satisfaction d'avoir affaire à un homme qui s'intéressait à son travail ! Durant leur mariage, Loukas lui avait clairement signifié qu'il n'avait nulle envie de l'entendre parler de son métier. Il était même allé jusqu'à lui demander de cesser son activité. Elle avait accepté, ce qui lui avait terriblement coûté.

— Bon, je ferais mieux de vous laisser, lança Khalis. Vous avez du travail.

Grace acquiesça d'un signe de tête tout en repoussant sa chaise. Elle avait à peine touché à sa tartine. Elle n'avait guère d'appétit.

— Eric vous conduira au sous-sol. Si vous avez besoin de quoi que ce soit, n'hésitez pas à me le faire savoir.

Sur ce, il lui sourit de nouveau en guise d'au revoir, prit son ordinateur et quitta la pièce. Elle le regarda partir, furieuse contre elle-même de se sentir soudain seule.

Grace passa le reste de la journée à répertorier toutes les œuvres d'art, puis à les rapprocher du fichier des objets volés. Les résultats avaient de quoi la démoraliser. Ainsi qu'elle l'avait soupçonné, une bonne partie des tableaux avaient été volés. Cela facilitait son travail d'authentification et d'estimation, mais quelle tristesse de penser au nombre de toiles qui avaient été perdues pour le public, parfois pendant plusieurs générations !

À midi, la jeune domestique qui les avait servis la veille au soir lui apporta une assiette de sandwichs avec un pot de café.

— Monsieur Tannous a dit que vous faut manger, murmura-t-elle dans un anglais hésitant.

Grace accueillit cette pause-déjeuner avec une satisfaction mêlée de déception. Elle ne verrait pas Khalis...

Quelle idiote ! Comment avait-elle pu s'attendre à partager un autre repas avec lui ? Le dîner de la veille avait été organisé en guise de bienvenue, voilà tout, et il n'y avait pas de raison qu'il y en ait d'autres. Pourtant, elle ne pouvait nier le léger serrement de cœur qu'elle ressentait à la perspective de rester tout un après-midi seule pour travailler.

C'était bien la première fois que cela la dérangeait ; la solitude, elle y était habituée. Ses réactions étaient inhabituelles, ces dernières heures. Elle ne se reconnaissait pas.

Perplexe, elle retourna à son ordinateur portable, bien décidée à se concentrer uniquement sur son travail.

Elle travailla d'arrache-pied et ne s'interrompit que lorsqu'elle entendit frapper à la porte du laboratoire où elle avait installé son bureau temporaire, en face de la chambre forte. Elle leva les yeux : Khalis se tenait dans l'embrasure, plus séduisant que jamais. Il avait troqué le pantalon noir et la chemise de soie qu'il portait le matin contre un short et un T-shirt qui moulait ses pectoraux. Ses cheveux étaient légèrement ébouriffés.

— Assez travaillé ! lança-t-il. Ça fait huit heures que vous êtes enfermée là-dedans.

Grace cligna des yeux, surprise. Huit heures, vraiment ? Elle n'avait pas vu le temps passer. Et pourtant, sa nuque était terriblement contractée...

— J'étais plongée dans mon travail, répondit-elle avec un petit sourire, incapable d'endiguer le frisson de plaisir qu'elle ressentait en le voyant.

Il lui sourit en retour.

— Je vois. Je n'aurais jamais imaginé que l'expertise d'art puisse être un travail aussi passionnant.

— J'ai inventorié toutes les œuvres en les…

— Chut ! Je ne veux entendre parler ni d'art, ni de vols, ni de travail. Il est temps de se relaxer.

— Se *relaxer* ? répéta-t-elle, méfiante.

— Oui, se relaxer, reprit-il. Dans une heure, le soleil sera couché et j'ai envie d'aller me baigner tant qu'il fait encore jour.

— Je vous en prie, répondit-elle en plongeant de nouveau dans ses dossiers, ne vous retardez pas.

Un autre grand sourire fendit le visage de Khalis.

— J'aimerais que vous veniez avec moi, Grace.

Elle sentit son cœur bondir dans sa poitrine. Que répondre à une telle proposition ?

— Eh bien… Je ne sais pas…

— Vous ne savez pas quoi ? Nager ? Je pourrai vous apprendre. Nous commencerons par la nage du chien, déclara-t-il, tout en mimant le mouvement.

Elle ne put réprimer un sourire, avant de se ressaisir. Surtout ne pas accepter. Il avait suffi de deux sourires et de quelques phrases pour qu'elle se sente légère. *Heureuse*, même. C'était aussi dangereux et addictif que le désir irrépressible qu'il faisait naître en elle.

Elle secoua la tête.

— Merci, mais je dois absolument finir ce travail.

Khalis secoua la tête.

— Ce n'est pas bon de travailler sans faire de pause, affirma-t-il. Surtout après la violente crise de migraine que vous avez eue hier soir. Je ne suis pas venu vous interrompre à l'heure du déjeuner, mais maintenant, vous avez impérativement besoin de récupérer.

— La plupart des employeurs n'insistent pas pour que leur personnel prenne du repos.

— Je ne suis pas la plupart des employeurs. De plus, vous n'êtes pas vraiment mon employée. Je suis votre client.

— Peut-être, mais…

— On travaille plus efficacement quand on est reposé et détendu. Tout le monde sait ça. En Californie, en tout cas.

Il tendit un bras vers elle, ne lui laissant plus d'échappatoire.

— Allez !

Grace lutta contre elle-même. Ne pas prendre sa main. Ne pas le toucher. Ne pas aller se baigner avec lui. Ne même pas *l'envisager*, parce qu'elle ne voulait plus jamais s'engager dans une relation. L'amour, la confiance, le désir… Elle ne voulait plus en entendre parler.

Et pourtant elle restait là, immobile, hésitante, paralysée par sa folle envie d'accepter, qu'elle essayait tant bien que mal de refréner. Sa raison avait beau l'exhorter à la prudence, à la fermeté, son corps, et peut-être même son cœur, tenaient un autre langage.

— Vous avez un maillot de bain ? demanda Khalis.

Elle acquiesça d'un signe de tête, presque à contrecœur. Elle en avait finalement glissé un dans sa valise, contrairement à ce qu'elle avait déclaré à Michel.

— Alors, qu'est-ce qui vous arrête ?

Que répondre ? Rien qu'à l'idée de se trouver avec Khalis en maillot dans une piscine, Grace vibrait dans sa chair.

Et que dire, outre la tentation physique, de son besoin d'affection, de tendresse ? De son envie de se rapprocher de cet homme, alors qu'elle n'en avait pas le droit, sinon Loukas… Elle préférait ne pas imaginer comment il la ferait payer.

— Grace…

En entendant son prénom murmuré par les lèvres sensuelles de Khalis, elle eut l'impression qu'elle n'avait pas le choix — ce qui tout à la fois l'exaspéra et la laissa stupéfaite. Impossible de lutter…

Alors, vaincue, elle tendit le bras et prit sa main.

Khalis jubilait. Main dans la main avec Grace, il venait de quitter le sous-sol pour retrouver la lumière du soleil et l'air pur. C'était comme s'il avait remporté une victoire importante — non pas contre elle, mais *pour* elle. Il y avait chez Grace une vulnérabilité cachée qui l'intriguait, l'attirait, lui donnait envie de la protéger. Il avait passé une bonne partie de la journée à penser à elle, à essayer d'imaginer ce qu'elle faisait, à quoi elle rêvait, ce qu'elle ressentait. À se demander qui était l'imbécile qui avait osé la blesser. Et, par-dessus tout, à fantasmer sur la douceur de ses lèvres…

Depuis combien de temps n'y avait-il plus eu de femme dans sa vie ? La dernière dont il avait été vraiment proche, c'était sa sœur, Jamilah.

« Et regarde ce qui est arrivé », lui souffla une petite voix sadique dans sa tête. Il la fit taire. C'était juste cette île qui ravivait ses souvenirs et faisait naître ces émotions. « Cette île… mais aussi cette femme. »

— Je dois aller me changer, fit Grace en lui lâchant la main, le tirant de son monde intérieur.

— On se retrouve à la piscine ? proposa-t-il alors.

— Entendu.

Il s'assit sur le bord du bassin, les pieds dans l'eau, profitant des rayons du soleil déclinant. Lorsque Grace reparut, Khalis faillit tomber à l'eau de stupéfaction : elle était tellement raide, tellement gauche. Et ce maillot… tout simplement épouvantable ! Certes, il lui allait parfaitement, mais il était noir et austère, avec un col montant et une jupette qui lui couvrait presque les cuisses. Elle ressemblait à une grand-mère. Une grand-mère très sexy, mais une grand-mère quand même.

Il sourit. Visiblement, elle ne souhaitait pas mettre sa plastique en valeur. Mais même avec un maillot ridicule, Grace Turner restait attirante.

Elle avait dû percevoir son regard évaluateur car elle se raidit encore plus et releva le menton, prenant cette attitude fière et défensive qu'il commençait à bien connaître. Il lui tendit la main mais elle la refusa et se dirigea précautionneusement vers les marches.

— Vous pouvez y aller, l'eau est bonne, déclara-t-il.

Prudente, elle trempa un orteil, puis resta immobile sur la première marche, de l'eau jusqu'aux chevilles, avec une mine si peu réjouie qu'on aurait dit qu'elle allait au supplice.

— Alors ? demanda-t-il d'une voix amusée.

Elle le regarda comme un petit animal effrayé puis esquissa un sourire.

— Je suis désolée. Je ne suis pas habituée à… ça.

— Vous m'avez pourtant dit que vous saviez nager.

Elle secoua la tête, visiblement agacée.

— *Ça*, répéta-t-elle en les désignant tous deux d'un geste de la main.

Khalis sentit comme un coup de fouet au bas des reins. Ainsi, elle aussi ressentait ce courant qui circulait entre eux ? Et si c'était préoccupant pour lui, il eut l'impression que pour elle, c'était terrifiant. Que faire ? Se fiant à son instinct, il se laissa glisser dans l'eau jusqu'à la taille et marcha vers elle. Elle le regarda approcher d'un œil méfiant.

— Que faites-vous ?

En guise de réponse, il s'arrêta à environ un mètre d'elle et l'éclaboussa. Visiblement déconcertée, elle cligna des paupières et, au lieu d'entrer dans le jeu, elle détourna le regard, les lèvres serrées.

Ne sachant plus trop quelle attitude adopter, il la provoqua en l'éclaboussant de nouveau, à tout hasard. À son grand soulagement, cette fois, elle le gratifia d'un petit sourire.

— Vous allez voir ! s'écria-t-elle.

Soudain, elle leva un bras et frappa violemment l'eau du plat de la main, lui envoyant une gerbe en pleine figure. Il éclata de rire.

— Je vous ai bien eu ! s'exclama-t-elle en souriant.

Même dans cet horrible maillot de bain, elle était incroyablement désirable. Et lorsqu'elle souriait, elle le rendait fou.

Les craintes de Khalis se dissipèrent. Sa peur que tout aille trop vite et trop loin lui semblait soudain ridicule. Au contraire, c'était ce qu'il voulait. Il la voulait.

Il fit un pas vers elle ; elle ne bougea pas. Il en fit encore un, jusqu'à se trouver si près d'elle qu'il vit la veine qui battait au creux de son cou.

Alors, il se pencha et l'embrassa.

Ce fut le plus doux des baisers, sa bouche effleurant à peine celle de Grace. Elle ne recula pas mais trembla. Ses lèvres s'entrouvrirent, peut-être davantage sous l'effet de la surprise qu'en signe d'abandon. Il tendit la main pour lui caresser le visage ; sa paume épousa la courbe de sa joue. Cela ne dura que quelques secondes, mais Khalis eut l'impression que le temps s'était arrêté.

Rompant le charme, Grace se dégagea brusquement et le fusilla du regard. Puis elle bondit hors du bassin comme si elle avait le diable aux trousses et courut se réfugier dans la villa.

5

« Stupide, stupide, STUPIDE ! »

Ces mots résonnaient comme une litanie implacable dans la tête de Grace tandis qu'elle traversait la villa comme une flèche, grimpait l'escalier quatre à quatre et s'engouffrait dans sa chambre en claquant la porte, qu'elle ferma à double tour comme si Khalis la pourchassait.

Elle reprit son souffle, retira vivement son maillot, se précipita dans sa salle de bains et fit couler la douche.

Bon sang, mais qu'est-ce qui lui avait pris d'aller se baigner ? De l'éclabousser ? Le besoin de *flirter* ? Quand il s'était approché d'elle, elle avait immédiatement compris ce qu'il avait l'intention de faire.

Elle réprima une grimace. Bien sûr qu'elle mourait d'envie qu'il l'embrasse, à ce moment-là ! Et quand les lèvres de Khalis avaient effleuré les siennes, quand sa main s'était posée sur sa joue, elle s'était sentie au septième ciel.

Mais elle avait rapidement retrouvé ses esprits, Dieu merci ! Il avait suffi que le visage de Katerina s'impose à elle pour qu'elle se rappelle tout ce qu'elle risquait de perdre.

Son mariage avait failli la détruire. Loukas l'avait dépossédée de son identité ; ses mots, ses actes l'avaient anéantie, et pendant des années, elle s'était sentie vide, nulle, incapable. Peut-être que tant qu'elle n'aurait pas sa fille avec elle, ce sentiment ne la quitterait pas… Seul le travail, chez Axis, lui avait permis de retrouver un peu d'estime de soi. Une chose était sûre désormais, elle resterait elle-même quoi qu'il advienne. Elle conserverait coûte que coûte son identité, son indépendance, sa force. Pas question de les sacrifier au premier homme qui l'embrassait, même si sa douceur avait failli la faire fondre.

Plongée dans ses pensées, Grace laissa l'eau ruisseler sur sa peau, emporter le souvenir de la caresse de Khalis. Un douloureux sentiment familier de solitude l'envahit. La solitude… Au fil du temps, elle avait réussi à se persuader qu'elle s'y était habituée, mais il avait suffi d'un simple baiser pour lui jeter cruellement au visage la profondeur de son mal-être.

Le travail. Voilà ce qui l'aiderait. Comme toujours. Elle se sécha, s'habilla rapidement, attacha ses cheveux mouillés en queue-de-cheval et descendit au rez-de-chaussée.

Eric lui avait donné un code temporaire pour le système de sécurité de l'ascenseur. Elle le composa tout en jetant un rapide coup d'œil alentour pour voir si Khalis se trouvait dans les parages.

Redressant les épaules et ravalant ses larmes, elle entra dans le laboratoire que Balkri Tannous avait fait construire pour vérifier l'authenticité des œuvres d'art, volées ou non, qu'il avait acquises au marché noir. Cet homme était incontestablement une crapule, mais il avait fait preuve d'une minutie impressionnante pour l'installation : il y avait là tout le matériel nécessaire à la photographie infrarouge, l'analyse des pigments, la dendrochronologie et aux nombreux autres examens indispensables pour authentifier une œuvre d'art.

Elle ouvrit son ordinateur portable et regarda d'un air absent l'inventaire de la chambre forte qu'elle avait réalisé. Encore une heure ou deux, tout au plus, et elle aurait terminé… Sauf que, brusquement, elle ne se sentait pas l'énergie nécessaire pour accomplir cette tâche. Alors, elle quitta le laboratoire pour se rendre dans la chambre forte, directement dans le petit sanctuaire du fond. Elle alluma les lumières et s'assit sur la seule chaise pour contempler à loisir les deux panneaux de bois peint.

Le premier, celui de *Léda et le Cygne*, elle l'avait déjà vu à plusieurs reprises. Pas l'original, bien sûr, mais de très bonnes copies. L'original — car elle était pratiquement certaine que c'était bien l'original qu'elle avait devant elle — était un triptyque d'une beauté saisissante. On y voyait Léda debout, nue, dans une pose voluptueuse — alors que sa tête penchée et ses yeux modestement baissés lui donnaient pourtant un air virginal —, affichant un sourire en coin, aussi énigmatique que celui de la Joconde.

— Ah, vous êtes là !

Surprise, Grace se raidit au son de la voix de Khalis. Elle s'efforça de se composer un visage impassible, priant pour qu'il n'y reste pas trace de l'extrême émotion qu'elle avait éprouvée lorsqu'il l'avait embrassée.

— Est-ce qu'elle a l'air heureuse, d'après vous ? demanda-t-elle en montrant Léda d'un signe de tête.

— Je dirais qu'elle ne sait ni ce qu'elle ressent ni ce qu'elle veut.

Grace observa le sourire mystérieux de Léda, puis elle déclara calmement, sans regarder son hôte :

— Je ne peux pas avoir de liaison avec vous.

Khalis s'appuya contre le chambranle de la porte.

— Vous ne pouvez pas ou vous ne voulez pas ?

— Les deux.

— Pourquoi ?

Elle prit une profonde inspiration.

— Il est peu professionnel d'avoir une liaison avec un client.

— Ce n'est pas pour cette raison que vous vous êtes sauvée à toutes jambes, coupa Khalis. Je vous attire, Grace.

— Quelle importance ?

— Vous avez peur de moi ?

Grace poussa un léger soupir et se tourna face à lui. Dans son jean délavé et son T-shirt gris moulant, avec ses cheveux de jais ébouriffés et ce sourire en coin qui lui plissait les yeux, il était somptueux.

— Je n'ai pas peur de vous, répliqua-t-elle.

C'était la vérité. Elle ne lui faisait pas confiance, mais elle n'avait pas peur de lui. Elle ne voulait pas lui donner du pouvoir sur elle en lui offrant son corps ou son cœur. Et puis, bien sûr, il y avait Katerina. Deux raisons suffisantes pour ne pas s'engager dans une liaison.

— Alors, de quoi s'agit-il ? insista-t-il.

Elle se contenta de secouer la tête, incapable de répondre.

— Je sais que vous avez été blessée, déclara-t-il d'une voix douce.

Grace ne put contenir un rire triste. Décidément, il avait d'elle une image bien idéaliste ! Malheureusement, la réalité l'était beaucoup moins. Blessée, elle l'avait été, mais elle n'avait jamais été une victime innocente ; tout aurait été tellement plus simple, si cela avait été le cas…

— Je vais bien, biaisa-t-elle.

— Alors pourquoi vous enfuyez-vous après un simple baiser ?

— C'est compliqué, et je n'ai pas envie de me lancer dans des explications. À présent, je devrais retourner travailler.

— Il est plus de 19 heures.

— Peut-être, mais si je commence les tests préliminaires, vous devriez avoir suffisamment d'informations pour contacter une autorité judiciaire d'ici à un ou deux jours.

— C'est ce que vous voulez ?

Son regard avait une telle intensité que Grace fut prise de l'envie folle de tout lui raconter, et de se réfugier dans ses bras pour se sentir en sécurité. C'était la dernière chose à faire si elle voulait s'épargner honte et chagrin — et continuer à se sentir désirée.

— Bien sûr, répondit-elle d'un ton qu'elle voulut ferme, en avançant d'un pas.

Il ne bougea pas de devant la porte, si bien qu'elle dut s'aplatir contre le mur pour passer. Ses seins frôlèrent son torse. Ce simple contact suffit à embraser tous ses sens. Elle leva les yeux sur lui et croisa son regard. Il y brûlait un désir si violent que, pendant un moment qui lui parut sans fin, Grace crut qu'il allait l'embrasser. S'il lui faisait l'amour, là, devant Léda qui les regarderait avec son sourire en coin, elle ne résisterait pas. Impossible.

Mais il s'effaça et la laissa passer.

Une demi-heure plus tard, il lui fit porter un plateau-repas au laboratoire, sur lequel étaient déposés une serviette de lin d'un blanc immaculé, des couverts en argent massif, une carafe de vin et un verre en cristal. Une telle gentillesse la remua. C'était trop douloureux. Avait-il conscience que ces attentions représentaient le meilleur moyen pour faire tomber ses défenses ? Savait-il à quel point elles la rendaient vulnérable ?

Après une nuit agitée et un petit déjeuner rapide, Grace regagna le sous-sol sans avoir croisé Khalis. Le travail l'empêcha de trop penser à lui, même s'il était toujours présent dans un coin de sa tête. Eric l'avait aidée à déplacer les panneaux dans le laboratoire et elle entreprit d'effectuer un test de datation sur le bois.

À midi, la jeune domestique — Grace avait appris qu'elle s'appelait Shayma — lui apporta des sandwichs et du café.

Elle travailla ensuite sans relâche jusqu'à l'heure du dîner puis monta directement dans sa chambre. Elle s'écroula sur son lit et s'endormit presque sans s'en rendre compte.

Le lendemain, elle analysa les pigments utilisés dans les

deux Léonard de Vinci, ne s'arrêtant que lorsque Shayma lui apporta son repas. Impossible cependant de ne pas penser à Khalis. Deux jours qu'elle ne l'avait vu et il lui manquait déjà…

Or, l'idée même d'une dépendance affective l'écœurait. On ne l'y reprendrait plus. Depuis quatre ans, elle avait choisi la solitude comme prix à payer pour sa liberté. Et voilà qu'en l'espace de quelques jours, Khalis avait fait naître en elle une folle envie, un désir ardent d'aimer et d'être aimée. L'intensité de ce sentiment qu'elle s'était interdit et dont elle avait presque oublié le goût la dévastait.

Ce soir-là, elle quitta le laboratoire avec le besoin de prendre l'air. Elle se rendit dans le patio et s'arrêta près de la piscine. Tout était calme et désert. Sa déception lui fit prendre conscience qu'elle était en fait sortie dans l'espoir de voir Khalis…

Elle se prit la tête entre les mains et s'obligea à penser à tout ce qu'elle perdrait si elle avait une aventure avec lui. Sa fille. Les moments précieux passés avec elle un samedi par mois, douze jours par an.

Elle se mit à parcourir une des allées sinueuses du jardin, le plus vite possible, comme pour distancer ses pensées. Mais elles la poursuivirent, implacablement, tournant et retournant dans sa tête, lui répétant que si elle laissait un homme s'approcher, elle perdrait non seulement sa fille mais elle se perdrait elle-même.

Pourtant, Dieu sait si elle rêvait d'une relation tendre, généreuse, harmonieuse ; si, pour l'amour d'un homme doux et gentil, elle était près de céder à la tentation.

Soudain, deux mains puissantes se posèrent sur ses épaules. Elle poussa un cri de surprise. Khalis se tenait devant elle.

— Ce n'est que moi, fit-il avec un sourire.

— Vous m'avez fait peur.

— Je vois, répondit-il en la lâchant et en reculant.

Ils restèrent ainsi face à face à seulement un ou deux pas l'un de l'autre ; pour Grace, cependant, c'était comme si un fossé infranchissable les séparait. Elle avait à la fois envie de se jeter dans ses bras et de se sauver. Une vraie schizophrène. Il était temps qu'elle quitte cette île…

— Voulez-vous marcher un peu avec moi ? demanda Khalis.

Elle ne répondit pas tout de suite, tiraillée entre son cœur et sa raison, puis finit par acquiescer d'un signe de tête. Après tout, accepter ne l'engageait à rien.

Comme les allées étaient trop étroites pour qu'ils puissent marcher de front, Khalis la fit passer devant et elle avança sur le chemin qui serpentait sous une voûte de feuillage odorant.

— Est-ce que vous veniez jouer ici quand vous étiez petit ?

— Parfois, répondit Khalis.

— Avec votre frère ?

— Pas vraiment. Avec ma…

Il hésita une seconde avant de poursuivre :

— Avec ma sœur.

— Je ne savais pas que vous aviez une sœur…

— Elle est morte.

— Oh ! s'exclama Grace en se retournant.

Malgré la pénombre, elle remarqua la lassitude qui s'était peinte sur le visage de Khalis.

— Ainsi, toute votre famille a disparu ? dit-elle doucement. Je suis désolée.

— La vôtre aussi.

— Oui. Mais ce doit être plus dur pour vous. Perdre un frère et une sœur…

— Ma sœur me manque terriblement, confia Khalis comme à contrecœur. Je n'ai pas pu lui dire au revoir.

— Comment est-elle morte ?

— Un accident de bateau, au large de cette côte. Elle avait dix-neuf ans.

Il soupira, enfonça les mains dans ses poches.

— Elle allait se marier, poursuivit-il. Mon père avait arrangé le mariage et elle n'aimait pas le fiancé qu'il lui avait choisi.

Grace fronça les sourcils, tentant de comprendre ce qui se cachait derrière le ton lugubre de Khalis.

— Vous pensez que… que ce n'était pas un accident ?

Il resta silencieux un long moment.

— Je ne sais pas, dit-il enfin. C'est la question qui m'obsède. Elle était farouchement hostile à ce mariage ; c'était peut-être une façon d'y échapper.

— Une horrible façon.

— Il arrive qu'on soit confronté à des choix horribles.

— Vous avez raison.

Il lui adressa un sourire triste et désabusé.

— Je ne parle jamais de ma sœur. À personne. Comment se fait-il, Grace, que je vous confie des choses que je ne dirais à personne d'autre ? Et que j'aie *envie* de vous les dire ?

Elle secoua la tête. Son cœur battait la chamade, prêt à la trahir.

— Je ne sais pas.

— Si, vous le savez, dit-il tout bas.

Impossible de le nier. Désemparée, dans la douce pénombre du jardin, Grace sentit sa détermination mollir.

— Oui, avoua-t-elle d'une voix à peine perceptible.

— Cela vous fait peur.

Bien sûr que cela lui faisait peur ! Elle prit une profonde inspiration.

— Je vous l'ai déjà dit, je ne peux pas…

— C'est bon, coupa Khalis abruptement. Vous croyez peut-être que c'est difficile pour vous mais facile pour moi ?

— Non, je…

Elle s'interrompit. En fait, oui, c'était ce qu'elle avait cru. Il semblait tellement détendu, tellement plein d'assurance, tellement à l'aise avec ce lien qui se nouait entre eux, qu'elle était persuadée d'être la seule à se sentir mal à l'aise.

— C'est peut-être l'île qui explique tout, poursuivit-elle avec un petit rire forcé. C'est comme si on était hors du monde, hors du temps, à mille lieues de la réalité. Ici, on se sent libre.

— Libre ? Ce n'est pas l'impression que vous donnez, rétorqua Khalis. Vous n'avez pas l'air de savoir ce que vous voulez.

— Comment osez-vous ! s'exclama-t-elle, piquée au vif.

— Je me trompe ?

Grace s'en voulait déjà de s'être emportée. « Il n'y a que la vérité qui blesse », disait-on. Qu'allait-il penser à présent ? Gênée, elle détourna le regard.

— Je vous ai déjà expliqué…

Khalis fit un pas vers elle et posa une main sur son épaule.

— La vie n'a pas été très tendre avec vous, n'est-ce pas ?

Elle se raidit à son contact. Que répondre à cet homme qui lisait en elle comme dans un livre ouvert ?

— La vie n'est pas très tendre, en général, murmura-t-elle.

— En effet. Je crois que nous l'avons tous deux appris à nos dépens.

La main de Khalis était chaude et lourde sur son épaule, et son poids avait quelque chose de réconfortant, à présent. Grace n'avait qu'une envie : se blottir contre lui. Son corps tout entier était tendu à force de lutter contre ce désir irrépressible. C'était comme d'essayer de résister à une force magnétique.

— Et nous voici, dit-il d'un air rêveur, deux êtres complètement seuls dans ce bas monde.

Bouleversée, elle sentit sa gorge se serrer.

— Je me sens seule, murmura-t-elle, je me sens tout le temps seule.

Dieu, où était-elle allée puiser le cran de faire un tel aveu ? Elle n'en savait rien. Les mots s'en étranglaient presque dans sa gorge…

Il l'attira doucement à lui et elle se lova entre ses bras, grisée par le bonheur d'être contre lui. C'était si bon, si rassurant, et ce serait si facile de ne plus bouger, ou seulement de renverser la tête en arrière pour qu'il l'embrasse. Si facile, et si dangereux.

« Rappelle-toi ce que tu as à perdre. »

S'armant de courage, elle s'arracha à l'étreinte de Khalis et détourna la tête afin qu'il ne devine pas dans ses yeux le combat intérieur qu'elle livrait.

Soudain, elle prit la fuite.

Sa course s'arrêta brutalement lorsqu'elle se trouva face à un mur de pierre. Celui qui entourait la villa, hérissé de tessons de verre qui brillaient sous la lune. Comment avait-elle pu oublier qu'elle était prisonnière ! Où qu'elle aille…

Folle de rage, elle se mit à frapper la muraille du plat de la main. Elle aurait voulu l'abattre !

— Je déteste les murs ! hurla-t-elle.

Oui, elle était ridicule ! Oui, sa frustration était stupide ! Mais que faire ? Elle ne se contrôlait plus.

— Eh bien laissons-les derrière nous, ces murs.

Khalis venait d'arriver à sa hauteur. Il lui prit la main. Trop surprise pour résister, elle se laissa faire. Il l'entraîna jusqu'à une porte percée dans la haute muraille. Il en activa le système de sécurité, d'abord à l'aide de ses empreintes digitales, puis d'un code. Elle s'ouvrit…

Grace prit une profonde inspiration. Sans lui lâcher la main, Khalis la conduisit vers le rivage par un petit chemin rocailleux. Comme il était rassurant de se laisser guider ! Elle entrevit au loin une soyeuse bande de sable, puis entendit le mugissement des vagues qui s'écrasaient sur la grève. La plage lui apparut enfin, nichée au creux d'une crique rocheuse, baignée d'une lumière argentée.

— Je me sens mieux, admit-elle, comme si elle n'avait eu qu'un léger étourdissement.

— Pourquoi détestez-vous autant les murs ? On dirait une phobie.

— C'est exact, répondit Grace, les yeux fixés sur la mer. J'ai vécu sur une île comme celle-ci. Une île privée, loin de tout, entourée de hauts murs. Je ne pouvais pas partir.

— Voulez-vous dire par là que vous étiez prisonnière ?

Elle soupira.

— Il n'y a pas que les murs qui peuvent emprisonner. Il y a l'espoir. La peur. Et aussi les fautes. Les souvenirs. Cette île n'a-t-elle pas le même effet sur vous ?

Khalis garda un moment le silence.

— Si, reconnut-il finalement.

Ils restèrent tous deux muets pendant quelques instants, plongés dans leurs pensées.

— Que comptez-vous faire de cet endroit ? demanda enfin Grace. Vous y installer ?

— Après l'aveu que je viens de vous faire ? s'exclama-t-il avec un rire sarcastique. Non, jamais. Dès que j'aurai terminé d'évaluer les biens de mon père, je vends l'île.

— Vous allez diriger les Entreprises Tannous depuis les États-Unis ?

— Je n'ai nullement l'intention de m'occuper des Entreprises Tannous, répliqua-t-il d'un ton catégorique. Je vais les démanteler et les vendre morceau par morceau, de façon à ce qu'un empire de cette taille ne soit plus jamais entre les mains d'une seule personne.

Malgré la pénombre, Grace remarqua ses mâchoires crispées et son regard dur.

— Les vendre ? Je pensais que vous alliez les remettre sur pied. Les amender.

— Certaines choses ne peuvent être amendées, dit-il en détournant le visage et en laissant son regard errer sur la mer.

Grace sentit brusquement une déception amère lui vriller le cœur.

— Vous le pensez vraiment ? Je préfère croire le contraire. Je préfère croire que toute faute peut être pardonnée, sinon réparée.

— Mon père n'est plus vivant pour que je lui pardonne, répondit Khalis d'une voix éteinte. En supposant que je le veuille. Savez-vous quel genre d'homme il était ?

— Plus ou moins, mais…

Il la fit taire en l'attirant contre lui.

— Chut, fit-il en posant un doigt sur ses lèvres.

Grace frissonna. Ce simple contact l'électrisait au point qu'elle eut l'impression que son cœur allait exploser.

— Je ne vous ai pas emmenée dans cette crique baignée par la lune pour parler de mon père.

Elle ne savait ni quoi faire ni quoi dire tant son trouble était grand. Son cœur battait à tout rompre. Le désir qu'elle lisait dans les yeux de Khalis avait mis le feu à ses sens.

— Et pas non plus pour parler des peintures, d'ailleurs, ajouta-t-il en souriant. Je vous ai emmenée pour que… que vous m'embrassiez.

Grace sentit ses lèvres s'entrouvrir d'elles-mêmes. Khalis en traça les contours du bout du doigt, lui arrachant bien malgré elle un soupir.

— Votre réaction, lorsque je vous ai embrassée, n'était pas vraiment celle que j'espérais, plaisanta-t-il. J'ai donc pensé que ce serait bien si c'était vous qui preniez l'initiative.

— Qu'est-ce qui vous fait croire que j'ai envie de vous embrasser ? demanda-t-elle sur le ton du défi.

Même si elle essayait de donner le change, comment pourrait-elle mentir ? Le regard de Khalis était ardent et sincère. Cet homme ne cachait rien, contrairement à elle. Il était temps qu'elle cesse de se voiler la face et de se mentir à elle-même. Oui, elle était irrésistiblement attirée par lui, et elle n'allait plus le cacher.

Juste un baiser. Un baiser dont personne ne saurait jamais rien. Ensuite, elle s'en irait, retrouverait une vie où elle se sentait en sécurité, forte et indépendante.

Lentement, elle tendit la main pour lui toucher la joue, puis fit un pas vers lui. Ses seins frôlèrent son torse. Immobile, calme, Khalis ne la quittait pas des yeux. Elle pouvait lui faire confiance.

Elle posa la paume sur sa joue, puis pressa le corps contre le sien. Le témoignage flagrant de son désir alluma un brasier au creux de son ventre.

Alors, elle l'embrassa.

6

Khalis resta immobile lorsque les lèvres de Grace effleurèrent les siennes. Elle comprit qu'il lui laissait volontairement le contrôle. Elle ferma les yeux, s'abandonnant, ravie, aux sensations que lui procurait ce baiser. La bouche de Khalis avait un goût terriblement sensuel de menthe. Ses lèvres étaient douces et fermes à la fois, d'une docilité délibérée — elle n'était maîtresse de la situation que parce qu'il le voulait bien. Pour la mettre en confiance. Ainsi, il lui prouvait qu'il la respectait.

Doucement, elle dessina le contour de sa bouche du bout de la langue, guettant sa réaction. Son corps frémit, mais il ne bougea pas. Elle recula légèrement et le regarda, désorientée. Tendu comme un arc, il avait les yeux fermés, comme s'il souffrait, ce qui n'était de toute évidence pas le cas.

— Un baiser demande un peu de réciprocité, vous savez, lui dit-elle alors.

Il ouvrit les yeux et lui adressa un sourire ironique.

— Ah bon ? fit-il tout en l'entourant de ses bras.

Elle ne résista pas. Elle allait s'accorder cette parenthèse. Un moment, un tout petit moment entre ses bras, rien de plus. Et dans une minute, elle tournerait les talons.

Elle fit alors glisser ses mains le long du torse musclé de Khalis, croisa les doigts derrière sa nuque et fit ployer son visage vers elle. Puis elle s'empara de sa bouche et l'embrassa de nouveau mais, cette fois-ci, elle ne se contenta pas d'effleurer ses lèvres. Il répondit à son baiser avec une fougue qui mit le feu au creux de son ventre, tandis que leurs langues brûlantes se cherchaient et se trouvaient cent fois. Quand avait-elle embrassé avec une passion semblable ? Éprouvé des sensations aussi fortes ?

Un frisson de nostalgie la parcourut. C'était voilà si longtemps ! Elle y avait tant perdu qu'il avait suffi qu'elle se le rappelle pour que surgissent les souvenirs. Elle ferma les yeux et approfondit son baiser, pressant son corps contre celui de Khalis, luttant désespérément pour effacer les images qui, même en cet instant magique, venaient la hanter et la narguer.

« Tu as embrassé un homme avec une passion semblable. Tu as désiré un homme avec une intensité semblable, soufflait une voix cruelle. Et cela t'a coûté ta fille. »

Les mains de Khalis se posèrent sur sa taille, puis glissèrent sous son T-shirt. La chaleur de ses paumes la fit tressaillir et il s'immobilisa. Il était si prudent, si *attentionné*. Alors pourquoi ne réussissait-elle pas à chasser les souvenirs pour mieux s'abandonner ?

— Grace… ?

De toute évidence, Khalis avait perçu son malaise. Elle se libéra de son étreinte.

— Je suis désolée, dit-elle en évitant son regard, la tête baissée et les cheveux dans la figure.

— Ce n'est pas grave. On n'a pas besoin de se presser, n'est-ce pas ?

« Mais si, eut-elle envie de crier. Après, il sera trop tard ! » Au lieu de quoi elle répondit :

— Je n'aurais pas dû vous embrasser.

— C'est un peu tard pour les regrets, répliqua-t-il d'un ton ironique. Pourquoi n'auriez-vous pas dû m'embrasser ?

Étranglée par l'émotion, elle fut incapable de poursuivre.

De toute façon, qu'aurait-elle pu répondre ? « Parce que j'ai peur. De tant de choses. De me perdre en vous, et de perdre ma fille par la même occasion. » C'était impossible, à moins de révéler ses fautes et de s'exposer à de nouvelles souffrances. Elle se contenta de secouer la tête. Khalis poussa un profond soupir. Il n'était pas difficile de voir qu'il essayait tant bien que mal de contrôler son impatience.

— Etes-vous... mariée ?

Elle se força à soutenir son regard calmement.

— Non. Mais je l'ai été.

— Vous êtes divorcée ? demanda-t-il en plissant les yeux, perplexe.

— Oui.

— Alors, je ne comprends toujours pas.

Elle se détourna en s'enveloppant de ses bras. Le vent fraîchissait, à présent.

— Mon mariage n'était pas... Je n'étais pas heureuse. Et je n'ai pas l'intention... Je ne peux...

De nouveau, elle s'interrompit, la gorge trop nouée pour pouvoir continuer.

— Que faudrait-il pour que vous me fassiez confiance ?

Elle se retourna et le vit tel qu'il était : un homme qui n'avait fait preuve que de douceur, de patience et de délicatesse.

— Je ne sais pas, murmura-t-elle. Mais cela n'a pas d'importance, Khalis. Dans un sens j'aimerais que cela en ait mais, même si je le voulais, je ne pourrais pas être en couple avec vous.

En couple. C'était la première fois qu'elle employait ces mots, des mots qui parlaient d'intimité et d'engagement.

— Ni avoir une aventure, ajouta-t-elle précipitamment pour nuancer son propos. Il ne peut rien y avoir entre nous.

Sur ce, et sans même lui laisser le temps de répliquer, elle quitta la plage d'un pas vif et rebroussa chemin.

Elle passa une très mauvaise nuit. Souvenirs et rêves se mêlaient dans sa tête, tous plus bizarres les uns que les autres mais néanmoins lourds de sens. Khalis en train de l'embrasser. La douce nostalgie que cela faisait naître en elle, brusquement effacée par la honte et la culpabilité lorsque s'interposa le visage de Loukas, crispé de colère, les lèvres pincées dans un rictus accusateur.

« Comment as-tu pu me faire cela, Grace ? Comment as-tu pu me trahir ? »

Elle poussa un cri et se dressa sur son séant, tremblante. Très vite, elle se rendit à l'évidence : essayer de se rendormir serait peine perdue ; autant se lever et s'occuper l'esprit en allant travailler. Elle sauta aussitôt du lit puis enfila un jean et un pull-over léger en coton ; elle fixa ses cheveux sur le haut de sa tête à l'aidc d'une barrette et se glissa hors de sa chambre.

Se retrouver dans le sous-sol au beau milieu de la nuit avait quelque chose de sinistre, même si Grace était consciente que, vu l'absence de fenêtres, il n'y avait pas de différence avec la journée. Elle alluma les lumières et regarda attentivement les panneaux de bois peints posés sur une table en acier.

Jusque-là, elle avait passé la majeure partie du temps à authentifier le premier tableau, *Léda et le Cygne*, mais maintenant, elle allait s'attaquer au deuxième, celui qui avait ravivé sa douleur lorsqu'elle l'avait découvert : *Léda et ses enfants*.

Dans celui-ci, Léda était représentée assise et vêtue, à mille lieues de la tentatrice mythique, entourée de ses enfants. Son visage affichait une expression que Grace avait du mal à qualifier. Était-ce du chagrin, de la mélancolie, ou même une joie circonspecte ?

Brusquement, elle cessa de contempler le tableau. Assez rêvassé. Si elle travaillait quelques heures, elle serait en mesure de remettre à Khalis un dossier avec ses conclusions dès le lendemain. Ce qui lui permettrait de quitter Alhaja. De quitter Khalis. Et chacun pourrait enfin reprendre le cours de son existence.

Lorsque Grace pénétra dans la salle à manger, Khalis fut frappé par sa pâleur et son aspect fragile. Elle avait la mine de quelqu'un qui a peu dormi, même si son visage blafard était aussi adorable que d'habitude. Elle était vêtue d'une jupe noire ajustée et d'une blouse de soie blanche. À la main, elle tenait un dossier. Khalis sut exactement ce qu'elle s'apprêtait à lui dire. Après l'épisode du baiser de la veille, il n'était pas difficile de deviner ce qui allait se passer.

Il se cala dans son fauteuil et but une gorgée de café, attendant qu'elle commence.

— J'ai terminé la plupart des tests préliminaires sur les deux tableaux, dit-elle.

— Ah bon ?

— Oui, confirma-t-elle d'un air déterminé en posant le dossier sur la table. Après analyse, il s'avère que les pigments et les panneaux de bois correspondent à la période où Léonard de Vinci aurait achevé ces tableaux. Il y a aussi plusieurs…

— Grace.

Elle s'interrompit, l'air effrayé.

— Vous n'avez pas besoin de me donner un cours, dit Khalis avec un grand sourire. Je lirai le dossier.

Elle pinça encore plus les lèvres.

— D'accord, acquiesça-t-elle.

Il but une nouvelle gorgée de café.

— Donc, d'après vous, vous avez fini ?

— J'ai fait tout ce qui était de mon ressort. Vous devez vraiment faire appel à une autorité juridique pour…

— Oui, je vais m'en occuper, la coupa-t-il de nouveau.

— Très bien, dit-elle en se redressant. Alors, mon travail est terminé.

— Parfait.

Khalis sourit, et il vit un éclair de tristesse passer fugitivement dans les yeux chocolat de la jeune experte. Il disparut bien vite, mais il l'avait noté et il ne lui en fallait pas plus. Peu importait ce qu'elle lui avait dit la nuit précédente, peu importait la blessure que lui avait infligée son ex-mari pour qu'elle tremble à l'idée d'un baiser, une chose était sûre : elle mourait d'envie d'être avec lui.

— Dans ce cas, vous pouvez prendre votre journée, poursuivit-il.

— Que… que voulez-vous dire ?

— Un jour de congé, pour vous distraire. En ma compagnie.

— Je ne…

— Votre mission était censée durer une semaine. Elle a duré trois jours. Je pense que vous pouvez vous octroyer un jour de repos.

— Je vous ai dit précédemment que…

— Un jour. Pas plus. Ne me dites pas que vous ne pouvez pas vous le permettre.

Elle hésita, et la nostalgie voila son regard. Qu'est-ce qui l'empêchait de prendre du bon temps ? se demanda-t-il. De *vivre* ?

— Vous en avez envie, continua-t-il en se penchant en avant, sans chercher à cacher le désir qu'elle ne pouvait manquer de lire dans ses yeux. J'en ai envie. Je vous en prie, Grace.

Elle était toujours hésitante. Khalis attendit.

— D'accord, dit-elle enfin avec un sourire timide. D'accord.

Il fut incapable de cacher sa joie.

— Formidable ! Je vous conseille d'aller enfiler une tenue plus pratique, et je vous retrouve dans le hall dans cinq minutes.

— C'est un peu court.

— J'ai envie de profiter de chaque moment en votre compagnie, déclara-t-il, ce qui eut pour effet de la faire rougir.

Grace n'avait pas emporté énormément de vêtements pratiques. Pour travailler, elle portait des tenues passe-partout, qui mettaient en valeur sa silhouette tout en restant décentes. Après réflexion, elle choisit le pantalon noir étroit et le T-shirt blanc près du corps qu'elle avait portés en début de semaine et jeta sur ses épaules un cardigan anthracite en cachemire, au cas où la brise de mer serait forte.

Où avait-il l'intention de l'emmener ? Vue du ciel, l'île d'Alhaja ne lui avait pas semblé particulièrement grande. À part l'enceinte de la propriété, on n'y trouvait guère que quelques plages étroites bordées d'un enchevêtrement végétal. Mais après tout, peu importait l'endroit, du moment qu'elle était avec lui. Et puis, une journée, c'était sans conséquence. Elle ne risquait ni d'aller au-devant d'une déception sentimentale ni de compromettre son droit de visite à Katerina. Une journée hors du temps et de la réalité, un souvenir qu'elle emporterait avec elle pour toutes les nuits de solitude qui se profilaient à l'horizon.

Khalis l'attendait déjà dans le hall lorsqu'elle descendit. Il portait un jean et une chemise blanche à col ouvert laissant apparaître un triangle de peau hâlée, qui attira inexorablement son regard. Comme son cœur s'emballait, elle détourna brusquement les yeux et lui adressa un sourire timide.

— Où allons-nous ?

— À la plage, répondit-il.

Il n'en dit pas plus mais, à l'étincelle dans son regard, Grace comprit qu'il lui réservait une surprise. Elle le suivit dans l'allée où les attendait une Jeep décapotée. Elle grimpa sur le siège et attacha sa ceinture. Khalis franchit les grilles avant de s'engager sur une route poussiéreuse pleine d'ornières qui semblait faire le tour de l'île.

Elle repoussa les cheveux qui lui fouettaient le visage et mit une main devant ses yeux pour se protéger du soleil.

— L'île n'est pas très grande, n'est-ce pas ?

— Un peu plus de trois kilomètres de long et huit cents mètres de large.

— Vous sentiez-vous… pris au piège quand vous viviez ici ?

Khalis lui lança un regard qu'elle feignit de ne pas avoir remarqué.

— Oui, répondit-il au bout d'un moment en serrant le volant un peu plus fort. Mais pas à cause de la taille de l'île.

— Alors, pourquoi ?

Sa bouche prit un pli amer.

— À cause de ses habitants.

— Votre père ?

— Essentiellement. Mais mon frère et moi, nous ne nous entendions pas très bien non plus.

— Pourquoi ?

Il haussa les épaules.

— Ammar était l'héritier de mon père, qui avait tout misé sur lui. Il était très dur avec lui, trop, même, et je suppose qu'Ammar avait besoin de se défouler sur quelqu'un.

— Votre frère était une brute ?

— Disons que partir en pension a été un soulagement.

— Et votre sœur ?

Il resta silencieux pendant un moment. Grace percevait à quel point il était tendu.

— Elle me manquait, dit-il finalement. Je suis sûr qu'elle se sentait prisonnière plus que moi. Pour mon père, une fille n'avait pas besoin de faire des études. Pendant un certain temps, il a fait appel à une gouvernante, mais Jamilah n'a jamais bénéficié des mêmes opportunités qu'Ammar et moi. Opportunités qu'elle aurait eues si…

Il se tut soudain, secouant la tête. Son visage avait pris une expression figée, fermée.

— Ce sont de vieux souvenirs, conclut-il. Sans intérêt.

Grace n'insista pas.

— Pensez-vous, demanda-t-elle au bout d'un certain temps, que le crash d'hélicoptère était un accident ?

— Il n'est pas exclu qu'un de ses ennemis, ou même un de ses alliés, ait bricolé le moteur. J'ignore dans quel but. Peut-être s'agissait-il d'un acte de vengeance — mon père faisait des affaires avec la lie de l'humanité. Ce genre de personne ne meurt pas dans son lit.

Un frisson d'inquiétude descendit le long de son échine. Comment Khalis pouvait-il se montrer aussi indifférent ? Il parlait de la façon dont son père et son frère étaient morts comme d'un sujet sans importance. Son attitude affable et facile à vivre cachait une inflexibilité et une dureté de pierre, qu'elle avait déjà eu l'occasion de percevoir.

— À vous entendre, on pourrait croire que vous êtes sans cœur, dit-elle doucement.

— Moi, sans cœur ? s'exclama Khalis avec un petit rire bref. Heureusement que vous n'avez jamais rencontré mon père !

— Comment avez-vous tout découvert ? demanda-t-elle.

Khalis ne fit pas semblant de ne pas comprendre.

— J'avais seize ans. J'étais rentré chez moi pour les vacances d'été. J'ai cherché mon père pour lui annoncer que cette année, c'était moi qui avais eu le premier prix de mathématiques.

Il s'interrompit, les traits crispés.

— Je l'ai trouvé dans son bureau, reprit-il. Il était au téléphone et m'a fait signe de m'asseoir. J'ai entendu sa conversation — il n'essayait même pas de m'en empêcher. Au début, je n'ai pas compris. Il a dit quelque chose à propos d'argent, qu'il en voulait plus, et j'ai pensé tout bonnement qu'il parlait affaires. Puis il a dit : « Tu sais quoi faire s'il refuse. Et n'y va pas de main morte, cette fois-ci. » Il parlait comme les brutes épaisses qui voulaient faire la loi à l'école. Venant de mon père, je ne pouvais le croire. De sorte que lorsqu'il a eu raccroché, je lui ai demandé de quoi il s'agissait, persuadé que c'était une blague. « Papa, lui ai-je dit, on aurait presque cru que tu donnais l'ordre d'aller casser la figure à quelqu'un ! » Mon père m'a lancé un regard dur puis il a lâché : « C'est bien ça. »

Khalis avait garé la Jeep sur la plage et arrêté le moteur. On n'entendait rien d'autre que le bruit des vagues qui s'écrasaient sur le rivage et les cris rauques des mouettes.

— Et ensuite ? demanda Grace, sûre que ce n'était pas tout.

Il secoua doucement la tête, les yeux plissés.

— J'étais choqué, bien sûr. Je ne me rappelle pas ce que j'ai dit — que ce n'était pas bien, ou une stupidité dans ce genre. Mon père est venu vers moi et m'a giflé.

Avec un petit sourire, il désigna une minuscule cicatrice blanche au coin de sa bouche.

— Sa bague, expliqua-t-il.

— C'est terrible…

— Pas tant que ça. J'avais seize ans, après tout, j'étais presque un homme. Et il ne m'a plus jamais frappé. Mais sur le moment, cela m'a choqué parce que c'était la première fois qu'il levait la main sur moi. J'éprouvais pour lui une véritable adoration mais lui ne faisait pas beaucoup attention à moi, et j'en ai beaucoup souffert. Jusqu'à ce jour où j'ai compris quel genre d'homme il était.

— Mais vous avez attendu l'âge de vingt et un ans pour partir.

Le visage de Khalis se crispa.

— En effet. Je trouvais des justifications à ses pires comportements, des explications. Que c'était exceptionnel. Que la personne à qui il avait affaire était coriace ou corrompue. Enfin, vous voyez, tout un tas d'excuses plus absurdes les unes que les autres, parce que je n'avais tout simplement pas le courage de partir.

— Vous étiez jeune, fit remarquer Grace avec douceur. Vous n'aviez pas trop le choix.

— Au début, peut-être ; mais ensuite, il s'agissait d'aveuglement délibéré. Même sans le vouloir, j'ai commencé à remarquer des choses. Alors j'ai fourré mon nez un peu partout. Une fois, alors qu'il était en voyage d'affaires, j'ai fouillé son bureau — il n'avait même pas fermé la porte à clé. J'en ai suffisamment vu cet après-midi-là pour l'envoyer en prison.

— Qu'avez-vous fait, à ce moment-là ?

— Rien, lâcha Khalis avec un air de dégoût. J'avais dix-neuf ans, j'allais commencer mes études à Cambridge et je savais que je serais incapable de me débrouiller tout seul. Alors je me suis dit que je verrais plus tard et j'ai essayé d'oublier. Mais je ne pouvais pas. Je n'oublierai jamais.

Il baissa la tête, l'air abattu.

— Et donc, vous êtes parti ?

— Finalement.

Dans sa bouche, ce mot était lourd de toute la culpabilité accumulée.

— Ce n'est que lorsque j'ai été sûr de pouvoir réussir par mes propres moyens que j'ai trouvé le courage de partir, poursuivit-il avec une moue qui en disait long sur la manière sévère dont il se jugeait. Par conséquent, je ne valais guère mieux que lui.

— Vous êtes dur, protesta Grace. Vous n'étiez tout de même pas responsable des faits et gestes de votre père.

— Certes. Mais ne rien faire contre le mal peut être aussi préjudiciable que faire le mal.

— Vous étiez jeune.

Il se tourna vers elle avec un rapide sourire, et Grace constata que son visage reprenait son expression avenante, même si des nuages obscurcissaient encore ses yeux.

— Vous êtes très indulgente. Bien plus indulgente que moi.

Gênée, elle détourna le regard. Oui, elle essayait d'être indulgente parce qu'elle savait combien il était facile de tomber. Qu'elle-même avait fauté et que la seule personne à qui elle n'arrivait pas à pardonner, c'était elle…

— Bon, assez parlé de tout ça, conclut Khalis. Je n'avais pas l'intention de passer la journée avec vous pour remuer des souvenirs amers. Ce qui est fait est fait.

— Vous croyez ? demanda-t-elle d'une voix rauque, les yeux fixés sur la mer.

— Tout a une fin, chuchota Khalis.

Il ne savait pas ce qui la tourmentait, quels secrets elle cachait, mais elle avait tellement envie de le croire. De croire que les péchés pouvaient réellement être pardonnés. Elle avait envie de croire en une seconde chance même si elle n'en avait jamais eu. Sans un mot, elle prit la main qu'il lui tendait pour l'aider à descendre de la Jeep.

Ils marchèrent le long de la plage, main dans la main, jusqu'à une petite crique rocheuse qui offrait un abri contre le vent. Soudain, Grace s'arrêta, figée par la surprise, en apercevant deux magnifiques chevaux, une jument baie et un étalon alezan, sellés et prêts à être montés. Un palefrenier les retenait par les rênes.

— Qu'est-ce que… ?

— J'ai pensé que vous aimeriez faire une balade à cheval.

— Comment savez-vous que je monte à cheval ? demanda-t-elle en lui lançant un regard oblique.

— Vous avez évoqué une période d'engouement pour l'équitation. Le premier soir.

— Quelle mémoire ! Et je suppose que vous faites du cheval depuis votre naissance ?

— Seulement depuis mes deux ans. Mais cela fait un bail que je n'ai pas pratiqué.

— Pour moi aussi.

— On peut y aller doucement.

Étaient-ils en train de parler d'équitation, se demanda Grace, ou d'autre chose ? Quelle importance ? Elle était touchée que Khalis se soit rappelé sa remarque fortuite et qu'il lui ait préparé cette surprise.

— Prête ? lança-t-il avec un grand sourire.

Elle hocha la tête, ravie de constater à quel point remonter à cheval lui faisait plaisir. Elle donna un léger coup à la jument pour la mettre au petit galop et Khalis fit de même. Quel bonheur ! Elle avait oublié cette impression de liberté qu'elle ressentait dès qu'elle était à cheval ; tout devenait dérisoire, les soucis comme les peurs — et même les souvenirs. Rien ne comptait à part le moment présent. Insensiblement, elle poussa sa monture au galop. Elle entendit Khalis rire.

— C'est la course ? lui cria-t-il dans le vent qui emportait ses paroles.

— Que le meilleur gagne ! répondit-elle en criant aussi fort que lui, tout en se penchant sur l'encolure de sa monture.

Son cœur débordait de joie. C'était si bon d'être libre !

Les sabots des chevaux faisaient voler le sable mouillé, et sa chevelure flottait derrière elle tandis qu'ils faisaient la course le long de la plage. Grace aperçut au loin une crique rocheuse, et elle sut instinctivement que ce serait leur ligne d'arrivée. Khalis la distança et elle talonna sa monture pour se trouver à son niveau. Au dernier moment, elle prit une demi-longueur d'avance et sa jument bondit au-dessus de la barrière de rochers qui constituait leur ligne d'arrivée improvisée.

Elle fit alors faire volte-face à sa monture et repoussa les cheveux qui lui fouettaient le visage.

— J'espère que vous ne m'avez pas laissée gagner, lança-t-elle en riant.

— Bien sûr que non !

Il avait l'air tellement à l'aise sur sa monture, et il était tellement séduisant, avec ses yeux pétillants de malice et sa peau dorée par le soleil, que Grace fut brusquement envahie par une incroyable déferlante de désir.

— Menteur, rétorqua-t-elle avec un grand sourire en mettant pied à terre. Mais j'accepte la victoire. C'était tellement fabuleux de faire la course comme ça ! J'avais oublié à quel point j'aimais monter à cheval.

— Je suis heureux que vous l'ayez redécouvert, dit-il en tendant la main pour repousser une mèche de cheveux qui lui barrait le visage.

Ce simple contact suffit à l'électriser. Pétrifiée, elle le regarda en battant des paupières, incapable de reculer. Comme si elle attendait qu'il pose de nouveau la main sur elle et qu'il l'embrasse.

Mais il n'en fit rien et se contenta de remettre les chevaux au palefrenier, qui avait dû les rejoindre en voiture. Ce dernier s'éloigna avec les montures. Khalis se retourna alors vers elle et lui prit la main. Pour aujourd'hui, et aujourd'hui seulement, c'était permis. Aujourd'hui était un jour à part dans sa vie. Aujourd'hui, elle se trouvait seule sur cette île avec un homme dont elle pourrait si facilement tomber amoureuse.

Cette perspective la fit tressaillir. Non, elle ne pouvait pas tomber amoureuse. Ni de Khalis ni d'un autre. Elle avait presque réussi à se convaincre qu'elle pourrait s'octroyer cette journée et pourrait rentrer ensuite chez elle sans que personne n'en sache rien. Mais tomber amoureuse, c'était à coup sûr s'exposer à avoir le cœur brisé… et à ce que sa relation soit découverte.

— Venez, dit Khalis. Notre pique-nique nous attend.

Il la mena dans une petite crique retirée entourée de rochers, où ils trouvèrent une couverture étalée sur le sable et un panier.

— Cela a dû vous demander une sacrée organisation, remarqua Grace avec un léger rire.

— Certes, admit-il, mais c'est facile quand on a du personnel.

Il l'attira sur la couverture et ouvrit le panier. Il en retira une bouteille de champagne et deux verres.

— Portons un toast, déclara-t-il en faisant sauter le bouchon.

Grace accepta. L'heure n'était pas aux doutes et aux regrets, même s'ils étaient toujours tapis dans les recoins de son esprit. Elle n'était pas en train de tomber amoureuse ; elle était plus forte que ça. Tout ce qu'elle voulait, c'était profiter de ce moment. De ce bonheur bref et fragile.

— À quoi portons-nous un toast ? demanda-t-elle.

— À un jour parfait, suggéra Khalis.

— À un jour parfait, répéta-t-elle en écho.

Khalis observa Grace en train de boire. Quel bonheur de la voir heureuse et détendue, avec ses cheveux lâchés et en bataille, son visage rose de plaisir ! Malgré tout, la peur et la tristesse se lisaient encore dans ses yeux. Si seulement il pouvait faire disparaître ces zones d'ombre — pas juste pour une journée, mais pour toujours…

Quant à ses propres démons, force était de constater qu'ils avaient cessé de le tourmenter, et il en fut agréablement surpris. Il se sentait prêt pour une relation durable. Par le passé, il avait eu deux ou trois liaisons sérieuses ; cependant, aucune femme n'était vraiment entrée dans son cœur, ni ne l'avait véritablement ému. Jusqu'à ce qu'il rencontre Grace. Et pour la première fois, voilà qu'il avait envie de lui dire des choses qu'il n'avait jamais racontées à personne, et qu'il éprouvait des sentiments inconnus.

Ce qu'il ressentait pour elle allait bien au-delà de la simple fascination. Il admirait son professionnalisme et sa ténacité. Son intuition lui disait que, comme lui, c'était une survivante. Et il souhaitait par-dessus tout, non seulement la toucher mais la voir sourire et l'entendre rire.

Pour l'heure, il devait lui faire passer un moment agréable.

— Prête pour le repas ? lui demanda-t-il avec un sourire.

— Prête !

Il lui servit des fraises, du melon, des figues juteuses et bien mûres et du pain moelleux trempé dans de l'huile d'olive. Il adorait la regarder manger, la voir enfin prendre du plaisir, au point que les ridules que le stress avait creusées autour de sa bouche et de ses yeux s'étaient estompées. Lui donner à manger était un moment d'une grande sensualité et il ne se lassait pas d'observer avec quelle gourmandise elle ouvrait la bouche, les yeux agrandis et les pupilles dilatées par la gourmandise.

— Vous me gâtez, fit-elle finalement en secouant la tête pour refuser une fraise, ses lèvres encore rouges du jus de toutes celles qu'elle avait mangées.

— Vous le méritez.

— Non, je ne le mérite pas, rétorqua-t-elle en détournant les yeux.

Khalis était allongé près d'elle sur la couverture, un bras replié sous la tête, et il enroulait autour de son doigt une mèche de cheveux, blonde et soyeuse.

— Pourquoi dites-vous cela ? demanda-t-il doucement, conscient que l'atmosphère s'était brusquement tendue.

— C'est sans importance, répondit-elle en secouant la tête.

Il voulait lui confier qu'au contraire, c'était important, que tout ce qui la concernait était important à ses yeux, mais il garda ses réflexions pour lui. Elle n'était pas disposée à les entendre et peut-être n'était-il pas disposé à les dire. Quel que soit le lien qui existait entre eux à présent, il était encore trop nouveau et trop fragile pour le mettre à l'épreuve. Comme elle, il avait envie de profiter de cette journée. Ils avaient tout le temps d'apprendre à se connaître, mais ce n'était pas le moment.

Aujourd'hui, c'était juste le début.

Khalis reprit une mèche de ses cheveux pour l'enrouler autour de son doigt. Il n'en fallut pas plus pour l'ébranler au plus profond d'elle-même. Les sens en émoi, elle tourna la tête et posa sur lui un regard brûlant. Parcourue d'un long frisson, elle sut avec une certitude délicieuse qu'il allait l'embrasser.

Lentement, Khalis approcha ses lèvres des siennes, et leurs bouches se rencontrèrent. Elle glissa les mains le long de ses épaules pour les enfouir ensuite dans la douceur de ses cheveux. Il détacha un petit peu sa bouche de la sienne et son sourire s'intensifia, un sourire tellement palpable qu'elle pouvait presque le *sentir.*

— Ta bouche a un goût de fraise, chuchota-t-il, la tutoyant pour la première fois.

— La tienne aussi.

Il laissa échapper un petit rire et baissa la tête pour

s'emparer de nouveau de sa bouche. Grace savoura la plénitude de ce baiser, de ce moment. Jamais elle n'en avait connu d'aussi pur, d'aussi parfait. Abandonnant sa bouche, Khalis se mit à lui picorer lentement la joue, le cou, de petits baisers tendres ; quand ses lèvres tièdes atteignirent sa nuque, elle laissa échapper un son qui tenait à la fois du soupir et du rire étouffé. Il descendit plus bas, jusqu'à l'encolure de son T-shirt, caressant sa peau à petits coups de langue, puis pressa sa bouche au creux de ses seins. Le corps de Grace s'arqua.

Khalis glissa alors une main autour de sa taille et releva son T-shirt. Il l'embrassa de nouveau, profondément, et elle se pressa contre lui. Elle voulait, elle aussi, toucher sa peau. Ses mains s'insinuèrent sous sa chemise et parcoururent son dos tandis que les doigts de Khalis remontaient lentement le long de son ventre, qu'il caressa doucement de la paume.

Derrière eux, un oiseau croassa bruyamment. Aussitôt, Grace se redressa en vacillant, la panique remplaçant le désir. Avec ses vêtements en désordre, ses cheveux en bataille et sa bouche gonflée, elle eut l'impression d'avoir été prise sur le fait. D'avoir été piégée et déshonorée.

Khalis, lui, était toujours allongé. Appuyé sur un coude, il semblait parfaitement détendu. Il avait, de toute évidence, remarqué sa réaction excessive, mais se gardait de tout commentaire, se contentant de la regarder d'un œil désinvolte.

— Je suis désolée… Je ne suis pas… Je n'ai pas…, balbutia-t-elle.

— Je sais.

Il y avait une telle certitude dans cette affirmation que Grace ne put s'empêcher de tressaillir. Non, il ne savait pas. Toutes les hypothèses qu'il faisait à son sujet étaient fausses.

— En fait, fit-elle d'une voix basse, tu ne sais pas.

— Alors dis-moi.

Non. C'était impossible…

— Nous avons passé suffisamment de temps aujourd'hui à évoquer de vieux souvenirs, déclara-t-elle en esquissant un sourire.

— Voilà ce qui s'appelle se faire envoyer sur les roses, remarqua-t-il d'un ton placide.

Il n'y avait aucune irritation dans sa voix, simplement de l'acceptation, peut-être même une pointe d'amusement, constata Grace. Il se releva et se mit à ranger les restes du pique-nique. Leur journée parfaite était-elle déjà terminée ?

— On n'est pas obligés de partir tout de suite…, fit-elle timidement.

Il toucha sa joue chaude.

— Tu es en train de prendre un coup de soleil. Nous sommes très près de la côte africaine, tu sais. Le soleil tape très fort.

Sa décision était donc sans appel… Grace l'aida en silence à rassembler leurs affaires, en proie à un amas confus d'émotions : la frustration face à l'interruption de leur après-midi, mais aussi le soulagement de ne pas être allée trop loin. Et, par-dessus tout, comme une chape de plomb dont le poids l'écrasait depuis si longtemps, la culpabilité. Encore et toujours.

— Allez, souris, lui enjoignit Khalis avec un petit rire. Ne prends pas cet air déçu. Ce n'est qu'une journée.

« Exactement », eut-elle envie de répondre. De crier. Une journée, c'était tout ce qu'elle avait. Tout ce qu'elle s'était autorisé, et Khalis le savait bien.

Le doute l'assaillit soudain. Avait-elle supposé qu'il comprenait parce que c'était plus facile de croire cela ? Plus facile de prendre ses désirs pour des réalités ? Mais s'il n'avait pas compris ? S'il n'avait pas accepté ses conditions implicites, selon lesquelles ils ne partageraient jamais rien d'autre que cette journée ? Que voulait-il ? Qu'attendait-il d'elle, de leur relation ?

Quoi que ce soit, elle ne pouvait pas le lui donner, et une immense tristesse l'envahit tandis qu'elle prenait pour la première fois conscience qu'elle voulait peut-être la même chose que lui. Bien plus qu'une seule journée…

7

Lorsque Grace retourna dans sa chambre, elle eut la surprise d'y trouver Shayma, avec un déploiement impressionnant de vêtements et de produits de beauté.

— Qu'est-ce que c'est que tout ça ? demanda-t-elle, au comble de l'étonnement.

Shayma esquissa un sourire timide.

— Monsieur Tannous, il souhaite que je vous aide à vous préparer.

Grace n'en croyait pas ses yeux. Sur son lit s'étalait une demi-douzaine de robes de soirée.

— À me préparer ? Pour quoi faire ?

— Il veut vous emmener quelque part, je crois.

Où diable pourrait-il l'emmener ? De toute façon, quelle importance ? Elle ne pouvait aller nulle part. Il ne fallait pas qu'on la voie en public avec Khalis, ni avec un autre homme d'ailleurs.

— Ne sont-elles pas belles ? demanda la jeune domestique en prenant une des robes.

Grace regarda le vêtement, la gorge nouée par l'émotion. C'était un fourreau de soie ivoire avec des incrustations de perles, qui ressemblait à une robe de mariée très sexy.

— Magnifique, admit-elle.

— Et celle-ci aussi, dit Shayma en lui présentant une robe en satin d'un bleu si profond qu'il en était presque noir.

— Fabuleuse.

Les robes étaient toutes plus belles les unes que les autres. Quelle femme résisterait au plaisir de revêtir une de ces merveilles ? Elle n'avait qu'un désir, en enfiler une, et que Khalis la voie ainsi parée.

— Et vous avez les chaussures et les bijoux pour aller avec chacune d'entre elles, ajouta gaiement Shayma.

Grace secoua la tête d'un air impuissant. Comment Khalis avait-il pu se donner autant de mal et se lancer dans de telles dépenses ? Quant à sa folle envie de mettre une de ces robes et de passer la soirée avec Khalis, c'était tout bonnement ahurissant.

Elle connaissait les règles de son accord avec Loukas. Pas de rendez-vous galants. Pas d'hommes. Ce n'était pas juste, ni même légal, mais durant les quatre années qui avaient suivi son divorce, elle ne s'était guère souciée des restrictions imposées par son ex-mari. Son cœur avait ses propres restrictions. Jusqu'à sa rencontre avec Khalis, son mode de vie ne l'avait pas dérangée outre mesure. Mais Khalis lui donnait de nouveau envie de se sentir proche de quelqu'un, d'éprouver le feu du désir et la douceur de la joie partagée. Pour la première fois en quatre ans, elle était tentée de laisser un homme entrer dans son existence. De lui confier ses secrets.

Hélas, ce n'était pas possible. Grace détourna les yeux de ces robes, objets d'une trop grande tentation.

— Mademoiselle… ?, demanda Shayma d'une voix hésitante.

— Je suis désolée, Shayma. Je ne peux porter aucune de ces tenues.

La jeune femme la regarda d'un air perplexe et consterné.

— Elles ne vous plaisent pas ?

— Au contraire. Mais ne vous en faites pas, je l'expliquerai moi-même à monsieur Tannous.

Lorsqu'elle entra dans le bureau de Khalis, ce dernier était assis à sa table de travail ; il l'accueillit avec un sourire.

— J'ai besoin de vous dire…

Il l'interrompit d'un geste de la main.

— Vous aimeriez me remercier pour les robes, mais vous ne sortirez pas avec moi ce soir.

— Comment le savez-vous ? demanda Grace, interloquée.

— Je n'en attendais pas moins de vous. Rien n'est simple, avec vous.

— Dans ce cas, s'agaça-t-elle, je ne vois pas trop pourquoi vous vous donnez tout ce mal.

— Vous le savez très bien. Nous partageons quelque chose de particulier, quelque chose de profond ; vous ne pouvez pas le nier.

Il ne semblait absolument pas douter de ce qu'il affirmait. Grace ne répondit pas, mais son silence ne parut pas le dérouter le moins du monde.

— Je n'ai jamais ressenti ça avec une autre femme. Et je ne pense pas que vous l'ayez ressenti avec un autre homme. Pas même avec votre ex-mari, ajouta-t-il en posant sur elle un regard intense et grave.

Elle faillit s'étrangler de surprise, mais n'en resta pas moins silencieuse.

— Vous me fascinez, Grace, poursuivit Khalis. Avec vous, je me sens vivant, épanoui. Heureux, pour tout dire.

Désemparée, Grace secoua la tête. Savait-il l'effet que produisait sur elle cette confession sincère ? À quel point cela lui brisait le cœur, elle qui ne demandait qu'à le laisser l'aimer… Hélas, elle ne devait pas le conforter dans cette voie.

— Je ne suis pas spécialement fascinante, répondit-elle.

Il eut un sourire désabusé.

— C'est peut-être que je me laisse facilement fasciner.

— Vous ne me connaissez pas vraiment, dit-elle.

— Je ne demande qu'à vous connaître. Pourquoi ne voulez-vous pas sortir avec moi ce soir ?

— Comme je vous l'ai déjà dit, c'est impossible.

— Vous avez peur de votre ex-mari.

Son corps restait détendu mais son visage était maintenant dur, inflexible, et Grace sut qu'elle ne résisterait pas à son regard scrutateur. Elle allait devoir s'expliquer, impossible d'y échapper…

— Pas exactement.

— Arrêtez de parler par énigmes.

Au ton impératif de Khalis, Grace comprit qu'elle n'avait que trop tergiversé. Il s'était montré doux, patient, gentil. Il méritait un minimum d'honnêteté.

— J'ai une fille, dit-elle calmement. Katerina. Elle a cinq ans.

Le visage de Khalis resta de marbre. Seule la légère lueur qui assombrit le vert de ses yeux indiqua qu'il accusait le coup.

— Et ? demanda-t-il après un instant de silence.

— C'est mon ex-mari qui en a la garde. J'ai le droit de la voir une fois par mois.

— Comment cela se fait-il ? s'étonna-t-il en s'efforçant visiblement de garder un ton neutre.

Grace déglutit péniblement.

— C'est compliqué, murmura-t-elle.

— C'est-à-dire ?

— C'est un homme très riche et très puissant…

Impossible de faire machine arrière, à présent. Elle allait tout lui raconter. Encore fallait-il trouver les mots justes, et ce n'était pas évident…

— Notre mariage fut… mouvementé. Et… notre divorce pénible. Il a usé de son influence pour obtenir la garde exclusive.

Difficile de continuer. Les mots restaient coincés au fond

de sa gorge. Cela faisait quatre ans qu'elle vivait sans sa fille, avec le sentiment d'en porter sa part de responsabilité. Se confier à Khalis maintenant ne faisait que remuer le couteau dans la plaie car elle n'en avait jamais parlé à personne. Incapable de contrôler le tremblement de ses lèvres, elle essaya de détourner le regard.

Khalis se leva et vint vers elle. Son visage s'était radouci mais un sourire triste abaissait les coins de sa bouche.

— Je suis désolé, Grace, dit-il en l'entourant de ses bras.

Elle tressaillit. Elle ne méritait pas la compassion qu'elle lisait dans son regard.

— C'était ma faute… en partie, répondit-elle, se retenant de s'abandonner à son étreinte, alors qu'elle en mourait d'envie.

Khalis la serra plus fort.

— Pourquoi n'as-tu pas contesté les modalités de garde ? La plupart des juges sont favorablement disposés envers la mère.

« Sauf quand la mère a été déclarée inapte », faillit-elle répondre.

— Je… je n'ai pas pu.

En effet, elle n'avait pas eu la force de contester un jugement que, dans le fond de son cœur, elle estimait mériter.

Khalis lui releva le menton pour la forcer à le regarder. Il arborait un air si tendre qu'elle avait peur de pleurer. De lui dire la vérité : qu'elle ne méritait ni sa compassion ni sa confiance, encore moins son amour.

— Qu'est-ce que cela a à voir avec toi et moi ? demanda-t-il.

Toi et moi. Comme elle avait envie d'y croire !

— Loukas, mon ex-mari, contrôle ma conduite. Il a imposé comme condition que je ne noue aucune relation sentimentale avec un homme. Dans le cas contraire, je perds mon droit de visite mensuelle.

Khalis se recula et la regarda, incrédule.

— Mais c'est… c'est complètement illégal. Et scandaleux. Je n'ai jamais rien entendu d'aussi absurde.

— Il détient la carte maîtresse, dit Grace. Ma fille.

— Tu peux certainement t'opposer à une clause pareille ! Avec un avocat commis d'office, si l'argent est un problème. Il n'y a aucune raison qu'il ne puisse…

— Non, l'interrompit Grace d'une voix impassible, malgré son cœur qui battait à tout rompre. Je t'en prie, Khalis. Ne t'en mêle pas et n'en parlons plus.

Elle se mordilla la lèvre. Mais qu'est-ce qui lui avait pris de lui en dire autant — et pourtant si peu ? Le résultat, c'était que dorénavant, à ses yeux, elle allait, plus que jamais, faire figure de victime.

À son grand étonnement, il ne lutta pas.

— C'est d'accord, concéda-t-il. Mais j'aimerais cependant que tu m'accompagnes ce soir.

— Après ce que je viens de te dire ?

Le visage de Khalis s'éclaira. Il prit la main de Grace et lui embrassa les doigts.

— Je comprends que tu ne puisses être vue en public avec moi — pour l'instant. Mais cela ne nous empêche pas de sortir.

Au contact de ses lèvres, Grace sentit un frisson la parcourir et se propager dans tout son corps comme un courant électrique. Si elle ne se ressaisissait pas rapidement, elle pouvait dire adieu à ses belles résolutions.

— Pour aller où ? demanda-t-elle en retirant sa main.

— Loin d'ici.

— Oui, mais où ? s'irrita Grace.

— Écoute, peux-tu me faire confiance et me laisser t'emmener dans un endroit que ton ex-mari ne pourrait jamais découvrir ? Un endroit où tu seras complètement en sécurité, avec moi ?

Elle le fixa, partagée entre la peur et le désir. Jamais,

en quatre ans, elle n'avait rencontré un homme comme Khalis, d'une telle douceur et d'une telle gentillesse.

— C'est d'accord. Oui, je te fais confiance.

— Bien, exulta-t-il avec un sourire de triomphe terriblement sensuel. Parce que j'aimerais vraiment t'emmener dîner à l'extérieur. J'aimerais te voir dans une des robes que je t'ai achetées, puis j'aimerais te la retirer lentement en la faisant glisser le long de ton corps avant de te faire l'amour. Mais je me contenterai du dîner…

— Je ne vois pas très bien où nous pourrions dîner sans…

— Ne t'inquiète pas, coupa-t-il, péremptoire. Tout ce que tu as à faire pour l'instant, c'est de laisser Shayma s'occuper de toi. Nous allons passer une merveilleuse soirée. J'ai hâte de voir quelle robe tu auras choisie.

Deux heures plus tard, après s'être fait masser, maquiller, bichonner, Grace avait revêtu la robe de satin bleu nuit, qui lui laissait le dos nu. Shayma lui avait passé autour du cou un pendentif en saphir serti de diamants et donné des boucles d'oreilles assorties. Elle avait l'impression d'être une star.

Khalis l'attendait au pied de l'escalier.

— Tu es tout simplement sublime, lui dit-il en lui tendant la main.

— Tu n'es pas mal non plus.

Il portait un costume de soie gris anthracite qui soulignait son élégance naturelle et son charme puissant.

— Alors, où allons-nous ? reprit-elle.

— Tu verras.

La tenant par la main, Khalis lui fit franchir les horribles grilles du mur d'enceinte et ils sortirent de la propriété. La nuit prenait déjà doucement possession de l'île, et des ombres violettes en estompaient les contours, tandis que la surface calme de la mer se teintait d'un noir d'encre.

Sur la plage les attendait une vedette élancée, qui dansait gracieusement sur l'eau.

— Nous y allons en bateau ? demanda Grace d'un ton hésitant tout en considérant sa robe de soirée qui lui arrivait aux chevilles. Ça m'ennuie de te dire ça, mais j'ai comme l'impression de ne pas porter la tenue adéquate.

— Mais non, c'est parfait, rétorqua-t-il en l'aidant à monter à bord, tout en prenant soin de relever le bas de sa robe. Pour être franc, j'avais dans l'idée de t'emmener dans un élégant petit hôtel à Taormina quand je t'ai fait livrer ces tenues. Mais peu importe l'endroit, n'est-ce pas ? Tout ce que je veux, c'est être avec toi.

Il ponctua sa phrase d'un sourire, et Grace sentit son cœur chavirer.

— Je suis curieuse, murmura-t-elle d'un ton désinvolte, pour cacher son trouble, de voir cet endroit mystérieux où tu m'emmènes.

Khalis fit vrombir les moteurs du hors-bord. Bien qu'assise derrière un écran de Plexiglas, Grace sentit son chignon impeccable qui se défaisait, laissant échapper des mèches folles.

— J'aime te voir les cheveux défaits, dit Khalis avec un sourire.

Aussitôt, faisant fi de sa réserve habituelle, elle retira les épingles restantes, libérant sa chevelure. Elle devait avoir une tête à faire peur, mais cela lui était parfaitement égal. Elle se sentait libre. C'était fabuleux.

Elle n'avait toujours pas la moindre idée de leur destination. Ils étaient entourés par la mer et, à sa connaissance, il n'y avait pas d'îles entre Alhaja et la Sicile. Or, la Sicile était exclue puisque Khalis lui avait garanti qu'ils ne se rendraient pas dans un lieu public. Elle lui faisait confiance, ce qui ne l'empêchait pas d'avoir l'estomac noué.

— Ne t'inquiète pas, la rassura Kalis. L'endroit où

nous allons est complètement privé. Et nous n'en avons plus pour longtemps.

Une fois de plus, il avait lu dans ses pensées. C'était incroyable, d'autant plus que de son côté, elle avait l'impression de deviner ce que Khalis ressentait, même lorsqu'il affichait un visage impassible, comme si un lien les unissait. Hélas, dans vingt-quatre heures, ce serait fini.

À moins que…

Son cœur se serra. Seuls les contes de fées se terminaient bien.

— Tu me sembles bien pensive, fit remarquer Khalis après avoir mis le moteur au ralenti.

— Je… On arrive bientôt ?

— Viens, fit-il en lui prenant la main.

On ne distinguait pas grand-chose dans l'obscurité ; seule la lueur de la lune projetait un pâle faisceau d'argent sur la surface de l'eau. Khalis la conduisit à l'avant du bateau et là, à sa grande surprise, Grace se rendit compte qu'ils se trouvaient près d'une petite île, qui semblait déserte. Elle aperçut alors, nichée au creux de la végétation, une petite crique de sable blanc.

— Où sommes-nous ?

— Sur une île minuscule que possédait mon père. Elle est toute petite — deux cents mètres de large environ. Mais mon père tenait à protéger sa vie privée. Il avait donc acheté toutes les terres proches d'Alhaja, même si elles n'étaient pas plus grandes qu'un mouchoir de poche.

Il sauta prestement hors du bateau et lui tendit la main ; puis, la voyant quelque peu embarrassée avec sa robe longue et ses hauts talons, il l'attrapa fermement par la taille et la fit passer par-dessus bord. Elle atterrit sur la plage et ses talons s'enfoncèrent dans le sable mouillé.

— Maintenant, j'ai vraiment l'impression de ne pas

être habillée pour la circonstance, dit Grace avec un petit rire, tout en se tournant vers Khalis.

— Ne te gêne pas pour retirer ta robe si tu penses que tu seras plus à l'aise.

Grace sentit les battements de son cœur s'accélérer.

— Plus tard peut-être, répondit-elle d'un ton badin qui ne manqua pas de la surprendre elle-même.

— C'est une promesse ?

— Certainement pas, répliqua-t-elle avec un léger sourire.

Il y avait bien longtemps qu'elle ne s'était sentie aussi détendue, aussi heureuse, même.

— Donc, pas de saucisses sur le bateau. Un barbecue sur la plage, alors ?

Sans répondre, il la conduisit jusqu'à une anse abritée où Grace, médusée, découvrit une tente dressée, dans laquelle il la fit entrer. À la lueur vacillante des torches, elle découvrit un intérieur élégant : table en teck, coussins de soie, vaisselle de porcelaine et de cristal, composaient un décor digne des *Mille et Une Nuits*.

— Comment as-tu pu organiser ça, en l'espace de quelques heures ? s'étonna Grace.

— Cela nécessite un minimum de préparatifs, admit-il tout en prenant la bouteille de vin blanc qui rafraîchissait dans un seau en argent. Mais le jeu en valait la chandelle.

Au-dehors, l'obscurité s'étendait à perte de vue mais à l'intérieur, avec la lumière tremblotante des candélabres qui projetait sur les murs de toile des ombres rassurantes, elle se sentait en sécurité.

Khalis lui tendit un verre et la regarda avec des yeux traversés d'un désir brûlant — mais aussi d'une grande sincérité.

— Merci, dit-elle doucement.

— Merci de m'avoir fait confiance, répondit-il.

Il commença à servir des triangles de pita et du houmous avant de poursuivre :

— Tu dois mener une vie particulièrement tranquille, avec ces restrictions que t'impose ton ex-mari.

— Très tranquille. Mais cela ne me dérange pas.

— Vraiment ? Moi, cela me dérangerait terriblement.

— On s'habitue. Et parfois, ajouta-t-elle sous forme de boutade pour changer de sujet, je me dis que je préfère les tableaux aux gens.

Ils parlèrent ainsi peinture pendant un moment mais pour Grace, leur conversation, qui tournait autour de la thématique du faux en art, n'était pas aussi anodine qu'elle en avait l'air : Khalis était loin de se douter qu'elle-même était une contrefaçon sans la moindre valeur. Elle n'avait rien de la femme innocente ni de l'épouse calomniée qu'il devait se plaire à imaginer.

— Tu étais déjà venu ici ? demanda-t-elle pour parler d'autre chose.

— Une fois, en voilier, avec mon frère.

— Une seule fois ?

Il haussa les épaules.

— Nous ne faisions pas grand-chose ensemble. Pour Ammar, tout était compétition, et il lui fallait gagner à tout prix. Au bout d'un moment, j'en ai eu assez de perdre.

— Il te manque ? demanda très doucement Grace.

Le corps de Khalis se raidit.

— Je t'ai déjà dit que non.

— C'est difficile à comprendre. Mes parents me manquent, même maintenant.

— Ma famille n'avait rien à voir avec la tienne.

— Et ta sœur ?

— Cela ne sert à rien d'en parler. Elle est partie depuis quatorze ans, maintenant.

Grace tiqua. Il parlait avec une telle impassibilité, une telle froideur…

— Comment peux-tu ainsi tirer un trait sur toute ta famille ? laissa-t-elle échapper.

Les yeux de Khalis s'étrécirent. Elle avait devant elle un homme implacable, doté d'une maîtrise de soi à toute épreuve, qui ne regardait jamais en arrière, qui ne pardonnait pas.

— Je n'ai pas « tiré un trait sur toute ma famille », comme tu le prétends. Je ne vois tout simplement pas l'intérêt de regarder en arrière. Ils sont morts. On ne peut porter le deuil éternellement. Je suis passé à autre chose.

Khalis tendit le bras pour servir le poulet. La lueur des torches faisait danser des ombres sur sa peau dorée, soulignant le dessin de ses muscles puissants.

— Et je n'avais pas l'intention de parler de ma famille ce soir, reprit-il. Nous avons certainement bien mieux à faire pour occuper notre soirée.

— Tu as raison.

Brusquement, le souvenir de cet après-midi où il l'avait embrassée surgit dans son esprit, faisant monter sa température. Elle devint cramoisie et, pour se donner une contenance, se saisit de son verre, sous le regard amusé de Khalis.

— Je crois que nous pensons tous deux à la même chose pour occuper notre soirée, dit-il en souriant d'un air entendu.

— Sans doute, réussit-elle à articuler, manquant de s'étouffer avec son vin.

Fort heureusement, Khalis donna un tour plus anodin à la conversation ; Grace prit beaucoup de plaisir à l'écouter parler de l'entreprise qu'il avait créée et de sa vie à San Francisco. De son côté, elle lui parla de son travail et de ses réalisations les plus intéressantes. La nourriture était excellente, l'air du soir tiède, plein du murmure des vagues et des bruissements du vent dans les palmiers. Tout semblait si merveilleusement simple… Elle aurait aimé que la soirée ne finisse jamais…

Heureusement, ils avaient encore la nuit devant eux. Rien que de penser à ce qui les attendait, elle sentit un frisson d'excitation la traverser de la tête aux pieds. Elle imaginait déjà Khalis lui faire l'amour, comme il l'avait évoqué de façon si suggestive.

Elle reposa sa tasse à café en tremblant. Il y avait si longtemps qu'elle n'avait pas eu de relations avec un homme…

— On dirait que tu as peur, remarqua Khalis d'une voix douce en posant sa main sur la sienne. Pourquoi ? Nous sommes en sécurité ici.

— Je n'ai pas peur, répondit-elle en le regardant droit dans les yeux.

Non, elle n'avait pas peur ; pas de lui, en tout cas, ni même de Loukas. Il était absolument impossible qu'il la découvre ici. Non, c'était d'elle-même qu'elle avait peur, de ce désir intense qui s'était emparé de son corps, de son esprit, et peut-être même de son cœur. Demain, il lui faudrait tirer un trait.

— Tu as envie de rentrer à Alhaja maintenant ?

— Non, sauf s'il le faut, répondit Grace, étonnée par cette question.

— Non, répondit Khalis d'une voix rauque.

— Et si on dansait ? lança-t-elle impulsivement.

— Danser ? fit-il en haussant les sourcils d'un air interrogateur.

— Oui. Sur la plage.

Cette soirée était unique et elle voulait en profiter au maximum. Elle voulait faire tout ce qu'elle n'avait pu à cause des conditions que Loukas lui avait imposées.

— Mais il n'y a pas de musique, objecta Khalis en esquissant un sourire.

— Je suis en robe du soir sur une île déserte. Avons-nous vraiment besoin de musique ?

— Non, tu as raison.

Il se leva d'un bond et la conduisit sur la plage. Le sable était frais et soyeux sous ses pieds nus.

— Puisqu'il n'y a pas de musique, déclara Khalis en se tournant vers elle, à nous de décider celle que nous voulons entendre.

C'est à peine si Grace distinguait ses traits, mais elle percevait la chaleur qui émanait de son corps et le désir irrépressible qui les dévorait l'un et l'autre.

— Quelque chose de lent et de langoureux, qu'en dis-tu ? poursuivit-il en l'attirant contre lui, collant son bassin contre le sien.

Elle sentit aussitôt une chaleur intense envahir son bas-ventre et, prise d'un élan irrépressible, elle fit courir ses doigts le long des épaules de son cavalier.

Étroitement enlacés, ils dansèrent en silence sur un rythme imaginaire. Grace aurait juré qu'elle entendait la musique, le gémissement solitaire d'un saxophone.

La nuit tiède les enveloppait de sa douceur rassurante tandis qu'au-dessus d'eux, la voûte céleste constellée d'étoiles dessinait une toile de fond d'un romantisme troublant. Elle posa la tête sur l'épaule de Khalis et perçut le battement régulier de son cœur, aussi clairement que son érection contre son ventre.

Au bout d'un moment, elle leva la tête et plongea le regard dans celui de Khalis. Leurs lèvres se touchaient presque. La sensualité lascive de la danse faisait place à quelque chose de bien plus primitif, une force fulgurante et irrésistible.

Grace tourna la tête et effleura de ses lèvres les doigts

de Khalis, avant de les lécher du bout de la langue. Elle se sentait libre comme l'air, capable de toutes les audaces. Après quatre ans à vivre comme une nonne, Dieu que c'était agréable !

Khalis lui prit le menton et la regarda avec une avidité qu'elle aurait trouvée effrayante si le même feu n'avait brûlé en elle. Il s'empara de sa bouche et l'embrassa sauvagement. Elle répondit à son baiser. Grace laissa échapper un gémissement de plaisir, submergée par des sensations qui la plongeaient dans un tourbillon de feu.

— Je crois que cette robe va finir dans le sable, susurra Khalis.

Il joignit le geste à la parole puis jeta le vêtement dans le sable en riant.

— Grace, tu es belle. Belle à couper le souffle.

Il s'approcha d'elle et promena les mains sur ses épaules avant de les refermer sur ses seins. Malgré la chaleur de ses paumes, Grace sentit un frisson la parcourir.

— Embrasse-moi, murmura-t-elle.

Quand Khalis pressa doucement ses lèvres sur les siennes, elle ferma les yeux. Il la serra plus étroitement contre lui, fit glisser ses mains le long de son dos nu et lui retira sa culotte d'un coup sec ; puis, sans la quitter du regard, il recula et entreprit de déboutonner sa chemise.

Grace le regarda se déshabiller, hypnotisée, fascinée par son torse fin et musclé, sa peau dorée recouverte d'une légère toison. Lorsqu'il fut nu lui aussi, elle fut envahie par un sentiment de vulnérabilité incontrôlable. Depuis le temps qu'elle vivait seule, bien à l'abri dans la carapace qu'elle s'était forgée, elle avait oublié tout ce qu'une relation impliquait d'intimité, de capacité à se dévoiler. Maintenant, elle était au pied du mur.

Tandis que Khalis la portait dans la tente et l'allongeait

sur les coussins moelleux, elle aurait aimé lui confier son dernier secret, lui ouvrir son âme. Mais par où commencer ?

La question resta en suspens. Les baisers fougueux de Khalis interrompirent le cours de ses pensées et embrasèrent ses sens, la plongeant dans un océan de volupté.

Grace avait beau palpiter de plaisir entre ses bras, Khalis devinait que son abandon n'était pas total. Comment faire tomber les défenses qu'elle avait érigées autour d'elle ? Ce n'était pas son corps seulement qu'il voulait, mais aussi son cœur et son âme.

— Regarde-moi, Grace.

Elle ouvrit des yeux embués de désir.

— S'il te plaît, supplia-t-elle d'une voix haletante.

Il savait ce qu'elle voulait, et il le voulait lui aussi plus que tout. Il lui suffirait d'un coup de reins pour se perdre en elle et les conduire tous les deux au paroxysme du plaisir. Mais il resta immobile.

— Dis mon prénom, demanda-t-il.

Son regard exprima la plus grande confusion. Ses lèvres s'entrouvrirent.

— Pourquoi ?

— Dis mon prénom. S'il te plaît.

Il vit l'expression de Grace se radoucir, et les larmes qui scintillèrent dans ses yeux le retournèrent.

— Khalis, murmura-t-elle.

Alors, avec un grognement animal, il se fondit en elle.

Grace se cambra en lui labourant le dos de ses ongles. Un sentiment de triomphe l'envahit lorsqu'il sentit qu'ils allaient tous deux atteindre l'orgasme. À ce moment, Grace cria son prénom en nouant ses jambes autour de lui, la tête rejetée en arrière ; il retentit comme une supplication et une bénédiction tandis que, le corps secoué de soubresauts de plaisir, elle l'accompagnait dans l'extase.

8

Blottie au creux des bras de Khalis, Grace pleurait en silence, incapable de retenir ses larmes — de joie mais aussi de regrets. Jamais elle ne s'était sentie si proche d'un homme… et en même temps si loin. Elle qui avait eu si peur de s'ouvrir à lui, effrayée par la force de ses propres sentiments, elle qui avait résisté jusqu'au bout, voilà qu'elle avait rendu les armes. Et tout lui apparaissait sous un jour nouveau. Avec Khalis, c'était si différent, si merveilleux.

Et pourtant, comment cela pourrait-il durer ?

Elle pensait ne pas faire de bruit mais Khalis semblait l'avoir entendue, à moins que ce ne soit son sixième sens qui l'ait averti, comme tant de fois. Ses deux pouces se posèrent sur son visage et essuyèrent doucement ses pleurs.

Au bout d'un long moment, Grace poussa un profond soupir et Khalis lui embrassa l'épaule.

— Dis-moi, fit-il d'une voix douce.

Elle ferma les yeux. Elle voulait tout lui raconter, son mariage désastreux, sa folie stupide et égoïste, son divorce pénible, avec ses innombrables conséquences. Lui dire la vérité serait certes un soulagement, mais ce serait également délicat et douloureux. Et cela changerait le regard de Khalis sur elle, même si elle n'avait pas l'intention de le revoir.

Seigneur, que c'était compliqué…

Elle prit une profonde inspiration et roula sur le dos.

— Je suis du genre émotif, c'est tout, dit-elle en esquissant un sourire.

— Tu es triste.

— Et heureuse, affirma-t-elle en embrassant la paume de sa main. Très heureuse.

Khalis ne parut pas convaincu mais, à son grand soulagement, il n'insista pas. Il la serra plus étroitement contre lui et elle demeura ainsi, les yeux ouverts dans le noir, savourant le bonheur de sentir la chaleur rassurante du corps de son amant. Au bout d'un moment, elle finit par s'endormir.

Quand elle s'éveilla, la tente était baignée de lumière et Khalis avait disparu. Vu qu'il n'avait pu aller bien loin — ils étaient sur une île déserte, après tout —, elle ne s'inquiéta pas outre mesure.

Elle resta quelques secondes allongée, à se repasser le film de cette soirée merveilleuse. Puis elle se leva et s'enveloppa d'une couverture en cachemire, puisque sa robe était restée sur la plage.

Khalis ne se fit pas longtemps attendre : elle le vit arriver, une serviette autour des reins, les cheveux humides. Il avait l'air en pleine forme.

— Bonjour, la salua-t-il avec un sourire qui la fit fondre.

— Bonjour. Tu es allé te baigner ?

— Une façon très tonique de commencer la journée. Bien dormi ?

— Oui.

— Tu as mis du temps à t'endormir.

— Ça m'a fait bizarre de dormir près de quelqu'un, admit Grace. Mais c'était très agréable.

— Tant mieux, dit-il en laissant tomber sa serviette sans la moindre gêne.

Il entreprit de s'habiller, sous le regard étonné de Grace qui le vit enfiler un jean propre.

— Où as-tu trouvé ce pantalon ?

— J'ai emporté un sac avec des vêtements de rechange pour nous deux. Au cas où.

— Tu étais sûr de ton coup, on dirait, fit-elle remarquer, souriant et rougissant en même temps.

— Je n'aime pas être pris de court.

Elle s'installa confortablement contre les coussins et le regarda finir de s'habiller.

— J'ai pensé que ce matin, on pourrait faire le tour de l'île, dit-il en boutonnant son jean. Même s'il n'y a pas grand-chose à voir.

— Excellente idée !

Pour elle, toute suggestion qui leur permettait de prolonger le temps qu'ils passaient ensemble était la bienvenue.

Il vint s'asseoir près d'elle et son visage prit une expression plus sérieuse.

— Et ce soir, ajouta-t-il en posant une main sur son genou, je rentre à Paris avec toi.

Le choc la laissa momentanément sans voix.

— Tu… quoi ?

— J'ai appelé le responsable de mon service juridique et lui ai posé quelques questions. Les modalités de la garde de ta fille sont illégales, Grace. Nous pouvons faire appel. Nous pourrions même trouver quelque chose contre Loukas Christofides en creusant un peu. Je ne pense pas qu'il soit blanc comme neige. Mon service juridique est en train de se renseigner.

— D'où connais-tu son nom de famille ? demanda Grace, médusée. Je ne te l'ai jamais dit.

— J'ai fait des recherches.

— Je croyais que tu n'étais pas du genre à traîner sur internet.

— Parfois, c'est justifié.

— Vraiment ? ironisa-t-elle.

— Qu'est-ce qui ne va pas, Grace ? Je croyais que tu serais contente d'entendre ça. Je veux me battre pour toi. Et pour ta fille.

Elle secoua la tête, refrénant le fol espoir que ces mots avaient éveillé en elle.

— Tu aurais dû me mettre au courant de ce que tu avais entrepris.

— Je voulais avoir des informations valables avant de dire quoi que ce soit.

— Je n'aime pas qu'on régente ma vie ! déclara-t-elle d'un ton bien plus brusque qu'elle ne l'aurait voulu. Je n'aime *vraiment* pas ça.

Khalis resta silencieux un moment.

— C'est ça qu'il t'a fait ? demanda-t-il enfin. Il t'a imposé un mode de vie ? Il t'a gardée prisonnière sur une île ?

Grace fut frappée par la lueur féroce dans ses yeux, par le pli dur de sa bouche.

— Quelque chose comme ça.

— Je ne suis pas ton ex-mari.

— Je sais, répondit-elle d'un ton sec.

Cette conversation ravivait ses émotions et elle se sentait plus exposée que jamais, mais elle se rappela à temps que Khalis n'y était pour rien. Il était injuste d'être aussi cassante avec lui.

— Tu aurais dû me parler de ce que tu comptais faire avant de t'en mêler, reprit-elle plus calmement.

— Je croyais t'aider.

— Il y a des choses…

Elle s'interrompit, se mordit l'intérieur de la joue avant de poursuivre :

— … des choses que je ne t'ai pas dites.

— Alors dis-moi. Peu importe ce que c'est, mais dis-le-moi.

Elle essaya de trouver les mots. Il suffisait de quelques phrases toutes simples, mais elles pouvaient tout changer… Pourtant, impossible de les prononcer.

— Grace, dit-il en lui prenant la main. Je ne sais pas ce qui s'est passé entre toi et ton ex-mari, mais je peux tout entendre. J'ai vu des tas de choses terribles dans ce monde.

Elle n'arrivait toujours pas à se décider. C'était tellement difficile… Elle leva lentement les yeux sur Khalis. Il semblait déterminé et d'une sincérité totale. Mais cela ne suffisait pas.

— Il ne sert à rien de discuter de ça, dit-elle en lui lâchant la main et en se relevant. Tu as dit que tu m'avais apporté des vêtements de rechange ?

Abasourdi, Khalis demeura pétrifié, suivant chacun des mouvements de Grace tandis qu'elle cherchait le sac contenant les vêtements.

— Pourquoi cela ne sert-il à rien ?

Grace avisa un sac marin. Elle en retira un pantalon et un T-shirt puis se tourna vers Khalis, serrant les vêtements contre son cœur comme s'ils pouvaient en atténuer les battements.

— Parce que je ne veux pas que tu viennes à Paris avec moi. Je ne veux pas que tu appelles ton service juridique et que tu me dises quoi faire. Je ne veux pas de toi dans ma vie.

Ces paroles lui coûtaient horriblement. Et n'était-ce pas la pire des contradictions, songea-t-elle avec consternation, que de briser le cœur d'un homme sans cœur ?

Khalis ne réagit pas tout de suite. Son visage ne trahissait pas la moindre émotion, mais il serrait les dents.

— Je ne te crois pas, dit-il finalement.

— Est-ce qu'il faut que je mette les points sur les *i* ?

— Tu as peur.

— Arrête de décider ce qu'il y a entre nous, de me dire ce que je ressens, comme si tu le savais, dit-elle d'un ton sec. Ce n'est pas le cas. Tu ne sais rien.

— S'il y a quelque chose que j'ignore, rétorqua Khalis sans hausser le ton, c'est parce que tu ne me l'as pas dit.

— Peut-être que je n'en ai pas envie, riposta Grace.

Elle avait si peur d'être rejetée si elle lui disait la vérité… et pourtant elle n'hésitait pas à le rejeter tant elle était en colère. C'était à n'y rien comprendre…

— Ramène-moi à Alhaja, ajouta-telle, et je me débrouillerai pour rentrer à Paris.

Les yeux de Khalis étincelèrent de colère.

— Et comment ? À la nage ?

— Oui, s'il le faut, répondit-elle du tac au tac. Si tu crois que tu peux me garder sur cette maudite île…

— Je te l'ai déjà dit, la coupa-t-il d'une voix glaciale, je ne suis pas ton ex-mari.

— Tu lui ressembles furieusement, en ce moment.

Seigneur, comment avait-elle pu dire une chose pareille ? Gentil, prévenant, Khalis n'avait rien à voir avec Loukas !

— Je croyais, dit-il, le regard lointain, qu'il y avait quelque chose de spécial entre nous. Je sais, ça fait terriblement sentimental et je dois avouer qu'avant de te rencontrer, je n'avais jamais eu ce genre d'impression.

Il se tourna vers elle et Grace fut frappée par la tristesse qui voilait son regard. Elle ne répondit pas. Elle en était incapable, et n'avait pas le courage de lui dire la vérité.

— Cette conversation ne rime à rien, décréta-t-elle finalement. On pourrait la faire traîner indéfiniment, disséquer tout ce qu'on a pu se dire, mais dans la mesure où on ne va pas avoir une relation sérieuse, quel intérêt ?

— Quel intérêt ?, répéta-t-il d'une voix douce. Je vois.

Son visage prit une expression impitoyable.

— Je pensais te connaître, dit-il en hochant la tête, ou du moins pouvoir te connaître un peu plus chaque jour. Or, tu n'es pour moi qu'une étrangère. Une parfaite étrangère. Je ne te connais pas.

— En effet, tu ne me connais pas. À présent, ajouta-t-elle après avoir pris une profonde inspiration, je crois que tu devrais me ramener à Alhaja.

Khalis ne lui adressa pas la parole du trajet. Il pilotait les yeux fixés sur l'horizon, les mâchoires serrées. Elle fut traversée par le désir ridicule et fou que les choses soient différentes. Si elle lui racontait tout, peut-être qu'il accepterait et qu'il comprendrait…

Mais Khalis ne pardonnait pas. C'était un homme exigeant avec lui-même et avec les autres. Elle était loin d'être à la hauteur et c'était quelque chose que rien ne pourrait changer. Elle ne méritait pas son amour…

Le cœur serré, Grace sentit les larmes lui monter aux yeux ; elle les ravala prestement, furieuse contre elle-même. Ce n'était vraiment pas le moment de pleurer.

L'île d'Alhaja apparut au loin, puis ce furent les murs avec leurs fils de fer barbelés et leurs tessons de bouteille.

Khalis amarra le bateau puis coupa le moteur et, dans le silence soudain, ils restèrent un moment sans dire un mot, sans même se regarder.

— Rassemble tes affaires, finit-il par dire. Je vais charger quelqu'un de te ramener à Paris.

— Je peux très bien prendre un avion à Taormina. Si on pouvait juste…

— Je te ferai reconduire jusque chez toi, coupa-t-il brusquement.

Ce qu'elle lut alors dans ses yeux l'émut jusqu'au tréfonds de l'âme. Si seulement les choses pouvaient être différentes. Khalis esquissa une moue qui ressemblait à un sourire et leva la main, comme s'il s'apprêtait à la toucher. Il n'en fit rien et la laissa retomber.

— Au revoir, Grace, dit-il avant de sauter du bateau et de s'éloigner à grandes enjambées.

À peine rentré, Khalis se précipita à la piscine. Il avait besoin d'évacuer sa frustration et sa douleur.

Il plongea et se mit à fendre l'eau à grands mouvements rageurs. Il s'était montré si sentimental, si bêtement romantique.

« Je ne veux pas de toi dans ma vie », avait-elle dit. Il se sentait pathétique. Pathétique et meurtri.

Comment avait-il pu s'aveugler à ce point ? Il avait pensé qu'elle avait peur depuis qu'elle avait été blessée par son ex-mari — et c'était peut-être le cas. Mais là n'était pas le problème : elle ne voulait pas de lui. Il avait voulu voler à son secours comme si elle avait été une princesse enfermée dans une tour, mais elle n'avait pas envie d'être secourue.

Il fit une dernière longueur puis se hissa, dégoulinant, sur le bord du bassin. Il était éreinté mais n'avait pas réussi à chasser Grace de son esprit. Ces yeux chocolat, qui trahissaient la moindre de ses émotions ; sa bouche rose et pulpeuse ; le son cristallin de son rire ; la douceur de son corps contre le sien et le bien-être qu'il avait éprouvé en elle, comme s'il avait enfin trouvé son port d'attache…

Avec un soupir de frustration, il retourna dans l'eau et se remit à nager, encore plus frénétiquement, comme si l'effort pouvait l'empêcher de penser. C'est alors qu'il entendit, au loin, l'hélicoptère décoller.

Une heure plus tard, douché et habillé, il était dans son bureau où l'attendait Eric, une liasse de papiers à la main.

— Qu'est-ce qui t'arrive ? lui demanda gentiment ce dernier. On dirait que tu as envie de tuer quelqu'un. J'espère que ce n'est pas moi !

— Non, je te rassure, répondit Khalis en prenant les papiers que lui tendait son assistant.

— Alors qui est-ce ? Attends, je crois deviner…

— Inutile. Ce n'est pas à l'ordre du jour.

— Décidément, cette île ne te réussit pas.

Khalis dut faire un effort pour réprimer son irritation. Eric avait beau compter parmi ses plus vieux amis, il n'était pas d'humeur à apprécier sa légèreté.

— Ce n'est pas l'île, répondit-il sèchement. J'ai juste envie d'expédier cette affaire le plus rapidement possible et de retrouver ma vraie vie.

Sauf que Grace avait changé la donne et que ça n'allait pas être facile à présent…

— Personnellement, je resterais bien quelques semaines de plus pour paresser au soleil, déclara Eric. Et sinon, tu as besoin d'autre chose ?

— Non, répondit Khalis en posant les papiers sur son bureau. Ou plutôt, si : je voudrais que tu me fournisses tout ce que tu pourras trouver sur Grace Turner.

— Tout ? demanda Eric d'un ton dubitatif. Tu en es sûr ?

— Oui, répondit Khalis en serrant les dents.

— C'est toi qui vois, répondit Eric avec un haussement d'épaules avant de quitter la pièce.

Resté seul, Khalis se remémora ce que Grace lui avait dit : s'il suffisait d'une simple recherche sur internet pour trouver ce qui l'intéressait, eh bien, le moment était peut-être venu de la prendre au mot.

Lorsque Grace arriva dans son appartement du Quartier latin, elle était épuisée, émotionnellement et physiquement. L'hélicoptère de Khalis l'avait emmenée à Taormina, où ce dernier avait mis à sa disposition un jet privé pour la conduire directement à Paris. Ainsi, même à la fin, il s'était montré attentionné. Pas facile de tirer un trait, dans ces conditions… De toute façon, elle n'avait pas d'autre choix que de tourner la page. Il n'y avait pas de place pour l'amour dans sa vie. Aimer, c'était souffrir, elle était bien placée pour le savoir.

Lentement, elle posa son sac, envoya valser ses talons, puis se recroquevilla sur le sofa, le corps endolori. Si seulement elle pouvait se vider la tête. Arrêter de penser. Arrêter de se souvenir. Khalis en train de lui sourire, de la taquiner, de la faire rire. Un sourire naquit au coin de ses lèvres, tandis que les larmes lui montaient aux yeux. Khalis posant sur elle un regard brûlant de désir. L'embrassant si doucement, si tendrement…

Incapable de retenir ses larmes, Grace enfouit son visage dans ses mains. Avait-elle eu tort de ne pas lui faire confiance ? Lui aurait-il pardonné si elle lui avait dit ce qu'elle avait fait ? Aimer, n'était-ce pas prendre des risques ?

Elle prit une profonde inspiration et d'autres souvenirs affluèrent. Le regard sévère de Khalis, le pli dur de sa bouche.

Non, il ne lui aurait pas pardonné.

9

Depuis son retour à Paris, Grace n'avait pas eu le moindre contact avec Khalis. Elle avait, en revanche, échangé avec Eric quelques courriels relatifs au transfert des collections. Khalis avait accompli toutes les démarches légales nécessaires pour que les œuvres d'art de la chambre forte de son père soient remises aux autorités compétentes et restituées à leurs propriétaires d'origine.

À la suite de cette opération d'envergure, une réception fut organisée pour célébrer le retour au Louvre de nombreux tableaux. La fête eut lieu dans l'impressionnante cour du musée. C'était le début de l'été, l'air était doux et parfumé, et les pyramides de verre étincelaient sous les derniers rayons du soleil couchant.

Grace évoluait parmi les invités de marque, une coupe de champagne à la main, mais elle était incapable de s'intéresser à ce qui se disait. Khalis était attendu d'un moment à l'autre, et cela faisait deux mois qu'elle ne l'avait pas vu. Elle savait que son sixième sens l'avertirait de sa présence.

Et que lui dirait-elle ? Comment se comporterait-elle, lorsqu'elle se retrouverait face à lui ? La prudence lui dictait de garder une distance professionnelle, mais les longues semaines passées loin de lui n'avaient fait qu'exacerber son désir et elle avait peur de se trahir en le revoyant.

Soudain, elle eut comme l'impression d'être sous le feu d'un projecteur, alors qu'aucun changement notable ne s'était produit. Elle sentit un picotement entre les omoplates, un frisson dans tout son corps.

Il était là.

Après s'être excusée auprès des convives dont elle faisait semblant de suivre les conversations, elle se retourna pour balayer l'assistance d'un regard discret et le repéra aussitôt. Sa haute silhouette altière se détachait de la masse des invités, qu'il parcourait des yeux. Puis son regard froid croisa celui de Grace, et elle eut l'impression que son cœur cessait de battre. Ils restèrent un long moment à se dévisager, mais il était trop loin pour qu'elle puisse discerner son expression.

Ensuite Khalis détourna le regard, et Grace tourna les talons pour se diriger vers un autre groupe, dont elle se força à écouter le bavardage oiseux. Il avait fait comme s'il ne la connaissait pas, mais qu'avait-elle espéré ? Qu'il se précipite vers elle pour la saluer ? Pour l'embrasser ? C'était mieux ainsi, de toute façon…

Le cœur lourd, elle réussit tant bien que mal à faire bonne figure pendant l'heure qui suivit.

La soirée s'étirait, interminable, et Grace faisait mine de s'associer aux réjouissances, tout en suivant instinctivement chacun des mouvements de Khalis. Il était magnifique dans son costume sombre, et toujours aussi incroyablement séduisant ; elle ne put s'empêcher de penser à sa peau tiède et satinée, à ses bras dans lesquels elle était si bien…

Le directeur du musée fit, dans son discours, l'éloge du sens civique de Khalis, puis ce fut au tour de ce dernier de s'avancer vers le podium pour dire avec éloquence qu'il n'avait fait que son devoir. Il parla de rédemption et Grace ne put s'empêcher de penser, avec une pointe d'amertume, qu'il n'avait pas semblé particulièrement intéressé par ce concept lorsqu'elle avait discuté avec lui.

Quand il avait été question de son père, il s'était montré froid, dur et implacable.

« Et tu as eu tellement peur qu'il réagisse de la même façon avec toi que tu t'es enfuie comme une enfant qui a peur. »

De toute façon, quelle importance ? Elle n'était pas une enfant ; en revanche, elle était mère, et pour sa fille Katerina, aussi bien que pour elle-même, elle devait oublier Khalis.

Une fois les discours terminés, Grace, la nuque nouée par les tensions accumulées tout au long de la soirée et sentant venir une de ses migraines récurrentes, jugea qu'il était temps d'aller au lit. Elle prit congé, non sans remarquer le regard perçant que lui lança Michel. Manifestement, il n'était pas dupe et savait à quoi s'en tenir sur son compte depuis qu'elle était rentrée d'Alhaja…

Le reste du musée était plongé dans l'obscurité et il y régnait un calme absolu. Quelle sensation étrange que d'évoluer seule parmi ces œuvres d'art inestimables…

Soudain, une voix la stoppa net dans son élan.

— Tu pars déjà ?

Se retournant à demi, elle vit Khalis qui venait à sa rencontre. Il s'arrêta à deux ou trois pas d'elle.

— C'est encore un de tes maux de tête ? reprit-il.

— La journée a été longue.

— Tu as l'air fatiguée.

— Je le suis, répondit-elle, tout en se demandant pourquoi il se souciait de sa santé. Bon, il faut que j'y aille.

— Je ne t'ai pas oubliée, Grace, dit Khalis d'une voix grave, avec un accent de sincérité tel qu'elle se sentit submergée par une vague de tristesse.

— Tu aurais dû.

— Tu m'as oublié ?

— Non, bien sûr que non, avoua-t-elle en reculant d'un pas.

— Bien sûr que non ? répéta Khalis en se plaçant devant elle de façon à lui bloquer le passage. Voilà qui me surprend. La dernière fois que je t'ai vue, tu m'as donné la nette impression de vouloir m'oublier.

— Je le voulais, en effet, mais je n'ai pas pu, confessa Grace, décidée à être honnête.

Khalis s'était rapproché et il était si près qu'elle respirait son odeur familière. Lentement, il tendit la main et suivit le contour de sa joue. Elle frissonna et ferma les yeux.

— S'il te plaît…

— Ce lien entre nous, Grace, il est toujours là. Donnons-nous une deuxième chance.

Elle ouvrit les yeux, à la fois effrayée et désespérée.

— Ça ne sert à rien.

— Tu me désires encore.

— Oui, c'est vrai, s'écria-t-elle, à bout de nerfs. Je ne le nie pas. Voilà, tu es content, maintenant ?

— Pas le moins du monde.

Avant qu'elle puisse protester, il l'avait attirée vers lui et sa bouche s'emparait de la sienne avec une ardeur et une fougue mêlées d'une extrême douceur.

Durant une fraction de seconde, Grace s'abandonna à son baiser, avant de s'arracher brutalement à son étreinte en haletant.

— Pourquoi m'as-tu quitté ?

— Parce que j'avais peur que tu me détestes si je restais, avoua-t-elle d'une traite, les yeux brillants de larmes et la tête sur le point d'exploser.

À ce moment-là, on entendit quelqu'un dans la cage d'escalier au-dessus d'eux. Grace fut prise de panique.

— Laisse-moi tranquille, murmura-t-elle en secouant la tête, incapable de le regarder. S'il te plaît.

Puis elle dévala les marches et sortit en courant.

De retour dans son appartement, Grace enleva sa robe de cocktail et prit une douche bien chaude, s'efforçant de chasser Khalis de son esprit. Mais que faire pour l'oublier, maintenant qu'elle savait qu'il voulait toujours d'elle ?

Après sa douche, Grace alla en pyjama chercher l'album des photos de Katerina et se mit à le feuilleter. En général, elle essayait de ne pas le regarder trop souvent car cela lui faisait trop mal ; mais ce soir, elle avait vraiment besoin de voir ces clichés.

Katerina à la naissance, avec son minuscule visage tout rouge et tout chiffonné. À six semaines, dans son landau ; à six mois, son petit poing potelé dans la bouche ; à un an, en train de faire ses premiers pas. Ensuite, il n'y avait pratiquement plus de photos, à part celles que faisait Grace lorsqu'elle voyait sa fille, une fois par mois, à Athènes. Et cela durait depuis quatre ans… Loukas avait bien fait les choses, songea-t-elle avec amertume pour la énième fois. Katerina la voyait suffisamment souvent pour se souvenir d'elle, mais pas assez pour l'aimer comme une mère.

Soudain, un grand coup frappé à la porte d'entrée la fit sursauter. Elle ferma vivement l'album, le remit à sa place et alla ouvrir, le cœur battant.

Comme elle l'avait deviné, Khalis se tenait sur le pas de la porte, le corps tendu comme un prédateur prêt à bondir, beau comme un dieu.

— Je peux entrer ?

Grace acquiesça d'un signe de tête, sans un mot, et s'effaça pour le laisser passer. Il pénétra dans son petit salon mansardé et sortit de la poche de sa veste une liasse de papiers pliés qu'il laissa tomber sur la table basse.

— Qu'est-ce que c'est ?

— Ton dossier.

— Mon *dossier* ?

— Après ton départ, expliqua-t-il en serrant les lèvres,

j'ai demandé à Eric de faire des recherches sur toi. C'est ce qu'il m'a donné.

Grace entrevit son expression dure, et sa bouche s'assécha aussitôt. Elle n'ignorait pas les sordides spéculations de certains sites et magazines people sur les raisons qui avaient conduit Loukas Christofides, le richissime armateur grec, à divorcer aussi brusquement de sa femme en lui refusant la garde de leur fille.

— Tu en as trouvé la lecture intéressante, j'imagine, réussit-elle à dire.

— En fait, non.

— Que veux-tu dire ? demanda-t-elle, décontenancée.

— Je ne l'ai pas lu.

— Mais… pourquoi ?

— Parce que même maintenant, je suis persuadé que nous avons partagé quelque chose sur l'île, quelque chose d'important et de différent. Je ne sais pas pourquoi tu m'as quitté, mais je veux comprendre.

Il s'arrêta, comme s'il avait du mal à respirer, et plongea dans ses yeux un regard enflammé.

— Aide-moi à comprendre, Grace, ajouta-t-il.

Comment refuser une requête aussi directe ? Et peut-être… peut-être qu'il comprendrait.

— C'est une longue histoire, murmura-t-elle, la gorge serrée et le cœur battant si fort que c'en était douloureux.

— J'ai tout mon temps, déclara-t-il en s'installant sur le canapé, visiblement plus détendu.

Il attendit un moment en silence.

— Pourquoi as-tu dit que je risquerais de te détester ? demanda-t-il doucement au bout de quelques minutes.

La gorge nouée par l'appréhension, elle s'assit en face de lui, dissimulant ses mains entre ses genoux. Allait-il la haïr et décider de ne plus la revoir, ou bien la comprendre, lui pardonner et l'aimer encore plus ? Pouvait-elle oser espérer ?

— Je t'ai un peu parlé de mon mariage. De Loukas.

— Un petit peu, convint Khalis d'un ton neutre.

— Et tu sais que notre mariage était mouvementé.

Dieu, que c'était difficile. Et pourtant, elle n'avait encore rien dit…

— Oui, je suis au courant, Grace.

— Tu t'es probablement demandé comment Loukas s'était débrouillé pour obtenir la garde de Katerina.

— J'ai supposé qu'il avait donné un pot-de-vin au juge. C'est du moins ce que tu m'avais laissé entendre.

— Oui, mais il n'y a pas eu que ça. En fait, il m'a dépeinte comme une mère indigne. Il m'a fait passer pour complètement irresponsable et négligente.

— Mais c'était entièrement faux, n'est-ce pas ? fit Khalis sans la quitter du regard.

— Le fait est que j'ai été négligente, avoua Grace.

— Négligente ? De quelle manière ?

Elle hésita. Elle avait envie de trouver des arguments pour sa défense, mais à quoi bon ? Il n'en restait pas moins qu'elle avait trahi son époux. Sa famille. Elle prit une profonde inspiration.

— J'ai eu une liaison, dit-elle lentement.

Hormis un battement de cils, le visage de Khalis était resté impassible, mais Grace ressentait son dégoût. Il était surpris, choqué même. Il s'était attendu à quelque chose de sympathique, une histoire de dépression post-partum peut-être, de violence conjugale ou Dieu sait quoi. Depuis le début, il s'était mis dans la tête qu'on lui avait fait du mal, non le contraire, et elle le mettait brutalement face à la réalité sordide d'une relation adultère.

— Une liaison…

— Oui, confirma-t-elle d'une voix terne. Avec l'homme qui s'occupait de la propriété. Du jardinage, du bricolage…

— Je me fiche de ce qu'il *faisait* !

Grace ne répliqua pas. Le silence qui s'installa entre eux était pire que les mots.

— Et pendant que tu entretenais cette liaison… tu as négligé ta fille ?

— Je ne l'ai jamais mise en danger, murmura-t-elle. Je l'aimais. Je l'aime toujours. Toute cette période est floue. Je ne me souviens pas très bien, mais j'étais si malheureuse. Je ne l'ai pas négligée délibérément, bien sûr que non. C'est juste… que je n'étais pas la mère que je voulais être.

— Ni l'épouse, apparemment. Comme c'est pratique, n'est-ce pas, de ne pas se rappeler.

Sa remarque glaciale l'atteignit en plein cœur.

— Je ne mens pas, Khalis.

— Tu m'as pratiquement menti dès le moment où je t'ai vue pour la première fois.

— C'est faux ! Pourquoi aurais-je dû te raconter une chose pareille alors que c'est à peine si je te connaissais ? « Bonjour, je m'appelle Grace Turner, je suis experte en art et femme adultère », ironisa-t-elle.

Khalis se leva et arpenta la pièce avec une énergie furieuse.

— Ce ne sont pas les occasions qui ont manqué, par la suite, quand tu as su ce que je ressentais pour toi.

— Je sais… J'ai eu peur, je l'admets. Je ne voulais pas que tu me regardes… comme tu le fais maintenant.

Elle se tut, dans l'attente du verdict. Allait-il décider de tirer un trait sur elle comme il l'avait fait pour sa famille ?

— Pendant combien de temps as-tu entretenu cette liaison ?

— Six semaines environ, répondit-elle à contrecœur, après un instant d'hésitation.

— Et depuis combien de temps étais-tu mariée ?

— Pratiquement deux ans.

Khalis ne dit rien, mais il n'était pas difficile d'imaginer ce qu'il pensait : comment avait-elle pu se lancer dans une aventure extraconjugale alors qu'elle était mariée depuis peu et mère d'un petit bébé ? Quel genre de femme était-elle pour agir de la sorte ?

— Et je suppose que ton mari a découvert ta liaison et qu'il l'a mal pris, dit-il en lui tournant le dos.

— Oui. Il ne voulait absolument pas qu'on sache qu'il était… Que j'avais… Donc, au tribunal, il a préféré me faire passer pour une mère indigne.

— Ce qui n'était pas le cas.

Sa voix était fraîche ; cependant, cette remarque lui donna une lueur d'espoir.

— Comment a-t-il découvert le pot aux roses ?

— Tu as vraiment besoin de connaître tous les détails ?, demanda-t-elle sèchement.

— Il vous a surpris, n'est-ce pas ? dit Khalis en se retournant, avec une expression si dure que Grace eut l'impression que son sang se glaçait dans ses veines.

Elle se sentit rougir jusqu'aux oreilles, ce qui constituait une réponse suffisamment éloquente. Khalis resta silencieux et elle baissa les yeux, incapable d'affronter son regard réprobateur.

— Je pensais que tu avais subi des violences, dit-il après avoir pris une profonde inspiration. Emotionnelles ou physiques. Quelque chose, quelque chose de terrible, et j'ai détesté ton ex-mari pour t'avoir fait du mal.

— Je sais, murmura-t-elle sans lever les yeux.

— Au lieu de quoi…

Il s'interrompit et Grace le vit prendre son manteau.

— Je suis désolée, articula-t-elle péniblement.

Pour toute réponse, elle entendit le bruit sec de la porte que Khalis refermait derrière lui.

10

Huit jours après la soirée de gala du Louvre, Grace fut convoquée par Michel.

— Tu as une mine de papier mâché ! s'exclama ce dernier lorsqu'elle entra dans son bureau.

— Merci pour le compliment...

Le fait est que la semaine avait été particulièrement horrible. Khalis ne s'était pas manifesté depuis l'instant où il avait, sans un mot, quitté son appartement, la laissant complètement anéantie. Elle avait enchaîné les journées dans l'hébétude la plus totale ; la nuit, incapable de dormir, elle ressassait ses souvenirs : son mariage malheureux, le moment où elle avait pour la première fois tenu Katerina dans ses bras, sa détresse à l'annonce du verdict de la cour qui lui retirait la garde de sa fille.

Et puis Khalis...

Quelle sottise d'avoir cru qu'elle puiserait dans les souvenirs de la soirée passée avec lui le réconfort qui l'aiderait à supporter les moments difficiles. Bien au contraire, l'évocation de ces instants de tendresse et de douceur éveillait chez elle une douloureuse nostalgie.

— Vous vouliez me parler ?, demanda Grace tout en s'efforçant de sourire.

— Pas précisément, répondit Michel en joignant les doigts sous son menton. Khalis Tannous a fait don des deux derniers tableaux de la collection de son père.

— Les Leonard de Vinci ?

— Oui.

— Et à quel musée ?

— Au Fitzwilliam, à Cambridge.

Grace faillit s'étouffer de stupeur. Elle tourna légèrement la tête pour échapper au regard scrutateur de Michel.

— Drôle de choix, parvint-elle à dire.

— À mon avis, il est au contraire tout à fait… motivé.

— Que voulez-vous dire ?

— Allons, Grace, même un aveugle serait capable de se rendre compte qu'il s'est passé quelque chose entre Khalis et toi sur cette île. Et que depuis, tu es plus triste que jamais. J'avais l'espoir que Tannous pourrait te ramener à la vie.

— Je n'étais pas *morte*, se récria Grace. Ainsi, c'est pour cette raison que vous avez insisté pour m'envoyer sur cette île ?

— Je t'ai envoyée là-bas parce que tu es mon meilleur expert en art de la Renaissance. Mais je me demande si je n'ai pas eu tort. Tu as une tête à faire perdre son sourire à la Joconde.

— Je suis désolée. J'essaierai de…

— Ne sois pas désolée, la coupa Michel avec impatience. Je ne t'ai pas fait venir pour te demander des excuses.

— Alors pourquoi ?

Il garda le silence pendant un long moment.

— Que t'a-t-il fait ? demanda-t-il enfin.

— Rien, Michel. Il ne m'a rien fait. Il a seulement appris mon histoire.

Khalis repoussa avec virulence le rapport financier de la branche italienne des Entreprises Tannous, qu'il lisait pour la troisième fois sans parvenir à se concentrer. Il regarda par la fenêtre le flot incessant de touristes et d'employés qui arpentaient les rues de Rome.

Il aurait dû avoir déjà oublié Grace. Ou du moins cesser de penser à elle. Il y était bien parvenu pour sa propre famille, alors pourquoi ne pouvait-il faire de même pour une femme qui lui avait menti par omission ?

Comment avait-elle pu le laisser croire à son innocence ? Elle aurait dû lui dire la vérité. Pourtant, quand bien même elle ne lui aurait rien caché, il se rendait compte à présent que c'était cette liaison elle-même qui lui était insupportable. Comment lui faire confiance en sachant cela d'elle ?

À ce moment-là, la sonnerie de la ligne interne retentit, interrompant le cours de ses pensées.

— Une communication pour vous, monsieur Tannous, sur la une.

— Qui est-ce ?

— Il n'a pas indiqué son nom, monsieur. Mais il a dit que c'était urgent.

C'était à se demander pourquoi il payait une réceptionniste si elle n'était même pas capable de filtrer ses appels !

— Je prends, répondit-il sèchement. Oui ?

— Bonjour, Khalis.

Lorsqu'il entendit la voix dans son écouteur, il resta pétrifié. Il ne l'avait pas entendue depuis quinze ans. Non, c'était impossible… Et pourtant, il n'y avait pas de doute : c'était bien son frère à l'autre bout du fil. Son frère, censé être mort… Le cerveau de Khalis se mit à travailler à toute vitesse : son père était-il vivant lui aussi ? Que s'était-il donc passé ?

— Ammar, lâcha-t-il d'un ton neutre lorsqu'il réussit enfin à parler. Tu es vivant.

— Tu ne sembles pas particulièrement ravi de l'apprendre, ironisa son frère.

— Pour moi, tu es mort il y a quinze ans.

— J'ai besoin de te parler.

Il s'efforça de ne pas se laisser submerger par les émotions :

la colère, la douleur, mais aussi, même s'il refusait de le reconnaître, la joie et les regrets.

— Nous n'avons rien à nous dire.

— S'il te plaît, Khalis, dit Ammar, avec une intonation qui tenait plus de l'ordre que de la supplication.

— Non, répondit-il avec fermeté, conforté dans son refus par le ton péremptoire de son frère.

— J'ai changé.

— Les gens ne changent pas. En tout cas, pas de façon significative, rétorqua Khalis, tout en se demandant pourquoi il ne raccrochait tout simplement pas.

— C'est vraiment ce que tu crois ?

Khalis ne se souvenait pas avoir jamais perçu la moindre tristesse dans la voix de son frère…

— Oui, répondit-il froidement.

Et il raccrocha d'une main tremblante.

Il ordonna ensuite à la réceptionniste de bloquer tous les appels en provenance du numéro de son frère et, en proie à une grande agitation, se leva et tourna en rond dans le bureau comme un ours en cage. Sauf que c'était de ses pensées qu'il se sentait prisonnier.

Ammar avait-il changé ? Et même si ce n'était pas vrai pour son frère, pouvait-il ériger ce constat en règle universelle ? L'appliquer à Grace ?

Il se représenta la jeune femme telle qu'il l'avait vue la dernière fois, tête baissée, des larmes dans les yeux, rongée par les regrets. Devait-il la condamner de façon définitive pour un instant d'égarement ou pouvait-il envisager qu'elle ait changé ? Dans quelle mesure son propre vécu influençait-il sa façon de percevoir Grace ?

Peut-être avaient-ils tous deux besoin d'une seconde chance. Il s'approcha de la fenêtre, mû par une nouvelle certitude : il fallait absolument qu'il revoie Grace, qu'il lui parle.

Grace lissa sa robe fourreau et jeta un regard circulaire sur la foule des amateurs d'art et des universitaires invités à la réception donnée ce soir-là au musée Fitzwilliam. Khalis allait, une nouvelle fois, être acclamé comme un héros pour avoir fait don des deux Léonard de Vinci ayant appartenu à son père.

— Vous devez être ravie, lui dit un de ses anciens professeurs. Des œuvres d'art d'une telle importance à deux pas de chez vous.

— Oui, c'est un événement exceptionnel pour le musée, répondit poliment Grace.

En vérité, elle ne se sentait pas particulièrement chez elle à Cambridge, même si elle avait conservé la maison où elle avait grandi, qu'elle louait.

Quant à la donation de Khalis, quelle en était la raison ? Des nuits durant, elle avait tourné et retourné la question dans sa tête sans y apporter de réponse. Quel genre de message Khalis essayait-il de lui faire passer ?

Elle continua d'aller et venir parmi les invités tout en gardant un œil sur la porte d'entrée. C'était plus fort qu'elle : elle avait beau ne rien attendre de Khalis, elle ne pouvait s'empêcher de le chercher du regard.

Bientôt les murmures interrogateurs qui se propageaient dans la foule l'avertirent de son arrivée. Elle n'eut aucun mal à l'apercevoir, tant sa haute taille et sa prestance faisaient qu'on le remarquait d'emblée. Grace recula et s'adossa à un mur, tenant sa coupe de champagne encore pleine devant elle comme un bouclier. Elle vit Khalis scruter la foule et elle sut qu'il la cherchait. Bientôt, son regard la transperça comme un laser. Incapable de bouger, elle resta immobile, pétrifiée.

Khalis sentit son cœur se serrer lorsqu'il vit Grace bouger et se mêler à un petit groupe. Avait-elle perdu du poids ? Son visage était si pâle que ses yeux paraissaient immenses lorsque leurs regards s'étaient croisés.

Ces dernières semaines, il avait eu largement le temps de reconnaître à quel point son propre passé avait modifié sa perception de la jeune femme. Il s'était dupé lui-même en se forgeant d'elle une image idyllique, sans tenir compte de ses avertissements. Et lorsqu'elle avait finalement réussi à trouver le courage de lui dire la vérité, il lui avait tourné le dos. Lui qui avait tellement insisté pour avoir sa confiance, il l'avait trahie à la première occasion.

Comment, dans ce cas, espérer qu'elle la lui accorde de nouveau ?

11

Grace termina la soirée complètement épuisée. Les efforts qu'elle avait dû fournir pour paraître intéressée et détendue avaient mis ses nerfs à rude épreuve.

Pas une fois, pendant toute la réception, Khalis ne s'était approché de l'endroit où elle se trouvait ; néanmoins, malgré la distance, elle avait réussi à suivre tous ses mouvements.

C'était probablement la dernière fois qu'elle le voyait. Les Léonard de Vinci étaient les deux dernières œuvres d'art de la collection Tannous. Il n'y aurait plus de réceptions ou de galas où le rencontrer. Plus de danger. Mais, au lieu de se sentir soulagée, elle était désespérée.

Lorsque les invités commencèrent à quitter le musée, elle en profita pour s'éclipser, non sans avoir remarqué que Khalis, lui, continuait à bavarder.

Dehors, elle frissonna. Elle resserra son manteau autour de ses épaules et pressa le pas pour regagner son hôtel.

Cette fois, c'était vraiment fini, songea-t-elle tristement. Elle ne le reverrait jamais…

— Grace.

Stupéfaite, elle se retourna lentement. Khalis se tenait devant elle, les cheveux mouillés par la pluie. Elle resta sans voix. Pourquoi venait-il l'aborder en pleine rue ? Tout n'avait-il pas été dit dans son appartement, l'autre soir ?

— Tu loges dans la maison de ton père ? demanda-t-il.

— Non, je l'ai louée. J'ai réservé une chambre pour la nuit dans un hôtel.

— Demain, tu rentres à Paris ?

Elle acquiesça d'un signe de tête.

— Merci d'avoir fait don des de Vinci au Fitzwilliam, dit-elle d'un ton gêné.

— Ma foi, déclara Khalis avec un sourire en coin, le Louvre a la Joconde, après tout. Et je sais combien ces tableaux comptent pour toi.

— Merci, répondit-elle, les larmes aux yeux. C'est vraiment gentil, surtout après ce qui…

Elle s'interrompit, la gorge nouée par l'émotion.

— Oh ! Grace.

Khalis s'avança et l'attira dans ses bras, la serrant doucement mais fermement contre lui. C'était si merveilleux et si incroyable que Grace se demanda si elle n'était pas en train de rêver…

— Je ne te comprends pas, murmura-t-elle. Pourquoi es-tu ici ? Pourquoi est-ce que tu… ?

— Parce que je suis désolé. J'ai tout gâché. Je n'aurais pas dû te tourner le dos. J'étais choqué, je l'avoue, mais je… Je voulais que tu me fasses confiance et j'ai détruit cette confiance. Je n'avais pas le droit de te juger.

— Je sais ce que j'ai fait, Khalis…

— Tu es écrasée par le poids de la culpabilité. Je me demande comment je ne m'en suis pas aperçu plus tôt.

— Je n'arrive pas à m'en débarrasser, murmura-t-elle les yeux baissés.

— Je t'ai demandé de m'aider à comprendre, dit Khalis d'une voix douce, et tu m'as dit la vérité. Pourtant, je ne suis pas sûr que tu m'aies tout raconté. Ne me cache rien, je t'en supplie.

Grace ouvrit la bouche mais aucun son n'en sortit. Elle avait l'impression qu'elle allait étouffer.

Khalis était parfaitement conscient qu'il allait apprendre des choses qu'il n'avait pas envie d'entendre, des faits qu'il accepterait difficilement, mais il devait être à la hauteur de la confiance que Grace lui accordait et se montrer patient.

Elle avait accepté de le suivre dans sa suite, située dans un hôtel luxueux du centre-ville. Désireux de ne pas la brusquer, il s'apprêtait à lui dire, pour la rassurer, qu'il ne voulait rien d'autre que parler — même si, en vérité, après trois mois de séparation, il la désirait terriblement. Mais à peine avait-il ouvert la bouche qu'elle s'était brusquement jetée à son cou.

— Tu m'as manqué, murmura-t-elle.

Il l'embrassa et sa résolution de ne pas précipiter les choses eut tôt fait de voler en éclats. Grace répondit à son baiser avec passion. Alors, Khalis baissa la fermeture Éclair de la robe de Grace.

— Et une autre robe qui va mordre la poussière, dit-il en la laissant tomber.

Grace se laissa emporter sur le lit, où ils se jetèrent l'un sur l'autre, le souffle court et les mains fébriles, avides de caresses. Avec un soupir rauque, Khalis glissa une main entre les cuisses de Grace, qui se cambra en haletant. Incapable d'attendre plus longtemps, il la pénétra. Ils jouirent très vite, ensemble. Le cœur gonflé de joie, il sut alors que la connivence qu'ils avaient tous deux ressentie sur Alhaja était enfin rétablie.

Après un long retour sur Terre depuis le septième ciel, Grace, blottie dans ses bras, entreprit de raconter son histoire.

— J'avais à peine quatorze ans lorsque j'ai rencontré Loukas. J'avais perdu ma mère l'année précédente et je suppose que je me sentais seule. Mon père était formidable, mais il passait son temps plongé dans les livres. Et Loukas était si gentil. Puis nous nous sommes perdus de vue et c'est aux obsèques de mon père que je l'ai revu. J'avais vingt-six ans, je venais de terminer mon doctorat et j'avais eu une proposition d'embauche d'une société de ventes aux enchères, à Londres. L'avenir s'ouvrait devant moi, mais la mort de mon père a brisé mon élan.

Elle fit une pause et secoua la tête d'un air triste avant de continuer :

— J'ai pris conscience que je n'avais plus personne et, quand Loukas m'a invitée à sortir, je n'ai pas hésité une minute. Trop accaparée par mes études, je n'avais jamais eu de relation vraiment sérieuse ; j'ai pensé qu'il était la personne idéale. Je me demande parfois si je l'aurais seulement remarqué si je l'avais rencontré à un autre moment.

— Tu étais vulnérable.

— Ce n'est pas une excuse. Toujours est-il que six semaines plus tard, nous étions mariés. Je me suis vite rendu compte de mon erreur. Il n'était plus l'étudiant prévenant et attentionné que j'avais connu mais un homme très riche, qui me voyait comme un *bien*. Un bien précieux, certes, mais…

Elle s'arrêta, la voix cassée. Khalis la serra plus étroitement contre lui.

— Il m'a emmenée sur son île privée, poursuivit Grace. J'étais persuadée qu'il s'agissait d'une lune de miel et qu'ensuite, nous rentrerions à Londres, mais ce n'est pas ce qu'il avait en tête. Il avait informé la société de ventes aux enchères que je ne prenais pas le poste et m'a annoncé que j'allais rester sur cette île. Il a présenté les choses de façon à me donner l'impression qu'il faisait tout pour que j'aie une vie agréable, mais je me suis vite sentie prisonnière. Bien sûr, j'étais libre de mes mouvements, et j'aurais très bien pu prendre un billet d'avion, mais…

— Mais ?

— Mais j'avais peur. Je n'avais personne à part Loukas

et même si je ne le voyais pas souvent, je n'avais pas envie de le perdre. Et parfois, je me persuadais que la situation n'avait rien d'anormal, que vivre sur une île paradisiaque n'était pas ce qu'il y avait de plus horrible.

— Pas étonnant que tu aies détesté Alhaja, avec ses murailles et tous ses dispositifs de sécurité.

— Je n'aime pas me sentir prisonnière, ou qu'on me dicte ma conduite. Loukas était tout le temps à me dire quoi faire et même quoi penser. J'avais enfin pris la décision de partir lorsque je me suis rendu compte que j'étais enceinte. J'ai alors compris que je ne pourrais pas le quitter. Il m'en aurait empêchée, et puis j'espérais que nous formerions une famille. Mais les choses ne se sont pas arrangées après la naissance de Katerina. Elle dormait mal, j'étais fatiguée. Loukas avait engagé une nounou abominable, aussi autoritaire que lui, qui me surveillait sans cesse. Par moments, j'avais l'impression de devenir folle. Et puis…

Elle s'interrompit de nouveau et s'assit, les genoux sous la poitrine.

— Et puis Loukas a engagé quelqu'un pour s'occuper de la propriété. Parfois je me demande… Je me dis que c'était peut-être pour me mettre à l'épreuve. Et j'ai fauté.

— Ce n'est pas de cette façon qu'on réussit son mariage.

— Non, fit Grace d'une voix à peine audible.

Ses épaules se mirent à trembler, et bientôt tout son corps fut parcouru de soubresauts. Elle pleurait à gros sanglots. Son chagrin le bouleversa au point que les larmes lui vinrent aux yeux. Comment avait-il pu douter de cette femme ? Penser qu'il ne pourrait pas l'aimer ? Sans dire un mot, il la serra contre lui, enfouissant la joue dans ses cheveux.

— Je suis désolée. Je n'ai pas pleuré comme ça depuis une éternité.

Elle se retourna. Khalis sourit et l'embrassa sur les lèvres.

— Tu es belle, et je t'aime.

— Je t'aime, moi aussi, murmura-t-elle en esquissant un sourire.

Elle posa la main contre la joue de Khalis.

— Tu sais, fit-elle d'une voix douce, j'ai l'impression, pour la première fois, que le passé ne me colle pas à la peau. Je me sens presque libre. Merci.

Lorsque Grace s'éveilla, le lit était vide et le soleil inondait la pièce. Elle resta un moment allongée et les souvenirs de la nuit précédente la submergèrent comme une vague bienfaisante. Incroyable comme elle se sentait bien depuis qu'elle s'était confiée à Khalis ! Il n'y avait plus de secrets entre eux maintenant.

À l'heure qu'il était, Loukas était certainement au courant de son imprudence. Pourtant, même si cela l'affectait, elle se rendit compte qu'elle ne ressentait pas l'espèce de terreur dans laquelle il l'avait fait vivre durant quatre longues années. Avec l'aide de Khalis, elle pourrait exiger une modification des modalités de garde. Elle ne savait ni comment ils feraient ni combien de temps cela prendrait, mais, pour la première fois en quatre ans, elle avait espoir.

Elle se leva, le sourire aux lèvres et, avisant un plateau avec un pot de café, deux tasses et un journal, elle se versa une tasse et se mit à parcourir distraitement le quotidien. Soudain, un entrefilet accrocha son regard.

« *Ammar Tannous a survécu au crash de son hélicoptère.* »

Sidérée, elle avait encore les yeux fixés sur l'article lorsque Khalis émergea de la salle de bains en caleçon, une serviette sur les épaules.

— Bonjour, dit-il d'un ton joyeux.

— Khalis… Khalis, regarde ce que je viens de lire, bredouilla-t-elle en lui montrant le journal.

— Et alors ? demanda-t-il après un bref coup d'œil au titre de l'article.

— *Et alors ?* Mais il s'agit de ton frère !

Il s'assit en face de Grace et but une gorgée du café qu'il venait de se servir.

— Je suis sorti ce matin pour faire appel du jugement de garde, dit-il le plus naturellement du monde.

— Appel du jugement ? demanda Grace, abasourdie.

— D'après mon service juridique, le juge a outrepassé les limites de son pouvoir discrétionnaire, expliqua Khalis. Et en l'absence de conclusions suffisantes pour appuyer la décision de justice, c'est manifestement par erreur qu'elle a été rendue. À mon avis, tu pourrais obtenir la garde exclusive.

Ces paroles firent naître chez Grace un fol espoir, mais il était hors de question de faire dévier la conversation.

— Tu changes de sujet, dit-elle en secouant la tête.

— Je te parle de ta fille.

— Et moi, je te parle de ton frère. Tu ne sembles même pas étonné de savoir qu'il est vivant.

Elle sentit son hésitation.

— Tu le savais, n'est-ce pas ?, dit-elle lentement.

— Il m'a appelé il y a quelques jours.

— Et que… que t'a-t-il dit ?

— Je n'ai pas vraiment discuté avec lui.

— Pourquoi ?

— Parce qu'il était impliqué jusqu'au cou dans les mêmes activités illégales que mon père, déclara-t-il en la regardant droit dans les yeux. Je ne lui fais pas confiance. Il est mon ennemi, un point c'est tout.

Grace n'eut aucun mal à percevoir la souffrance et la peur derrière la colère contenue qui tendait tout son corps.

Il l'avait aidée, la veille, à déterrer les zones d'ombre de son passé ; c'était peut-être son tour de lui offrir son appui.

— Tu ne pourrais pas au moins lui parler ?, hasarda-t-elle.

— Je n'en vois pas l'intérêt.

— Il a peut-être changé.

— C'est ce qu'il a prétendu. Mais les gens ne changent pas, Grace. Pas à ce point. Je ne parle pas pour toi, tu le sais bien, ajouta-t-il devant son expression douloureuse.

— Je ne vois pas trop la différence.

— Tu ne vois pas la différence entre mon frère et toi ?

— Nous avons tous deux commis des fautes et nous les regrettons, alors quelle est la différence, Khalis ?

— Tu as commis une seule et unique faute que tu regrettes amèrement et il en a commis des douzaines.

— Oh ! je vois !, rétorqua-t-elle froidement. On a droit à un quota d'erreurs, d'après toi.

— Tu déformes mes propos.

— Je ne vois pas pourquoi tu ne peux pas juste lui parler.

— Parce que je ne *veux* pas, dit Khalis d'un ton brusque.

— Pourquoi ne veux-tu pas lui pardonner ?, demanda-t-elle d'une voix douce. Pourquoi tiens-tu à garder toute cette colère, toute cette souffrance ?

— Je t'en prie, pas de psychologie de comptoir, répliqua Khalis d'un ton sec tout en se levant. Le débat est clos.

Ainsi donc, contrairement à ce qu'elle avait cru, elle était la seule à avoir ouvert son âme et à s'être libérée de son passé. Khalis, lui, vivait toujours avec ses démons ; son cœur était toujours aussi inflexible.

— Si tu n'es pas disposé à pardonner à ton frère, si tu ne peux croire qu'il a pu changer, comment puis-je être sûre que tu penses que moi, j'ai changé ? Tu ne vois donc pas que cette dureté en toi affectera nos rapports ?

— Es-tu en train de me dire que je ne suis pas capable de t'aimer si je ne pardonne pas à mon frère ?

Grace hésita. Elle n'avait pas envie de poser des ultimatums ou de forcer Khalis à faire quelque chose sans y être prêt. Néanmoins, elle savait que tant qu'il en voudrait à sa famille, leur relation serait vouée à l'échec.

— Ce que je voudrais te dire, exposa-t-elle en choisissant soigneusement ses mots, c'est que dès notre première rencontre, j'ai senti en toi une rigidité qui me fait peur. J'aimerais comprendre : pourquoi refuses-tu de parler à ton frère ? De pleurer ta famille ? Pourquoi es-tu si déterminé à ne jamais regarder en arrière ?

— Je te l'ai dit, le passé est passé.

— Il ne l'est pas aussi longtemps qu'il contrôlera ton présent.

Khalis lui lança un long regard douloureux et Grace réprima son envie de traverser la pièce pour le prendre dans ses bras.

— Tu m'as aidée à affronter mes démons. Il est peut-être temps maintenant que tu affrontes les tiens.

— Tout ça, c'est du jargon de psy, déclara-t-il d'une voix terne. Ne fais pas d'amalgame, Grace. Nous pouvons parfaitement être heureux sans que je revoie mon frère.

— Non, c'est faux.

— Que dis-tu ? demanda-t-il, visiblement stupéfait.

— Je dis, répondit Grace presque malgré elle, que si tu n'es pas capable de parler à ton frère que tu croyais mort, alors je ne peux être avec toi.

Il la regarda comme si elle l'avait giflé.

— Je voudrais construire une relation sur des bases saines, reprit-elle, et ton inflexibilité vis-à-vis de ton frère me semble un obstacle considérable.

— Quand je t'ai rencontrée, je t'ai placée sur un piédestal. J'ai pensé que tu étais parfaite et j'ai été déçu quand tu m'as montré que tu ne l'étais pas. Mais je t'ai acceptée et aimée telle que tu es. Et toi, tu ne pourrais faire la même chose pour moi ? Il faut que je sois parfait ?

Grace eut du mal à refouler ses larmes.

— Non, je ne veux pas que tu sois parfait. Je veux juste que tu essaies de pardonner.

Khalis ne répondit pas. Alors, le cœur lourd, Grace rassembla ses vêtements et enfila sa robe.

— J'ai un avion à prendre, déclara-t-elle laconiquement.

Khalis avait mis deux jours avant de se décider à appeler Ammar.

À présent qu'il se trouvait devant la porte de la chambre de l'obscur hôtel où son frère était descendu, à Tunis, il était tenté de rebrousser chemin. Au-dehors, la médina bruissait d'une activité intense. S'il était là, c'était parce que le départ de Grace l'avait anéanti, et seule la peur de la perdre l'avait poussé à affronter son frère.

D'une main tremblante, il frappa à la porte. Il entendit des bruits de pas, puis la porte s'ouvrit.

Ammar avait toujours la même silhouette imposante et élancée, mais son visage était émacié désormais, et barré d'une longue cicatrice. Il s'effaça pour le laisser entrer.

— Merci d'être venu, dit-il de son ton brusque et revêche habituel.

— Je ne sais pas trop pourquoi j'ai accepté, répondit Khalis.

Il s'interrompit aussitôt, tétanisé par l'émotion. Cela faisait quinze ans qu'il n'avait vu son frère. Pas une fois il n'avait pensé à lui, car cela l'aurait ramené aux jours heureux de leur enfance. Et surtout, cela lui aurait évoqué Jamilah, et la culpabilité qu'il portait dans sa fin tragique, lui qui l'avait abandonnée dans la maison paternelle.

— Ainsi, tu es vivant, finit-il par dire d'une voix

étranglée, conscient cependant de la stupidité de cette entrée en matière. Pour quelle raison tenais-tu à me parler ?

— Tu es mon frère.

— Cela fait quinze ans que je ne le suis plus.

— Tu le seras toujours, Khalis.

Ammar prit une profonde inspiration.

— Dieu sait que j'ai commis de nombreuses erreurs dans ma vie, poursuivit-il. Mais j'ai changé.

Khalis accueillit ces paroles d'un rire sarcastique.

— Tu veux savoir ce qui s'est passé ?, demanda Ammar sans s'énerver.

— Vas-y, fit Khalis avec un haussement d'épaules.

— Le moteur est tombé en panne. C'est moi qui pilotais l'hélicoptère. Lorsque nous avons compris que nous allions nous crasher, notre père m'a donné l'unique parachute.

— Quelle générosité !, ironisa Khalis. Ça ne lui ressemble pas.

— Il avait changé, dit Ammar d'une voix dans laquelle Khalis perçut une pointe de tristesse. Il était mourant. On lui avait diagnostiqué un cancer en phase terminale six mois plus tôt. Il s'était mis à réfléchir sérieusement à sa vie. Je crois que c'est pour cette raison qu'il a décidé de te céder la société. C'était un mois avant sa mort environ. Il a parlé de toi ; il a dit qu'il regrettait d'avoir été si dur avec toi.

Khalis se passa une main nerveuse dans les cheveux. Les propos de son frère étaient difficiles à croire. Et douloureux aussi. La dernière fois qu'il avait vu son père, ce dernier avait essayé de le frapper. Et Khalis avait eu l'imprudence de lui annoncer qu'il emmenait Jamilah avec lui.

« Il faudra me tuer avant », avait déclaré Balkri. Khalis était néanmoins parti. Sans Jamilah. Et au final, c'était elle qui s'était tuée.

Une peine insurmontable l'envahit. Voilà pourquoi il

ne pensait jamais au passé, pourquoi il avait coupé les ponts avec sa famille, pourquoi il s'était persuadé que ni son père ni son frère ne pouvaient se racheter : pour éviter d'avoir à se demander s'il n'aurait pas dû tout faire pour sauver sa sœur.

— Tu penses à Jamilah, dit Ammar. C'était un accident, tu sais. Sa mort. Elle n'avait pas l'intention de se tuer.

Khalis, chancelant, s'appuya contre la porte et ferma les yeux.

— Comment en es-tu sûr ?

— Elle était déterminée à vivre. Elle me l'avait dit.

— Si j'étais revenu pour son…

— Tu n'aurais pas pu empêcher l'accident, le coupa Ammar.

— Peut-être que si j'étais resté, murmura Khalis d'une voix sourde en serrant le poing, j'aurais pu faire en sorte que les choses s'améliorent.

— Petit frère, dit Ammar en posant une main sur son épaule, cela n'aurait rien changé. N'essaie pas de porter le monde sur tes épaules.

Khalis garda le silence pendant un long moment, incapable de parler.

— Et que s'est-il passé après l'accident ?, finit-il par demander.

— J'ai atterri dans la mer et réussi à gagner le rivage d'une petite île, où j'ai pu survivre grâce à une source d'eau fraîche. Le septième jour, je suis parvenu à faire signe à un bateau de pêcheurs. Ensuite, j'ai eu une forte fièvre qui m'a fait délirer pendant plusieurs jours. Finalement, le temps que je sache qui j'étais et que je me souvienne de tout, plusieurs semaines s'étaient écoulées. Il fallait que je te parle, alors j'ai pris l'avion pour San Francisco, puis pour Rome. Je sais que je n'ai pas été un bon frère pour toi. S'il te plaît, pardonne-moi.

Khalis ne doutait plus de la sincérité d'Ammar, mais les mots que son frère attendait restaient coincés en travers de son gosier. L'image de Grace, si forte, si déterminée, s'imposa à son esprit. Elle le rendait fort. Il savait, comme Grace l'avait deviné, que ce n'était pas seulement à Ammar qu'il devait accorder son pardon, mais aussi à lui-même.

Alors, les mots sortirent ; des mots qui lui écorchèrent la gorge mais libérèrent son cœur :

— Je te pardonne, Ammar.

Un grand sourire fendit le visage de son frère, qui s'avança pour l'étreindre. Khalis lui ouvrit les bras, un peu gauche.

Les deux frères restèrent un moment sans parler, aussi gênés l'un que l'autre.

— Que vas-tu faire, maintenant ?, demanda-t-il. Les Entreprises Tannous te reviennent de droit.

Ammar secoua la tête.

— Père voulait que ce soit toi qui les reprennes.

— Mais je n'en veux pas et toi, tu leur as consacré toute ta vie. Tu pourrais peut-être les moraliser.

— Pourquoi pas, après tout, répondit Ammar, le regard lointain. Nous aurons le temps d'en discuter.

— On pourrait se retrouver à Alhaja pour y fêter notre réconciliation.

— J'ai toujours détesté cet endroit, confia Ammar avec une grimace.

Khalis éclata de rire. Il se sentait léger, tellement léger qu'il avait l'impression de planer.

Khalis franchit d'un pas décidé la porte du siège social d'Axis Assurances Art et, sans même attendre que la réceptionniste vérifie « si Mme Turner était disponible », il partit à la recherche de Grace.

Après avoir parcouru plusieurs couloirs, il finit par la

trouver : elle se tenait devant une toile, vêtue d'une blouse blanche immaculée et d'une jupe crayon bleu marine, comme la première fois qu'il l'avait vue. Ses cheveux, relevés en chignon, laissaient échapper quelques mèches folles qui encadraient délicatement son visage. Khalis sentit son cœur se gonfler d'amour, mais aussi de fierté en pensant à la force de caractère dont elle avait fait preuve pour vaincre tous les obstacles.

Dès que Grace entendit la porte s'ouvrir, son sixième sens l'avertit de la présence de Khalis. Elle se retourna et le vit, beau à couper le souffle, le visage déterminé. Cela faisait seulement quelques jours qu'ils ne s'étaient vus, mais il lui avait tellement manqué ! En deux enjambées, il franchit l'espace qui les séparait et la prit dans ses bras.

— Tu m'es bien trop précieuse pour que je te perde. J'ai retrouvé mon frère ; je lui ai parlé. Tu avais raison, j'avais besoin d'affronter mon passé, ma famille.

Sa voix s'étrangla ; il s'éclaircit la gorge avant de continuer :

— J'avais besoin de me pardonner à moi-même.

— C'est parfois ce qui est le plus difficile.

Il se pencha vers elle et l'embrassa tendrement.

— Maintenant, dit-il en relevant la tête, nous pouvons regarder vers le futur. Vers notre futur.

— Excellente idée, approuva Grace.

— Et je pense, dit Khalis en sortant de sa poche une petite boîte recouverte de velours, qu'il peut commencer avec ça. Grace Turner, veux-tu m'épouser ?

Elle ouvrit de grands yeux, sidérée.

— Oui, bien sûr ! s'écria-t-elle avec un rire joyeux.

— Alors, dit Khalis en glissant à son doigt une fabuleuse bague en diamants, le futur s'annonce vraiment radieux.

Épilogue

Devant l'imposante villa, située dans un des quartiers les plus huppés d'Athènes, Grace fut envahie d'une peur panique.

— Et si elle m'avait oubliée ?, murmura-t-elle. Et si elle ne voulait pas venir avec moi ?

— Nous prendrons le temps qu'il faudra, répondit Khalis en glissant sa main dans la sienne.

Elle acquiesça d'un signe de tête en soupirant. Il leur avait fallu six mois pour en arriver là. Après avoir fait appel du premier jugement, Grace avait obtenu la garde exclusive de Katerina avec, pour Loukas, un droit de visite un week-end sur deux. Ce dernier, furieux d'avoir été vaincu, avait abandonné ses droits sur sa fille. Tout en étant attristée qu'il ait rejeté Katerina, Grace ne se sentait pas de joie à l'idée de récupérer celle-ci. Elle allait enfin pouvoir la border dans son lit, lui chanter des chansons, la serrer dans ses bras, tous les jours.

Pourvu que Katerina le veuille bien…

— J'ai tellement peur, souffla-t-elle.

La gorge nouée par l'appréhension, elle appuya sur le bouton de la sonnette. Une nounou vint ouvrir, puis partit chercher Katerina. Lorsqu'elle la vit apparaître, Grace ressentit comme un coup au cœur. En quelques mois, sa petite fille avait grandi de plusieurs centimètres et, à bientôt six ans, elle commençait à perdre les rondeurs de l'enfance.

— Bonjour, Katerina, dit Grace d'une voix mal assurée.

— Bonjour, mademoiselle, dit Khalis d'un air engageant.

Katerina lui jeta un coup d'œil curieux, puis fixa sa mère un long moment.

— Bonjour, maman, dit-elle avec un sourire timide.

DANI COLLINS

Une tentation interdite

Traduction française de
LOUISE LAMBERSON

HARLEQUIN

Titre original :
NO LONGER FORBIDDEN?

Ce roman a déjà été publié en 2019

1

Nicodemus Marcussen se leva pour serrer la main de son avocat.

— Je sais que c'est une décision difficile à prendre, commença Sebastyen, mais…

Nic l'arrêta d'un geste de la main. Il ne voulait pas de sa compassion. Il avait confiance en Sebastyen et lui était reconnaissant d'avoir été l'un des premiers à le soutenir lorsqu'il avait pris la direction de Marcussen Media, mais ils n'étaient pas *amis*. De toute façon, Nic évitait tout rapprochement avec quiconque.

— J'apprécie votre aide, dit-il d'un ton distant mais sincère. La date anniversaire approche et je dois en effet prendre une décision. Ne vous inquiétiez pas, je m'en occupe.

Voyant que l'homme de loi allait ajouter quelque chose, Nic consulta sa montre. Son emploi du temps était déjà suffisamment chargé pour ne pas gaspiller de précieuses minutes en bavardages inutiles.

— Je voulais seulement attirer de nouveau votre attention sur le fait que le processus serait plus rapide si les deux plus proches parents étaient d'accord, glissa Sebastyen à la hâte.

— Je comprends.

Le groupe Marcussen Media, ainsi que le reste du monde, était au courant des frasques de *l'autre* plus proche parent. Mais Nic ne tolérerait pas que l'on fasse ouvertement allusion devant lui aux difficultés qu'il risquait de rencontrer pour obtenir sa coopération. Même s'il avait une petite idée sur la façon de s'y prendre et avait déjà mis son plan en branle avant que Sebastyen n'amène le sujet sur le tapis.

Son avocat le salua d'un hochement de tête puis se dirigea vers la porte.

Une fois seul, Nic se rassit à son bureau et rouvrit l'enveloppe reçue le matin même. Elle contenait des factures de toutes sortes, révélatrices de l'attitude frivole et irresponsable de la femme qui les avait accumulées. Quant à la carte couleur myosotis, elle ajoutait une note des plus incongrues à l'ensemble, songea-t-il en déchiffrant l'écriture inclinée nettement vers la droite.

« Nic,

» J'ai un problème avec mes cartes bancaires : elles ne fonctionnent plus. Vois cela avec la banque s'il te plaît et fais-moi envoyer les nouvelles cartes à Rosedale. Je m'y installe ce week-end pour faire une pause.

Rowan. »

Quand il avait lu ces mots, il avait été surpris, non sans cynisme, par ce besoin subit de *faire une pause* alors que Rowan passait sa vie à ne rien faire sinon la fête. Mais pour une fois, son attitude l'arrangeait. Deux semaines plus tôt, il avait fait lui-même bloquer les cartes de crédit de la jeune femme ; puisqu'elle n'avait pas compris le message, il lui dirait les choses en face.

Il était temps que Rowan O'Brien devienne adulte, qu'elle prenne ses responsabilités.

Tandis que Rowan gravissait la colline et contemplait les vignes entourant la grande bâtisse de pierre grise aux fenêtres à meneaux, une sensation de réconfort se répandit en elle.

Rosedale…

Le vieux manoir anglais à tourelles paraissait déplacé sur la petite île grecque aux plages de sable blanc et aux eaux turquoise. Mais comme cette demeure incongrue avait été construite pour l'amour d'une femme — sa mère —, Rowan l'aimait de tout son cœur. C'était le seul endroit où elle se sentait chez elle, et libre.

Vu l'état de ses finances, elle en avait été réduite à prendre le ferry et à envoyer ses affaires à l'avance par taxi. Finalement, le rythme lent de la traversée s'était révélé bénéfique : même si elle était impatiente de revoir Rosedale, elle avait besoin de temps pour se préparer à affronter le vide qui l'y attendait.

La gorge nouée, elle s'avança sur la pelouse et trouva ses bagages posés à côté de la porte. Soudain, elle se demanda où elle avait mis sa clé. Elle avait envoyé un message à Anna, mais elle ignorait si la gouvernante l'avait reçu car son mobile avait cessé de fonctionner, comme ses cartes bancaires.

La porte n'était pas fermée à clé. Rowan entra dans le hall et laissa échapper un soupir qui bruissa dans le silence. Cela faisait des mois qu'elle avait envie de revenir ici, sans jamais trouver le courage de passer à l'acte.

À cet instant, un bruit sourd résonna au-dessus de sa tête. Un bruit de pas se dirigeant vers les escaliers. Des pas lourds, virils… Un espoir absurde la traversa : celui que, par miracle, sa mère et son beau-père aient survécu. Olief allait-il descendre les marches et la prendre dans ses bras ?…

Mais ce ne fut pas lui qui apparut quelques secondes plus tard devant ses yeux.

Un violent frisson parcourut Rowan. Elle tenta de se

persuader que sa réaction était due à la surprise de revoir l'homme qui lui faisait face après aussi longtemps. Mais il s'agissait d'autre chose. Dès qu'elle apercevait Nic, son cœur se mettait à battre la chamade. Il en avait toujours été ainsi. Dès le premier jour où ils s'étaient rencontrés.

En outre, depuis le soir où elle s'était jetée à sa tête dans un affreux moment de désespoir, presque deux ans plus tôt, un sentiment de honte se mêlait aux émotions qui tourbillonnaient en elle.

Certes, elle pouvait dissimuler cette honte, mais elle ne pouvait s'empêcher de vibrer tout entière. Nic était si beau ! Rowan fréquentait des tas d'hommes superbes mais aucun ne possédait son charme de Vking blond, son visage comme sculpté dans le marbre et ses yeux d'un bleu perçant.

Il dégageait une aura de puissance absolue, à laquelle s'ajoutait une assurance qui confinait à l'agressivité. Il avait toujours été sûr de lui mais à présent, l'autorité qui émanait de sa haute silhouette atteignait de nouveaux sommets. Rowan la sentait irradier de lui, prête à l'absorber.

D'instinct, elle résista. Si elle se soumettait à son magnétisme, elle se perdrait ; aussi valait-il mieux adopter une posture d'opposition. D'autre part, Nic faisait partie des rares personnes qu'elle pouvait défier sans en craindre les conséquences. Avec lui, elle n'avait jamais rien eu à perdre. Pas même son affection : il l'avait détestée dès la première seconde — ce qui l'avait toujours cruellement blessée. Quant au mépris qu'il lui avait témoigné le jour de son vingtième anniversaire, lorsqu'elle l'avait embrassé…

— Bonjour Nic, quelle charmante surprise ! dit-elle d'une voix enjouée.

Puis elle lui décocha le sourire qui déstabilisait tous les hommes.

— Rowan, répliqua-t-il d'un ton neutre.

Une note rauque avait pourtant nuancé sa voix profonde, sensuelle, si troublante que Rowan dut faire un effort surhumain pour garder un air détaché.

— Si tu m'as laissé un message, je ne l'ai pas reçu : mon portable ne fonctionne plus, dit-elle en accrochant son sac au pommeau lisse ornant l'extrémité de la rampe d'escalier.

— À quoi cela est-il dû, à ton avis ? demanda-t-il, les paupières mi-closes.

Son accent la déconcertait toujours : un peu américain, agrémenté d'une pointe britannique racée et coloré par ses années passées en Grèce et au Moyen-Orient.

— Je n'en ai pas la moindre idée.

Elle ôta sa veste en jean et alla la déposer sur le dos d'un sofa. Les talons de ses bottes résonnaient sur les vieux pavés, produisant un écho creux qui renforçait l'impression de vide des lieux.

Nic était peut-être venu pour la même raison qu'elle, songea-t-elle soudain. Elle se retourna vers lui et scruta son visage, mais ses traits restaient indéchiffrables. À quoi s'était-elle attendue ? À ce qu'il montre un signe d'humanité ? Si seulement… Non, Nic ne lui témoignerait aucune affection. Il fallait qu'elle se fasse à cette idée. Une bonne fois pour toutes.

Elle défit la pique maintenant ses cheveux en chignon, puis se massa le crâne.

— Ton mobile a cessé de fonctionner *en même temps* que tes cartes de crédit, dit-il d'un ton ironique. Tu n'as pas trouvé cela étrange ?

— Je l'ai remarqué, en effet, mais je ne me suis pas posé de questions. Jusqu'à présent, tout était toujours rentré dans l'ordre sans que j'intervienne.

Quand elle releva les yeux, elle surprit le regard de Nic dardé sur ses seins ; des ondes délicieuses se propagèrent en elle. Mais, bien décidée à ne pas laisser transparaître son émoi, elle redressa le menton et lui décocha un sourire affecté.

Depuis son plus jeune âge, elle avait été entraînée à tirer parti de son corps et de son look. Elle savait qu'elle plaisait aux hommes. Or, Nic n'avait jamais manifesté le moindre intérêt pour elle jusqu'à présent ; elle ne se méprit donc pas sur cette réaction inhabituelle de sa part : elle n'exerçait *aucun* pouvoir sur lui. La réciproque n'était hélas pas vraie et elle tremblait intérieurement tandis qu'ils se regardaient maintenant dans les yeux.

— Ce n'était pas la peine de te déplacer pour m'apporter de nouvelles cartes de crédit, Nic. Tu sembles être tellement occupé… Que s'est-il passé ? As-tu ressenti une soudaine nostalgie de la vie de famille ?

La lueur glaciale qui éclaira ses yeux fut plus éloquente que des paroles. La mère de Rowan avait beau être la compagne d'Olief Marcussen, le père de Nic, depuis presque dix ans, il ne les avait jamais considérées ni l'une ni l'autre comme membres de sa famille.

D'ailleurs, elle ne l'avait jamais vu se livrer à aucun témoignage d'affection envers quiconque. Mais avec elle, il avait toujours battu tous les records de froideur.

— Je *suis* occupé, en effet. C'est que je *travaille*, vois-tu. Mais c'est un mot dont tu ignores le sens.

Quand elle posa nonchalamment la main sur sa hanche d'un air provocant, Rowan vit le regard de Nic suivre son geste. Elle avait réussi de nouveau à captiver son intérêt, même si son regard ne débordait pas vraiment d'admiration pour ce que recouvrait son jean ultramoulant…

— J'ai commencé à danser à l'âge de quatre ans, Nic. Alors, crois-moi, mes jambes et mon corps savent ce que *travailler* veut dire.

— Ce n'est pas vraiment une façon de gagner sa vie. Surtout que tu exploites le nom de ta mère plutôt que ton propre talent. Tu n'as jamais occupé de vrai emploi pour subvenir à tes besoins. Et ne me dis pas que les cachets que tu touches en t'exhibant dans un club minable représentent un salaire honnête.

Elle tiqua. Ainsi, il était au courant pour le club ? Évidemment, puisque les paparazzis s'étaient rués sur l'occasion… Rowan s'était détestée d'en arriver à de telles extrémités, d'autant que sa mère était toujours portée disparue ; mais vu l'état de son compte en banque, elle n'avait pas eu le choix. En outre, l'argent ne lui était même pas destiné ! Cependant, elle n'avait pas l'intention de divulguer son secret. Olief était au courant et la soutenait, mais son fils ne serait jamais capable d'une telle ouverture d'esprit. Par conséquent, mieux valait l'affronter sur un terrain où elle avait des chances de l'emporter.

— Tu me reproches d'exploiter le nom de ma mère alors que tu es le fils du patron ? contre-attaqua-t-elle, consciente de sa mesquinerie.

Mais c'était lui qui avait commencé par une basse accusation. Basse et mensongère car c'était bel et bien sa mère qui l'avait poussée sur scène, parce qu'elle-même ne trouvait plus de travail. Sa réputation d'artiste lunatique, au net penchant pour les hommes mariés, avait fini par lui porter préjudice dans le milieu de la danse.

— Ma situation est différente, lâcha Nic.

— Oui, bien sûr. Tu as toujours raison, en toutes circonstances, n'est-ce pas ? Et moi, toujours tort. Tu es intelligent, je suis stupide.

— Je n'ai pas dit cela. Je voulais simplement te faire remarquer qu'Olief n'avait jamais fait de favoritisme envers moi.

— Pourtant, la fatuité exsude toujours de la moindre de tes paroles. Mais peu importe, Nic. Oublions ton éternelle condescendance et avançons. Je ne suis pas venue pour me battre avec toi — je ne m'attendais même pas à te trouver ici. Je suis venue à Rosedale parce que j'avais besoin de solitude et de calme.

Elle se dirigea vers la cuisine.

— Je meurs d'envie de boire un thé. Je demande à Anna d'en préparer deux tasses ou…

— Anna n'est pas là. Elle travaille ailleurs.

— Ah, je vois…, fit-elle en s'arrêtant au milieu du salon.

Une nouvelle sensation de perte l'étreignit. Anna l'avait quittée, elle aussi.

— Bon, je vais bien réussir à en préparer une tasse, reprit-elle en cillant pour chasser son chagrin. Tu en veux aussi ou tu repars tout de suite à Athènes ?

— Je suis arrivé hier soir et je compte rester aussi longtemps qu'il le faudra.

Nic fonctionnait comme un robot, à supposer que les robots aient les traits d'un apollon, portent des jeans de créateur et des T-shirts épousant leurs robustes épaules…

— Aussi longtemps qu'il le faudra pour quoi faire ?

Un pressentiment désagréable la parcourut tandis qu'elle s'avançait vers la cuisine.

— Pour te débarrasser de moi ? ajouta-t-elle sans se retourner.

— Tu vois ! Je savais bien que tu n'étais pas stupide.

2

Lorsque Rowan fit volte-face, ses cheveux bruns ondulèrent en vagues soyeuses autour de son visage ovale. Elle avait l'air si éberluée qu'en d'autres circonstances, Nic aurait pu éclater de rire.

— C'est toi qui as fait bloquer mes cartes de crédit et mon téléphone ?

— Bravo ! De plus en plus perspicace…

— Comment as-tu pu faire une chose pareille ? lança-t-elle d'une voix furibonde. Sans même me prévenir ?

Ses yeux brillaient de rage, ses pommettes avaient rosi sous l'outrage, lui donnant l'air encore plus sexy. Une réaction purement mâle lui transperça le bas-ventre. Dès qu'il se retrouvait à proximité d'elle, Rowan provoquait ce genre de réaction en lui, aussi avait-il l'habitude de les réprimer. Toutefois, il se reprocha brièvement de ne même pas avoir essayé de la joindre. Nic se ressaisit : tenter de faire entendre raison à une femme aussi gâtée et frivole n'aurait pas été la meilleure façon de s'y prendre. Rowan était toujours tellement sûre de son droit !

— Pourquoi ne m'as-tu pas averti que tu quittais l'école ? riposta-t-il.

Loin de paraître accablée par la culpabilité, elle redressa le menton d'un air hautain.

— Cela ne te regardait pas.

— Ni tes achats de lingerie, par exemple, dont les factures continuent néanmoins à échouer sur mon bureau.

Cette fois, elle rougit violemment, ce qui surprit Nic. Il ne l'aurait pas crue capable de pudeur.

— Réponds-moi franchement, Nic : pourquoi ne m'as-tu pas appelée pour en discuter avec moi ?

— Ce n'était pas nécessaire. Olief s'était engagé à subvenir à tes besoins durant tes études : puisque tu as décidé de quitter l'école, tes dépenses ne sont plus prises en charge. Il est grand temps que tu te débrouilles toute seule.

Elle le regarda en plissant les yeux d'un air méfiant.

— Tu savoures cet instant, n'est-ce pas ? Tu m'as toujours détestée et tu as sauté sur l'occasion pour me punir.

— Te *punir* ?

Mais c'était le mot « détester » qui tournoyait dans son esprit avec une force inattendue, teintée de remords.

— Tu confonds la détestation et le refus de se laisser manipuler, Rowan. Ne compte pas me mener par le bout du nez comme tu l'as fait avec Olief. Tu aurais réussi à le persuader de continuer à garantir ton train de vie extravagant, mais ce n'est pas la peine d'essayer avec moi.

— Parce que tu as décidé que mon train de vie devait être inférieur au tien ? De quel droit ?

Sidéré par son toupet et par son absence totale de repentir, Nic laissa échapper un rire bref.

— Tu penses vraiment que nous pouvons jouer la carte de l'égalité dans ce domaine ?

— Tu es son fils, Nic. Mais Olief était comme un père pour moi.

Elle faisait mine de paraître raisonnable, à présent, tout en affichant un petit air revendicatif, comme si elle était légitime. Combien de fois avait-il été choqué par cette attitude, alors qu'il doutait lui-même de sa propre place dans la vie d'Olief ? Il savait que celui-ci n'avait pas désiré son fils. Pire : il avait eu honte de l'avoir engendré.

Au moment où il commençait enfin à être accepté par son géniteur, à faire partie de sa vie, Cassandra et Rowan s'étaient interposées entre eux, représentant un nouvel obstacle à contourner pour approcher Olief. Il avait été patient. Il avait attendu qu'Olief lui consacre un peu de temps, qu'il l'intègre dans son nouveau foyer et le *reconnaisse* comme l'un des siens. Hélas, il avait attendu en vain.

En revanche, Rowan considérait comme un père l'homme dont lui était le fils biologique.

— Tu es la fille de sa maîtresse. Il t'a acceptée uniquement parce que tu faisais partie du lot. En réalité, tu n'étais *rien* pour lui.

Jamais encore il ne s'était montré aussi brutal, mais l'amertume et la colère avaient couvé trop longtemps en lui. Et maintenant que la seule personne qui l'avait obligé à les réprimer n'était plus là…

— Pas sa maîtresse, sa compagne ! Ils s'aimaient ! s'écria Rowan.

Son tempérament fougueux d'Irlandaise provoqua une excitation malvenue en lui. Sa libido avait réagi de façon fulgurante, avec une violence encore jamais atteinte. Il tâcha de se maîtriser. Rowan lui était interdite. Elle l'avait toujours été, même avant qu'Olief ne le lui ait exprimé clairement.

C'était pour cela qu'il la détestait. Et en même temps, il *se* détestait de s'enflammer ainsi. Elle le perturbait trop facilement ; par conséquent, il n'avait qu'une solution : l'évacuer de sa vie.

— Peut-être qu'ils s'aimaient, mais ils n'étaient pas mariés, répliqua-t-il avec calme. Tu n'as aucun lien de parenté avec Olief. Toi et ta mère étiez des parasites. C'est terminé, à présent.

— Qu'est-ce que cela t'apporte de dire des choses pareilles ? s'emporta-t-elle en se précipitant vers lui. Comment justifierais-tu ton attitude devant Olief ?

Elle s'arrêta devant lui et le foudroya du regard.

— Je n'aurai pas à le faire, répondit Nic. Il est mort.

Ses paroles les choquèrent tous les deux. Nic les entendit se répercuter sombrement dans la pièce tandis qu'un étau se resserrait autour de sa poitrine.

La colère de Rowan semblait s'être évanouie et elle le dévisageait d'un air égaré, le teint blême.

— Il y a… du nouveau ? balbutia-t-elle d'une voix à peine audible.

Quand il vit l'étincelle d'espoir briller au fond de ses yeux verts, Nic se rendit compte qu'il se conduisait comme un malotru. Il s'était convaincu que la disparition d'Olief et Cassandra ne lui faisait pas grand-chose. Pendant qu'on les recherchait, elle s'exhibait et faisait la fête tous les soirs, bon sang ! Mais devant la tristesse qu'il lisait maintenant sur son beau visage, il se demandait si elle était vraiment aussi superficielle qu'il avait préféré le penser. Soudain, il la trouva vulnérable ; ce constat lui donna envie de tendre la main vers son visage et de lui caresser la joue. Ils n'avaient jamais eu ce genre de contact. La seule fois qu'il l'avait tenue dans ses bras…

Ce souvenir attisa ses sensations avec une telle intensité qu'il le refoula au plus profond de sa mémoire.

— Non, répondit-il d'un ton neutre.

Il ne pouvait la regarder dans les yeux. Il y avait perçu trop d'inquiétude, trop d'attente.

— Non, répéta-t-il. Il n'y a rien de nouveau. Mais dans deux semaines, cela fera un an qu'ils ont disparu, alors il est temps de cesser de se leurrer, et de penser qu'ils pourraient être encore vivants. Les avocats conseillent de déposer une requête auprès du tribunal afin…

Il s'interrompit, les mots soudain collés au palais, l'estomac noué. Il dut s'éclaircir la gorge avant de poursuivre :

— … afin de procéder à l'établissement de la déclaration de leur décès.

Le silence se fit. Quand il se décida enfin à regarder Rowan, Nic découvrit dans ses prunelles un éclat farouche.

— Espèce de salaud, comment oses-tu me traiter de profiteuse ? lança-t-elle avec agressivité. Qui tirera bénéfice de cette déclaration de mort présumée ? Toi, Nic ! Eh bien, je ne le permettrai pas.

Heureusement, elle s'était détournée vivement avant de s'éloigner vers la cuisine et d'en faire claquer la porte derrière elle. Parce qu'une telle insulte exigeait réparation, songea Nic en serrant les poings.

Les mains tremblant de rage, Rowan fouilla dans les placards pour trouver la bouilloire. De rage, et d'anxiété. Si sa mère et Olief étaient vraiment morts…

Elle laissa retomber ses bras en songeant à l'ironie de la situation. Elle était venue là pour retrouver un sens à son existence. Pour faire le point. Car Nic avait raison : elle ne s'était pas montrée très brillante l'année passée, et c'était justement pour cette raison qu'elle avait besoin de calme et de solitude. Pour y voir clair et faire de nouveaux projets. Mais le grand, l'arrogant, l'impitoyable Nicodemus Marcussen ne semblait pas disposé à lui accorder de répit.

La porte s'ouvrit brusquement et la puissante silhouette de Nic se découpa sur le seuil. Il emplissait l'espace de son charisme redoutable. D'instinct, Rowan s'agrippa au bord de la table pour résister à l'effet qu'il produisait sur elle. Il était hors de question qu'elle se laisse impressionner ou troubler par lui.

— Je me demande vraiment pourquoi je suis surprise par

tes manœuvres sournoises, lança-t-elle d'un ton furieux. Tu es un type complètement insensible. Un véritable glaçon !

— Cela vaut mieux que d'être une vache à lait, rétorqua-t-il. Ce n'est pas la mort d'Olief qui te chagrine, n'est-ce pas ? Tu regrettes ses réserves inépuisables.

— Ce n'est pas moi qui dirige Marcussen Media et ai accès à ses comptes bancaires, que je sache ! Qu'est-ce qui ne va pas, Nic ? Le conseil d'administration te donne du fil à retordre ? Tu aurais peut-être dû attendre un peu avant de prendre la place de ton père comme si elle t'était due.

— Qui d'autre aurait pu s'en charger ? Les membres du conseil voulaient vendre des parts pour leur profit personnel. Je me suis battu pour qu'Olief retrouve son groupe intact à son retour.

Rowan avait entendu parler de cette lutte interne mais à ce moment-là, elle était trop occupée avec son propre combat pour s'en soucier. Rééduquer sa jambe représentait alors la priorité absolue.

— J'ai continué à les faire rechercher même lorsque j'étais assis au bureau d'Olief, poursuivit Nic. Quand les autorités ont renoncé, j'ai embauché des enquêteurs privés. Et toi, qu'as-tu fait ? Tu comptais nous aider en entretenant le fan-club de ta mère ?

Rowan leva les yeux au ciel. Cette accusation était tellement erronée…

— J'avais la jambe cassée : je ne pouvais quand même pas partir à leur recherche ? Et répondre à toutes ces interviews les concernant n'a vraiment pas été facile, je t'assure !

— Retenir tes larmes artificielles a dû être très difficile, en effet, riposta-t-il d'un ton mordant.

Des larmes *artificielles* ? Il suffisait que Rowan songe à l'avion disparu en mer pour qu'elles lui montent aux yeux.

Elle détourna la tête, refusant de laisser voir à Nic le

chagrin que lui causaient cet accident et ses conséquences tragiques. Surtout que parfois, la culpabilité la traversait comme une flèche acérée. À de nombreuses reprises, elle avait regretté de ne pouvoir échapper à l'emprise de sa mère. Depuis l'âge de dix-neuf ans, elle avait oscillé constamment entre le désir de couper tous les ponts avec Cassandra et celui de rester proche d'Olief, de Rosedale — et, admit Rowan en se maudissant, de la sphère où évoluait Nic.

Mais, le cel lui en était témoin, elle n'avait jamais souhaité la mort de Cassandra ! Aussi ne pouvait-elle envisager de déclarer son décès. Cela serait répugnant. Obscène.

— Si tu veux diriger l'entreprise d'Olief, vas-y, lança-t-elle en remplissant la bouilloire au robinet de l'évier. Mais si ce que tu désires, c'est exercer davantage de contrôle sur Marcussen Media, et sur moi par ricochet, ne compte pas sur mon aide.

Après avoir allumé la bouilloire, elle se risqua à regarder Nic. Il arborait son sourire le plus suffisant.

— Je suis disposé à oublier tes dettes en échange de ta coopération, dit-il.

— C'est trop fort ! s'exclama-t-elle en éclatant de rire. Quelques semaines de factures, tu appelles ça des *dettes* ?

Sa mère avait connu bien pire, des dizaines de fois !

— Si tu veux obtenir ma coopération, tu vas devoir faire un petit effort, répliqua-t-elle en soutenant le regard de Nic.

D'un air tranquille, il appuya son bras musclé sur le dessus du réfrigérateur, adoptant une posture scandaleusement virile, et terriblement sexy…

— Très bien. Quel est ton prix ?

— Rosedale, répondit-elle aussitôt.

C'était son havre. Le lieu où Olief reviendrait s'il revenait un jour.

— Rosedale ? fit-il en fronçant les sourcils.

— Pourquoi pas ? Cette propriété ne t'intéresse pas et…

— Faux, l'interrompit-il en croisant les bras sur son torse musclé. Je n'aime pas le *manoir*, mais la situation de la propriété est idéale. J'ai l'intention de faire démolir cette monstruosité dès que je l'aurai fait vider, et de la remplacer par une architecture plus à mon goût. Par conséquent, non, tu n'auras pas Rosedale.

— La faire *démolir* ? murmura Rowan, horrifiée. Pourquoi ? Juste pour me faire du mal ?

— N'essaie pas de me manipuler avec tes accents mélodramatiques. Je ne fais rien contre toi, pour la bonne raison que tu ne m'intéresses pas suffisamment pour que je réagisse de façon aussi personnelle.

Bien sûr, quelle idiote elle serait si elle pensait le contraire… Il fallait absolument lui cacher à quel point ces paroles la blessaient.

— Je ne suis pas comme toi, je ne joue pas à des petits jeux, poursuivit-il. Cette maison a été conçue sur des plans complètement absurdes, ne le nie pas. Et puisque j'ai l'intention d'y vivre, je veux des pièces ouvertes sur l'extérieur, et moins d'escaliers.

— Alors, ne viens pas t'installer ici !

— La plupart de mes activités sont basées à Athènes et l'île est rapidement accessible par hélicoptère ou par bateau. Par ailleurs, les vignes représentent une valeur sûre à elles seules, ce qui est sans doute à l'origine réelle de ton désir de t'octroyer Rosedale. Mais je ne te laisserai pas t'emparer d'une telle propriété au prétexte que ta mère a obtenu d'Olief qu'il fasse construire pour elle une demeure aussi ridicule. En revanche, tu pourras prendre tout ce que Cassandra a laissé ici. À condition de t'en occuper rapidement.

Médusée, Rowan fixait ce regard bleu dépourvu de toute émotion. Le discours de Nic lui avait coupé tous ses moyens. Prendre les affaires de sa mère comme si elle se baladait dans une braderie ou un vide-grenier ? Démolir Rosedale ? *Renoncer à tout espoir ?*

Une douleur insupportable lui vrilla la poitrine. Elle crut étouffer.

— Je ne veux pas *d'objets*, Nic, dit-elle d'une voix sourde. C'est ma maison et ma famille que je désire !

Cette fois, elle allait pleurer, et c'était bien la dernière chose à faire devant ce glaçon fait homme. La fuite n'était pas son genre mais pour la deuxième fois en moins d'une demi-heure, elle y eut recours pour s'éloigner de Nic.

Après avoir marché jusqu'au bout de l'île avec ses bottes à hauts talons, elle s'en débarrassa et s'avança pieds nus sur la plage de sable blanc. N'y venant que l'été pour se baigner, Rowan découvrait un autre aspect de cet endroit paradisiaque. À vrai dire, elle n'y était jamais revenue depuis le soir où elle y avait suivi Nic, presque deux ans plus tôt.

Elle contempla la plage déserte en repensant à tout ce qui s'était passé depuis. Sa mère et Olief s'étaient probablement noyés quelque part au large, en Méditerranée, presque un an plus tôt. Soudain, elle se prit à détester ce moment de l'année et s'efforça de repousser la culpabilité qui menaçait de nouveau de la submerger. Quand elle s'était cassé la jambe, elle leur avait demandé de venir la rejoindre parce qu'elle-même ne pouvait se déplacer — et aussi parce qu'elle avait craint de tomber sur Nic en venant.

Nic... Quel type insupportablement arrogant ! Mais au fond, il n'avait pas tout à fait tort, reconnut Rowan. Il était désormais improbable que sa mère et Olief reviennent jamais. Elle ne s'était pas attendue à les trouver à Rosedale mais elle avait voulu se sentir proche d'eux au moment de l'anniversaire de leur disparition. À présent, elle était forcée d'adhérer au point de vue de Nic.

Comme la mer, son avenir s'étendait devant elle, infini et sans contour précis. Avant que l'école de danse ne la renvoie, Rowan ne s'était jamais trouvée confrontée ainsi à elle-même. À présent, alors qu'elle aurait dû savourer sa liberté enfin acquise, tout lui paraissait vide de sens ; un sentiment de solitude atroce l'oppressait.

Fermant les yeux, elle inhala l'air gorgé d'iode et essaya de se débarrasser de la tension qui lui étreignait les nerfs. Avant la date anniversaire, il lui restait encore un peu de répit. Pour l'instant, Nic pouvait aller se faire voir avec sa requête devant les tribunaux.

Pourquoi la détestait-il autant ? Pourquoi ne perdait-il jamais une occasion de la juger avec une sévérité proche de la cruauté ? Cela aurait-il été différent s'ils avaient été liés par le sang ? Alors qu'il était son fils biologique, Nic ne faisait jamais allusion à Olief en disant « mon père ». Et pourtant, il revendiquait son statut d'héritier unique… Cette attitude la révoltait. Elle se battrait, pour Olief, parce que Nic ne méritait pas le statut de seul héritier. Il n'avait jamais fait d'effort pour s'intégrer à leur famille et ne s'intéressait pas à ce qu'il en restait : elle.

Dans toutes ses relations, Nic gardait ses distances. Sa réserve avait brisé le cœur d'Olief. Et l'avait rendue nerveuse — sans doute parce qu'en demeurant inaccessible, il était encore plus désirable.

Quant à son projet de faire démolir Rosedale, pas question ! Rowan ne pouvait envisager de perdre la maison construite pour sa mère par l'homme qui l'aimait.

Arrivée à l'extrémité de la plage, elle grimpa sur le long rocher plat qui marquait le début de la côte, qui plongeait à pic dans la mer. Tout en avançant, elle regarda les vagues se soulever, tandis que les embruns lui mouillaient le visage. Les coquillages lui blessaient les pieds et le varech mouillé formait des flaques glissantes.

Au moment où elle levait les yeux vers le ciel de plus en plus menaçant, une vague s'écrasa sur ses pieds ; l'eau lui montait jusqu'aux cuisses, avant de former des petits tourbillons autour de ses chevilles puis de refluer vers la mer.

Il en fallait plus pour l'arrêter ! Rejetant la tête en arrière, Rowan lança un défi aux nuages noirs comme si elle s'adressait à Nic :

— Vous ne me faites pas peur !

Ses paroles se perdirent dans le fracas du vent, mais cela lui faisait du bien de les avoir prononcées. Elle comptait bien résister aux vagues de plus en plus sauvages qui se lançaient à l'assaut de ses jambes et trempaient son jean.

Mais lorsqu'un monstre plus haut que les autres roula et se dressa en un mur liquide, puis explosa en la submergeant jusqu'à la poitrine, Rowan réalisa qu'elle n'était peut-être pas assez forte pour l'emporter contre un ennemi aussi puissant…

Si Rowan pensait qu'il allait rentrer ses bagages à l'abri et lui préparer du thé pendant qu'elle traînait dehors, elle se trompait lourdement !

Nic monta à l'étage, où il avait établi ses quartiers, et fit de son mieux pour chasser la jeune femme de son esprit. Néanmoins, il ne pouvait oublier le tremblement dans sa voix, quand elle avait dit qu'elle ne voulait pas d'objets mais désirait sa maison et sa famille.

Nic n'avait jamais été proche de sa propre mère ; après avoir vu Rowan et Cassandra se quereller comme des tigresses, il en avait conclu que leur relation n'était qu'une trêve armée ponctuée d'actions de guérilla. Même s'il aurait préféré qu'Olief ait survécu à ce tragique accident, il n'avait jamais pensé que Rowan ressentirait une profonde détresse à cause de leur disparition. Découvrir qu'il s'était trompé, percevoir la profonde anxiété de la jeune femme le dérangeait.

Pour sa part, il évitait de se morfondre en travaillant comme un forcené et en évitant toute introspection. S'occuper de ses propres émotions et de ses chimériques désirs représentait une pure perte de temps. L'anxiété, les regrets et les mea-culpa ne résoudraient jamais rien.

Il se leva de son fauteuil et alla se poster devant la fenêtre. L'horizon disparaissait derrière un rideau sombre qui semblait se rapprocher en un front menaçant. La météo marine ne s'était pas trompée en annonçant une tempête, aussi avait-il bien fait de naviguer la veille.

L'avion d'Olief avait disparu dans le même genre de circonstances, alors que lui et Cassandra allaient retrouver Rowan. L'accident s'était produit *à cause d'elle*, songea-t-il en promenant son regard sur la plage qui s'étendait au bout de l'île — sans s'avouer qu'en fait, il cherchait Rowan des yeux.

Soudain il la vit, dressée au sommet des rochers, affrontant les vagues énormes qui se déchaînaient autour d'elle.

Nic poussa un juron et s'élança hors de la pièce.

Ses pieds écorchés glissaient sur la surface inégale des rochers mouillés. Elle ne pouvait se déplacer assez vite tandis que des vagues de plus en plus violentes se fracassaient autour d'elle en gerbes d'écume.

Tout en luttant contre le vent furieux, Rowan baissa la tête et se mit à prier en silence :

« Olief, Cassandra, je vous en supplie, si vous m'entendez, aidez-moi à m'en sortir indemne… »

Pour toute réponse, une vague gigantesque s'éleva vers elle en rugissant. Rowan se recroquevilla, essayant désespérément de garder les orteils agrippés au rocher, et se prépara au choc.

Lorsque la déferlante s'écrasa à hauteur de ses épaules, Rowan poussa un cri et fut projetée sur les arêtes acérées des rochers. Elle tâchait de se redresser quand elle fut soudain aspirée en arrière par le ressac. À cet instant, son cœur cessa de battre : la vague allait la faire rouler sur les rochers avant de l'entraîner dans les flots et de l'engloutir.

Quand elle refit surface, Rowan eut juste le temps d'apercevoir Nic qui courait sur la plage dans sa direction.

— Au sec…

L'eau lui emplit la bouche.

Nic vit Rowan disparaître dans le tumulte des vagues qui grondaient avec furie. Poussant ses forces à la limite, il accéléra encore sa course effrénée. Qu'avait-il fait pour mériter ces châtiments ? Pourquoi finissait-il toujours par tout perdre ? Pourquoi *Rowan* ?…

Un bras jaillit de l'eau, luttant pour rester à la surface tandis que l'écume se déversait sur les rochers. Si la vague l'emportait en se retirant, Rowan serait ramenée vers les rochers avec la même force dans le prochain flux. Elle bataillait vaillamment pour sa vie. Pataugeant comme il pouvait dans le bouillonnement liquide, Nic se rapprocha laborieusement d'elle. Au moment où la vague allait s'abattre sur elle, Rowan s'élança en avant, si bien qu'il put lui saisir le poignet. Rassemblant ses dernières forces, il la tira vers le haut puis vers lui. Il réussit à l'arracher aux éléments déchaînés et la garda serrée dans ses bras en l'entraînant vers la plage.

Quand il fut enfin parvenu assez haut sur le sable pour ne plus rien risquer, Nic s'arrêta, épuisé, le cœur battant à tout rompre. Il maintint Rowan contre lui. Après l'avoir vue frôler la mort, il était hors de question qu'il la libère.

Rowan se raccrochait à son sauveur, qui la serrait à

l'étouffer. Elle avait failli mourir, mais Nic était arrivé juste à temps pour la sauver. *Il s'était soucié d'elle !*

Il n'avait pas hésité et à présent, il était aussi trempé qu'elle, et son cœur battait aussi violemment et aussi vite que le sien. Quand elle retrouva ses esprits, Rowan se rendit compte qu'elle était littéralement collée à Nic. Ils étaient enlacés comme des amants et, sans réfléchir, elle avait blotti son visage dans le creux de son épaule.

Elle redressa la tête. Les bras de Nic restèrent refermés autour d'elle. Rowan sentit les émanations de son eau de toilette, mêlées à un goût de sel ; sa chaleur virile s'insinua dans son corps, se répandant comme une coulée de lave chaude dans ses veines.

Peu importait qu'elle se soit trouvée là deux ans plus tôt, sur cette même plage, le soir où elle avait essuyé un rejet brutal et total. Nic était le seul homme capable d'affecter ainsi ses émotions, en dépit de toutes ses tentatives pour se lier à d'autres. En le rencontrant à l'âge où elle commençait tout juste à s'intéresser aux garçons, elle avait placé la barre très haut pour qu'il ne puisse avoir de rivaux.

Elle se rendit soudain compte que son corps s'adaptait parfaitement au sien, et que le courant brûlant qui circulait entre eux était unique — et le resterait toujours…

Quand Nic baissa les yeux et croisa son regard, Rowan se prépara au pire. Mais au lieu d'y découvrir de la colère, elle y lut un éclat inconnu. Confuse, elle le regarda en retenant son souffle. Du désir ? Impossible, Nic la détestait.

Cependant, elle ne pouvait ignorer la réaction qui se manifestait contre son ventre. À cet instant, il resserra encore son étreinte. C'était bien du désir qui palpitait entre eux : Nic savait qu'elle était excitée et il voulait lui faire sentir qu'il l'était aussi.

Son esprit se vida tandis que son cœur s'emballait à un rythme sauvage. La dernière fois, elle avait trop bu et s'était laissée aller à son ardeur juvénile. Par ailleurs, le visage de Nic était dissimulé dans l'ombre : elle n'avait pu déchiffrer ses expressions. Il l'avait embrassée avec rage avant de la repousser aussi violemment qu'il l'avait attirée contre lui. Après cette étreinte furtive mais intense, Rowan n'avait jamais retrouvé d'intimité aussi troublante. Avec les hommes, elle avait toujours gardé les idées claires et tenu les rênes.

Or, en cette seconde précise, elle brûlait de s'abandonner à Nic et de s'unir à lui…

Gagnée par un soudain accès de panique, elle posa les mains sur son torse et le repoussa de toutes ses forces.

— Qu'est-ce que tu fais ? demanda-t-elle d'une voix rauque.

Peut-être avait-elle fantasmé. Peut-être voyait-elle, sentait-elle des choses qui n'existaient pas. Nic n'avait jamais montré le moindre intérêt pour elle : comment aurait-il pu être *excité* par elle ? D'ailleurs, il la contemplait à présent sans la moindre chaleur. Au contraire, elle lisait dans ses yeux quelque chose qui ressemblait à du dégoût. Nic était redevenu l'homme distant et hautain qu'elle avait toujours connu.

— Je te sauve la vie, répondit-il enfin. Qu'est-ce qui t'a pris de venir traîner sur les rochers par ce temps ?

— Tout le monde vient grimper ici, se défendit Rowan. Je ne pouvais pas deviner que les vagues seraient aussi hautes et aussi fortes. Je n'avais jamais vu ça !

— Quand on se conduit de façon irresponsable, on s'expose aux risques et aux châtiments.

— Alors pourquoi n'as-tu pas laissé la nature accomplir son œuvre et me punir ?

Elle crut déceler un léger tressaillement de sa mâchoire.

— Si tu avais disparu à ton tour, cela aurait paru suspect, répondit-il avec un cynisme glaçant. Je dois te garder en vie le temps que tu signes les documents dont j'ai besoin. Et puisque je t'ai empêchée de te noyer, je ne doute pas que tu le feras.

Ses yeux bleus revinrent se poser sur elle, froids et emplis d'une détermination farouche.

— Tu rêves, Nic !

Mais il s'était déjà détourné et se dirigeait à grands pas vers le manoir. Trempée, glacée jusqu'aux os, Rowan serra les dents et resta immobile quelques instants. Puis elle lui emboîta le pas.

3

« Alors pourquoi n'as-tu pas laissé la nature accomplir son œuvre et me punir ? »

La phrase de Rowan résonnait encore dans l'esprit de Nic quand il sortit de la douche. Elle avait vraiment le don de faire ce genre de réflexion à la fois désinvolte et provocatrice. Et lui ne devrait pas se laisser déstabiliser par ses paroles.

Il noua une serviette autour de ses reins en repensant à l'époque où Rowan était une jeune adolescente fantasque et innocente, alors que lui avait déjà la vingtaine et vivait des aventures sensuelles intenses avec des femmes de son âge — ou plus âgées. Pourtant, elle avait réussi à le troubler. Tour à tour, elle l'avait fasciné et irrité : sa vivacité d'esprit l'attirait et il était époustouflé par la façon dont elle prenait pour acquis le fait d'être aimée de tout le monde, en particulier d'Olief.

Dès le début agacé par la facilité avec laquelle elle obtenait ce qu'elle désirait, Nic avait été farouchement déterminé à ne pas tomber sous son charme. À l'âge de Rowan, il passait ses vacances à errer dans les salles désertes de son pensionnat. Pour sauvegarder la paix de son ménage, Olief avait jugé préférable de ne pas inclure Nic, fruit d'une brève aventure extraconjugale, dans son existence ; jusqu'à l'apparition dans sa vie de Cassandra O'Brien, après la mort de son épouse. Comme Cassandra avait elle aussi commis une *erreur de jeunesse*, Olief avait invité Nic à passer les vacances scolaires à Rosedale, pour tenir compagnie à la fille de sa nouvelle compagne.

À ce moment-là, Nic voyageait beaucoup. Grand reporter, il s'attachait à dénoncer les injustices les plus noires. Ce faisant, il marchait, de façon inexplicable pour lui, sur les traces d'Olief.

Chaque fois qu'il était venu à Rosedale, à ses retours de voyage, Nic n'y avait pas trouvé de chaleur familiale. Cependant, ayant vécu les mêmes expériences, Olief comprenait son besoin de se retirer dans un endroit paisible ; peu à peu, Nic avait pris l'habitude de venir goûter la tranquillité de l'île, même si lors de ses séjours, Rowan monopolisait toute l'attention et l'affection de son beau-père. Nic avait tout fait pour ignorer la jeune fille qu'elle était alors et lui résister, mais elle avait réussi peu à peu, et sans le savoir, à percer ses défenses. D'ailleurs, c'était à cause d'elle qu'il était présentement à Rosedale.

Une bouffée de rage l'envahit soudain : elle avait pensé qu'il aurait pu la laisser mourir ! Et c'était effectivement ce qui avait failli se passer : s'il était arrivé quelques instants plus tard… Cette éventualité le perturbait plus qu'il ne voulait l'admettre, en dépit de ses efforts pour se convaincre que c'était la similarité avec l'autre disparition qui lui glaçait le sang. Par ailleurs, il ne pouvait nier qu'il avait été à deux doigts de céder au désir violent et insensé qui avait pris possession de lui lorsqu'il avait tenu Rowan dans ses bras.

Au souvenir de la sensation du corps souple pressé contre le sien, sa chair réagit aussitôt. Rowan était mince, tout en courbes superbes. Ses seins s'étaient écrasés contre son torse et il avait senti ses mamelons durcis par le froid. Il avait dû faire un effort surhumain pour refouler le désir de les réchauffer avec sa langue, jusqu'à ce qu'elle et lui s'embrasent en entier.

Nic serra les poings de rage et de frustration. Bon sang, pourquoi leurs deux corps s'accordaient-ils à merveille ? Laisser deviner à Rowan son désir constituait une faiblesse, et toute faiblesse était source d'erreurs. Mais après avoir lutté contre un souvenir brûlant pendant deux ans, il n'avait pu résister.

L'excitation qu'il ressentait en sa présence ou lorsqu'il pensait à elle le traquait depuis trop longtemps. Il aurait été incapable de préciser le moment où le déclic s'était produit. C'était arrivé entre le moment où il avait appris qu'elle avait été surprise avec un adolescent, à l'école de danse, et celui où il l'avait vue sortir de la piscine, alors qu'elle avait dix-huit ans. Depuis cette fois-là, il avait toujours eu le plus grand mal à refouler le désir qui le taraudait et la chaleur qui coulait dans ses veines dès qu'il l'approchait.

Le soir de ses vingt ans, Rowan avait bu une bouteille de champagne à elle seule. Ensuite, elle avait jeté son dévolu sur lui parce qu'il était le seul homme à sa disposition. Bien décidé à résister à la tentation, Nic s'était dirigé vers la plage pour lui échapper, mais elle l'avait suivi.

Il avait des principes : il repoussait les femmes ivres, aussi superbes soient-elles. Mais lorsque Rowan s'était jetée à son cou, il avait succombé. Un baiser, un seul, qu'il avait voulu lui infliger comme un avertissement, pour lui donner une leçon.

Mais qui hélas lui avait donné à lui un aperçu du paradis…

Depuis une fenêtre du manoir, Olief les avait vus s'embrasser, sans être témoin de l'instant où Nic l'avait repoussée. Quand il l'avait rejoint sur la plage, empli d'une rage froide, Rowan était déjà repartie vers la maison en titubant.

Les paroles d'Olief avaient été percutantes et resteraient toujours gravées dans sa mémoire :

« Quelles sont tes intentions ? Le mariage ? »

Le mépris et le défi dans sa voix avaient atteint Nic en plein cœur. Olief ne pouvait croire qu'il ose envisager d'épouser la fille de la femme dont il avait fait sa compagne : Nic n'était pas assez bien pour être son fils, ni même pour devenir son gendre.

« De toute façon, Rowan est trop jeune », avait ajouté Olief avec une légère moue désapprobatrice.

L'épisode avait été atrocement humiliant. Et douloureux. Nic restait persuadé aujourd'hui que Rowan avait tout manigancé. Par conséquent, elle méritait de payer pour son sale petit stratagème.

Et pourtant, quand il l'avait tenue dans ses bras tout à l'heure, son seul désir avait été de la posséder. Elle aussi avait été excitée. Elle n'était plus « trop jeune », à présent. Ni inaccessible. Et Olief n'était plus là pour la protéger comme un père. Quant au mariage, il n'avait pas l'intention d'épouser quiconque, et surtout pas Rowan. Son seul souhait était d'étancher son désir. Ainsi, il pourrait avancer dans la vie sans plus penser à elle.

Qu'est-ce qui pourrait l'empêcher de la faire sienne ? se demanda-t-il. Rien. De toute façon, c'était elle qui s'était jetée dans ses bras la première, deux ans auparavant…

Nic se rendit compte qu'il tremblait, de désir et de tourments intérieurs. Alors qu'il ne cédait jamais à une impulsion, il brûlait d'aller rejoindre Rowan et de la *posséder*. Il devait reprendre le contrôle de sa libido, retrouver logique et sang-froid. Il méprisait cette femme. Il n'était pas venu à Rosedale pour s'abandonner à un désir qu'il avait nié pendant tant d'années, mais pour obtenir ce qui comptait vraiment pour lui : sa place légitime à la tête du puissant conglomérat créé par Olief. Pas parce qu'il était son fils, parce qu'il l'avait *mérité*.

Il enfila un jean et un pull en coton en essayant d'apaiser le feu qui couvait en lui. Le plus important était d'amener Rowan à signer les documents qu'il avait apportés, et non de céder à ses petites provocations malsaines.

Il ramassa ses vêtements mouillés en songeant au départ d'Anna. Un peu de lessive et diverses tâches ménagères feraient beaucoup de bien à Rowan. Un léger sourire se forma sur ses lèvres : peut-être cherchait-il à la punir, après tout. Vu combien elle le tourmentait depuis des années, il avait bien le droit de prendre sa revanche, non ?

Alors qu'il s'avançait dans le couloir en réfléchissant à la façon dont il allait lui présenter la chose, il s'arrêta net devant les traces de sang qui souillaient le sol.

Lorsque la porte de la salle de bains s'ouvrit brusquement, Rowan sursauta sous le jet de la douche.

Nic !

Il s'était arrêté derrière la paroi de verre couverte de buée, l'air furieux et les sourcils froncés.

— Qu'est-ce qui se passe, Rowan !

Profondément choquée par cette apparition, elle lui tourna le dos. Mais elle n'en demeurait pas moins complètement nue… Une chaleur insidieuse se répandit en elle, alors qu'un instant plus tôt, elle était encore glacée. Les cuisses serrées, elle se cramponna au pommeau de la douche.

— Sors d'ici, Nic !

— Qu'est-ce que tu as fait ? On dirait qu'un meurtre a été commis !

— Oh ! j'ai taché le précieux plancher que tu envisages de faire démolir ! Ne t'en fais pas, je vais réparer les dégâts. En attendant, fiche-moi le camp !

Quand elle entendit la porte se refermer d'un claquement

sec, Rowan maudit Nic et dirigea le jet sur ses mains abîmées. Elle sursauta sous le coup de la douleur, tout en se répétant qu'il fallait nettoyer ses blessures. Ses pieds étaient assez amochés eux aussi, mais c'était sa jambe qui la préoccupait le plus. Des écorchures affreusement sensibles les parsemaient mais surtout, une douleur plus profonde l'inquiétait.

Rowan coupa le robinet et sortit de la douche, avant de s'envelopper dans un grand drap de bain. Puis elle ferma le couvercle des toilettes et s'assit dessus. À ce moment-là, la porte de la salle de bains s'ouvrit de nouveau.

— Incroyable ! protesta-t-elle en resserrant le nœud de la serviette sur sa poitrine. J'ai droit à un peu d'intimité ou pas ?

Les émotions qui la ravageaient étaient déjà suffisamment dérangeantes, elle n'avait vraiment pas besoin de voir apparaître Nic et son énergie virile toutes les dix secondes !

Mais cette fois, étrangement, il semblait hésiter sur le seuil… Se décidant d'un coup, il s'avança et posa un flacon de désinfectant et des compresses à côté du lavabo.

— Tu t'es blessée sur les rochers, je suppose ?

— Bravo, Sherlock Holmes ! Tu as trouvé ça tout seul ?

Après lui avoir adressé un regard méprisant, il dit d'une voix sourde :

— Je me demande pourquoi ta mère ne t'a pas noyée à la naissance. Tu veux de l'aide, oui ou non ?

Rowan tendit l'une de ses mains avec réticence.

— Je suis étonnée que tu souhaites m'aider.

— Je ne le *souhaite* pas, répliqua-t-il en posant un genou au sol devant elle. Mais je suis un adulte, et les adultes agissent de façon responsable au lieu de se comporter en égoïstes sans se soucier des conséquences de leurs actes.

— Tu dis cela pour moi ? J'ai bientôt vingt-deux ans.

— Qui l'eût cru ? riposta-t-il d'un ton ironique en lui enroulant une bande autour du poignet.

Son pouls s'accéléra tandis que les doigts de Nic effleuraient sa peau. Et quand il releva les yeux, l'iris en était d'un bleu si intense qu'elle frissonna en repensant au moment où il l'avait serrée contre lui, quand elle avait senti son érection contre son ventre. La sensation aurait dû la dégoûter, ou au moins la choquer ; au contraire, une chaleur infernale déferla sous sa peau à ce souvenir.

— Tu es adulte, en effet, fit-il en portant sa main bandée à ses lèvres.

Voyant une lueur cruelle éclairer ses yeux, elle écarta précipitamment sa main.

— Non ? Cela ne te ressemble pas, Rowan…, ironisa-t-il.

Un mélange d'émotions contradictoires l'envahit. Le désir palpitait au plus intime de son corps et une myriade de sensations délicieuses se déployait en elle, mais en même temps, elle n'oubliait pas que Nic pouvait se montrer d'une dureté et d'une froideur impitoyables.

— Qu'est-ce qu'il te prend ? demanda-t-elle d'une voix rauque. Te livrerais-tu à une tentative maladroite de séduction, dans le seul but d'obtenir ce que tu attends de moi ?

— Ne t'y trompe pas. En matière de séduction, je ne suis pas trop maladroit et je sais exactement comment procéder.

Son ton coupant la fit frissonner. Quelle cruche ! Avait-elle vraiment cru qu'il *s'intéressait* à elle ?

— Je sais que tu te fiches éperdument de moi, répliqua-t-elle avec dédain. Tu ne me désires pas et tu ne ressens aucune affection pour moi.

Il appliqua une compresse sur son autre main avant de demander avec détachement :

— Parce que l'on est censé ressentir les deux à la fois ?

Puis il redressa la tête et soutint son regard sans ciller.

Blessée par l'aveu implicite, Rowan pinça les lèvres. Nic ne ressentait aucune affection pour elle, mais il la désirait, songea-t-elle, traversée par une onde délicieuse.

— Tu t'intéresses passagèrement à moi parce que je t'empêche d'obtenir ce que tu convoites, c'est cela ?

Les larges épaules de Nic se raidirent.

— Il n'y a aucun lien entre les deux. Je souhaite que tu signes certains documents, c'est vrai, mais cela n'a rien à voir avec l'alchimie qui vibre entre nous.

— L'alchimie qui surgit aujourd'hui, comme par hasard ! répliqua-t-elle en redressant le menton. Il y a deux ans, elle n'était pas au rendez-vous…

— Tu veux revenir là-dessus ?

Il se pencha soudain vers elle et referma la main sur sa nuque. Puis attira son visage vers le sien avant d'écraser sa bouche sur la sienne. Rowan voulut dire *non*, mais ce petit mot se transforma en gémissement. Plus de champagne ni cadre romantique de la plage balayée par le vent, cette fois. Pourtant, les lèvres expertes de Nic se livraient à des caresses prodigieuses. Son baiser était brut, sauvage, enivrant. Nic l'embrassait avec autorité et détermination ; il contrôlait, il prenait ce qu'il désirait.

Et il savait neutraliser une femme d'un seul baiser…

Rowan referma les mains sur les bras musclés de Nic en savourant les tourments exquis que sa bouche infligeait à la sienne. Lutter n'aurait servi à rien : non parce qu'il était plus fort qu'elle, mais parce que des étincelles pétillaient dans les moindres cellules de son corps.

Pourtant, il ne la désirait pas. Il jouait avec elle, de façon cruelle. Mais Nic était l'homme qui la faisait fantasmer et dont elle rêvait depuis des années.

Sa langue léchait ses lèvres, cherchait la sienne, faisant naître en elle des sensations d'une volupté inconnue. Et elle en voulait davantage… Nic allait la prendre, là, maintenant, comprit-elle, et son cœur bondit dans sa poitrine. Il posa les mains sur ses reins et la serra contre lui, l'obligeant du genou à écarter les jambes. Mais quand Rowan sentit le drap de bain se dénouer, elle fut parcourue d'un violent frisson.

À quoi jouait-elle ?

Le désir rugissait en Nic, réclamant l'assouvissement. Dans sa chambre ou ici, à même le sol.

N'importe où…

Rowan était aussi excitée que lui. Son souffle haché s'échappait de ses lèvres gonflées par leurs baisers. Elle le regardait, les yeux brillants, tandis que lui gardait sur la langue et sur les lèvres le goût de miel de sa bouche.

Nic appuya une main contre le mur et tendit l'autre vers la joue de Rowan. Mais lorsqu'il se pencha pour reprendre sa belle bouche pulpeuse, il remarqua son teint pâle et la lueur anxieuse qui couvait dans ses yeux. Après avoir posé la main sur son torse comme si elle avait besoin d'appui, elle baissa les yeux sur sa jambe. Et quand Nic suivit son regard, un froid polaire l'envahit, gelant d'un coup le brasier qui crépitait en lui.

Ce n'était pas la vue de ses genoux écorchés qui lui glaçait le sang, mais les cicatrices qui marbraient son tibia.

— Qu'est-ce que c'est que ça ? dit-il en s'asseyant sur ses talons.

Il referma la main derrière son genou et de l'autre souleva sa cheville pour mieux voir sa jambe en entier.

D'autres lignes blanches couraient sur tout le pied, jusqu'aux orteils bosselés dont les ongles avaient repoussé seulement en partie.

— Laisse-moi, dit Rowan en essayant de dégager son pied.

— C'est douloureux ?

— J'ai mal depuis si longtemps à cette jambe que je ne le remarque même plus, répliqua-t-elle d'un ton amer. Et je n'aime pas qu'on regarde mes pieds : ils sont affreux.

— Ils ne sont pas terribles, approuva Nic en passant doucement le pouce sur un durillon. C'est venu à force de danser ?

— Nous en avons tous, à l'école, dit-elle du bout des lèvres en essayant de nouveau de se libérer.

Nic tint bon. Il n'avait pas voulu se montrer brusque mais il vibrait d'une colère inexplicable.

— Comment peut-on s'infliger pareille torture ? demanda-t-il. J'ai vu des soldats revenir d'un mois de marches forcées avec des pieds moins abîmés.

Elle rougit et repoussa une mèche de cheveux humides derrière son oreille.

— Cela fait partie de l'apprentissage, paraît-il. À l'école, ils ont amélioré leur méthode depuis que je les ai quittés.

— Parce que tu t'étais cassé la jambe ?

Nic contempla la longue cicatrice visible sur toute la longueur du tibia. Rowan était une créature superficielle, certes, mais tout à coup, il était forcé de songer à tout ce qu'elle avait traversé. La voix indignée de Cassandra résonna soudain dans son esprit :

« Tu n'es pas encore prête ? », puis l'éternelle protestation de sa fille : « Je fais ce que je peux. »

Au fond, il avait toujours considéré Rowan comme une fainéante à cause des accusations répétées de sa mère, qui se plaignait toujours qu'elle ne faisait pas assez d'efforts. Ce constat le perturba. En général il se forgeait ses propres opinions ; or, dans son désir de tenir Rowan à distance, il avait entretenu un point de vue erroné sur elle.

— Combien de fois as-tu été opérée ? demanda-t-il en posant son pied sur sa cuisse.

— Trois. À vrai dire, je suis un peu inquiète pour les

agrafes, reconnut-elle d'un ton hésitant. Même si je crois qu'elles me font mal parce qu'elles sont froides. Tu sens un truc bizarre ?

Elle se mordilla nerveusement la lèvre.

— Tu as l'impression que quelque chose est déplacé ? poursuivit-elle d'un ton faussement détaché.

En réalité, elle était morte d'inquiétude, comprit Nic.

Lentement, il remonta la main depuis la cheville jusqu'au genou, puis redescendit en sens inverse. Sous la peau fine, les muscles tressaillaient sous ses doigts tandis qu'il ne pouvait détacher son regard de la zone d'ombre visible entre les pans légèrement écartés de la serviette. Ce n'était pourtant pas le moment de se livrer à de telles explorations, se dit-il en réprimant les ardeurs de sa libido. Il devait se concentrer et s'assurer que Rowan ne s'était pas blessée plus sérieusement. Cette éventualité lui noua le ventre, mais il repoussa les sensations déstabilisantes qui se propageaient en lui.

— Je crois qu'il n'y a pas de problème. Envisages-tu de reprendre la danse ?

En réalité, il connaissait déjà la réponse à cette question.

Sans répondre, elle se pencha en avant pour palper elle-même son tibia, lui frôlant la main au passage. Il leva les yeux et la vit ciller.

— Sur des tables, dans des clubs, dit-elle enfin avec un sourire dur. Mais plus sur scène.

Une vague de compassion envahit Nic, le prenant complètement au dépourvu.

— De toute façon, tu n'as jamais vraiment *désiré* danser, n'est-ce pas ? C'était un vieux sujet de discorde entre toi et ta mère. Notamment son obstination à te faire aller dans cette école prestigieuse. Tu dois être soulagée.

Elle laissa échapper un petit rire impertinent en hochant la tête.

— Oui, j'avoue que j'ai été soulagée quand ils ont fini par admettre que je ne retrouverais jamais mon niveau d'avant et m'ont demandé de partir afin de laisser la place à quelqu'un d'autre. Une fille dotée de jambes intactes et d'une passion sincère.

En repensant au baiser échangé quelques instants plus tôt, Nic songea que s'il y avait une chose que personne ne pouvait reprocher à Rowan, c'était un manque de passion…

— Quand ils l'ont *admis* ? Tu veux dire que tu désirais t'en aller et qu'ils voulaient te garder ?

Il prit une compresse pour couvrir les écorchures de son genou, tout en réprimant l'empathie qui menaçait de le submerger. Car Rowan restait malgré tout une gamine incapable de se comporter en adulte et de subvenir à ses propres besoins.

— La directrice est une amie proche de ma mère. Elle savait que celle-ci serait furieuse que toutes ces années de travail n'aient abouti à rien, mais elle savait aussi que j'avais atteint mon maximum *avant* l'accident, et que je ne serais jamais assez douée. Elle m'a quand même encouragée, et j'ai fait tout ce que j'ai pu. Jusqu'à ce que ma cheville lâche. Nous sommes finalement tombées d'accord sur le fait que je ferais mieux d'arrêter. Le seul côté positif de l'histoire, c'est que ma mère ne le saura jamais…

Nic s'ordonna de ne pas se laisser impressionner par le voile qui assombrissait les yeux de la jeune femme tandis qu'elle redressait fièrement le menton. Elle avait renoncé parce qu'elle était réaliste et ne se faisait pas d'illusions sur ses capacités. Pas par paresse ou lâcheté.

Soudain il se demanda ce qu'il avait encore refusé de voir en elle.

— Si tu n'aimais pas danser, pourquoi avoir persévéré ?

Après un léger silence, elle le regarda droit dans les yeux.

— Pourquoi as-tu choisi de suivre la même voie professionnelle qu'Olief ?

— Par curiosité. Je cherchais à comprendre ce qui le motivait et je me suis retrouvé à apprendre son métier. On ne peut pas lire autant d'articles concernant les événements qui agitent la planète et rester indifférent, assis dans un bureau. Ensuite, on a envie de faire partager ses découvertes au monde entier.

Nic commença à panser l'autre genou de Rowan.

— Mais je n'ai jamais cherché à imiter Olief, reprit-il. Et toi ? Essayais-tu d'imiter Cassandra ?

— Pas par choix, en tout cas ! s'exclama-t-elle. Quand tu as commencé ta carrière, tu as eu de la chance que personne n'ait été au courant de ton lien de parenté avec Olief. Tu as été reconnu grâce à tes propres mérites et tu as exercé ce métier parce que tu le désirais. Moi, je me suis retrouvée dans la danse malgré moi. Pour ma mère, c'était une façon de se prolonger ; elle a vu en moi une réplique d'elle-même, qu'elle a considérée comme étant à sa disposition. Quand elle a rencontré Olief et s'est installée avec lui, elle a pu quitter la scène mais moi, je devais réaliser tout ce *potentiel.*

Nic n'avait jamais considéré son abandon par ses parents comme une chance, mais il n'avait jamais réfléchi vraiment à la situation de Rowan, ni compris ce qu'elle endurait de son côté. Non seulement il avait été aveugle, mais il s'était trompé à son sujet. Toutefois, ses révélations ne changeaient rien à la situation actuelle : il désirait obtenir le plein contrôle de Marcussen Media et pour cela, il avait besoin de sa signature. Quant à Rowan, elle allait enfin devoir se débrouiller par ses propres moyens au lieu de se balader et de faire la fête dans toute l'Europe aux frais de la princesse.

Rowan sentit la froideur habituelle reprendre possession de Nic et crut en deviner la cause. Baissant les yeux sur ses mains bandées posées sur ses cuisses, elle repensa à l'aveu qu'elle venait de faire. Jamais elle n'aurait imaginé se laisser aller ainsi devant lui. Ni devant quiconque, d'ailleurs. Elle avait été jusqu'à trahir la mémoire de sa mère disparue…

— Je ne la haïssais pas de m'avoir forcée à danser, dit-elle alors pour atténuer ses propos précédents. Je comprenais son attitude. Cassandra avait mon âge quand elle est tombée enceinte de moi. Et elle ne savait faire que cela : danser. Or, ce genre de carrière ne vous attend pas pendant que vous restez chez vous à élever un enfant. En plus, elle n'avait aucun soutien : sa famille l'a déshéritée parce qu'elle n'a pas pris la voie que ses parents attendaient. Elle a essayé de survivre, au fond. Et pour survivre dans ce métier, il faut être opportuniste.

Risquant un coup d'œil du côté de Nic, elle vit une expression désapprobatrice marquer ses traits. Totalement fermé à ses paroles, il la contemplait d'un air dédaigneux.

Rowan serra les dents et repensa à tout ce que sa mère lui avait appris en matière de survie. En fait, c'est cela qui avait été la véritable cause de discorde entre elles : les procédés auxquels recourait — ou plutôt *s'abaissait* — Cassandra pour que toutes deux puissent manger à leur faim. Rowan songea avec un frisson de dégoût aux hommes qu'elle ramenait à la maison, aux appartements inconnus dans lesquels elle l'avait entraînée alors qu'elle n'était qu'une enfant. Elle se rappela la pression subie pour suivre son exemple et monter sur les planches, parce qu'il fallait avoir une solution de repli si les choses tournaient mal. En réalité, lorsque la situation avait empiré, Cassandra avait surtout été concernée par sa propre survie, aux dépens du bonheur de sa fille, dont elle n'avait pas hésité à exploiter la jeunesse et la beauté.

Nic appliqua un pansement sur le dessous de son pied blessé par les coquillages.

— Que comptes-tu faire, maintenant ? demanda-t-il.

— C'est la question à un million de dollars, c'est ça ? Je ne déborde pas vraiment de talents, alors trouver un job…

— Tu aurais peut-être dû réfléchir à cela dès que tu as quitté l'école, au lieu de te donner en spectacle en compagnie de gens peu recommandables.

Touchée…, reconnut Rowan en son for intérieur devant ce reproche en partie justifié. Elle ne s'était rendu compte de la superficialité de la plupart de ceux qu'elle croyait ses amis que lorsqu'elle avait tenté de se reposer sur eux. Lesdits « amis » lui avaient conseillé d'oublier ses soucis dans l'alcool. Heureusement, Rowan ne s'était pas égarée longtemps sur ce chemin, bien trop effrayée à l'idée de devenir comme son père.

— Quand je me suis retrouvée à la rue, il a bien fallu que j'aille quelque part. Je n'étais pas prête à affronter Rosedale vide, alors je me suis installée chez des amis. Vers qui aurais-je pu me tourner d'autre ? Vers toi, grand frère ?

Un éclat dur traversa les yeux bleus de Nic.

— Je n'ai peut-être pas choisi la meilleure solution, admit-elle avec un soupir. Mais je devais faire face à beaucoup de choses à la fois.

Nic se redressa lentement.

— Il s'agit toujours de *toi*, n'est-ce pas, Rowan ?

La séance pansement était terminée, songea-t-elle en se levant rapidement. Dans le mouvement, la serviette glissa sur ses seins, si bien qu'elle resserra le nœud à la hâte et s'appuya le dos au mur.

— Tu me vois uniquement comme une fille égoïste et narcissique, on dirait…

— L'année dernière, était-ce sous la contrainte que tu as passé une semaine à Saint-Moritz pour ton anniversaire ?

Rowan laissa échapper un rire bref. Elle ne pouvait pas lui avouer qu'elle était allée là-bas parce qu'elle n'avait pas eu le courage de rentrer à la maison et de prendre le risque de se retrouver face à lui après le fiasco de l'épisode survenu un an plus tôt.

— Et à cause de mon accident, ma mère et ton père ont dû prendre l'avion pour venir me rejoindre. La tempête, c'est aussi ma faute ? Aurais-je dû vérifier la météo avant de me faire faucher sur les pistes par un surfeur complètement ivre ?

Nic frémit en entendant le regret poindre dans sa voix. Elle était sincère, comprit-il, mais il ne pouvait pas se permettre de s'adoucir. Cela ne conduirait qu'à de la folie et de la souffrance.

Il se détourna pour ne plus voir la détresse de la jeune femme. Mieux valait se raccrocher à sa vision antérieure d'une Rowan immature et égocentrique, en refoulant de toutes ses forces la nouvelle image qui émergeait dans son cerveau. Sinon, il serait obligé de se remettre en question et de la regarder autrement. Ainsi que tout ce qui s'était passé entre eux depuis le premier jour où ils s'étaient rencontrés…

— Tu crois que je ne me maudis pas chaque jour ? demanda-t-elle d'une voix rauque. Pourquoi crois-tu que je refuse d'admettre qu'ils ne reviendront plus ? Tu as raison, je dois assumer mes responsabilités, mais je ne suis pas responsable de leur *mort* !

Une sensation inconfortable gagna le cœur de Nic.

— Olief a pris la décision de décoller en dépit du mauvais temps, murmura-t-il. Ce n'est pas ta faute.

— Non ?

Le mot avait été chuchoté dans un souffle, avec une

telle douleur que Nic leva les yeux et croisa son regard anxieux dans le miroir. Elle avait besoin qu'il la rassure.

— Non, affirma-t-il.

Puis il s'avança vers la porte d'un pas déterminé. Il fallait absolument qu'il sorte de cette atmosphère confinée et humide, chaude, avant que les barrières qu'il avait érigées autour de lui ne s'écroulent de nouveau.

— Je vais chercher tes affaires, dit-il.

Quand il arriva au rez-de-chaussée, il se souvint qu'il avait en arrivant l'intention de se débarrasser de Rowan le plus vite possible ; pas de l'aider à s'installer…

Rowan venait à peine d'enfiler des leggings et un grand T-shirt trouvés dans sa commode lorsque Nic revint et déposa ses bagages.

— Soyons clairs, dit-il en la regardant dans les yeux. Je te donne quelques jours pour rassembler tes affaires et celles de ta mère ; ensuite, tu devras t'en aller. Pendant ton séjour, tu seras chargée de faire la cuisine, le ménage et la lessive.

Elle faillit s'étrangler devant tant d'arrogance, et dut dans le même temps cacher le coup que lui portaient ces paroles brutales. Nic était redevenu l'homme hautain qu'il était la plupart du temps. Sans dire un mot, elle peigna ses cheveux avant de les tresser en une épaisse natte sur son épaule.

— Je suis venue pour l'anniversaire, dit-elle d'une voix crispée. Je ne m'en irai pas avant. Et si tu essaies de me mettre dehors, tu auras affaire à moi.

Il haussa les sourcils d'un air ironique, comme pour dire : « Je voudrais bien voir ça… »

En dépit de la souffrance qui l'étreignait, Rowan frémissait d'excitation à la perspective de partager la maison seule avec Nic. Pourtant, devant sa réaction, son courage la déserta. Nic était suffisamment costaud pour la jeter dehors sans problème. En outre, c'était lui qui avait de l'argent, pas elle.

— Rosedale est la seule vraie maison que j'aie jamais eue, poursuivit-elle, le plus posément possible. Nous ne sommes peut-être pas parents, toi et moi, mais nous nous y retrouvions en famille. En outre, il n'y a qu'ici que je puisse trouver le calme dont j'ai besoin en ce moment. Tu peux au moins m'accorder ça, non ?

Avec une nonchalance outrageusement sensuelle, il s'appuya contre le chambranle.

— Cet excès de sentimentalité m'intrigue. Ce jour anniversaire n'aura pas plus de signification qu'un autre. Olief et Cassandra sont partis : que tu sois à Rosedale, à Londres ou au pôle Nord n'y changera rien.

Rowan referma les mains sur ses coudes.

— Cela me réconforte d'être ici, dit-elle en s'efforçant d'empêcher sa voix de trembler. Mais toi, tu peux retourner à Athènes ; ou à l'endroit où tu vis en ce moment.

— Non, je reste. Et je te permets de rester toi aussi jusqu'à l'anniversaire, à condition que tu signes, après avoir soufflé la bougie, les documents que j'ai apportés à ton intention.

— Tu es vraiment obligé de te montrer aussi cruel ?

— Je suis *magnanime*, se défendit-il avec une politesse froide. À moins que tu ne préfères que je t'autorise à rester à condition de signer dès maintenant ?

— Quelle générosité ! riposta Rowan en lui faisant face. Je te savais dur, Nic, mais j'ignorais que tu étais sans pitié.

— Eh bien, maintenant tu le sais, répliqua-t-il avec calme.

— Et tu comptes sur moi pour jouer le rôle de la gouvernante ? Je…

— Si cela ne te plaît pas, comment comptes-tu assumer les frais de ton séjour ? coupa-t-il, les yeux étincelants.

En me montrant ce que Cassandra t'a appris pour t'aider à survivre ?

— Tu veux dire… coucher avec toi ? demanda-t-elle, estomaquée par sa sournoise méchanceté. *Jamais !* Je préférerais mourir !

Une lueur prédatrice brillait dans le regard de Nic. Le souvenir de leur baiser semblait palpiter dans l'atmosphère. Le désir frémissait entre eux, presque palpable.

« Mon Dieu, se lamenta intérieurement Rowan en resserrant frénétiquement les bras autour de son buste. Mon Dieu… »

— Ce… n'était pas ce que tu crois entre elle et Olief, bredouilla-t-elle. Elle l'aimait.

— Laisse tomber le bla-bla. J'ai eu des maîtresses. Je sais ce que c'est.

Lentement, il laissa descendre le regard sur son buste, son ventre, puis l'arrêta au sommet de ses cuisses.

— Donnant, donnant, dit-il avec une légère moue. Pas d'amour, mais un échange de bons procédés en quelque sorte.

Ses paroles la lacérèrent mieux qu'un fouet ne l'aurait fait. Comment Nic pouvait-il parler de l'amour avec une telle dérision ?

— Je ne coucherai pas avec toi pour pouvoir rester ici, dit-elle d'une voix ferme. Je signerai ces documents uniquement lorsque je serai prête à le faire.

Ses jambes tremblaient si violemment qu'elle craignait de s'effondrer d'un moment à l'autre. Au sens propre comme au sens figuré. Heureusement, l'entraînement suivi à l'école de danse vint à son secours : elle sortit de la pièce la tête haute, le dos droit et d'une démarche gracieuse, alors que ses pieds blessés la faisaient atrocement souffrir.

4

Nic ne pouvait s'empêcher de repenser aux longues jambes galbées de Rowan, à leur douceur ferme, à leur peau satinée. Le souvenir de son corps chaud enveloppé dans la serviette blanche l'obsédait…

Serrant les poings, il se força à se ressaisir : elle croyait se moquer de lui avec sa stupide petite provocation mais elle se trompait. Il n'avait *jamais* eu besoin de faire pression sur une femme pour arriver à ses fins ! Son attitude impertinente méritait un châtiment. Il l'exciterait, l'amènerait à se perdre, avant de la planter là.

Son instinct le rappela à l'ordre : s'il commençait quelque chose avec elle, il irait jusqu'au bout. Il s'ordonna alors de ne pas prendre de décision hâtive. S'il jouait avec le feu, il se brûlerait ; or, un brasier dévastateur couvait dans cette femme. Leur baiser, la façon dont sa bouche s'était ouverte à la sienne : ces souvenirs le hantaient, l'empêchant de se concentrer.

Sachant qu'il allait rester à Rosedale deux semaines maintenant qu'il avait changé ses plans, Nic avait passé l'après-midi à reconfigurer le bureau d'Olief afin de pouvoir y travailler en paix. Or, il ne fichait rien de bon. En dépit du calme régnant dans la vaste demeure, il *percevait* la présence de Rowan.

« Oublie-la », s'exhorta-t-il plusieurs fois tandis qu'à l'extérieur, la tempête continuait de faire rage et la pluie tambourinait sur les vitres. En outre, la nuit était tombée plus tôt que d'habitude, si bien que l'obscurité régnait déjà sur les jardins. Pour couronner le tout, Nic mourait de faim car il avait sauté le déjeuner. Il lui fallait absolument valider ce projet et le renvoyer à son vice-président avant le lendemain.

Un éclair illumina la pièce, bientôt suivi d'un formidable coup de tonnerre qui éclata juste au-dessus de la maison. Les lampes clignotèrent, puis s'éteignirent.

Nic poussa un juron avant de reprendre rapidement ses esprits. Rosedale bénéficiait d'une installation électrique ultra-sophistiquée et tous les appareils informatiques étaient protégés contre les surtensions. L'intendant chargé du domaine — et des vignes en particulier — trouverait l'origine de la panne. Seule la connexion wifi était interrompue dans l'immédiat et il ne pouvait plus utiliser l'ordinateur du bureau, mais il lui restait son portable. Dès qu'il en eut soulevé le couvercle, l'écran s'éclaira.

— Nic ?

Tournant la tête vers la porte, il vit la flamme vacillante d'une bougie illuminer le visage de Rowan d'un éclat doré. Immobile sur le seuil, elle le regarda.

S'il avait envie d'elle, pourquoi ne pas la prendre ? se demanda-t-il aussitôt en s'appuyant au dossier de son fauteuil. Impossible. Cela serait même une *très* mauvaise idée…

— Tu as peur du tonnerre ? demanda-t-il d'un ton léger.

Elle s'avança et posa le bougeoir de bronze sur le coin du bureau.

— Je pensais que tu t'étais retrouvé dans le noir mais bien sûr, tu as tout ce qu'il faut.

— Merci de l'avoir remarqué, répliqua-t-il d'une voix lente et basse.

Quand il la vit ciller et baisser furtivement les yeux, Nic

sourit en lui-même : elle avait compris le sous-entendu. Au lieu de repartir, Rowan se dirigea vers la fenêtre ; la pluie cinglait les vitres. Puis elle se détourna et s'arrêta devant l'étagère où se côtoyaient vieux guides, atlas et autres ouvrages de voyage.

— Si tu veux lire un roman, je peux te prêter ma tablette, proposa-t-il. Elle en contient des centaines.

— Je comptais préparer le dîner mais le réfrigérateur est vide. Et il n'y a plus de courant.

Nic épiait ses moindres gestes, fasciné par la façon dont elle se mouvait dans l'espace, avec la grâce d'une biche. Elle s'arrêta et caressa machinalement la frange de soie bordant l'abat-jour d'une lampe. Typique de Rowan, songea Nic. Elle pénétrait dans une pièce en considérant que tout y était à sa disposition, choses et humains. Comment accomplissait-elle ce prodige ? Elle était si belle avec sa peau laiteuse et ses cheveux bruns, la douceur sensuelle de ses traits fins et ce corps ravissant aux formes minces et sexy à la fois. Mais ce n'était pas de son physique qu'elle tirait ce pouvoir mystérieux. Celui-ci venait d'une qualité innée, profonde, qui promettait le bonheur et l'apaisement…

Nic interrompit le cours de ces pensées absurdes. Il ne ferait pas partie des imbéciles tombant sous son charme, attendant son bon plaisir et se sentant importants parce qu'ils avaient eu l'heur d'être choisi par elle. Agacé par ses propres errements mentaux, il fit ce qu'il avait toujours fait lorsque Rowan envahissait son univers : il feignit de l'ignorer, alors qu'il sentait la chaleur de son corps superbe se propager dans le sien.

Au fond, après avoir été négligée depuis presque un an — il n'avait pas eu beaucoup de temps à accorder aux femmes —, sa libido ne faisait que réclamer son dû.

— Nic, j'aurais dû t'en parler plus tôt, mais…

Elle revint vers le bureau et posa ses doigts fins sur le bord, comme une pianiste sur son clavier. La lueur de la bougie accentuait son expression solennelle et l'éclat de son regard.

— Ce que tu as fait pour ton père, t'occuper de ses affaires, c'est généreux de ta part. Je suis sûre qu'il serait content.

Ce compliment inattendu le déstabilisa complètement. Personne ne l'avait jamais considéré comme un bon fils, Olief moins que quiconque. Et depuis longtemps, Nic avait cessé d'attendre aucune louange de sa part. Le fait que ce soit Rowan qui le félicite lui causait une douleur intense dans la poitrine, si violente qu'elle l'empêchait de respirer.

Toutefois ses mécanismes de défense reprirent bientôt le dessus et il se rappela qu'elle avait usé de la même expression enfantine et des mêmes cajoleries auprès d'Olief dans le but d'obtenir tout ce qu'elle désirait de lui.

— Je ne le fais pas pour lui.

Elle plissa le front et recula d'un pas, l'air complètement décontenancée.

— Mais… pour qui, alors ?

— Pour moi-même. J'ai commencé à gravir les échelons à partir du jour où il m'a chargé de lancer ses journaux en ligne au Moyen-Orient, il y a dix ans. Il s'agissait d'utiliser mes compétences, en fait, puisque j'avais déjà un nom dans le domaine de la publication sur internet. J'avais été clair et je lui avais dit que j'avais de l'ambition. Il ne m'avait pas désigné comme héritier, et je ne venais pas en tête dans ses projets de succession quand il a disparu, mais il envisageait de revoir tout cela et nous savions lui et moi que c'était ce que je visais.

— Qu'est-ce que tu veux dire par là… ? Tu es son héritier, c'est évident !

Devant la certitude de Rowan, il sentit monter un rire

dur, qui lui resta coincé dans la gorge. Olief ne lui avait jamais adressé la parole avant le jour où, à une soirée de gala, Nic s'était avancé vers lui.

« Je crois que vous avez bien connu ma mère », avait-il laissé tomber.

Un goût de bile envahit sa bouche à ce souvenir.

— Nous ne saurons qui hérite de lui que lorsqu'il sera déclaré mort et que son testament sera ouvert. Peut-être vous avait-il légué sa fortune à toutes les deux, Cassandra et toi ?

Rowan secoua vigoureusement la tête, faisant chatoyer sa chevelure dans un halo doré, comme ceux entourant la tête des anges sur les tableaux anciens.

— Tu es son fils, Nic, et tu perpétues son travail. C'est à toi qu'il a tout légué, comment pourrait-il en être autrement ? Sauf Rosedale, peut-être, termina-t-elle en redressant le menton avec défi.

— Ces terres ont été achetées comme un investissement destiné à être développé. Elles font partie du patrimoine global.

— Donc pour l'instant, c'est toi qui les contrôles, comme le reste ?

— Exactement !

Ses belles épaules s'affaissèrent un peu, mais ses seins restèrent fièrement dressés. Ils étaient superbes : ronds, hauts… Tout en elle était plus rond que dans son souvenir. Encore plus sexy et… *appétissant*.

— Si c'était moi qui héritais de tous les biens d'Olief, je pourrais te mettre dehors, lança-t-elle avec dédain.

— J'ai passé toute l'année à démontrer au conseil d'administration que j'étais l'homme idéal pour le poste. Ils ne vont pas tout à coup m'ôter leur confiance pour céder au caprice d'une enfant gâtée, même si elle possède le talent de charmer les hommes d'un certain âge.

Un sourire moqueur arrondit ses lèvres pulpeuses.

— Ne me sous-estime pas, Nic. Je charme tout autant les plus jeunes.

— Oui, tu réussis toujours à obtenir ce que tu désires, n'est-ce pas ? riposta-t-il avec un mépris glacial. Du moins, jusqu'à présent…

À peine eut-il refermé la bouche que Nic fut assailli par une vision des pieds abîmés de Rowan ; ses paroles résonnèrent dans son esprit :

« Je ne veux pas d'*objets*, Nic. C'est ma maison et ma famille que je désire ! »

— Suis-je vraiment aussi nulle à tes yeux ? s'exclama-t-elle. Olief payait peut-être mes factures, mais l'entraînement de danseuse, c'est moi qui le faisais. Je n'avais pas de temps à consacrer à un job. Et oui, c'est vrai que j'ai été trop loin au cours des derniers mois, mais c'était la première fois que j'en avais la possibilité. Au fond, j'attendais que quelqu'un m'arrête et finalement, je me suis rendu compte que c'était à moi de le faire. Tout le monde en passe par là avant de devenir adulte. À t'entendre, on dirait que je m'achète des voitures de luxe toutes les semaines et que je mange du caviar à tous les repas ! Mais dis-moi, ai-je eu quelque chose que tu n'as pas eu, toi aussi ?

L'écran de son ordinateur portable se mit en veille et la pièce demeura éclairée par la seule flamme de la bougie. Dehors, le tonnerre continuait à gronder au loin et le vent à souffler en rafales, tandis que les vagues s'écrasaient sur les rochers.

— Tu crois avoir posé la question piège, c'est cela ? murmura-t-il en appuyant sur une touche pour rallumer son écran.

Il se leva lentement et la toisa.

— Eh bien, réponds ! riposta-t-elle, bravache.

Après avoir contourné son bureau, Nic se planta devant elle.

— Imagines-tu ce que c'est que de rencontrer son père pour la première fois alors que l'on est déjà adulte ? Oui, je sais, il n'avait vécu qu'une brève aventure avec ma mère, elle n'était pas une vraie compagne, comme ta mère. Mais il était au courant de mon existence depuis ma naissance. Il a financé mes études mais n'a jamais daigné venir au pensionnat pour me dire bonjour. J'en étais venu à croire qu'il était incapable de tendresse paternelle.

En fait, Nic s'était *forcé* à le croire pour pouvoir survivre.

— Le jour où j'ai enfin été invité chez lui, je l'ai vu avec toi. Je l'ai vu faire la fête à la fille de sa maîtresse, alors qu'il n'avait jamais accordé ni attention ni affection à la chair de sa chair.

Rowan retint son souffle, oppressée. Olief avait été le seul à l'accepter telle qu'elle était vraiment, à ne pas lui répéter de faire davantage d'efforts, de s'investir plus à fond, de se dépasser. Elle adorait son beau-père. Sa disparition lui était insupportable. Apparemment, Nic considérait leur affection réciproque comme un vol, une usurpation.

— Au moins, cela explique pourquoi tu me détestes autant, dit-elle. Je suis désolée. Je n'ai jamais souhaité m'interposer entre vous.

— Vraiment ? riposta-t-il d'une voix sombre.

Une énergie farouche émanait de sa haute silhouette ; elle se répandait en Rowan, la faisant frémir des pieds à la tête.

L'attirance qu'elle avait toujours ressentie envers Nic bouillonnait dans sa chair, la rendant embarrassée et gauche. Le souvenir du baiser échangé tout à l'heure s'insinua dans son esprit, puis se diffusa comme une drogue dans son cerveau, annihilant sa capacité à réfléchir et exacerbant la moindre de ses perceptions. Une chaleur traîtresse se répandit entre ses cuisses, ses mamelons se dressèrent, durs, réclamant les caresses. Rowan comprit que, de son côté, Nic imposait un contrôle d'acier à sa virilité. Durant des années, il l'avait contemplée avec un mélange de répugnance et d'ennui. Mais ce jour-là, il semblait enfin la *voir* et son regard étincelait de mille signaux contradictoires.

— Je sais que je vous ai souvent interrompus, toi et Olief. Mais ne me juge pas trop sévèrement, je t'en prie. Je voulais entendre les histoires que vous vous racontiez.

En réalité, elle cherchait désespérément en ce temps-là à attirer l'attention de Nic. Elle aurait pu rester des heures à savourer le timbre de sa voix grave, fascinée par son intelligence et son éternelle soif de justice.

— Tu voyageais dans le monde entier alors que moi, je n'avais même pas le temps de monter en haut de la tour Eiffel, reprit-elle. Ne m'en veux pas d'avoir voulu vivre par procuration tes aventures.

— Mes *aventures* ? J'étais reporter de guerre ! J'enquêtais sur les crimes contre l'humanité ! Ce genre d'histoires n'est pas fait pour les oreilles de l'enfant que tu étais alors. Si j'en parlais avec Olief, c'était seulement parce qu'il était allé sur les mêmes champs de bataille que moi. Il comprenait l'équilibre qu'il fallait trouver afin de rendre compte des atrocités sans trop effrayer les gens. Tu ne peux pas faire ce genre de job sans soulager ta conscience de temps en temps.

Ses yeux s'étaient assombris et une souffrance inconnue envahit soudain ses traits, avant de disparaître aussitôt.

Jusque-là, elle avait toujours considéré le travail de Nic comme une activité bienfaisante pour la société — faire savoir qu'ailleurs dans le monde, des gens s'entre-tuaient —, mais également glamour : son beau visage viril figurait en couverture des magazines et Nic avait reçu des récompenses et des louanges à la pelle.

Elle venait de comprendre, sidérée, qu'il avait payé le prix fort pour les récolter. Jamais elle n'avait songé aux événements horribles dont il avait été témoin. Il s'était rendu célèbre parce qu'il avait de l'ambition, certes, mais son but principal était de faire revenir la paix et la justice dans des contrées ravagées par les guerres. Ce n'était pas un travail pour âmes sensibles. Si Nic était dur et distant, c'était parce qu'il était obligé de l'être pour continuer son métier, pour le bien de l'humanité.

Rowan baissa les yeux.

— Je me suis toujours demandé pourquoi tu étais aussi…

« Distant », faillit-elle dire. Froid ? Insensible ? Torturé ?

— … calme, acheva-t-elle.

Elle se frotta les bras dans l'espoir de se réchauffer, mais était glacée à l'intérieur. Elle pensait à tout ce que Nic avait dû endurer, refouler…

— Je regrette que tu ne m'aies rien dit, poursuivit-elle d'une voix rauque. Si j'avais su à quel point je gênais ta relation avec ton père, je ne serais jamais venue vous importuner.

— Ah bon ?

— Bien sûr que non ! protesta-t-elle en redressant la tête. Je ne suis pas égoïste ou machiavélique au point de t'avoir vu comme une menace susceptible de mettre en danger ma relation avec ton père.

— Alors pourquoi t'es-tu débrouillée pour qu'il nous voie sur la plage et qu'il vienne ensuite me faire la leçon ? J'avoue que ta perversité m'avait surpris. Pourtant, je n'avais déjà pas une très haute opinion de toi…

Ces paroles lui firent l'effet d'un coup de poing en pleine poitrine.

— Il nous a *vus* ? s'écria-t-elle, ébahie.

Ainsi, la seule personne qui l'aimait sincèrement avait assisté à sa pauvre petite tentative stupide, puis au rejet humiliant qui s'était ensuivi... Horrifiée, elle se prit la tête entre les mains.

— Oh ! Ne te donne pas tant de mal. Il n'y a pas de spectateurs, laissa tomber Nic d'un ton cinglant.

— J'ai croisé Olief sur le sentier, murmura-t-elle, mais je n'ai pas pensé qu'il nous avait surpris.

Elle leva les yeux vers Nic, déterminée à le convaincre.

— Tu crois vraiment que j'aurais voulu que quelqu'un soit témoin de mon comportement lamentable ? Je peux à peine te regarder en face.

— Alors, pourquoi l'avoir fait ? répliqua-t-il froidement. Olief m'a donné l'impression que j'étais un pervers. Il m'a dit qu'un gars comme moi n'avait rien à faire avec une fille comme toi. Qu'est-ce que ça voulait dire, bon sang, « un gars comme moi » ? Que j'étais trop vieux ou pas assez bien pour toi ?

Mortifiée, Rowan resta silencieuse. Un immense dégoût l'envahit, un dégoût d'elle-même. Il fallait absolument qu'elle s'explique, sinon Nic continuerait à croire qu'elle avait organisé cette histoire dans le seul but de le blesser, de lui montrer qu'elle détenait le pouvoir. Or, cette pensée lui était insupportable.

— Je... Je voulais..., balbutia-t-elle d'une voix étouffée.

— Qu'est-ce que tu voulais ? Me faire passer pour un opportuniste ? Un obsédé ?

— Non !

Soudain, une immense lassitude s'empara d'elle. Elle en avait tellement assez de devoir toujours s'excuser d'être humaine et d'avoir des défauts !

— Je voulais t'embrasser. Tu me plaisais. Nous sommes tous sujets à de tels désirs, non ?

Elle haussa les épaules d'un air détaché pour qu'il ne se rende pas compte qu'il lui plaisait *follement*.

— J'avais un peu bu, poursuivit-elle. Alors je me suis jetée à l'eau.

Durant un long moment, il se contenta de la regarder. Enfin, il se dirigea lentement vers elle.

— C'est parce que tu avais tellement envie de m'embrasser que tu m'as poursuivi jusqu'à la plage ?

— Oui. Et je me rends parfaitement compte que ma conduite doit te paraître… insensée. J'ai agi sur un coup de tête. Et puis… c'était mon anniversaire.

Si elle en rajoutait encore une couche, il ne comprendrait pas qu'elle avait refoulé ce désir depuis des années, il penserait qu'elle avait cédé à un moment d'égarement stupide et irréfléchi.

— Et toutes ces années à battre des cils en essayant d'attirer mon attention, dit-il d'une voix lente, il ne s'agissait aussi que de pulsions incontrôlées ? Rien de plus ?

Incapable de soutenir son regard plus longtemps, Rowan baissa de nouveau les yeux, mais Nic lui souleva le menton.

— Je peux pardonner à une adolescente de provoquer un homme adulte. Mais à vingt ans, tu savais très bien ce que tu faisais.

— C'est ce que tu as dit ce soir-là, mais je ne cherchais pas à te provoquer, protesta-t-elle en essayant de se dégager.

Il laissa glisser les doigts sur son cou, puis les referma sur sa nuque.

— Et aujourd'hui ? demanda-t-il d'une voix sourde.

— Aujourd'hui, c'est toi qui m'as embrassée.

À présent, il lui fallait rassembler tout son courage pour ne pas détourner le regard. Surtout qu'elle repensait avec honte à la façon dont elle avait réagi à son baiser.

— Ou plutôt, reprit-elle, tu as essayé de me manipuler en m'embrassant de façon mécanique.

Un rire bref s'échappa des lèvres de Nic.

— J'ai passé l'âge de jouer à ce genre de petit jeu ! Et *notre* baiser n'avait rien de mécanique.

Rowan frémit. Un frisson brûlant naquit au creux de ses reins.

— Ce que nous avons commencé il y a deux ans doit être terminé, poursuivit-il.

Sans réfléchir, elle leva la main pour la poser sur son torse. Nic n'avait pas bougé d'un centimètre et pourtant, elle se sentait menacée.

— Que… Que veux-tu dire ? demanda-t-elle dans un souffle.

— Je ne suis pas aveugle.

Il baissa les yeux sur la main posée sur son poitrail ; sous ses doigts, Rowan percevait les battements de son cœur.

— J'avais remarqué que tu n'étais plus une enfant et la seule chose qui m'ait empêché de prendre ce que tu m'offrais ce soir-là, c'est la certitude que tu jouais la comédie. Si tu avais été sincère…

Choquée qu'il puisse mettre en doute sa sincérité, elle ôta sa main et recula brusquement.

— L'étais-tu ? demanda Nic en croisant les bras. Allons-nous enfin nous montrer francs l'un envers l'autre ?

Seigneur ! Tout s'enchaînait trop vite.

— Je ne coucherai pas avec toi, Nic.

— Pour pouvoir continuer à tisser tes filets autour de moi ?

Nic se sentait *capturé* ? De nouveau, une onde brûlante pulsa au fond de son intimité. Il ne pouvait pas parler sérieusement… Quoi qu'il en soit, elle devait s'éloigner, le plus vite possible.

Alors, pourquoi diable restait-elle immobile ? Son corps refusait de lui obéir. Elle n'était pas prête à perdre sa virginité pour une passade. Nic possédait beaucoup d'expérience en matière sexuelle et pouvait s'offrir une étreinte passagère sans que cela perturbe en rien le cours de son existence. Et c'était exactement ce qu'il envisageait de vivre avec elle.

— Nous ne pouvons pas vivre une aventure, et puis continuer comme si…

Elle s'interrompit soudain, frappée par une évidence. Il était venu à Rosedale dans l'intention de la mettre dehors. Elle avait obtenu un sursis mais après ces deux semaines, leurs chemins se sépareraient *pour toujours*.

Elle ne reverrait plus jamais Nic. Ni Rosedale.

Soudain un gouffre sinistre s'ouvrit devant elle, sombre et désolé.

— Comme si… ? demanda-t-il en haussant les sourcils.

Elle ne put retenir un rire amer.

— Je pensais que si nous vivions une aventure, la situation pourrait être embarrassante lors des futures fêtes de Noël. Mais il n'y en aura plus, n'est-ce pas ? Je vais vraiment dire adieu à tout ce que je connais et…

« … et à toi », faillit-elle ajouter mais elle réussit à se contenir. Elle noua ses mains avant de les serrer de toutes ses forces.

— Je regrette que tu n'aies pas l'impression d'être chez toi et en famille ici, Nic. Mais moi, si.

Elle souleva le bougeoir et se dirigea vers la porte.

— Je vais quand même essayer de préparer quelque chose à manger.

5

Au fil des années, Nic avait conclu qu'il souffrait d'une déficience : il était incapable de souhaiter ce que souhaitaient les autres — une maison, une famille, l'amour. Et puisqu'il en était privé depuis sa naissance, il avait appris à vivre sans.

Il n'en avait pas besoin.

Dans ces conditions, pourquoi se sentait-il injustement jugé par Rowan ? Pourquoi ses paroles de la veille tournaient-elles en boucle dans sa tête ? Même s'il avait *voulu* changer, il en aurait été incapable.

— Je vais faire quelques courses ! cria-t-elle depuis le bas des escaliers, le tirant de ses pensées.

Très bien. Un peu de solitude totale serait la bienvenue.

— Vérifie que l'assurance de la voiture est encore valide ! répliqua-t-il.

— D'accord. À tout à l'heure.

Nic exhala un long soupir et s'appuya au dossier de son fauteuil. Il entendit vaguement le bruit de la porte du garage puis le ronronnement d'un moteur.

Non, elle n'oserait pas !

Bondissant sur ses pieds, il ouvrit la fenêtre d'un geste brusque, juste à temps pour voir son vieux cabriolet noir débouler dans l'allée, la capote baissée.

Furieux, il porta deux doigts à sa bouche et siffla aussi fort qu'il pouvait. Aussitôt les feux arrière s'allumèrent et

Rowan tourna la tête vers la maison. Après lui avoir fait signe de venir l'attendre au bas du perron, Nic descendit au rez-de-chaussée à toute vitesse.

Rowan s'arrêta devant lui en faisant crisser les pneus de la belle voiture ancienne, puis resta au volant sans couper le moteur. Ses lunettes de soleil glamour dissimulaient la moitié de son visage, mais le léger tremblement de sa bouche trahissait sa nervosité.

— Oui ? demanda-t-elle d'un ton désinvolte.

— Qu'est-ce que tu fiches, bon sang ? demanda-t-il en s'appuyant à la portière côté passager.

— J'ai vérifié l'assurance : elle est toujours valide.

— Je parlais de celle du minivan.

— Je préfère prendre ta décapotable, c'est plus amusant, répliqua-t-elle avec un sourire enjôleur.

Nic plissa les yeux, bien décidé à ne pas se laisser manipuler comme les idiots qu'elle fréquentait.

— Et comment le sais-tu ?

— Je *crois* l'avoir déjà utilisée une fois ou deux, répondit-elle avec une petite moue. Mais je refais toujours le plein, après.

Elle afficha un air faussement soucieux.

— Sauf qu'aujourd'hui, je risque d'avoir un petit problème : j'ai pris l'argent liquide que j'ai trouvé dans la cuisine, mais il n'y avait pas grand-chose.

À son grand dépit, Nic eut du mal à ne pas éclater de rire.

— Tu as vraiment un culot incroyable ! J'en reste sans voix.

— Pourrais-tu reculer pendant que tu réfléchis à ce que tu pourrais me dire ? Je dois y aller.

— Sors de ma voiture ! ordonna-t-il en se redressant.

Elle remonta ses lunettes sur son nez.

— Oh ! Nic, ne réagis pas comme ça…

Elle lui décocha un sourire artificiellement ingénu. Sa

veste n'était pas fermée, laissant voir un T-shirt moulant violet foncé. Incapable de détourner les yeux, Nic fixait les deux globes à la peau crémeuse qui surgissaient du profond décolleté.

— Comment veux-tu que je réagisse autrement ? Je te connais : dans une vitrine, tu vas commencer à regarder une corbeille où dorment des chiots et tu ne verras même pas qu'il a commencé à pleuvoir.

Un cyclone pourrait éclater que lui aussi resterait fasciné par des chiots, s'avoua-t-il en silence.

— Je remonterai la capote dès les premières gouttes, c'est promis !

Elle avait surpris son regard posé sur ses seins et quand il l'avait remonté vers sa bouche, il avait découvert un sourire triomphant. Comme toutes les belles femmes, Rowan considérait ses atouts comme des valeurs sûres.

— Il fait un temps superbe, ce matin ! reprit-elle en désignant le ciel bleu parsemé de petits nuages blancs. Cela ne te donne pas envie de sentir le soleil sur ton visage et le vent dans tes cheveux ?

Nic secoua la tête en se maudissant pour sa faiblesse. Il était hors de question qu'il se laisse contaminer par l'enthousiasme de Rowan. Mais une douce brise lui caressait les joues, annonciatrice du printemps. Et une chaleur plus intime lui chauffait le sang.

— Donne-moi les clés, dit-il sans réfléchir.

— Quel rabat-joie !

Après avoir coupé le contact, elle ouvrit sa portière, puis déploya une longue jambe fuselée moulée dans un jean vert, qui s'arrêtait juste au-dessus d'une élégante bottine à haut talon.

Il était encore temps de changer d'avis, songea Nic. De lui ordonner de prendre le minivan et de retourner travailler. Un sourire charmeur aux lèvres, elle le regardait en silence. Une femme magnifique…

— Je prends le volant, dit-il d'un ton brutal. Qu'est-ce que tu attends pour t'installer sur l'autre siège ?

— Tu viens avec moi ? Au marché ?

Nic nota ses lèvres entrouvertes. Grâce à ses immenses lunettes noires, Rowan pouvait dissimuler sa surprise, mais sa voix l'avait trahie. Un besoin de l'embrasser si violent s'empara de lui qu'il dut serrer les poings pour y résister.

— Tu ne veux pas que je t'accompagne ? J'ai mon portefeuille sur moi.

Elle rejeta ses cheveux en arrière, puis tous deux se dévisagèrent un long moment sans dire un mot. Mais l'attirance n'avait pas besoin de paroles pour être exprimée. Elle circulait entre eux comme un courant chaud, de façon presque tangible.

— Mais si, bien sûr, dit-elle enfin avec un sourire éclatant. Je vais changer de place.

La libido de Nic se manifesta sans équivoque. Bon sang, cette femme possédait un éventail illimité de sourires !

Elle rentra sa jambe dans le cabriolet d'un mouvement gracieux et se glissa sur le siège du passager avec souplesse.

— Tu es sûr que tu n'auras pas froid, sans veste ? demanda-t-elle en se retournant vers lui.

— Certain.

Avec Rowan assise à quelques centimètres de lui, il n'aurait aucun problème de température…

— Nous faisons juste l'aller-retour, dit-il. J'ai une entreprise à diriger.

— Je sais. C'est pourquoi j'apprécie énormément que tu m'accompagnes.

Quand elle lui posa soudain la main sur le poignet, Nic perçut une onde dévastatrice se propager dans tout son bras.

— Je voudrais que nous soyons amis, ajouta-t-elle.

L'onde se transforma en un torrent, qui déferla dans tout son corps. Elle devait plaisanter… Dégageant son poignet, il se tourna vers elle et lui ôta ses lunettes de soleil. Il voulait qu'elle le regarde en face et qu'elle cesse de jouer les mijaurées.

— Tu ne sembles pas réaliser l'intensité de l'attirance qui vibre entre nous, Rowan. Nous ne serons jamais amis. Parce que lorsque deux personnes se désirent, l'amitié est impossible.

Elle frissonna. L'éclat qui irradiait les prunelles de Nic ne laissait aucun doute sur la nature de son désir. Un désir qu'elle partageait. De toutes ses forces, elle serra les muscles les plus intimes de son corps pour réprimer les sensations qui s'y déployaient.

Après avoir passé la nuit à se tourner et retourner dans son lit, elle avait accepté l'idée que Nic ne vivait que des aventures sans lendemain. Et qu'il était impitoyable au point de la chasser de Rosedale. Dans ces conditions, il était absolument impossible qu'elle couche avec lui. Mais résister à la chaleur qui émanait de lui ? Comment lui tourner le dos alors qu'elle avait *enfin* réussi à captiver son intérêt ?

Des pensées troublantes s'insinuèrent dans son esprit, plus pernicieuses les unes que les autres. S'ils se rapprochaient l'un de l'autre ne serait-ce que quelques heures, peut-être réussirait-elle à le persuader de ne pas faire démolir Rosedale ?

La perspective de partager l'intimité de Nic était enivrante et terrifiante à la fois. Le souffle court, elle le regarda jouer avec ses lunettes, qu'il laissait se balancer au bout de ses doigts. Il caressait son visage des yeux. Envoûtée, elle laissa descendre son regard sur sa bouche et se rappela l'ardeur exquise dont ses lèvres avaient fait preuve.

Un sourire moqueur les arrondit, comme s'il avait deviné ses pensées.

— Je…, murmura-t-elle.

L'incendie se propageait en elle à une vitesse fulgurante.

— Je te désire, Rowan, dit-il en tendant la main vers sa joue.

Il lui repoussa une mèche de cheveux derrière l'oreille.

— Je te désire depuis longtemps, poursuivit-il. Et vu que tu me désires aussi, je ne vois pas pourquoi je continuerais à garder mes distances. Il ne s'agit plus que d'une question de temps, avant que nous ne satisfaisions notre… curiosité mutuelle.

— Notre *curiosité* ? répéta Rowan, le cœur battant à tout rompre. Tu emploies un terme…

« … complètement dépourvu d'émotion », compléta-t-elle mentalement. Bien sûr, pour Nic, il ne s'agissait que d'un appétit physique. Toutefois, ce constat n'éteignait en rien le feu qui la ravageait.

— À t'entendre, on dirait que tu souhaites comprendre un phénomène pour t'en débarrasser, reprit-elle d'un ton détaché.

— Cela nous aiderait au moins à apaiser l'électricité qui crépite entre nous, tu ne crois pas ?

Sur ces paroles, il se détourna, mit le contact et démarra.

Le vent lui ramenait sans cesse les cheveux dans les yeux et lui fouettait les joues, si bien que Rowan remonta le col de sa veste pour s'en protéger. Mais la caresse du cuir souple sur sa peau ne fit qu'exacerber le tumulte d'émotions qui bouillonnait en elle.

Nic la désirait…

Son aveu n'aurait pas dû la faire trembler ainsi, car une telle aventure ne pouvait mener qu'à la catastrophe. Mais l'excitation pétillait dans la moindre cellule de son corps : elle allait faire l'amour, pour la première fois... Et avec l'homme qui la faisait fantasmer depuis l'instant où elle l'avait rencontré.

Repoussant une mèche, elle remit ses lunettes de soleil. Elle prit celles de Nic trouvées dans la boîte à gants et les lui tendit. Il les enfila sans dire un mot, avec dextérité et assurance. Il conduisait comme s'il possédait la route, constata-t-elle en le regardant à la dérobée. Il en connaissait les moindres bosses, les moindres virages.

Un soupir tremblant franchit ses lèvres, avant, heureusement, de se perdre dans le bruit du moteur et du vent. De toute façon, Nic semblait indifférent à sa présence et se concentrait sur la conduite. Il souriait presque. Elle résista à l'envie de suivre du bout du doigt le contour de sa bouche.

Elle posa les mains sur ses cuisses et se força à calmer l'effervescence qui régnait dans son esprit et dans son corps. Si elle s'imaginait qu'une étreinte allait la débarrasser de son attirance pour Nic, elle se trompait sans doute. En outre, Nic ne s'intéressait certainement pas à des femmes aussi inexpérimentées qu'elle.

Comment allait-il réagir lorsqu'il découvrirait sa virginité ? Serait-il doux ? L'expérience serait-elle embarrassante ou décevante ? Et lorsqu'ils se sépareraient, auraient-ils l'impression de tourner la page ? Elle faisait plutôt le pari que Nic ressentirait du soulagement, tandis qu'elle ressortirait de cette aventure avec un souvenir mortifiant qui la torturerait jusqu'à la fin de ses jours...

De toute façon, une fois qu'il apprendrait la vérité et comprendrait qu'elle ne possédait pas les talents de sa mère, il cesserait peut-être aussitôt de la désirer.

Refoulant ses inquiétudes, Rowan regarda les auvents colorés des stands apparaître au loin. Nic trouva une place dans le parking, bondé en été mais à peine occupé à ce moment de l'année. À leur arrivée, des gens se retournèrent vers eux et les saluèrent.

Son grec étant passable et celui de Nic excellent, Rowan le laissa répondre aux questions.

— Non, nous n'envisageons rien d'autre pour l'instant, dit-il à un homme âgé.

Stupéfaite, elle tressaillit. Elle n'avait pas entendu la question mais se doutait du sujet abordé. Si Nic envisageait de mettre un terme définitif aux recherches, il faudrait organiser une cérémonie commémorative, de façon à marquer la disparition de Cassandra et Olief par un acte symbolique.

Au moment où elle allait en parler à Nic, il lui posa la main sur les reins et l'entraîna vers le stand de pâtisseries. Son geste était tout à fait neutre et inoffensif, pourtant elle le reçut comme une caresse qui traversa les épaisseurs de tissu et la cloua sur place.

Il se tourna vers elle d'un air interrogateur et lorsque leurs regards se croisèrent, le désir la submergea. Nic aussi, visiblement. Il resta immobile mais sembla devenir plus grand, plus intimidant et plus charismatique. Il darda son regard pénétrant sur le sien.

— On dirait que tu deviens *curieuse*, toi aussi, dit-il enfin d'une voix rauque.

Elle ne répondit pas. Jusqu'à présent, se refuser à un homme ne lui avait jamais posé de difficulté, parce qu'elle ne s'était jamais sentie attirée par aucun de ceux qui lui avaient fait des propositions. Mais cette fois, elle cédait à sa propre faiblesse et cela l'effrayait encore davantage.

— La curiosité est une chose, prendre des risques inconsidérés en est une autre, réussit-elle enfin à répliquer avec une légèreté feinte. Je suis très difficile, figure-toi. Plus que toi, à en juger par le rythme auquel les femmes se succèdent à ton bras.

Elle fit mine d'hésiter entre le baklava et le kataïfi.

— Deux de chaque, dit Nic en s'adressant à la femme plantureuse qui tenait l'étal.

Rowan ne se permettait jamais ce genre d'écart alimentaire, mais elle ne put articuler un mot, paralysée par le frôlement du corps de Nic contre le sien.

Lorsque la femme se fut détournée, il poursuivit tranquillement en anglais :

— Tu es difficile, et pourtant tu m'as choisi.

Ses genoux tremblaient. Tout allait si vite. *Trop* vite.

— Question d'hormones, peut-être, dit-elle finalement. À l'adolescence, elles vous feraient faire n'importe quoi… Mais depuis, j'ai grandi. Et puis, tu devrais être content : j'essaie de me comporter en adulte au lieu de suivre mes instincts.

— Il ne s'agit pas d'instinct, mais de l'inévitable.

Après avoir pris sa monnaie et la boîte en carton blanc que lui tendait la pâtissière, Nic posa de nouveau sa main libre sur ses reins. Aussitôt, un flot de sensations incandescentes l'embrasa. Pour y échapper, elle s'avança rapidement vers le marchand de légumes.

Nic se gratta pensivement la joue. Rowan n'était pas du genre nerveux et pourtant, une agitation étrange semblait s'être emparée d'elle. Quant à lui, il n'était pas calme non plus, et cela l'irritait. Toutes ses défenses craquaient devant ce qu'il avait défini comme l'*inévitable*. Le désir dominait son self-control et obscurcissait son jugement.

Lorsqu'ils eurent terminé les courses, ils regagnèrent la voiture et Rowan s'installa sur son siège sans dire un mot. Nic se pencha vers elle et posa la main sur sa cuisse, puis lui caressa doucement l'intérieur des genoux pour la forcer à écarter les jambes. Elle tressaillit violemment et un petit halètement franchit ses lèvres. Mais il se contenta de poser le sac contenant les provisions entre ses pieds.

— J'ai touché une écorchure ? demanda-t-il d'une voix soyeuse.

Toutefois, son inquiétude paraissait sincère. Il lui prit la main. Doucement, il la retourna et contempla sa paume : la peau était rouge, mais les plaies cicatrisaient.

— Je vois que tu as ôté tes pansements. Ça s'arrange, tant mieux.

Les doigts de Rowan tremblèrent entre les siens et tout à coup, elle eut l'air si vulnérable que Nic fut mal à l'aise. Elle était belle, têtue, et anxieuse sous sa façade déterminée et provocatrice. Un désir de la protéger le gagna, même si le feu brûlait encore en lui.

Il brûlait toujours, sans répit…

Prenant tout son temps, il caressa la joue de sa passagère et une délicate roseur colora ses pommettes tandis qu'elle battait des cils d'un air confus.

— Ne t'inquiète pas. Je sais qu'une femme a besoin de préliminaires et je n'ai pas l'intention de te brusquer.

Au lieu de céder au désir de l'embrasser, il se redressa. Il remarqua soudain les nuages sombres qui s'étaient accumulés dans le ciel. Avec un peu de chance, ils éviteraient la pluie. De toute façon, il était pressé de rentrer.

Des « préliminaires ». Le mot revenait sans cesse dans l'esprit de Rowan. Nic avait failli l'embrasser, avant de se raviser. En dépit de sa promesse de ne pas la brusquer, elle ne pouvait s'empêcher de trembler à la pensée de ce qui l'attendait lorsqu'ils seraient de retour à Rosedale.

Seuls…

Que serait-elle censée faire ? Hélas, elle n'en savait strictement rien.

À cet instant, Nic freina et arrêta la voiture sous un gigantesque olivier. Rowan se tourna vers lui, à la fois soulagée de ce répit inespéré et terrifiée à la pensée qu'il ait pu décider de ne pas attendre Rosedale…

— Il commence à pleuvoir, dit-il en sortant du véhicule.

Il se retourna et poussa son siège vers l'avant.

— Tu ne l'avais pas remarqué ? ajouta-t-il d'un ton moqueur.

— Tu n'es pas drôle.

— Ah bon ?

Sortant à son tour du cabriolet, elle poussa son propre siège vers l'avant et aida Nic à extraire les vitres amovibles et à remonter la capote de toile. Les mains tremblantes, elle l'aida à tout fixer, médusée par la dextérité et la rapidité dont il faisait preuve. De grosses gouttes se mirent à tomber, s'écrasant sur les feuilles au-dessus de leurs têtes en produisant un son mat. Ils se réinstallèrent à l'abri et les essuie-glaces commencèrent leur ballet symétrique.

Pourtant, Nic resta immobile.

— Qu'est-ce qu'il se passe ? demanda-t-elle.

— Je ne peux plus attendre, dit-il d'une voix rauque.

Les yeux étincelants, il se pencha vers elle et prit sa bouche avec passion.

Rowan entrouvrit les lèvres et accueillit l'assaut de sa langue en gémissant. Nic n'hésitait pas, il ne demandait pas ; il prenait, l'entraînant dans un univers inconnu. Sans réfléchir, elle répondit à sa fougue et ferma les yeux. Leurs langues s'enlaçaient, se repoussaient, se reprenaient avec ferveur, comme si elles attendaient cette fusion depuis toujours.

Une plainte monta de la gorge de Nic tandis qu'il refermait les mains sur son visage pour mieux l'embrasser, avec une douceur stupéfiante. Ses doigts effleurèrent sa joue, sa mâchoire, puis descendirent sur sa gorge, sans que leurs bouches se séparent un seul instant.

Oubliant toute inhibition, elle referma les mains sur

sa nuque puis glissa les doigts dans ses cheveux. Ce qui se passait entre eux était vital, essentiel, plus que l'air qu'elle respirait.

Poussant un nouveau gémissement sourd, Nic passa une main impatiente sous son T-shirt, puis sous son soutien-gorge avant de refermer les doigts sur son sein. Quand il en caressa le mamelon durci, elle laissa échapper un petit cri contre ses lèvres. Le plaisir qui fusait en elle était si intense qu'elle se mit à trembler tout entière.

Lorsque Nic s'écarta pour contempler le sein qu'il avait découvert, Rowan fut surprise de ne ressentir aucun embarras. Le regard de son amant n'était pas avide mais empreint de respect, comme si le mamelon rose vif méritait la vénération. Il pencha la tête et le prit entre ses lèvres, lui arrachant un soupir rauque. Ivre de plaisir, elle posa les mains sur sa tête et réprima un cri de volupté tandis qu'une chaude moiteur irradiait son bas-ventre.

Il s'écarta de nouveau, juste assez pour déboutonner sa chemise.

— Touche-moi, dit-il en lui prenant la main.

Il la posa sur sa peau brûlante, puis glissa la sienne entre ses cuisses.

Assaillie par une myriade de sensations fabuleuses, Rowan promena la paume sur son torse. La langue de Nic sur son cou, sa toison sous ses doigts provoquaient des ondes de volupté inouïes, exacerbées par l'habileté que ses doigts déployaient, massant son clitoris à travers le jean.

Il reprit sa bouche et l'embrassa avec une telle ardeur que Rowan perdit toute notion de l'espace et du temps. Cédant à un instinct dont elle ignorait l'existence, elle souleva les hanches pour mieux s'offrir à ses caresses et posa la main sur le ventre ferme et plat de Nic.

Aussitôt, il se redressa, le regard farouche.

— Tu as quelque chose ? demanda-t-il d'une voix rauque.

Rowan le regarda sans comprendre.

— Je… Tu veux parler de protection ? Non.

— Tu ne prends pas la pilule ?

— Non.

Il recula sur son siège en poussant un juron étouffé et crispa les mains sur le volant, si violemment que ses jointures devinrent blanches.

— C'est sans doute aussi bien. Cette voiture est trop exiguë, et on ne peut quand même pas s'allonger sur l'herbe sous la pluie.

Rowan remonta la fermeture de sa veste jusqu'au menton.

— Je n'avais pas l'intention de laisser les choses aller aussi loin, murmura-t-elle.

— Je n'aurais pas dû t'embrasser. Je savais que je ne pourrais plus m'arrêter.

Après avoir vérifié l'orientation du rétroviseur, Nic démarra. Puis il tendit la main et enlaça les doigts aux siens.

— Tout va bien, dit-il d'une voix douce. J'en ai dans ma chambre.

— Des… préservatifs ?

— Oui.

Le fait qu'il ait ce genre d'accessoires dans sa chambre la glaça. Amenait-il ses maîtresses à Rosedale ? Le doute l'envahit de nouveau : comment pourrait-elle être à la hauteur ? se demanda-t-elle en dégageant sa main.

Lorsqu'il tourna dans l'allée menant au manoir, la nervosité de Rowan atteignit son paroxysme. Dès le contact coupé, elle sortit du cabriolet et alla ouvrir la porte du garage pour se donner une contenance.

Nic avait couché avec des dizaines — voire des centaines — de femmes superbes et expérimentées. Elle ne représentait qu'un nom de plus sur une liste impressionnante, alors que pour elle, faire l'amour pour la première fois, avec *lui*, à Rosedale…

Elle serra les poings pour s’empêcher de trembler.

— Rowan ?

Quand une main puissante et chaude se referma sur son épaule, elle se retourna en retenant son souffle. Son cœur battait maintenant si fort qu’elle avait l’impression qu’il allait exploser dans sa poitrine.

— Veux-tu venir dans ma chambre ?

Incapable de prononcer un mot, elle hocha la tête. Un chaud sourire adoucit alors les traits de Nic, rendant son visage si beau qu’une douleur sourde lui étreignit le cœur.

Sans cesser de sourire, il lui prit la main et l’entraîna vers les marches de pierre.

6

Lorsque Nic ouvrit la porte de sa chambre et se tourna vers elle, Rowan redressa les épaules, de crainte qu'il ne devine l'appréhension qui lui nouait soudain le ventre.

Soutenant son regard, elle eut l'impression que des fils invisibles se tissaient entre eux, les enveloppant dans une toile mystérieuse dont elle ne pourrait plus s'échapper.

— Tu regrettes d'être venue ?

— J'ai un peu le trac : je ne voudrais pas te décevoir.

Nic lui prit la main et la porta à ses lèvres.

— Tu as fait beaucoup de chemin, depuis hier, dit-il avec un petit sourire en coin. Il y a vingt-quatre heures, tu te fichais bien de ce que je pensais.

Rowan ne trouva rien à répliquer. Elle s'en était toujours souciée, mais c'était la première fois qu'elle se l'avouait.

— Tu ne me décevras pas, poursuivit-il en resserrant les doigts autour des siens. J'ai attendu trop longtemps ce moment pour qu'il ne soit pas un pur ravissement.

Il l'embrassa, puis referma les bras autour de sa taille et l'attira contre lui.

Il avait un mal fou à se raccrocher à un reste de rationalité. La bouche de Rowan avait la douceur veloutée des pétales de rose et le goût d'un jardin en été, plein de fleurs et fruits mûrs. Plus il se gorgeait de ces délices, plus il percevait de petits frissons courir sur la peau de la jeune femme et se répandre en elle. Lorsqu'elle leva les mains pour les lui passer autour du cou tout en se pressant contre lui, son cerveau explosa.

Renonçant à toute lucidité, à toute logique et à toute prudence, il la souleva dans ses bras en laissant échapper un gémissement sourd. Jamais il n'avait agi avec une telle fièvre, se dit-il en savourant la douceur du corps mince et chaud lové contre lui.

Tandis qu'elle s'était sans doute laissée aller ainsi des centaines de fois, avec d'autres hommes.

Nic refoula cette pensée avec force. Seul le présent importait pour l'instant. Il la déposa sur ses pieds à côté du grand lit. Les mains légèrement tremblantes, il fit descendre la fermeture de sa veste. Tous deux haletaient et quand elle se débarrassa à la hâte du court vêtement en cuir et le laissa tomber sur le sol, une joie secrète l'envahit. Le désir pulsait en lui avec violence, exigeant l'assouvissement. Après avoir ôté rapidement sa chemise, il envoya valser ses chaussures.

Rowan s'appuya alors à son bras pour défaire ses bottes l'une après l'autre. Sans talons, elle lui parut soudain petite. En dépit de son impatience manifeste, il y avait de la timidité dans la façon dont elle hésitait subitement à déboucler la ceinture de son jean vert en se mordillant la lèvre.

— Tu ne crois pas que nous devrions… fermer la porte ? bafouilla-t-elle.

Sa pudeur sidéra Nic, provoquant en lui une émotion qu'il n'avait pas ressentie depuis très longtemps. D'autant qu'il fréquentait d'habitude des femmes sophistiquées et très libres à la fois.

Au moment où il fermait la porte, la voix d'Olief résonna dans son crâne :

« Quelles sont tes intentions, Nic ? »

Il appuya son poing fermé contre le panneau de bois,

luttant contre le flot de souvenirs acides qui lui rongeaient l'esprit. Aujourd'hui, Rowan et lui avaient clarifié la situation. Ils se désiraient l'un l'autre, c'était aussi simple que cela. Peu importaient les intentions et l'avenir. Ils étaient deux adultes vivant leur désir, point final. Olief aurait dû les approuver, non ? N'avait-il pas fait à une femme un enfant qu'il s'était empressé d'oublier, avant de vivre pendant presque dix ans avec une autre ?

Pendant que Nic lui tournait le dos, Rowan se décida enfin à déboutonner son jean, mais elle ne put se résoudre à le faire descendre sur ses hanches. S'il l'avait regardée, cela ne lui aurait pas facilité la tâche, certes, toutefois le voir rester immobile, les épaules raides, chassait sa propre assurance à une vitesse affolante.

— Nic ? Tu n'as pas…

Elle s'interrompit, l'angoisse au bord des lèvres. S'il avait changé d'avis, elle mourrait de honte sur place.

Il redressa la tête et quand il se retourna, un tel désir flamboyait dans ses yeux que Rowan retrouva un peu de confiance. Elle se sentit belle, même si elle était loin de se prendre pour une déesse.

Le regard soudé au sien, il avança vers elle et l'embrassa avec la même passion que dans la voiture.

Il n'en fallut pas davantage à Rowan : agrippant sa nuque, elle lui rendit son baiser avec fougue. Et quand il remonta son T-shirt sur sa poitrine, elle leva les bras pour l'aider. Le tissu forma bientôt une tache violette sur le plancher blond ; son soutien-gorge perle le rejoignit bientôt. Lorsque Nic l'attira contre lui et que la toison douce de son torse lui agaça les seins, Rowan fondit. Elle ferma les yeux en promenant les doigts sur son dos musclé.

Après avoir murmuré son prénom, il poussa un juron étouffé.

— J'essaie de ne pas me conduire comme une brute, dit-il d'une voix basse, mais je…

Il recula légèrement et referma les mains sur ses seins.

— Ne t'en fais pas, chuchota Rowan. Je suis impatiente, moi aussi.

Un éclair traversa ses yeux bleus, puis il l'embrassa comme s'il attendait cet instant depuis une éternité.

Le souffle court, il quitta ses lèvres et s'écarta de nouveau pour ôter son jean et son caleçon en même temps, qu'il repoussa d'un coup de pied.

Quand il se dressa devant elle complètement nu, Rowan déglutit péniblement, de nouveau gagnée par une appréhension insurmontable. Seigneur, que de beauté pourtant : de solides épaules, un torse puissant, un ventre plat, des cuisses musclées au-dessus desquelles se dressait une superbe érection.

Il tendit les mains vers elle et fit glisser son jean. Son membre tendu lui frôla le ventre ; sa bouche effleura son épaule…

Rowan voulut se forcer à respirer normalement mais sa gorge restait nouée. Lorsque Nic se pencha pour dégager ses pieds du jean tire-bouchonné, un trouble profond et inconnu la gagna.

Jamais elle ne s'était dénudée devant un homme. Jamais elle n'avait *touché* un homme. Et jamais elle n'avait désiré donner du plaisir à aucun de ceux qu'elle avait rencontrés.

La main un peu tremblante, elle referma les doigts autour du sexe de Nic, surprise de trouver sa peau si douce. Du satin sur de l'acier, songea-t-elle, le souffle précipité. Quand il durcit et grossit encore sous sa caresse, Nic referma la main sur la sienne et arrêta son mouvement.

— Moi non plus je ne voudrais pas te décevoir, Rowan, murmura-t-il.

Puis il la prit dans ses bras et l'étendit sur son lit.

Trop troublée pour pouvoir dire un mot, trop émerveillée par les sensations qui tournoyaient en elle, Rowan essaya de les mémoriser. Allongé à côté d'elle, Nic lui caressait le ventre et l'embrassait de nouveau. Sa langue dansait avec la sienne, faisant naître en réponse une coulée de lave brûlante entre ses cuisses.

L'extrémité du sexe de Nic palpitait contre sa hanche. Rowan aurait voulu caresser son amant partout, découvrir ses secrets, mais pour l'instant, il ne semblait pas prêt à se laisser faire.

Sa bouche affamée quitta ses lèvres, descendit sur son cou, sa gorge, et se referma bientôt sur son mamelon tandis qu'un genou se glissait entre ses cuisses pour lui écarter les jambes. Lentement, Nic caressa les plis de sa chair intime, faisant exploser un bouquet de sensations exquises en elle. Haletante, Rowan creusa les reins pour mieux s'offrir aux doigts qui se livraient à des explorations de plus en plus audacieuses.

Le plaisir montait en elle, toujours plus puissant, lui arrachant des plaintes de plus en plus rauques.

— Nic…, murmura-t-elle en lui soulevant la tête. Je…

Les yeux fous, il la regarda un instant et tendit la main vers le tiroir de la table de chevet. Après en avoir sorti un préservatif, il l'enfila d'un geste rapide et expert.

De la nervosité se mêla au plaisir de Rowan tandis que Nic s'installait sur elle, entre ses jambes. D'instinct, elle les replia et les referma sur ses reins. Un désir de fusion totale la dominait. Son amant était si beau, si fort, une telle expression se lisait sur ses traits alors qu'il la regardait comme si elle était la créature la plus merveilleuse du monde.

Et soudain, il s'enfonça en elle.

Choquée par cette invasion intime, Rowan retint un cri. Elle eut un peu mal mais elle était tellement excitée qu'elle s'en fichait totalement. Elle ne désirait qu'une chose : sentir Nic s'enfouir en elle, au plus profond. La sensation était divine, extraordinaire, unique.

— Rowan…, murmura-t-il en s'immobilisant tout à coup, un air incrédule gravé sur ses traits sublimes. Tu es…

— Chut ! dit-elle en resserrant farouchement les jambes autour de ses hanches. Je veux ce qui se passe, Nic. Je veux que ce soit avec toi.

— Tu es si serrée, lâcha-t-il, les mâchoires crispées.

Une lueur sauvage irradia de son regard.

— Petite menteuse ! murmura-t-il dans un souffle.

Puis il l'embrassa avec passion en s'enfonçant lentement, inexorablement dans son intimité.

Rowan savourait son triomphe. Elle était à Nic à présent, et pour toujours.

Avec une ardeur insatiable, il l'embrassa encore et encore, ne quittant ses lèvres que pour déposer des baisers dans son cou ou sur ses seins, avant de revenir toujours à sa bouche. Elle s'abandonna à lui avec délice, jusqu'à ce qu'il commence soudain à se retirer.

Se raccrochant à ses épaules, elle se serra contre lui pour le garder en elle ; il tremblait de tout son corps dans un suprême effort de se contrôler. Rowan comprit alors avec émerveillement qu'elle détenait un pouvoir sur lui. Un pouvoir magique, purement féminin…

Lentement, elle laissa glisser ses mains sur les bras musclés de son amant avant de les refermer sur ses hanches en enfonçant légèrement les ongles dans sa chair ferme. Une douleur sourde pulsait au plus profond de sa féminité mais le désir d'être possédée par Nic, de se donner complètement à lui, la transcendait.

Lorsque Rowan laissa remonter les doigts le long de ses flancs, Nic lui saisit les poignets et les maintint prisonniers, de chaque côté de son corps.

Une lueur purement animale éclaira ses yeux bleus tandis qu'il accélérait le rythme de ses coups de reins. C'était incroyable, fabuleux.

Soudain, Rowan ne put retenir les milliards de bulles de bonheur qui explosèrent en même temps dans tout son être.

— Nic ! cria-t-elle en resserrant les jambes autour de lui.

La jouissance l'emportait vers des sommets inconnus ; elle aurait voulu que cette ascension vertigineuse ne s'arrête jamais. Elle concentra toute son énergie pour la savourer, la contrôler, mais le désir de se laisser transporter dans un ailleurs éblouissant triompha.

Elle s'abandonna à la déflagration. Au même moment, Nic donna un dernier coup de reins en poussant une plainte rauque. Son corps tressauta sur le sien, dans le sien, la fusion était totale.

Rowan retint un sanglot. Elle aurait voulu rester unie à Nic jusqu'à la fin de ses jours : c'était à la fois merveilleux et insupportable.

Lorsque Nic se retira doucement puis roula sur le côté, une souffrance atroce la déchira de bas en haut. Rowan serra les dents, les larmes aux yeux. C'était cela, sans doute, les aventures passagères : la suprême beauté, le summum de la volupté, puis l'abandon brutal et la solitude.

Nic lui tournait le dos, à présent ; il allait quitter le lit d'un instant à l'autre. Ensuite, elle entendrait la porte se refermer.

Rowan se retourna, elle aussi, sur le côté et se réfugia à l'autre extrémité du lit avant de se redresser. Si elle réussissait à gagner la salle de bains avant que Nic ne réagisse, elle aurait au moins la satisfaction de ne pas se retrouver seule dans son lit. Et celle de ne pas pleurer devant lui…

À cet instant, un bras chaud glissa sous sa poitrine

et ramena son corps au milieu du lit, tout contre celui, brûlant, de son amant.

— Pas si vite, lui murmura-t-il à l'oreille. Pourquoi moi, Rowan ?

7

Nic eut l'impression de découvrir encore une autre Rowan quand elle se retourna dans ses bras. Ses lèvres tremblaient de façon imperceptible, rougies et gonflées par leurs baisers, et ses yeux paraissaient plus verts, lui rappelant la teinte de la mousse des sous-bois. Il recula légèrement pour mieux la regarder. Elle était si belle...

Comment était-il possible qu'il soit le seul homme à l'avoir jamais vue ainsi ?

Les parfums délicieux qui émanaient de son corps doux et lisse l'excitaient, lui donnant déjà envie de retourner s'enfouir dans son corps doux et brûlant. Doucement, il passa la main sur son ventre plat.

— Qu'est-ce que tu fais ? murmura-t-elle.

— J'admire le cadeau que tu m'as offert, répondit Nic en résistant au désir de glisser les doigts dans les boucles brunes ornant l'orée de sa féminité.

— Ce n'est pas la peine d'être ironique...

— Je ne suis pas ironique, protesta-t-il. Je suis époustouflé.

Sonné, même. Et en grand danger de se laisser envahir par l'émotion. Il devait reprendre son sang-froid et considérer la situation de façon *objective*, sinon il risquait d'être gagné par le sentimentalisme, par conséquent de se retrouver en terrain très dangereux.

— Comment est-ce possible, Rowan ? Cette histoire avec ce garçon, à l'école...

— Ça… ça n'a pas marché, répondit-elle, les lèvres pincées. Je croyais être prête, mais je me trompais. Je l'ai empêché d'aller plus loin et il se rhabillait quand la directrice nous a surpris. Tu veux bien me lâcher, s'il te plaît ?

Dès que Nic la libéra, elle se redressa et s'assit. De dos, elle paraissait si vulnérable qu'il dut faire un effort pour ne pas l'attirer de nouveau dans ses bras et la serrer contre lui. Une boule se nicha dans sa gorge. Leur étreinte avait été délicieuse. Plus que cela : *merveilleuse*. Quant à l'orgasme qui l'avait emportée, elle ne l'avait pas simulé, c'était certain. « Sa première fois », se répéta Nic en se reprochant de ne pas s'être montré assez délicat. S'il l'avait blessée, il ne se le pardonnerait jamais.

— Ça va ? Tu n'as pas mal ?

— Pas du tout. Et toi, ça va ?

Embarrassée, Rowan remonta le dessus-de-lit sur son buste. Maintenant que l'étreinte était terminée, se retrouver ainsi nue avec Nic, dans son lit…

— Si on faisait un petit retour en arrière sur *ta* vie sexuelle ? poursuivit-elle en le regardant par-dessus son épaule. Tu t'es bien débrouillé, la première fois ?

Il haussa un sourcil puis ferma à demi les paupières tandis qu'elle sentait un frisson naître au creux de ses reins. Il bandait encore. N'avait-il pas assouvi son désir ? se demanda-t-elle en serrant nerveusement le couvre-lit entre ses doigts.

— Je ne veux pas te soumettre à un interrogatoire, dit-il. Je cherche juste à comprendre comment tu pouvais être encore vierge alors que je t'ai vue dans des magazines people en compagnie d'hommes que je prenais pour tes amants.

Rowan soupira. Dire qu'elle avait craint qu'il ne soit

pressé de s'éloigner d'elle ! Finalement, cette conversation était plus éprouvante que de se retrouver seule dans son lit.

L'univers entier s'était soudain coloré. Et une joie inconnue frémissait dans son cœur. Mais sans doute Nic se fichait-il de ce qu'elle ressentait. Pour lui, elle ne représentait qu'une aventure de plus.

— Tu aurais pu me le faire comprendre, non ? fit-il d'un ton détaché.

— Comment ? Et pourquoi ? À l'école, j'étais contente que tout le monde croie que j'avais couché avec ce garçon. Après, mes copines m'ont enfin fichu la paix. Je sortais quand je le pouvais avec des garçons, mais mon emploi du temps ne me permettait pas de relation à long terme et le sexe ne faisait donc pas partie de ma vie.

— Je voulais dire que tu aurais pu me dire quelque chose *aujourd'hui*, répliqua-t-il avec impatience.

Elle se demanda pourquoi il semblait aussi irrité.

— Pourquoi m'avoir laissé ce privilège ? continua-t-il.

Il n'avait pas bougé, mais l'espace les séparant s'était transformé en un gouffre dont toute chaleur avait disparu.

« Dis-le-lui », lui souffla une petite voix intérieure. Son ventre se crispa à cette pensée. Elle se détestait de ne pas être capable de contrôler son attirance pour Nic, de l'avoir laissée dominer sa vie au point d'avoir attendu cet instant aussi longtemps, de s'être donnée à lui enfin tout en sachant que cet acte ne représentait rien pour Nic.

— Tu penses que la virginité est un cadeau si précieux que cela ? demanda-t-elle d'un ton léger.

Rassemblant tout son courage, elle se tourna franchement vers lui, le couvre-lit toujours serré sur sa poitrine.

— Si je le pensais, je serais sans doute traité de machiste rétrograde, répondit-il avec calme. Mais j'imagine que tu as eu d'autres possibilités, alors je trouve étrange que tu aies choisi de franchir le pas maintenant, avec moi.

— Pourquoi pas toi ? rétorqua-t-elle, le cœur battant.

Une flamme naquit dans son regard bleu, puis s'éteignit aussi vite qu'elle était apparue.

— En effet, pourquoi pas moi alors que n'importe qui aurait pu faire l'affaire ? Alors la question est plutôt : pourquoi *maintenant*, tu ne crois pas ?

Le besoin de le contredire lui brûla la langue, mais Rowan craignit de trop se révéler. Nic ne soupçonnait pas ce qu'il représentait pour elle.

— J'en avais assez de lutter contre toi, avoua-t-elle en baissant la tête pour dissimuler son visage derrière ses cheveux. De lutter contre ce que je ressentais.

Elle se redressa vivement et le défia du regard.

— Et puisque tu m'as reproché de ne pas être assez *adulte*, tu dois être content d'avoir contribué à mon émancipation, non ?

Une sensation troublante envahit Nic. Visiblement, cet acte signifiait davantage pour lui que pour elle.

— Ah, je vois..., répliqua-t-il, moqueur. Il s'agissait d'un rite initiatique de passage à l'âge adulte, c'est ça ?

L'espace d'une seconde, il crut voir Rowan tressaillir, puis un grand sourire illumina son visage. Le souffle coupé, Nic se sentit baigné par sa lumière chaude tandis que, sans cesser de sourire, elle se penchait vers lui pour déposer un léger baiser sur ses lèvres.

— Oui. Tu as beau refuser toute sentimentalité, tu resteras toujours mon premier amant et je penserai toujours à toi avec affection. C'est presque aussi bien que d'être élu meilleur journaliste de l'année, non ?

Nic sourit, traversé cependant par des émotions contradictoires. En toutes circonstances, Rowan demeurait désinvolte et légère. Mais ses paroles avaient résonné profondément en lui. Elles auraient dû le rassurer, car il préférait oublier l'inquiétude qui l'avait envahi lorsqu'elle avait parlé de *relation à long terme* — il s'était dit que c'est ce qu'elle recherchait avec un homme, et lui était allergique à cette idée. Maintenant qu'elle considérait déjà leur étreinte comme un souvenir, c'était nettement moins perturbant… Toutefois l'expression « avec affection » qu'elle avait employée pour parler du souvenir qu'il lui laisserait avait distillé un étrange poison dans son esprit. Deux jours plus tôt, il n'aurait vu aucun inconvénient à se séparer de Rowan en mauvais termes ; or, subitement, cette perspective le dérangeait.

— Je n'oublierai pas non plus ces instants, dit-il en lui caressant les cheveux.

Ses propres paroles l'effrayèrent autant que la fragilité qui passa dans le regard de Rowan. Nic l'attira dans ses bras et l'embrassa en fermant les yeux. Très vite, le baiser échappa à tout contrôle. Jamais il n'avait ressenti un désir aussi violent de refaire l'amour juste après avoir éprouvé un orgasme. Et jamais il n'en avait vécu d'aussi intense…

Une main fine se posa sur son torse.

— Et ces instants, ils représenteront un souvenir agréable ou désagréable ? demanda-t-elle en le repoussant doucement.

Bon sang, plaisantait-elle ? Nic baissa les yeux sur son membre qui se dressait fièrement entre leurs deux corps. Rowan suivit son regard.

— Je sais : tu n'es pas comblé. Excuse-moi, dit-elle en rougissant. Je pensais que ça avait été bon pour toi aussi, mais…

— Tu as besoin d'un peu d'entraînement ? Je suis à ta disposition, la taquina-t-il.

Voyant Rowan pâlir, il comprit qu'elle avait mal interprété ses paroles. Quand elle voulut descendre du lit, il la reprit dans ses bras et la serra contre lui tandis qu'elle gigotait de toutes ses forces pour se libérer.

— Je plaisantais, insista-t-il en évitant de justesse un coup de coude dans les côtes. Rowan, écoute-moi… Aïe !

Rowan balançait entre fureur et abattement. Encore une fois, elle n'avait pas été à la hauteur… Cassandra lui avait répété toute sa vie qu'elle était spéciale, si spéciale qu'elle devait satisfaire les exigences complètement irréalistes de sa mère. Nic n'avait pas connu ce genre de problème. Son père l'avait ignoré. Et sa mère ? Elle se garderait bien de l'interroger. Il était bien trop secret pour se livrer à ce type de confidences. Mais elle en avait marre d'être jugée en permanence.

— Ce n'est pas drôle, Nic ! Je sais plus que personne ce que c'est que s'entraîner, et j'en ai assez de ne jamais être à la hauteur de ce que les autres attendent de moi. À partir de maintenant, je vivrai pour moi, tu as compris ? Je me fiche de savoir si c'était bon pour toi. Pour moi, c'était fabuleux, et tu peux aller au diable avec ton *entraînement* !

Nic la regarda en silence. Il ne savait comment s'excuser et se demandait s'il devait être sincère. S'il se montrait maladroit, elle risquait de bondir comme une furie.

— Je voulais seulement dire que je veux refaire l'amour avec toi, mais je me rends compte que ce n'est pas réciproque, dit-il précipitamment. Tu m'as toujours attiré, Rowan. Je n'y peux rien.

Lorsqu'elle tourna la tête vers lui en écarquillant les yeux, il eut l'impression de se retrouver en équilibre sur une corde raide. Mieux valait regagner la terre ferme.

— Je ne sais pas ce qui se passe. Je pensais qu'une fois suffirait.

Il mentait : il n'avait *jamais* pensé qu'une seule fois suffirait à apaiser le feu qui le consumait depuis des années.

— Si tu me laissais faire, poursuivit-il, je te harcèlerais jour et nuit pour me sortir cette obsession de la tête.

Quand elle baissa les yeux pour dissimuler son regard,

Nic fut soudain mal à l'aise. Il en avait trop dit. Jusqu'à présent, il n'avait eu besoin de personne mais tout à coup, l'avenir lui paraissait sombre, presque menaçant.

— Si nous étions égaux, dit Rowan, je te laisserais faire. Mais je ne possède pas l'expérience que tu attends de tes partenaires.

— Tu… Tu es naturelle C'est moi qui ne suis pas à la hauteur. Je sais que ces instants sont très spéciaux, Rowan.

— Tu dis cela à toutes les femmes, n'est-ce pas ?

— Je ne l'avais jamais dit à personne, répliqua-t-il avec effort.

— C'est vrai ?

Rowan se serra contre lui avec une telle force qu'il entendit un signal d'alarme se déclencher dans son cerveau. Mais elle était si douce, si chaude entre ses bras qu'il refusa de l'écouter. Et quand elle leva les yeux et lui sourit, il ignora tout autant que le premier le nouvel avertissement qui résonnait dans sa tête.

— C'était ta première fois, dit-il doucement. Tu n'as pas besoin d'un peu de temps pour récupérer ?

— Non, j'aime ce que tu me fais ressentir. Je veux recommencer.

Le désir qui avait percé dans sa voix eut raison de lui. Désormais, tous les signaux du monde pouvaient bien se déclencher à l'unisson, il s'en fichait complètement.

Un des avantages de Rosedale, c'était que lorsqu'on n'avait pas envie de croiser quelqu'un, cela ne posait aucun problème.

Nic avait quitté Rowan allongée sur le ventre, un torrent de cheveux bruns ruisselant sur ses épaules ivoire, délicieusement alanguie, au moment où le crépuscule tombait sur l'île. Il lui avait fait l'amour pendant de longues heures et pourtant, sa libido avait protesté lorsqu'il s'était éloigné du lit. Il avait même dû se forcer à s'en aller parce qu'il était certain qu'elle était épuisée, et parce qu'il détestait la façon dont il devenait fou d'elle.

Fou d'elle ?... Bon sang, il devait se reprendre ! Pourtant, il savait que non seulement il était fou d'elle mais qu'il ne le *devenait* pas, cela durait depuis longtemps. Rowan l'avait toujours obsédé et maintenant qu'il l'avait possédée, c'était encore pire qu'avant, comme il l'avait pressenti, hélas. En outre, il lui avait avoué son obsession, ce qui lui laissait une sensation de malaise.

Décidé à réagir, il s'était douché, habillé et était allé se réfugier dans son bureau en prenant soin de refermer la porte.

Toutefois, l'abandon total de Rowan dans ses bras n'était pas facile à oublier. Il se rappela la façon dont elle l'avait embrassé partout, redressant de temps en temps la tête pour demander : «Je peux ? »

Elle était vierge le matin même mais elle avait appris à lui donner du plaisir à une vitesse qui le laissait perplexe — et qui avait produit des effets dévastateurs sur sa libido.

Agacé, Nic resserra les doigts sur le bras de son fauteuil. Il aurait dû être en train de travailler, pas de revoir les images de Rowan penchée sur son érection, donnant d'affolants petits coups de langue, puis se redressant et s'installant à califourchon sur lui...

Il ouvrit sa messagerie électronique. Elle regorgeait de nouveaux courriels. Il fallait absolument qu'il se concentre.

Récemment, il avait donné à Marcussen Media une orientation différente, plus en accord avec sa vision du métier. Cependant, il n'aurait les mains vraiment libres que lorsque le décès d'Olief serait officiellement déclaré et que le testament serait ouvert.

Soudain, l'incertitude le gagna. Quelles étaient les dernières volontés de son père ? Nic aimait diriger le conglomérat. Il désirait continuer ce qu'il avait entrepris. Mais si Olief ne l'avait pas choisi pour héritier…

Il repoussa farouchement cette inquiétude. Il était prêt à toute éventualité. Même celle-là. Pour l'instant, il touchait un salaire en tant que président intérimaire ; par conséquent, il ferait bien de se remettre au travail au lieu de se laisser aller à des fantasmes adolescents — dans lesquels les seins de Rowan jouaient l'un des premiers rôles.

« Avant d'ouvrir tes messages, tu pourrais l'emmener dîner au restaurant », lui suggéra soudain une petite voix insidieuse. Il fronça les sourcils. Pourquoi dîner avec Rowan ? Ils ne sortaient pas ensemble. D'ailleurs, pourquoi s'étaient-ils rapprochés de la sorte, au juste ?

Il était bien incapable de répondre à cette question.

Se levant brusquement de son fauteuil, il se dirigea vers la porte et l'ouvrit. Il fut assailli par un surprenant arôme de… De quoi ? Il ne le savait pas, mais il descendit l'escalier avec la ferme intention de le découvrir.

Jamais Rowan n'avait imaginé que son retour à Rosedale se passerait ainsi. Quand elle avait pris la décision d'y venir, dans l'intention de prendre du recul et de réfléchir, elle avait pensé avoir la maison pour elle toute seule, et partager peut-être quelques repas avec Anna.

À partir de maintenant, elle avait intérêt à trouver rapidement une solution vu que Nic lui avait coupé les vivres. Pourtant, elle n'arrivait pas à réfléchir à son avenir. Elle avait l'esprit trop occupé par la relation passionnée qui venait de naître entre l'homme qu'elle avait toujours cru inaccessible et elle.

Pas un seul instant elle n'aurait osé espérer qu'un tel rapprochement puisse vraiment se produire. Pourtant, ils venaient de passer des heures à s'explorer de la façon la plus intime, la plus délicieuse, la plus exaltante…

Un frisson la parcourut au souvenir des gémissements rauques que Nic avait laissés échapper sous *ses* caresses. Toutefois, elle ne devait pas oublier qu'il ne s'agissait que d'une aventure *passagère.* Même s'il lui avait offert des orgasmes fantastiques, même s'il avait reconnu qu'elle l'avait toujours attiré, il avait été le premier à quitter la chambre.

Rowan se mordit la lèvre pour ne pas penser à la douleur qui l'avait transpercée quand elle s'était retrouvée seule dans le grand lit.

— Qu'est-ce que tu nous prépares ?

Elle sursauta si vivement qu'elle faillit vider tout le flacon d'épices dans le faitout.

— Un ragoût de bœuf.

Il avait suffi que Nic se rapproche d'elle pour que des étincelles joyeuses pétillent dans tout son corps. Et lorsqu'il posa les mains sur sa taille, elle chancela.

— Des spaghettis auraient suffi, tu sais.

— Tu n'ignores pas ce qu'on dit sur le meilleur moyen de gagner le cœur d'un homme, répliqua-t-elle d'un ton léger.

Nic ôta vivement les mains de sa taille. Alors, un courant froid sembla traverser la cuisine. Rowan se força à rire pour ne pas pleurer. La réaction de son amant était tellement transparente…

— Apparemment, nous avons besoin tous les deux d'un peu d'entraînement côté humour ! lança-t-elle avec une gaieté forcée. À vrai dire, je me débrouille plutôt bien côté cuisine. Avant Olief, ma mère a eu pour amant un cuisinier français. J'avais gardé contact avec lui à Paris et il m'a appris quelques recettes.

Elle s'ordonna de sourire et se retourna vers Nic.

— Comme tu le vois, j'ai plus d'une ressource inutile dans

mon sac. Au fait, j'ai remonté une bouteille de bordeaux de la cave. Si tu veux bien la déboucher…, dit-elle en lui tendant le tire-bouchon.

— Pourquoi ressource *inutile* ? dit-il en découpant avec soin la capsule recouvrant le bouchon de liège.

— Parce que je n'aime pas m'exécuter sur commande et que je ne suis vraiment qualifiée en rien.

Nic réfléchit au sens de ces paroles en tirant le bouchon d'un coup sec. Puis il sortit deux verres à pied du placard et versa le liquide rouge foncé dans l'un. Lorsqu'il pencha la bouteille au-dessus du second, Rowan l'arrêta d'un geste.

— Non, merci.

— Tu n'en veux pas ?

— J'en boirais un verre avec plaisir, surtout qu'il doit être très bon, vu son millésime. Mais je préfère me prouver que je n'en ai pas *besoin*.

— Tu t'es vraiment malmenée après avoir quitté l'école de danse, n'est-ce pas ?

— En quelque sorte, répondit-elle avec un faible sourire.

Rowan repensa aux matins où elle s'était réveillée sans se souvenir de la soirée précédente et avec une mine qui lui évoquait beaucoup trop celle de son père. Parfois, elle avait ressenti un véritable soulagement en constatant que son hymen était resté intact.

Incapable de soutenir plus longtemps le regard pénétrant de Nic, elle se détourna et ouvrit la porte du réfrigérateur.

— Ça te va pour patienter ? demanda-t-elle en sortant un plat d'amuse-gueules.

Nic poussa un sifflement admiratif en voyant la façon dont elle avait artistiquement disposé les petits toasts colorés parmi des olives de teintes et de tailles différentes.

— Tu n'as jamais eu de problème avec l'alcool, n'est-ce

pas ? demanda-t-elle. Même quand tu voyais des choses horribles au cours de tes reportages ?

— Je n'aime pas perdre mon self-control, quelles que soient les circonstances.

— Tu devais être une bénédiction pour ta mère, alors, répliqua-t-elle avec un sourire en coin.

Elle souleva le couvercle du faitout. Un silence lourd envahit l'espace.

— Excuse-moi, dit-elle en redressant la tête. Ta mère est-elle toujours vivante ? Je ne voulais pas…

— Pas de problème. Oui, elle vit encore. Et je n'ai pas vraiment été une bénédiction pour elle, surtout pas le jour où son mari s'est rendu compte que je n'étais pas de lui. À partir de ce moment-là, j'ai été envoyé en pension et je ne l'ai plus jamais revue.

Ces paroles causèrent un tel choc à Rowan qu'elle resta interdite, la bouche entrouverte, pendant de longues secondes. Elle brûlait de le questionner davantage mais elle s'en abstint. Se ressaisissant, elle sortit le bœuf du faitout, le posa sur un plat de service et le trancha finement. Elle l'étala comme un jeu de cartes déployé sur les assiettes. Après avoir entouré les morceaux d'un croissant de légumes colorés parsemés de morceaux d'oignons et de lard, elle versa le jus de cuisson sur la viande.

— La table est mise. Tu me suis ?

Nic obtempéra. Il lui tira sa chaise avant de s'asseoir de l'autre côté de la table.

— Ça sent délicieusement bon, dit-il.

— Goûte.

L'expression qu'elle lut sur ses traits après sa première bouchée représenta le plus gratifiant des compliments. Toutefois, Rowan ne parvenait pas à refouler la question qui la hantait.

— Nic, excuse-moi, je peux te demander quelque chose ?

Sans attendre sa réponse, elle enchaîna :

— Tout à l'heure, ce que tu as dit à propos de ta mère… Tu voulais dire qu'elle n'est jamais venue te voir au pensionnat ?

8

La viande fondait sous la langue, mais soudain Nic eut l'impression que c'était son cœur qui était coupé en tranches dans son assiette.

Il aurait eu mieux fait de se taire. Un verre de vin et il confiait en deux secondes une part de la vérité qu'il avait toujours soigneusement gardée secrète pendant des années. S'il refusait de répondre à Rowan, elle comprendrait qu'il vivait encore sous l'emprise de son passé. En même temps, il avait envie de lui ouvrir les yeux, de lui faire comprendre qu'Olief n'était pas le super-héros qu'elle vénérait. Il avait des défauts. Des faiblesses.

— Qui était-elle ? reprit Rowan. Je veux dire, comment Olief l'avait-il rencontrée ?

Elle plissait le front d'un air sincèrement inquiet. Il comprit que sa curiosité n'était pas malsaine.

— Il ne la connaissait pas. Enfin, pas vraiment, dit-il d'une voix blanche. Elle était hôtesse de l'air. Il m'a raconté que c'était arrivé alors qu'il venait de couvrir un conflit horrible.

— Tu crois qu'il faisait souvent ce genre de chose ? Maman avait toujours peur qu'il la trompe comme il avait trompé sa première femme. Mais…

Elle leva la main et tourna la tête.

— Non, ne me dis rien. Cela me tuerait d'apprendre que c'était une habitude chez lui.

— Je ne sais pas, répliqua-t-il d'un ton laconique. Il n'a pas eu d'autres enfants, ça, j'en suis sûr.

— Mais pourquoi ne voulait-il pas te voir ?

— Il avait honte de moi.

Elle écarquilla les yeux d'un air stupéfait, puis se reprit rapidement.

— Comment le sais-tu ?

— C'est lui-même qui me l'a dit. Je lui ai posé exactement la même question que tu viens de me poser et c'est ce qu'il a répondu.

— Il avait plutôt honte *de lui* ! s'exclama-t-elle avec véhémence. Mais il ne voulait pas se l'avouer. Ton existence lui rappelait sa faute.

Ses yeux s'assombrirent. Elle était en colère — ce qui le surprit, étant donné qu'Olief était un vrai dieu pour elle.

— Pourquoi ta mère biologique n'a-t-elle pas protesté ? continua-t-elle. Pourquoi n'a-t-elle pas insisté pour qu'il te reconnaisse ? À moins qu'elle ne l'ait fait ? Tu as dit qu'il avait financé tes études, n'est-ce pas ?

— En effet, approuva Nic en se versant un peu de vin. Ma mère n'a pas fait de scandale parce qu'elle aussi avait honte. Elle n'avait pas dit à son fiancé qu'elle était enceinte quand ils se sont mariés. Lorsqu'il l'a découvert, elle a accepté ce qu'Olief était prêt à offrir : payer les frais de ma scolarité en pension, afin qu'ils puissent faire tous les trois comme si je n'existais pas.

Rowan n'avait déjà pas grand appétit avant d'entendre ces révélations horribles, mais à présent, elle se sentait incapable d'avaler une bouchée. Nic avait été en butte à un tel rejet… Il gardait l'air indifférent et distant, mais une tension terrible émanait de lui. Elle aurait tant aimé se lever et le prendre dans ses bras. Mais c'était impossible. À cause de ce qu'il avait vécu enfant, Nic restait en permanence sur ses gardes. Elle comprenait très bien qu'Olief ait pu désirer préserver sa femme des conséquences de son écart avec une hôtesse de l'air, mais blesser un enfant… *Son propre fils !*

— Comment as-tu appris la vérité ? demanda-t-elle après avoir avalé une gorgée d'eau.

— Ma mère et son mari sont tous les deux grecs et ont les cheveux noirs. Je suis blond, sans parler du fait que je ne ressemblais en rien à celui que je prenais pour mon père.

— Il a accepté que tu sois envoyé en pension, alors qu'il t'avait élevé ? demanda Rowan avec indignation. Quel genre de relation entretiens-tu avec lui, à présent ?

— Aucune. Une fois que ma mère lui a avoué que je n'étais pas de lui, il ne m'a plus jamais adressé la parole.

— Tu ne parles pas sérieusement ? s'écria-t-elle.

— C'était un salaud. Je n'ai rien perdu, répondit-il en piquant sa fourchette dans un morceau de viande.

— Tu veux dire que les trois personnes qui étaient censées agir comme des parents se sont contentées de te jeter dans un affreux pensionnat, comme un criminel en prison ?

Les yeux mi-clos, il reposa sa fourchette et prit son verre.

— Être en pension ne me dérangeait pas. Je n'étais pas bête et je possédais les atouts nécessaires pour briller dans ce genre d'endroit. Et j'ai vite compris que j'étais seul et que le meilleur parti était d'en profiter.

Après avoir bu un peu de vin, il reposa son verre et sourit.

— Dis donc, je ne sais pas ce que tu as mis dans cette sauce, mais elle est succulente.

Rowan s'immergea dans l'eau chaude jusqu'au menton en repensant aux paroles de Nic. Après ses stupéfiants aveux, il avait terminé son assiette, puis s'était levé de table en disant qu'il allait travailler dans son bureau.

En le voyant marcher vers la porte de la salle à manger,

elle avait failli éclater d'un rire nerveux. Durant toutes ces années, elle avait entendu les autres le décrire comme un fils distant et indifférent ; elle-même l'avait blâmé pour son attitude froide, notamment vis-à-vis d'Olief. Il venait voir son père comme s'il lui accordait une faveur. En outre, il ne traînait jamais à Rosedale : aussitôt arrivé, il s'en allait dans son cabriolet noir, sans jamais dire où il allait ni quand il rentrerait.

Or, Olief était responsable de l'attitude de celui qu'il critiquait à la moindre occasion. Rowan était furieuse contre son beau-père. Il avait brisé quelque chose en l'enfant qu'avait été Nic. Il aurait eu besoin de son vrai père pour grandir après le rejet de celui qu'il prenait pour son papa. À cause du manque de reconnaissance d'Olief, Nic était devenu incapable de faire confiance à un être humain et de s'investir dans une relation. Comment et pourquoi celui qu'elle avait adoré avait-il pu faire une chose pareille ? Avec une pointe au cœur, Rowan songea qu'elle n'aurait sans doute jamais la réponse à cette question.

Après être sortie du bain et s'être séchée, elle se brossa les cheveux en se demandant si elle devait aller retrouver Nic. Mais elle ne savait pas si elle aurait la force d'essuyer un rejet…

Étouffant un bâillement, elle jugea plus prudent de rester dans sa chambre. D'autant que la veille, elle avait à peine fermé l'œil. Et puis cet après-midi, les heures passées au lit avec Nic avaient été fabuleuses, mais épuisantes…

Nic poussa doucement la porte et regarda Rowan dormir. Dans ce grand T-shirt blanc, le visage dépourvu de tout maquillage, les genoux remontés sur sa poitrine, une main glissée entre ses cuisses, elle était l'incarnation même de la beauté et de l'innocence.

Heureusement qu'elle dormait, songea-t-il en sentant

sa virilité frémir. Il détestait la faiblesse qui s'emparait de lui dès qu'il l'approchait. Si jamais elle ouvrait les yeux et le voyait, il était perdu.

Sans faire de bruit, il se dirigea vers le lit et remonta la couette sur son corps immobile. Le choc qui l'avait ébranlée lorsqu'il lui avait parlé de son enfance le perturbait. En matière de famille, elle nourrissait des idéaux totalement en opposition avec sa propre expérience.

En tout cas, s'il désirait Rowan physiquement, il n'avait pas *besoin* d'elle, se répéta-t-il en tournant doucement la poignée. Pour l'instant, la seule chose dont il avait besoin, c'était de reprendre ses esprits.

Dix minutes plus tard, il s'avançait dans la mer froide et ne s'arrêta que lorsqu'il eut de l'eau jusqu'aux genoux et que ses pensées furent autant rafraîchies que son corps.

Lorsque Rowan se réveilla, elle constata qu'elle était sous la couette. Elle tressaillit en pensant que Nic l'avait regardée dormir et avait craint qu'elle ne prenne froid pendant son sommeil.

Quand elle descendit au rez-de-chaussée, il était déjà enfermé dans son bureau ; à l'extérieur, le temps semblait aussi venteux et pluvieux que la veille. Toutefois, elle décida d'aller faire un tour avant de prendre le petit déjeuner, histoire d'avoir les idées claires pour affronter cette nouvelle journée. Remontant à l'étage, elle gagna la chambre de maître, où elle s'était aventurée la veille pour la première fois depuis la disparition d'Olief et Cassandra.

— Tu ne crois pas que tu es un peu trop habillée ?

La voix profonde de Nic la fit frissonner et elle tourna la tête vers lui sans lâcher les vêtements qu'elle tenait à la main. Sinon, elle aurait couru se jeter dans les bras de Nic.

— Cette veste appartient à ma mère, dit-elle en se forçant à sourire. Souvent, les gens me disent que je lui ressemble.

— Elle était très belle, et tu l'es aussi. Mais pas parce que tu lui ressembles.

Elle rougit, touchée par l'admiration qui transparaissait dans le regard brûlant de Nic.

— Souffres-tu autant qu'elle de manque de confiance en soi ? demanda-t-il.

Un parfum familier de bois de santal montait de l'écharpe qu'elle avait passée autour de son cou, si intense que Rowan la dénoua et l'ôta, avant de la remettre dans le tiroir de la commode de Cassandra.

— Comment pourrais-je le savoir alors que l'on m'a toujours dit à qui je devais parler, où je devais aller et comment je devais me comporter ?

Elle se tut, furieuse et blessée d'avoir été ainsi jugée. Comment aurait-elle pu développer une identité personnelle alors qu'elle n'avait quasiment jamais eu la possibilité de prendre des décisions ?

— Quand maman m'a envoyée à Paris, j'ai pensé que je pourrais enfin faire mes propres choix ; mais cela ne s'est pas passé ainsi. J'en suis en partie responsable. Plus je m'investissais dans la danse, plus je voulais réussir pour me prouver que j'en étais capable. Ce n'est pas facile de se détacher d'un tel investissement. C'est comme le jeu. Je pensais toujours que dans la prochaine production, je danserais en avant-scène, pas derrière. Maman serait enfin heureuse et je serais libre de voler de mes propres ailes.

— Et quand ta chance s'est enfin présentée, tu as bu comme un trou et tu t'es fait peur, dit-il sans bouger d'un centimètre.

— Oui, acquiesça-t-elle avec un petit rire désinvolte. Le chagrin et la culpabilité, ça n'aide pas.

Elle pivota sur elle-même et redressa la tête.

— Et maintenant, je suis retournée à la case départ, dans le seul endroit où j'aie parfois eu l'impression de savoir qui j'étais et ce que je voulais vraiment. Je pensais qu'à Rosedale, je trouverais de l'inspiration. Pour l'instant, elle ne vient pas. Toi qui as de l'expérience, dis-moi quoi faire de ma vie !

Nic hocha lentement la tête. Cassandra O'Brien avait littéralement régi l'existence de sa fille. L'éducation de Rowan avait été tellement différente de ce qu'il avait cru… Mais il ne savait quoi lui répondre, tout était encore trop embrouillé dans son esprit, d'autant que le sexe s'en était mêlé.

Il s'approcha de l'immense dressing, empli d'un nombre extravagant de tenues et d'accessoires divers.

— Tu pourrais vendre les affaires de ta mère et utiliser l'argent pour passer un diplôme utile : de gestion, par exemple.

Rowan avait beau nourrir des sentiments ambivalents envers sa mère, jamais elle ne pourrait *vendre* ses affaires !

— Impossible ! protesta-t-elle avec indignation.

— Pourquoi ?

— Maman adorait cette table et ce miroir : je ne peux pas les vendre ! Quant à me lancer dans la gestion… Tu me vois devenir comptable ? Ou travailler dans les assurances ? Très excitant, comme perspective !

— Dépose tout cela dans un garde-meuble alors et va travailler comme serveuse ! répliqua-t-il d'un ton un peu sec. Je ne te connais pas mieux que tu ne te connais toi-même, Rowan. Et vu ta réaction, je me demande pourquoi tu m'as demandé conseil.

— Tu as raison, reconnut-elle en soupirant. Je dois trouver la solution toute seule. Mais il y a une chose que nous devons organiser ensemble.

Elle inspira à fond pour se donner du courage.

— Nous devons prévoir une cérémonie commémorative.

— Non, répliqua-t-il brutalement. Je n'en vois pas la nécessité.

— Tout le monde le fait, dit-elle en croisant les bras. C'est important de leur rendre hommage.

— Non, répéta Nic. C'est une convention sociale à laquelle se plient la plupart des gens, cela ne veut pas dire que nous devons les imiter.

— Il ne s'agit pas de les imiter ! Cela nous permettrait de mettre un point final à l'histoire et de faire notre deuil.

Rowan soutint le regard ombrageux de Nic. Il ne pensait quand même pas qu'elle allait apposer sa signature sur quelques bouts de papier et que tout serait terminé ? Devant ce visage fermé, elle s'en voulait d'avoir été aussi stupide, d'avoir cru qu'en couchant avec lui, elle aurait pu adoucir les angles de la personnalité qu'il s'était construite au fil des années.

— À quoi penses-tu, exactement ? demanda Nic. Tu nous imagines lisant des poèmes devant une dalle commémorative, sur la pelouse ?

Il lui décocha un sourire ironique. Rowan était une incorrigible sentimentale ; de son côté, il se protégeait d'instinct contre ce genre de faiblesse. À quoi servait la nostalgie, sinon à raviver les anciennes souffrances ?

— Ce n'est pas la peine de réagir comme ça ! s'indigna-t-elle en relevant le menton d'un air hautain. Je pensais que nous pourrions rassembler les gens qui les aimaient bien, dans une chapelle d'Athènes, par exemple.

— Ah, je vois… Tu veux organiser un événement mondain. Pourquoi ne pas l'avoir dit tout de suite ?

— Il s'agit d'une cérémonie ! corrigea-t-elle. Nous en avons tous besoin. Tu ne reçois pas de courriels, de coups de téléphone s'inquiétant d'eux ? Leurs amis voudraient pouvoir leur rendre hommage.

— Ils l'ont fait, justement, en gardant le contact avec

nous, en nous soutenant. Je ne vois vraiment pas pourquoi il faudrait refaire du tapage autour de cette disparition. À moins que ce ne soit ton but ? Si tu te sens trop isolée sur cette île, tu n'as qu'à t'en aller.

Rowan avait envie de hurler et de pleurer à la fois devant tant d'inhumanité obtuse. Une chose lui apparaissait clairement toutefois : pour Nic, ce qu'ils avaient partagé ne comptait pas.

— Tu ne ressens pas le besoin de leur dire adieu ? insista-t-elle. À moins que tu ne désires prendre ta revanche sur Olief en lui accordant aussi peu de temps qu'il t'en a accordé autrefois ?

Ces paroles étaient cruelles, elle le savait, car Nic avait passé des heures à s'investir personnellement dans les recherches — il avait embauché des équipes, des pilotes. Mais maintenant qu'il la regardait d'un air indifférent, plus rien dans son attitude ne rappelait ses efforts.

— J'ai dit *non*, laissa-t-il enfin tomber d'une voix neutre.

Puis il quitta la pièce.

Durant les jours qui suivirent leur affrontement dans la chambre de maître, Nic garda ses distances avec Rowan. Elle suivit son conseil et fit plusieurs trajets avec le minivan pour rapporter des cartons vides. Peu à peu, ceux-ci furent remplis et stockés dans le hall.

Si elle était venue vers lui, il lui aurait peut-être parlé, mais il était trop fier pour faire le premier pas. Si fier qu'il avait mal à tous les muscles à force de s'imposer une discipline de fer qui le tendait comme un arc. Jamais il n'aurait dû se confier à Rowan. Dès que l'on se laissait un peu aller, on conférait aux autres le pouvoir de vous faire souffrir. Alors, même s'il devait se priver de sexe et de moments délicieux, tant pis. De toute façon, il pouvait très bien s'en passer. Et si un frémissement douloureux lui parcourait parfois la poitrine, comme si Rowan lui manquait, c'était une réaction stupide.

De légers coups frappés à la porte de son salon le tirèrent de ses pensées. Il éteignit son rasoir et tendit l'oreille pour être sûr de n'avoir pas rêvé.

— Nic ?

Saisissant une serviette, il la noua autour de ses hanches avant de sortir de sa salle de bains.

Rowan se tenait au milieu du salon et le regarda d'un air surpris. S'attendait-elle à ce qu'il soit en smoking en venant le trouver à six heures et demie du matin ?

Dans ce peignoir court noué de façon lâche sur une chemise de nuit tout aussi courte, elle était si belle, si appétissante, qu'il dut faire un effort terrible pour ne pas se précipiter vers elle et la prendre dans ses bras. Un parfum de sommeil, de fleur et d'amande lui titillait délicieusement les narines.

Elle recula d'un pas en rougissant, puis redressa les épaules en resserrant les pans de son peignoir sur son buste.

Le désir pulsait en Nic, son cœur cognait dans sa poitrine et Rowan ne pouvait pas ignorer l'érection qui pointait sous la serviette et la tendait devant lui. Il brûlait de soulever la jeune femme et de l'emporter sur son épaule avant de la déposer sur son lit encore défait. Soudain, il remarqua les cernes mauves soulignant ses yeux.

Il ne dormait pas bien non plus. Chaque jour, il devait lutter contre les exigences de sa libido en s'immergeant dans le travail. Chaque soir, après être parvenu enfin à s'endormir, il sombrait bientôt dans des rêves érotiques et se réveillait en sueur. Il donnait alors des coups de poing dans les oreillers pour résister à l'envie d'aller rejoindre l'objet de son désir.

Curieusement, le fait de constater qu'elle souffrait des mêmes tourments ne lui apporta aucun réconfort.

— Qu'y a-t-il ?

— J'ai entendu la sirène du ferry, dit-elle précipitamment. Il arrive. J'avais complètement oublié que les horaires changent, le week-end.

— Et alors ?

— Cela veut dire que je dois faire mes bagages et partir tout de suite, à moins que tu ne veuilles venir aussi et que tu prennes des dispositions pour que nous soyons en ville avant 14 heures.

Faire ses bagages et partir.

— Pardon ?

— Je pensais m'en aller ce soir et avoir la journée pour te convaincre, mais c'est impossible. Je dois m'en aller, maintenant, sauf si tu fais venir un hélicoptère. Dans ce cas, nous aurons un peu de temps pour discuter.

— Discuter de quoi ?

— De la cérémonie.

9

— Quelle *cérémonie* ?

Il avait prononcé le mot avec une telle dureté que Rowan fut prise de tremblements. Mais il était trop tard pour revenir en arrière. Dès qu'elle avait enclenché le processus, elle avait su ce qui l'attendrait lorsqu'elle en parlerait à Nic. Elle avait rencontré toutes sortes de difficultés, notamment pour trouver l'argent nécessaire et faire en sorte de téléphoner depuis le poste fixe de Rosedale sans qu'il la surprenne.

Elle savait qu'elle devrait user de patience et de courage pour lui faire comprendre qu'elle avait raison de persister dans son souhait, mais maintenant un compte à rebours s'égrenait dans sa tête. Le ferry signalait son arrivée quand il atteignait l'extrémité de l'île. Ensuite, il s'amarrait, se vidait et se remplissait de nouveau avant de repartir. Rowan disposait d'au moins trente ou quarante minutes pour aller au port, mais cela ne suffirait pas pour faire revenir Nic sur sa décision.

En plus, il était presque nu, superbe, ressemblant plus que jamais à un Viking conquérant.

— Je croyais avoir été clair, dit-il lentement. Nous n'organiserons aucune cérémonie.

— Il ne s'agit pas de *nous*, répliqua-t-elle avec calme, mais de moi. Je te propose par courtoisie de participer. Si tu voulais bien te décider… Parce que si tu ne viens pas, il faut que je me dépêche.

— Comment as-tu pu… ? fit-il en serrant les poings.

— Tu cherches la dispute ? Très bien. Je n'ai pas besoin de ta permission, Nic, et j'ai des ressources.

— Tu comptes danser de nouveau sur les tables d'un club miteux ?

— Oui, bien sûr ! répondit-elle d'un ton vif. Pour gagner de quoi financer cette grande fête mondaine !

Un éclat sauvage traversa les yeux bleus de Nic.

— J'espère pour toi que c'est un mensonge.

— Qu'est-ce que cela peut te faire si je me vends dans la rue ? rétorqua-t-elle, à bout de patience. Pour toi, je ne suis qu'une aventure sans lendemain, une femme avec qui tu as couché pour passer le temps, non ? Je ne vaux même pas la peine que tu me dises bonjour le matin ou que tu me remercies d'avoir préparé les repas…

Quand il la foudroya du regard, elle inspira à fond pour trouver la force de continuer.

— Si tu m'avais adressé la parole, je t'en aurais peut-être parlé, lança-t-elle en redressant le menton. Qu'est-ce qu'il y a, Nic ? Tu as couché avec moi mais tu continues à me détester, c'est ça ?

Sans lui laisser le temps de réagir, il bondit et lui prit le bras.

— Qu'est-ce que tu espères ? Que je t'offre des fleurs ? Que je te parle d'amour ? Que je te dorlote ? Eh bien, tu vas être déçue : ce genre de chose ne m'intéresse pas. Mais si le sexe te manque, je peux satisfaire ta demande.

Rowan aurait pu lui donner un coup de genou bien placé. Elle aurait pu se débattre en criant. Mais elle était excitée — et Nic aussi à en croire le renflement de la serviette. Pourtant, elle pressentait qu'il avait honte de la désirer. Il subissait cet attrait. Ce constat la dévastait.

D'un geste vif, elle dénoua la serviette et la jeta sur le tapis. Il haussa les sourcils d'un air incrédule, puis s'avança, la contraignant à reculer vers le mur.

— Où est passé ton self-control légendaire ? le défia-t-elle.

Sans la quitter des yeux un seul instant, il posa une main sur sa taille et de l'autre écarta le peignoir. Son geste était dénué de toute tendresse. Pourtant, au lieu de l'horrifier, son attitude possessive l'excita encore davantage.

Lorsqu'il découvrit qu'elle était nue sous sa chemise de nuit, une lueur sauvage traversa son regard prédateur. Sans plus attendre, il la souleva dans ses bras. Le souffle court, elle le laissa faire et referma les mains sur ses puissantes épaules. Une sensation primitive la consumait. Durant ces derniers jours, elle avait été en proie à une solitude presque angoissante et la seule façon d'en sortir était de se donner totalement à Nic. De se fondre en lui.

Elle était prête. Moite, chaude. Son sexe palpitait, impatient d'accueillir le membre puissant de son amant. Elle le lui fit savoir en se cambrant en arrière. Lorsqu'il la pénétra d'un vigoureux coup de reins, elle poussa un cri de volupté en resserrant les jambes autour de sa taille. Puis elle commença à onduler le bassin.

Quand Nic poussa un juron en essayant de ralentir le rythme, elle ne le laissa pas faire. Elle voulait l'absorber entièrement, maintenant. Alors, il lui appuya le dos au mur et accéléra la cadence. Plus profond. Plus vite. Rowan serra ses muscles intimes de toutes ses forces, bien déterminée à le faire sombrer dans l'extase en même temps qu'elle.

Sentant l'orgasme de Rowan venir, Nic ne put résister à la tornade qui l'entraînait lui aussi. Il s'abandonna dans une explosion si violente qu'il se mit à trembler convulsivement. Ils basculèrent, s'envolèrent… Le plaisir était si intense qu'il fut incapable de faire quoi que ce soit, hormis tenir Rowan contre le mur tandis qu'il donnait les derniers coups de reins et achevait de se répandre en elle en poussant de longues plaintes rauques. Rowan gémissait contre sa bouche, éperdue.

Épuisé, le corps tremblant, Nic resta immobile en la serrant contre lui. Bon sang, il n'avait pas utilisé de préservatif ! songea-t-il soudain, terrifié. Pourtant, il ne voulait pas se retirer, ni sentir l'air passer entre leurs deux corps.

— Rowan…

— Si je manque le ferry, je ne te le pardonnerai jamais.

Il n'y avait aucun reproche dans sa voix, aucune agressivité, mais une émotion proche de la résignation.

Quoi qu'il arrive, elle organiserait cette fichue cérémonie, comprit-il en jugulant la colère qui lui montait à la tête.

— Je vais faire venir un hélicoptère, dit-il d'un ton sec. Au fait, je n'ai pas utilisé de préservatif.

— Je sais. Ne t'inquiète pas : il n'y aura pas de problème.

C'était comme cela que des bébés non désirés étaient conçus, songea Rowan en prenant sa douche.

Le fait de savoir qu'elle ne pouvait pas être enceinte ne lui procurait aucun soulagement. Ce n'était pas à cause de la date qu'elle n'avait pas de crainte : son corps n'était soumis à aucun cycle ! Elle était *incapable* de concevoir. Trop mince. Stérile. Ce cas n'était pas rare dans l'univers où elle avait évolué, à cause de l'entraînement excessif et des régimes outranciers. Jusqu'à présent, Rowan avait refusé d'y songer, mais soudain, elle considérait son incapacité comme une tare supplémentaire. Cette certitude ne faisait que renforcer l'impression de solitude et d'isolement qu'elle avait ressentie toute la semaine.

Était-ce pour cette raison qu'elle avait provoqué Nic ? Pour le forcer à s'intéresser à elle au lieu de l'ignorer ? La distance qui les séparait lui était devenue de plus en plus insupportable. Mais à présent, il ne la détesterait pas moins. Au contraire : elle lui avait prouvé qu'elle avait le pouvoir de réduire à néant sa maîtrise de soi et cette reddition devait lui être intolérable.

Rowan sortit de la douche et s'empara d'une épaisse serviette. Elle irait jusqu'au bout de ce qu'elle avait entrepris. Quoi qu'il arrive, et quelle que soit la réaction de Nic. Elle ouvrit sa trousse de maquillage, bien déterminée à lui dissimuler sa souffrance.

Mais quand il frappa à la porte de sa chambre, elle perdit toute contenance.

Heureusement, il désirait juste l'avertir qu'ils passeraient chez lui car il avait besoin d'un costume.

— D'accord, lança-t-elle d'un ton détaché.

Lorsqu'elle retrouva Nic, il ne semblait pas désireux de parler. Parfait. Faisant tous deux comme si cet épisode torride n'avait jamais existé, ils embarquèrent sans échanger un mot à bord de l'hélicoptère qui avait atterri sur la pelouse.

Ce ne fut que lorsque l'appareil se posa à l'héliport d'Athènes que Nic lui demanda quand et où aurait lieu la cérémonie. Rowan répondit machinalement en repensant à l'anxiété avec laquelle elle avait organisé tout cela, dans la crainte de sa colère et de se retrouver seule.

— J'ai essayé de laisser les journalistes à l'écart, précisa-t-elle. Mais vu qu'Olief possédait l'un des plus grands groupes médiatiques du monde…

Un tressaillement parcourut la mâchoire de Nic, mais il ne dit rien.

— Comment as-tu financé ton petit projet ? demanda-t-il dans le couloir menant à son appartement.

Il était situé au dernier étage d'un superbe immeuble contemporain à l'architecture époustouflante. Lorsqu'il ouvrit la porte et s'effaça pour la laisser entrer, Rowan s'avança et regarda autour d'elle avec étonnement. Le vaste espace lumineux entourait une piscine découverte et les immenses baies vitrées offraient une vue spectaculaire sur le Parthénon.

À Rosedale, Nic devait effectivement se sentir oppressé… Jamais elle ne parviendrait à le convaincre de garder le manoir.

— L'agent de ma mère m'a accordé un prêt.

— Je connais Franklin Crenshaw : je le rembourserai.

Hors de question, songea Rowan, blessée dans son amour-propre.

— Je me débrouillerai, répliqua-t-elle. Et vu qu'il n'y a ni cercueil ni enterrement, les frais ne sont pas si élevés.

— Cela relève de *ma* responsabilité.

— Je croyais que tu m'avais coupé les vivres parce que tu voulais que j'assume mes responsabilités ? lança-t-elle. Paie la moitié des frais si tu y tiens, mais je refuse de te devoir de l'argent.

— Ne te bats pas sur un terrain que tu ne maîtrises pas.

— Je préférerais ne pas me battre du tout.

— Très drôle, répliqua-t-il sans la moindre trace d'humour.

Puis il referma la porte et disparut dans un couloir.

En refusant de le laisser assumer la responsabilité financière du service funèbre, Rowan l'excluait, le plaçant dans une position d'étranger. Alors qu'il s'agissait de son propre père. Nic enfila un costume noir en domptant à grand-peine sa colère. Quand il rejoignit Rowan, il bouillait encore.

Elle s'était changée elle aussi et portait maintenant un haut très simple en jersey noir, avec une jupe fendue laissant entrevoir ses bottes et un collant opaque noir. Nic contempla sa silhouette fine et gracieuse en retenant son souffle. Rowan avait noué une écharpe violette autour de ses cheveux, qui tombaient en une masse ondoyante sur son épaule droite. Une pochette de cuir gris souris entre les mains, elle se dirigea vers lui.

Un violent frisson naquit au creux de ses reins. Jamais il n'avait désiré une femme comme il désirait Rowan. C'était plus fort que lui. Avec elle, la fusion était plus que charnelle. Elle était… *spirituelle.*

Il repensa à l'étreinte brûlante à laquelle ils s'étaient livrés avant de quitter Rosedale. Elle avait affirmé qu'il n'y aurait pas de problème, mais que se passerait-il si elle se trompait ? Que ferait-elle si elle se retrouvait enceinte ?

Ses paumes devinrent moites. Le parfum de Rowan s'insinua dans ses pensées, avec ses effluves d'amande et de fleur, uniques, comme tout en elle. C'était un bouquet de chaleur douce et féminine, si familier à présent.

Il eut envie de tendre la main vers son visage, de lui caresser la joue, mais la dernière fois qu'il avait cédé à ce genre d'impulsion, il s'était conduit comme une bête.

Raidissant les épaules, il la regarda en cherchant à comprendre ce qu'elle attendait de lui, à présent. Il remarqua alors la petite broche en émeraude formée d'un trèfle à quatre feuilles, incrusté d'un O d'or blanc.

— Comment le bouton de manchette d'Olief est-il devenu une broche ? demanda-t-il.

— Je les ai fait transformer.

Rowan sortit un petit objet de sa pochette de cuir. Elle lui ôta son épingle de cravate et la remplaça par l'autre bouton de manchette, orné d'un M et transformé lui aussi. L'effleurement de ses doigts agit comme un aphrodisiaque sur ses sens, mettant son impassibilité à rude épreuve.

La portée symbolique de la nouvelle existence de ces boutons de manchette, broche pour elle et épingle de cravate pour lui, le bouleversait. Cela lui rappela douloureusement qu'il avait été rejeté en tant que fils, ce qui l'empêcherait d'être père. Sa poitrine se contracta violemment.

Lorsque Rowan ajusta la pochette assortie à sa cravate, il lui saisit le poignet.

— Arrête.

Il ne pouvait supporter qu'elle le touche un instant de plus. Son regard se posa sur sa bouche encore gonflée par leurs baisers. Puis il découvrit la vulnérabilité qui frémissait dans ses prunelles, et son ventre se noua.

— Je sais que tu considères mon initiative comme un nouvel acte égoïste et superficiel, mais je fais tout cela pour eux, Nic. Et peut-être aussi un peu pour moi, c'est vrai. J'ai laissé tomber ma mère si souvent, ajouta-t-elle avec regret. Je lui dois au moins ça.

— Je ne t'en veux pas à cause de la cérémonie, Rowan.

— À cause de quoi, alors ?

Il devina que, malgré sa question, elle avait compris. Jamais ils n'auraient dû se laisser aller, tout à l'heure. Comprenait-elle aussi à quel point il se haïssait ? Pressentait-elle qu'il désirait la prendre dans ses bras ?

Il ne serait jamais l'homme qu'elle souhaitait qu'il soit, songea-t-il avec un étrange pincement au cœur. Ni le père des enfants qu'elle désirerait forcément un jour.

Un flot d'émotions déferla en lui, si puissant qu'il ne put l'endiguer. Et lorsque la sonnette retentit soudain, ils sursautèrent tous les deux.

— C'est la voiture, dit-il d'une voix sourde.

Rowan hocha la tête et enfila son manteau avant de se diriger vers la porte.

— Quand nous retournerons à Rosedale, je terminerai d'emballer ses affaires et je m'en irai. Je te le promets, Nic.

Les mots résonnèrent dans sa tête, dans sa poitrine, laissant derrière eux un vide terrifiant. C'était du *chagrin*, se dit-il. Durant l'année écoulée, il l'avait refoulé en se réfugiant dans le travail et le sport. Son refus d'organiser une cérémonie commémorative avait été destiné à éviter de rouvrir la blessure, il le savait très bien.

Lorsque la voiture ralentit et se gara devant un long bâtiment gris à un seul étage, Nic se tourna vers Rowan et vit qu'elle avait le teint blême.

— Tu te sens mal ? demanda-t-il, inquiet.

— C'est le trac. N'aie pas peur, comme je n'ai rien avalé, je n'ai rien à vomir.

Elle sortit de la voiture, blanche comme un linge, mais en se mouvant avec sa grâce coutumière. Dominant sa propre appréhension, Nic la rejoignit et la prit par le coude avant de l'entraîner vers la porte.

À l'intérieur, une véritable foule était déjà installée dans la grande salle blanche. Une fois que tous deux furent assis, un homme vêtu d'une longue chasuble ivoire invita l'assemblée à se recueillir. Nic déglutit difficilement. Cette atmosphère avait un côté surréaliste mais étrangement purificateur. Cette cérémonie était nécessaire, Rowan avait raison…

Quand elle se leva pour se diriger vers le podium, il constata que ses joues avaient repris un peu de couleur ; mais ses yeux semblaient lui manger tout le visage.

Un regret immense l'envahit. Celui de ne pas pouvoir être meilleur qu'il ne l'était. À cause d'Olief, qui ne lui avait jamais montré l'exemple et ne lui avait pas appris à avoir confiance en lui, ni à s'aimer. Il avait laissé son fils se débrouiller tout seul.

À cet instant, le regard de Rowan croisa le sien, puis elle commença à parler d'une voix rauque avant de s'interrompre en portant la main à ses lèvres.

Sans réfléchir, Nic alla la rejoindre. Mais lorsqu'il se retrouva sur le podium à côté d'elle, un froid mordant l'envahit. Il n'avait jamais eu l'intention de s'exposer ainsi.

Parler en public ne lui posait aucun problème ; or, cette fois, c'était différent. Il ne s'exhibait jamais, ne montrait jamais ses émotions, et celles-ci bouillonnaient sous la surface alors que des centaines de personnes le dévisageaient.

Il prit la main de Rowan. Ses doigts étaient si glacés qu'il frissonna et les serra entre les siens. Elle lui tendit alors la feuille de papier qu'elle tenait dans son autre main et Nic commença à lire.

— « Olief a essayé de toutes ses forces d'être un père pour moi… »

En effet, il avait fait des efforts, mais pour elle, pas pour lui. C'était peut-être la leçon à retenir : il devait dire au revoir à Olief et accepter son échec en tant que père. Ensuite, lui-même pourrait avancer dans sa vie, se concentrer sur ses propres objectifs, fort des principes qu'il s'était forgés. Et essayer de vivre sa vie, le mieux possible.

Rowan serrait la main de Nic en luttant contre l'avalanche d'émotions qui s'était abattue sur elle quand elle avait croisé son regard tourmenté. Chez lui, elle avait compris qu'il craignait sincèrement de l'avoir mise enceinte. Sur le moment, elle s'était dit qu'elle devait le rassurer mais à la pensée de voir le soulagement envahir ses traits, elle avait craint de se retrouver anéantie et senti son courage vaciller. L'arrivée de la voiture l'avait sauvée.

À présent qu'elle se tenait sur cette estrade et jouait son rôle de fille reconnaissante, elle ne pouvait penser qu'à une seule chose : c'était à cause de sa mère qu'elle n'avait quasiment jamais eu de règles. Même avant de subir l'entraînement intensif des classes de ballet, elle s'était vu imposer un régime draconien par Cassandra, obsédée par les calories et le poids.

Nic acheva sa lecture et la conclut par quelques mots personnels. Puis il descendit du podium en l'entraînant par la main. Un ami de sa mère se leva alors et entonna une ballade irlandaise en hommage à Cassandra.

Le pire était passé. Ne restait plus qu'à supporter la réception qui se tiendrait dans la salle voisine sans trop trahir la tension qui l'habitait.

— Maintenant, tu peux t'en aller si tu veux, dit-elle en dégageant sa main de celle de Nic.

— Non, je reste.

— Comme tu voudras, murmura-t-elle.

Puis elle se laissa entraîner par un groupe de personnes qui souhaitaient lui présenter leurs condoléances.

Nic prit quelques instants pour retrouver son empire sur lui-même. Apparemment, Rowan était pressée de le voir s'en aller. Parce qu'elle lui en voulait ? Elle aurait eu raison. C'était lui le plus expérimenté des deux, et de loin. Il n'aurait jamais dû prendre le risque de faire l'amour sans protection.

Il la regarda évoluer dans la salle emplie de vedettes de cinéma et du show-business, de diplomates, d'hommes d'affaires, de journalistes célèbres et de personnalités diverses. Pour la première fois, il ne voyait pas en Rowan une fille gâtée cherchant à attirer l'attention mais une jeune femme qui veillait à parler avec chacun, à saluer tout le monde avec chaleur.

Lui aussi accomplit son devoir : il reçut les condoléances et les hommages destinés à Olief et remercia les invités d'être venus, tout en demeurant obsédé par la question qui le lancinait : que se passerait-il si Rowan et lui se retrouvaient liés par la venue au monde d'un enfant ?

Il repoussa farouchement cette éventualité. Mais cela ne l'empêcha pas de s'interroger sur sa propre réaction : *il avait un instant envisagé de devenir père en disant adieu au sien.*

Apercevant Franklin Crenshaw, l'agent de Rowan, il se dirigea vers lui.

— Je vous suis extrêmement reconnaissant pour tout, Franklin, dit-il après avoir échangé quelques mots avec lui. Envoyez-moi les factures.

— Désolé, Nic, je ne peux pas : Rowan a tout organisé, et je lui ai ouvert un compte.

Un léger sourire se forma sur ses lèvres.

— Mais je ne suis pas étonné qu'elle vous ait demandé de l'aide, ajouta-t-il. Elle ne veut rien me devoir, c'est ça ?

— Pourquoi dites-vous cela ?

— Parce qu'elle sait comment je lui demanderai de régler sa dette.

— Elle ne peut plus danser, Franklin.

— Non, mais elle peut *jouer*, répliqua l'agent en prenant un verre sur le plateau d'un serveur qui passait. Regardez-la : elle ne tient que par un fil, mais personne ne s'en rend compte. Et pourtant, quand Rowan a du mal à sourire, c'est vraiment qu'elle n'en peut plus. Je parie qu'elle n'a rien avalé ce matin…

Après s'être excusé brièvement, Nic prit congé de Franklin et s'avança vers Rowan.

Dès qu'ils eurent regagné l'appartement de Nic, Rowan se laissa tomber sur l'un des sofas, pressée d'ôter ses bottes. Du coin de l'œil, elle vit Nic se débarrasser rapidement de sa veste et se diriger vers le bar. Il emplit deux verres d'un liquide ambré. Lorsqu'il lui en tendit un, elle le prit et le posa sur la table basse.

Il la regarda en soupirant.

— Ne m'en veux pas, Nic. Je ne peux rien avaler.

— Je ne t'en veux pas. Mais nous devons parler.

— Pas maintenant, je suis trop fatiguée. Je vais me coucher.

Nic la regarda s'éloigner en se demandant s'il devait la suivre. Mais elle avait raison : mieux valait se reposer pour l'instant. Ils en avaient besoin tous les deux.

Toutefois, vu l'agitation régnant dans son esprit, il doutait fort d'arriver à trouver le sommeil. Emportant son cognac, il se dirigea vers l'escalier en desserrant sa cravate. Lorsqu'il passa devant la porte de la chambre où il avait installé Rowan, il s'arrêta brusquement en entendant un bruit de sanglots profonds et déchirants.

Le cœur battant, il poussa lentement la porte.

Rowan était assise sur le lit, un bras dégagé de son haut, le tissu entortillé autour de son buste tandis qu'elle pleurait, le visage enfoui dans ses mains fines et blanches.

La tension qui lui étreignait la poitrine depuis des heures enfla, envahissant toute sa cage thoracique. Sans réfléchir, Nic s'avança lentement dans la pièce et posa son verre sur la table de nuit.

— Rowan, ne pleure pas, dit-il en lui posant la main sur le bras.

Elle releva la tête, les joues souillées de traces de mascara grisâtres.

— J'essaie de m'arrêter, murmura-t-elle. Mais je n'y arrive pas : rien ne sera plus jamais comme avant…

Sa détresse l'ébranla, menaçant de détruire le peu de maîtrise qu'il lui restait encore. Il aurait dû s'enfuir avant que ses dernières défenses ne cèdent, mais il ne pouvait pas la laisser comme ça. Elle lui faisait penser à une enfant essayant d'assumer des responsabilités trop lourdes pour elle.

En couchant avec Rowan, il avait profité d'elle, réalisa-t-il soudain. Elle traversait une période très difficile et s'était donnée à lui dans un moment de faiblesse.

— Ne t'en fais pas, dit-il en refoulant les remords qui le submergeaient. Tout ira bien et tu vas t'en sortir.

Doucement, il acheva de la déshabiller — lui laissant ses sous-vêtements —, puis la força à s'allonger sous le drap.

Demain, ils parleraient. Pour l'instant, il avait besoin de temps pour réfléchir aux dispositions à prendre. Surtout s'il l'avait mise enceinte…

— S'il te plaît, ne t'en va pas, Nic, murmura-t-elle en s'agrippant à sa main.

Et quand elle la souleva et la posa sur sa joue mouillée de pleurs, Nic tressaillit : son visage était glacé. Cédant à un réflexe sur lequel il refusa de s'interroger, il ôta ses chaussures et déboucla sa ceinture, avant de la faire glisser dans les passants et de la laisser tomber sur le tapis.

Ensuite, il se glissa tout habillé sous le drap et serra Rowan contre lui en essayant de lui communiquer un peu de sa chaleur.

— Seulement jusqu'à ce que je m'endorme, chuchota-t-elle. Ensuite, tu pourras t'en aller. Excuse-moi…

— Non, c'est à moi de m'excuser, dit-il d'une voix rauque. Et maintenant ne dis plus rien. Dors. Tout ira bien.

En réalité, l'avenir lui paraissait des plus sombres. Parce que si jamais elle était enceinte, non, tout n'irait pas bien du tout.

10

Lorsque Rowan se réveilla le lendemain matin, elle trouva le regard de Nic dardé sur son visage, bleu, indéchiffrable. Et une ombre couleur bronze couvrait sa mâchoire tandis que ses cheveux luisaient dans le soleil matinal qui se déversait dans la chambre.

La veille au soir, elle avait craqué. Pas étonnant : la journée avait été une véritable épreuve d'endurance. Tout le monde l'avait interrogée sur l'état de sa jambe et lui avait demandé comment elle voyait son avenir. Refusant de recourir à des réponses toutes faites, Rowan s'était efforcée de demeurer sincère, tout en restant le plus discrète possible sur ses projets. Et durant toute la cérémonie, elle s'était sentie observée par Nic.

Alors, dès qu'elle s'était retrouvée seule dans sa chambre, elle s'était effondrée. Et lorsque Nic l'avait trouvée en larmes, elle s'était raccrochée à lui comme à une bouée de sauvetage.

Mortifiée de s'être laissée aller ainsi, elle se redressa en serrant le drap sur sa poitrine. En plus, elle était en sous-vêtements et lui tout habillé, ce qui ne l'aidait pas à se sentir à l'aise.

— Cela ne doit pas t'arriver souvent de dormir tout habillé avec une femme ! dit-elle en dissimulant son embarras sous un trait d'humour.

— Je vois que tu as retrouvé des forces, murmura-t-il d'un ton moqueur.

Il roula sur le côté et s'assit au bord du lit, lui tournant le dos.

— En fait, ce n'est pas la première fois, poursuivit-il en se passant la main dans les cheveux. Je laissais ma petite sœur venir se blottir contre moi quand elle avait fait un cauchemar.

Le regard rivé sur sa chemise froissée que tendait son dos musclé, Rowan écarquilla les yeux.

— Tu as une sœur ? s'exclama-t-elle, stupéfaite. Mais… Du côté de ta mère ?

— Une demi-sœur et deux demi-frères, si tu veux tout savoir. Je suis l'aîné.

— Pourquoi ne parles-tu jamais d'eux ?

Il haussa les épaules puis se leva d'un mouvement brusque.

— Je ne leur parle pas, dit-il en levant les bras pour s'étirer.

Sa chemise sortit de son pantalon, laissant voir une bande de peau hâlée.

— Lorsqu'elle vivait à Katarini, ma tante nous prenait tous ensemble durant une semaine, pendant les vacances d'été. Mais après son départ pour les États-Unis, le mari de ma mère a interdit que je continue à voir ses enfants.

— C'est mesquin ! s'écria Rowan, indignée par cette attitude cruelle. Ta pauvre mère a dû…

— Ma *pauvre mère* ? fit Nic en se retournant vivement.

— Eh bien, oui : rester mariée à un type pareil… C'est sans doute à cause de lui qu'elle n'allait pas te voir au pensionnat. Il contrôlait tout, si je comprends bien.

— Elle n'était pas *forcée* de rester avec lui. Elle l'a choisi. En renonçant à moi.

Il n'avait pas cherché à dissimuler son amertume, constata Rowan. Après avoir vécu ces séparations successives, comment aurait-il pu s'investir dans une relation affective ? Il avait appris à garder ses distances, avec tout le monde.

— Avait-elle vraiment le choix ? répliqua-t-elle doucement. Elle avait ta sœur et les deux garçons.

— Elle n'en avait qu'un, à l'époque, répliqua-t-il en se frottant la mâchoire. Elle attendait le deuxième.

— Raison de plus. Comment aurait-elle pu envisager de quitter son mari avec deux enfants et un troisième à venir ? Elle n'aurait pas pu travailler. Apparemment, son choix était de toute façon cruel : ou se résoudre à ne pouvoir élever seule tous ses enfants dans de bonnes conditions, ou se séparer de l'un d'eux. Je ne veux pas dire qu'elle a eu raison, mais je ne crois pas qu'elle ait eu vraiment le choix. Elle se trouvait face à un dilemme atroce.

— Elle aurait pu choisir de ne pas se mettre dans cette situation, rétorqua-t-il, le regard sombre. Elle savait qu'elle était enceinte de moi *avant* de se marier ; par conséquent, elle aurait pu rompre ses fiançailles et demander à Olief de la soutenir financièrement pour m'élever de façon décente. En outre, vu qu'ils étaient tous les deux impliqués par ailleurs, ils n'auraient jamais dû me concevoir !

— Parce que tu penses que toutes les grossesses sont prévues ? lança-t-elle sans réfléchir.

Aussitôt, elle se tut, horrifiée par ce qu'elle venait de dire.

— Ce sont des choses qui arrivent, Nic, s'empressa-t-elle de poursuivre en fixant la fenêtre. Parfois, on se retrouve face à des choix impossibles. À en juger par ton attitude vis-à-vis de moi, tu n'as pas envie de fonder une famille, alors que ferais-tu si cela t'arrivait ?

Rowan rassembla tout son courage avant de tourner la tête vers lui.

— Tu m'épouserais ?

En son for intérieur, elle reconnut que sa question manquait vraiment de délicatesse. Elle forçait Nic à se positionner, alors qu'il l'avait tenue dans ses bras toute la nuit pour la réconforter. Mais justement, son comportement l'amenait à penser qu'un autre type de relation serait possible entre eux, un lien plus profond qu'une simple aventure charnelle.

Pourtant, à voir la raideur qui avait envahi tout son corps et le masque privant son visage de toute expression, cet espoir semblait vain.

— La vraie question, c'est plutôt de savoir ce que *tu* ferais, laissa-t-il tomber d'une voix glaciale.

Sa froideur paralysa Rowan. Il ne voulait pas d'un enfant avec elle. Espérait-il qu'en cas de grossesse, elle y mettrait un terme ?

— Étant donné que ce serait un miracle que je tombe enceinte, oui, je le garderais, bien sûr !

Elle redressa le menton et le regarda droit dans les yeux.

— Mais ne t'inquiète pas, Nic, je ne te demanderais pas de m'épouser. Le mariage expéditif de ma mère a ruiné sa vie, et la mienne par ricochet. Je ne commettrais *jamais* la même erreur.

Rejetant le drap, elle alla s'enfermer dans la salle de bains. Elle eut beau se répéter que de toute façon, ils se disputaient à propos d'une chose qui ne se produirait jamais, un frémissement incontrôlable l'ébranlait jusqu'au plus profond de son être, lui donnant une impression de vide affreux que rien ne pourrait jamais combler.

« Je le garderais, bien sûr »…

Installé à l'arrière du véhicule qui se dirigeait vers l'héliport, Nic fixa la nuque du chauffeur. La pensée d'avoir pu faire un enfant à Rowan lui glaçait le sang. Bien des années plus tôt, il avait décidé de ne *jamais* avoir d'enfant. Après avoir passé beaucoup de temps dans le tiers-monde et y avoir vu des gosses détruits par la guerre et la famine, leurs parents impuissants à les protéger ou à les nourrir, il pensait que se reproduire était trop souvent un acte irresponsable.

Sa décision venait également de la certitude qu'il n'était pas fait pour la vie de famille. Chaque fois qu'il avait senti un lien se créer avec un être cher, il s'en était vu privé brutalement, comme lorsque Olief avait disparu dans cette tempête. Il ne croyait pas au destin, mais sa vie ne semblait pas s'orienter vers la création d'un foyer paisible. Un frisson étrange le parcourut : quel genre de père ferait-il, lui qui était incapable de se laisser aller à toute intimité émotionnelle ?

Rowan serait une bonne mère. Sa conception de la maternité était trop romantique à son goût, mais elle réchauffait un peu les endroits gelés en lui. Il se sentait rassuré : elle lui montrerait le chemin. Elle était affectueuse, joueuse et savait aimer. L'enfant qu'il lui aurait fait serait entre de bonnes mains parce qu'elle l'aimerait, même s'il était de lui.

Une sensation ténue ébranla son cœur, comme si un pont fragile était lancé au-dessus d'un gouffre de ténèbres. Il n'était pas sûr de le mériter. Il n'avait même pas le courage d'en vérifier l'existence, mais il désirait toutefois y croire. Un tout petit peu…

Il jeta un regard en biais à Rowan. Elle lui avait reproché de ne pas souhaiter fonder de famille, et c'était en effet le cas. Le poids des responsabilités, les décisions à prendre, les compromis, c'était trop pour lui. Pourrait-il franchir la frontière obscure, s'engager sur ce pont incertain, pour arriver sur une berge inconnue ? S'explorer lui-même, découvrir sa propre vulnérabilité ? Pourrait-il être le pilier d'une famille ou en précipiterait-il la décomposition ? Son cœur battait un peu plus vite à ces perspectives. Il s'efforça d'ignorer l'énergie inconnue pulsant en lui.

Rowan et lui étaient tous deux célibataires et s'entendaient bien, notamment au lit — facteur non négligeable... Pourraient-ils vraiment élever un enfant ensemble ? *Vivre* ensemble ? Nic pouvait facilement envisager de se réveiller chaque jour comme ce matin-là, savourant le parfum unique de Rowan avant même de soulever les paupières. Lorsqu'il avait pris conscience de la chaleur et de la présence du corps pressé contre lui, une sensation merveilleuse l'avait assailli faite d'optimisme et d'apaisement. Était-ce cela, le bonheur ?

Toutefois, Rowan avait été claire en parlant du mariage *expéditif* de sa mère. Elle avait raison : bâtir quelque chose ensemble serait une erreur. Il ne pourrait jamais devenir un bon mari. Encore moins un bon père.

Alors pourquoi le refus catégorique de Rowan d'envisager de l'épouser lui lacérait-il la poitrine ?

— Excuse-moi, dit-elle soudain en posant la main sur son ventre.

Il fallut quelques instants à Nic pour comprendre qu'elle faisait allusion au petit gargouillement qui s'était fait entendre et non à une éventuelle grossesse.

— Tu n'as toujours rien mangé ?

— Tu as dit que la voiture nous attendait.

— Je voulais dire que nous pourrions partir dès que tu serais prête ! Tu es incroyable ! dit-il en se penchant en avant.

Il donna une adresse au chauffeur en lui expliquant qu'ils s'arrêteraient pour déjeuner avant de gagner l'héliport.

Ils s'installèrent sur une terrasse où il faisait assez frisquet mais au moins, à cette table située un peu à l'écart, ils pouvaient échapper à l'effervescence régnant à cette heure-ci dans le restaurant.

Avant de commander le déjeuner proprement dit, Nic

demanda à la serveuse que l'on apporte une salade de fruits pour Rowan.

— Je ne prendrai que cela, prévint-elle.

— Prends ce qui te fait envie : je mangerai ce dont tu ne voudras pas.

— Tu n'as pas pris de petit déjeuner non plus ? répliqua-t-elle en haussant un sourcil moqueur. Tu es *incroyable* !

Nic hésita un quart de seconde avant de lancer :

— Au fait, je t'épouserais.

Rowan eut l'impression qu'un éclair doré l'aveuglait, puis qu'une torpeur l'engourdissait, la rendant insensible à tout ce qui l'entourait. Seigneur…

— Ne crois pas un instant que je refuserais de participer à la vie de mon enfant, ajouta-t-il.

Une boule se nicha dans sa gorge et quand elle déglutit, la douleur descendit dans son sternum. Peu importait que Nic soit capable d'assumer sa paternité : il ne lui avait pas fait d'enfant et ne lui en ferait jamais.

Lorsque la jeune serveuse apporta la salade de fruits, Rowan réussit à lui sourire.

— J'ignorais que tes parents étaient mariés, dit Nic. Pourquoi portes-tu le nom de ta mère ?

— Pour que personne ne sache qu'elle était mariée.

Sa propre voix lui sembla creuse. Il fallait qu'elle dise à Nic qu'elle *n'avait pas pu* concevoir, qu'elle était stérile, mais la perspective de le lui avouer lui causait une souffrance intolérable. Elle pouvait vivre sans avoir d'enfant et si elle en désirait vraiment un jour, la science proposait d'autres moyens — et l'adoption restait une option. Mais c'était de ne pas pouvoir en avoir *avec Nic* qui lui était insupportable, hélas… Si seulement elle pouvait contrôler ses sentiments envers lui !

— Et ton père, il est vivant ? reprit-il. Tu le vois ?

Mon Dieu, ils parlaient de son père, à présent…

— Oui, bien sûr, répondit-elle en saisissant sa cuiller.

— Qui est-ce ?

Elle s'appuya au dossier de sa chaise.

— Un peintre. Il est italien. Paolo.

— Si je comprends bien, tu as une famille, finalement ?

Une raideur affreuse gagna les épaules de Rowan.

— Oui, c'est vrai. Mais… Il est alcoolique. Cela n'ôte rien au fait qu'il fasse partie de ma famille, bien sûr, ajouta-t-elle à la hâte. Je voulais seulement dire qu'il n'est pas vraiment là pour moi.

Elle parlait rarement de Paolo, préférant rester dans le flou lorsqu'on l'interrogeait à son sujet. Mais Nic était bien placé pour comprendre que la relation avec un père pouvait être compliquée.

— Il possède un talent fabuleux ; malheureusement, il ne finit pas grand-chose, continua-t-elle. Olief savait que je lui donnais une partie de ma pension, notamment pour payer son loyer. Il s'en fichait.

Se redressant sur son siège, elle regarda Nic dans les yeux.

— C'est pour cela que je me suis lamentablement exhibée dans ce club, en Italie. Après mon accident à la jambe et tout le reste, je n'avais pas vu beaucoup Paolo, l'année dernière. Et quand je suis arrivée là-bas…

Se rappelant l'odeur infecte dans l'appartement et les insectes qui avaient élu domicile dans la cuisine, Rowan posa sa main sur la table pour l'empêcher de trembler.

— Bref… Je me suis dit que ce serait juste une soirée, que c'était sans danger. Et puis je le faisais pour la bonne cause.

Quand elle essaya de sourire d'un air désinvolte, elle sentit ses lèvres esquisser une pauvre grimace.

— Ensuite, j'ai compris que je pourrais facilement me laisser aspirer dans une spirale, comme lui. Alors j'ai décidé de venir à Rosedale pour faire une pause et réfléchir. Je ne dansais pas sur les tables pour m'acheter des créations de stylistes italiens, Nic, mais pour aider mon père.

— Tu as dit que son mariage avait détruit la vie de ta mère ; apparemment, il t'a plus affectée qu'elle.

— En dépit de toutes ses faiblesses, Paolo n'en reste pas moins mon père, et il aurait de toute façon eu besoin de mon aide, qu'il vive avec ma mère ou non. Et même si notre relation n'est pas toujours facile, je l'aime. Quant à Cassandra, elle a toujours regretté de l'avoir laissé régulariser la situation. Parce qu'elle se retrouvait coincée au lieu de pouvoir épouser l'homme qu'elle aimait vraiment. Grâce à cela, j'ai compris que se marier à cause d'une grossesse non désirée était stupide et néfaste. Il faut éprouver des sentiments profonds envers l'autre.

Lorsque Nic détourna les yeux, Rowan se rendit compte qu'elle venait d'admettre qu'elle souhaitait se marier par amour. Il n'y avait rien de honteux à cela, sauf que Nic avait deviné le fond de sa pensée. À présent, il serrait le poing sur la table, le visage de nouveau semblable à un masque. Il ne l'aimerait jamais, elle le savait déjà, mais elle se sentait humiliée de s'être dévoilée ainsi.

Rowan s'arrêta en haut des marches pour sortir sa clé de son sac ; elle la regarda longuement. Sa mère avait insisté pour avoir une vraie clé et une vraie serrure, mais pour accéder à la villa ultramoderne que Nic envisageait sans doute de faire construire, ce genre d'objet obsolète ne serait pas nécessaire. Il faudrait une télécommande, ou alors poser son index sur un lecteur d'empreintes digitales…

Après être entrée devant lui dans le hall, elle laissa échapper un long soupir en serrant sa clé entre ses doigts. Puis elle la retira de son anneau ciselé et la posa sur la console.

— Qu'est-ce que tu fais ? demanda Nic tandis qu'elle se dirigeait vers l'escalier.

— Je n'en aurai bientôt plus besoin, si j'ai bien compris.

Elle *devait* s'en aller. Elle acceptait l'inéluctable, à présent. Dès qu'elle aurait achevé de trier les affaires de Cassandra, elle quitterait Rosedale — et Nic. Il était grand temps de renoncer à ses rêves d'adolescente. Nic ne l'aimerait jamais, point final. Maintenant, elle comprenait même pourquoi il en était incapable.

— Rowan…

Elle s'arrêta sur la première marche, figée. Il suffisait qu'elle entende le son de sa voix profonde pour fondre au plus intime de son être. Agrippant la rampe, elle se retourna lentement. Une hésitation inhabituelle se lisait sur ses traits virils tandis qu'il se passait nerveusement la main dans les cheveux.

— Si tu étais enceinte…

Il s'interrompit. Rowan leva les yeux au ciel. Parler de cela était absurde ! Il fallait qu'elle le lui dise, maintenant. À cette idée, un léger vertige la saisit. Serrant le bois lisse de la rampe entre ses doigts, elle s'efforça de retrouver sa contenance.

— Si j'étais enceinte, tu m'offrirais Rosedale en cadeau, c'est cela ? Eh bien, je ne suis *pas* enceinte, d'accord ? Je ne *peux pas* l'être !

11

Nic s'avança d'un pas et voulut rappeler Rowan, mais aucun son ne franchit ses lèvres. En même temps, il buta sur leurs sacs de voyage et faillit perdre l'équilibre. Finalement, terrassé par l'aveu de la jeune femme, il se laissa tomber sur la première marche de l'escalier et se prit la tête entre les mains.

Avait-il vraiment cru au miracle ? Quel imbécile ! La déception lui nouait le ventre. Sans compter qu'il souffrait pour Rowan. L'espace d'un instant, lorsqu'elle avait laissé tomber ses défenses, s'était montrée à nu, une souffrance insupportable lui avait déchiré la poitrine.

Depuis quand se souciait-il d'autrui ? Le besoin d'aller la rejoindre le dévorait, mais que pourrait-il faire pour elle, face à une chose aussi définitive et irréparable que la stérilité ?

Il se frotta le visage dans l'espoir de reprendre le contrôle de ses émotions. Il savait comment vivre sans rapports humains privilégiés, sans sentiments — et sans enfants ! Il pouvait s'en passer, et même très bien. Mais que Rowan soit privée de ce pour quoi elle semblait faite, du rôle naturel dans lequel elle aurait été si parfaite, si douée…

Lentement, Nic se releva et gravit l'escalier pour aller se réfugier dans son sanctuaire, s'immerger dans le travail. Pourtant, il passa sans s'arrêter devant la porte de son bureau, comme un zombie. Un peu plus loin, la double porte donnant sur la chambre de maître était ouverte. Il risqua un œil. Rowan fermait un carton avec du ruban adhésif.

Lorsqu'il s'arrêta sur le seuil, elle s'interrompit un bref instant sans le regarder, puis reprit sa tâche.

Il contempla les cartons empilés contre le mur. Des cadres et des pêle-mêle avaient disparu des murs, laissant des rectangles clairs sur le papier peint. Il se fichait éperdument de ce que Rowan emporterait, mais soudain il se rendit compte qu'il lui avait imposé trop de pression, avait exigé d'elle trop de décisions trop vite. Sentimentale, elle devait souffrir de se retrouver ainsi confrontée au passé. Son ultimatum, qui lui avait paru justifié, lui semblait à présent injuste. Et même méchant.

Après avoir posé le rouleau de ruban adhésif sur le sol, Rowan se dirigea vers le fond de la pièce.

— Savais-tu qu'Olief envisageait d'écrire son autobiographie ? demanda-t-elle d'une voix neutre.

Elle se pencha et ouvrit un carton avant d'en sortir un paquet de lettres au papier jauni.

— Celles-ci s'adressent à sa femme. Il y parle beaucoup des endroits où il est allé. Il y a d'autres choses : des photos, des récompenses, des articles. Des tas de trucs intéressants.

Quand elle lui tendit les lettres, Nic ne les prit pas. Il ne se préoccupait que de Rowan. Laissant retomber son bras, elle détourna les yeux et remit le paquet dans le carton.

— Je croyais que cela aurait pu t'aider à comprendre qui il était, dit-elle en haussant les épaules.

Il aurait bien aimé regarder ces documents, or, étrangement, ces vestiges du passé représentaient peu d'intérêt à ses yeux. Ce n'était pas à cause de Rowan qu'il n'avait pas réussi à créer de lien avec Olief mais à cause de lui-même. Alors que son père lui avait tendu la main des dizaines de fois, il ne l'avait jamais prise.

La vérité s'enfonça dans son cœur avec une dureté implacable : il ne savait pas *être* avec quelqu'un ; il n'avait jamais voulu apprendre parce que autrefois, *personne n'avait été là pour lui.*

— Cela m'a donné une idée, reprit Rowan en soulevant un carton avant de le poser sur une pile. Je pourrais donner tous ces documents à un écrivain, qui écrirait la biographie d'Olief.

— Je ne suis pas venu pour parler de vieux papiers.

— Eh bien moi, je n'ai pas envie de parler de ce dont tu veux parler. Alors dis-moi si tu souhaites t'en occuper, sinon je vendrai tout aux enchères. L'argent récolté pourrait servir à créer une fondation pour les recherches et les sauvetages en mer. Qu'est-ce que tu en penses ?

Nic devina qu'elle faisait des efforts pour garder son calme, alors qu'en réalité elle risquait de s'effondrer à chaque instant. Comment avait-elle réussi à lui révéler la vérité de façon aussi brutale ?

— Je ne… Comment aurais-je pu savoir, Rowan ? Olief était-il au courant ? Et ta mère, le savait-elle ?

Elle redressa farouchement le menton, puis perdit son assurance d'un coup et se pencha pour prendre un torchon, avec lequel elle s'essuya les mains.

— Maman pensait que ce n'était pas grave, dit-elle enfin.

Rowan se dirigea vers le balcon et contempla la plage qui s'étalait en contrebas. La mer était calme ; elle miroitait doucement sous les rayons du soleil.

« Tu vois, maman, je n'ai pas réussi à réaliser tes espérances et je n'aurai pas non plus ce que moi, je désirais. »

Elle ferma un instant les yeux, puis, contrôlant chacun de ses gestes, elle replia avec soin le torchon et le posa sur un carton.

— Quand une femme est très mince, l'aménorrhée n'est pas rare, expliqua-t-elle. Je n'ai pas eu de règles depuis des années. J'ai repris un peu de poids après avoir quitté l'école, mais pas assez pour retrouver des cycles normaux. Cela ne reviendra sans doute jamais.

Elle avait réussi à parler d'un ton égal alors qu'elle était glacée à l'intérieur.

— Ma mère disait que de toute façon, avoir un enfant aurait ruiné ma carrière, poursuivit-elle. Et que, comme j'aurais été appelée à travailler énormément et à voyager, je n'aurais pas pu m'en occuper. Alors selon elle, c'était bien comme ça.

Elle se força à sourire d'un air désinvolte.

— J'avoue que je n'y pensais pas vraiment. C'était trop… dérangeant, sans doute. Et tu connais les médecins : ils ont réussi à me culpabiliser en décrétant que je ne prenais pas assez soin de moi. Et comme je n'y pouvais rien changer à cause de la pression que je subissais, j'ai rayé le problème de mon esprit. Mais maintenant que j'ai renoncé à une carrière de danseuse, que Cassandra et Olief sont partis…

Sa voix se brisa. Elle laissa échapper un profond soupir.

— … je me rends compte que j'aimerais avoir une famille.

C'était la première fois de sa vie qu'elle savait ce qu'elle désirait, avec certitude. L'avoir verbalisé lui faisait un bien fou. Un calme profond s'installa en elle. Ce désir ne pourrait jamais se réaliser — du moins, pas de la façon dont elle aurait souhaité le concrétiser —, mais au moins, elle savait ce dont elle avait besoin pour être pleinement elle-même.

— Je verrai ça plus tard, ajouta-t-elle d'une voix plus ferme. Quand le moment sera venu et que j'aurai trouvé le bon partenaire. Pour l'instant, je ne suis pas prête. Jusqu'à présent, j'ai passé ma vie à faire plaisir à ma mère et à me sentir responsable de mon père. Tu as dit toi-même que j'étais immature, non ? C'est vrai : je n'ai aucune indépendance, ni de job ni de maison…

Rowan s'interrompit, de crainte d'avoir l'air de s'apitoyer sur son sort.

— Ce n'est pas comme si tu désirais que je sois enceinte de toi, n'est-ce pas ? lança-t-elle avec désinvolture. Tu aurais assumé tes responsabilités, j'en suis sûre, mais tu ne veux pas avoir d'enfants.

Nic fut transi d'un frisson glacé. Comment aurait-il pu avouer à Rowan qu'avec elle, il aurait accepté d'avoir un enfant ? S'il le faisait, la souffrance de la jeune femme serait encore plus grande. « Quand le moment sera venu et que j'aurai trouvé le bon partenaire. » Ses paroles lui vrillaient la tête, le cœur. Il ne serait jamais cet homme.

— Tu ne désires pas d'enfants, n'est-ce pas ? insista-t-elle.

À quoi bon lui mentir : de toute façon, cela ne ferait qu'envenimer la situation.

— Je pensais que ce pourrait être… une seconde chance, dit-il avec effort.

Nic regretta aussitôt ses paroles. On ne réinventait pas son enfance en donnant la vie. Était-ce de l'espoir qui brillait au fond des yeux verts de Rowan ?

— Que veux-tu dire ? demanda-t-elle en fronçant les sourcils. Une seconde chance pour qui ?

— Pour moi, reconnut-il d'une voix rauque.

La voyant blêmir, il se hâta d'ajouter :

— Je me faisais des illusions.

— Ce n'est pas vrai, Nic, répliqua-t-elle en tendant la main vers lui.

Non ! Il ne pouvait pas supporter qu'elle le touche. Pas maintenant, il se sentait trop à vif.

Nic se raidit et Rowan laissa retomber son bras. Comment avait-elle pu le croire insensible ? Il était tout le contraire : tant d'émotions se bousculaient en lui qu'il ne pouvait supporter de les laisser poindre.

— Cela n'a pas d'importance, lâcha-t-il.

Des larmes lui picotèrent les paupières. Elle se détestait. De s'être rendue stérile ; d'avoir fait l'amour avec Nic sans protection ; de l'avoir laissé penser brièvement qu'elle pourrait lui donner ce qu'il désirait peut-être… Un vide atroce l'envahit une fois de plus. S'il l'avait aimée, ils auraient pu trouver un moyen de fonder une famille ensemble ; hélas, désormais, il n'y avait plus aucun avenir possible avec lui.

Nic suivit le mouvement gracieux de la main de Rowan lorsqu'elle repoussa une mèche de cheveux derrière son oreille. À quoi pensait-elle ? Était-elle soulagée de ne pas se retrouver coincée avec un handicapé émotionnel ? Ce qu'il venait d'avouer la dérangeait-il au point qu'elle souhaitait le voir disparaître de sa vie, pour toujours ?

— Je sais que je ne suis pas comme les autres, dit-il. J'observe la vie du dehors, je n'y participe pas. Oui, j'aurais essayé de faire au mieux, mais ça n'aurait pas été suffisant. Si j'avais un enfant, il ne pourrait que souffrir et devenir comme moi : un infirme des émotions, de la vie.

— Non, ce n'est pas vrai…, protesta-t-elle de nouveau.

— Je ferais mieux d'aller me remettre au travail.

À quoi bon prolonger ce supplice ? Rowan avait le visage si pâle, un regard si triste, si désespéré…

— Moi aussi, murmura-t-elle enfin.

Nic se força à faire demi-tour, à marcher calmement dans le couloir ; au-dedans, un chaos épouvantable le dévastait.

— Comment cela, la loi nous en empêche ? coupa brutalement Nic en écoutant à peine le flot d'excuses de son interlocuteur.

— Oui, c'est…

— Apprenez à être plus concis, Graeme. Et demandez à Sebastyen de m'appeler. Tout de suite.

Nic rangea son mobile dans sa poche avec irritation en se reprochant de s'être conduit comme une brute. Cela faisait une semaine qu'il ne dormait quasiment pas et qu'il avait perdu l'appétit, en dépit des petits plats préparés par Rowan. Il devait mettre un terme à cette tension intolérable, mais une appréhension insurmontable l'en empêchait.

Son téléphone vibra. Sebastyen. Il prit l'appel.

— Il va falloir procéder à la signature des documents, Nic. Avez-vous reçu la version révisée ?

Nic resta silencieux en contemplant le calendrier affiché sur l'écran de son ordinateur. Il avait repoussé le plus possible le moment de parler à Rowan, mais son avocat avait raison : il fallait passer à l'acte.

Après avoir raccroché, il partit à la recherche de Rowan. Il la trouva dans le petit salon, où le soleil matinal pénétrait par les larges portes-fenêtres ouvrant sur la terrasse.

— Rowan ?

Elle sursauta et se tourna vers lui. Ils ne s'adressaient plus la parole que lorsqu'ils y étaient vraiment obligés, et chaque échange était guindé, malaisé. Pour la première fois depuis une éternité, ils se regardèrent dans les yeux.

Nic essaya de sourire, en vain.

— Qu'est-ce qui ne va pas ? demanda-t-elle.

— Rien, mentit-il. Je voulais simplement te parler des papiers que je t'ai demandé de signer.

Ses belles épaules se raidirent aussitôt.

— J'ai dit que je les signerais demain, et je le ferai.

— Il y a un petit problème… Quand j'ai expliqué à mon avocat que tes parents étaient encore mariés, lui et son équipe d'experts ont dû apporter quelques modifications.

Rowan resta un instant interdite, puis elle hocha la tête pour signifier à Nic qu'elle avait compris. La relation entre ses géniteurs avait toujours été si minimale qu'elle s'était toujours considérée comme la plus proche parente de Cassandra. Mais en fait, Nic avait raison : c'était Paolo.

— Je t'en prie, ne va pas voir mon père avec ces documents.

— J'allais te proposer de le faire, mais uniquement si tu avais préféré ne pas t'en charger toi-même, répliqua-t-il d'une voix douce. C'est lui qui doit signer.

Rowan sentit son cœur battre violemment. Bien sûr. Elle aurait dû y penser plus tôt. À présent, elle avait encore moins de raisons de rester à Rosedale.

— Excuse-moi, j'ai été surprise. Bien sûr, je vais les porter à Paolo. J'aurais dû penser plus tôt à ce lien de parenté.

Étrangement, ce fut à ce moment que l'évidence s'imposa à elle : elle aimait réellement Nic. Son béguin d'adolescente avait mûri, se transformant en un sentiment profond et puissant. Or, outre que lui n'était pas amoureux d'elle, il avait reconnu à demi-mot qu'il désirait avoir des enfants et elle ne pourrait jamais lui en donner. Alors, autant renoncer à lui pour toujours.

Maintenant.

— Au fait…, commença-t-elle d'une voix rauque.

Elle s'interrompit et s'éclaircit la gorge. Il fallait absolument qu'elle se ressaisisse. Elle avait toujours su que ce moment arriverait. Elle avait terminé les tris, réservé son billet et même commencé à préparer ses bagages. Inutile d'atermoyer plus longtemps, même si elle avait l'impression que son cœur allait se déchirer en lambeaux.

— J'ai presque fini, poursuivit-elle en regardant ses mains.

Voyant qu'elles tremblaient, elle croisa les bras.

— Je voulais te dire que tout est arrangé, reprit-elle. Ces cartons sont destinés à un directeur de théâtre londonien qui souhaite organiser un espace dédié à Cassandra dans le hall de son établissement. Un transporteur viendra les chercher demain. Ses robes seront vendues aux enchères. J'ai donné les coordonnées de ton assistante à la société qui s'en occupera. Ils vont envoyer quelqu'un pour faire l'inventaire.

— Tu ne gardes rien ?

Les toilettes étaient somptueuses, mais elles correspondaient au style de Cassandra, pas au sien.

— Non. Beaucoup sont des œuvres d'art, je préfère qu'elles profitent à un artiste. Je voudrais que l'argent retiré de la vente serve à créer un compte au nom de mon père. Ainsi, je n'aurai plus besoin de danser sur les tables pour lui venir en aide.

Elle osa enfin regarder Nic. Ni l'un ni l'autre ne sourirent à sa plaisanterie.

— Tu ne gardes vraiment rien ?

— Si, quelques bricoles, répondit-elle. Des photos et le miroir de poche de Cassandra. La coupelle dans laquelle elle déposait ses bijoux, le soir. Des petites choses comme ça.

— Et ses bijoux ? Ils seront vendus aussi aux enchères ?

— Je voulais justement t'en parler.

— Je ne contesterai pas qu'ils t'appartiennent, si cela t'inquiète. Si tu souhaites les vendre pour avoir un peu d'argent de côté, fais-le.

— Non. Je n'ai pas l'intention de profiter de cadeaux qui ont marqué la vie d'Olief et Cassandra. En outre, nous ne saurons à qui ils appartiennent qu'à la lecture du testament. Je voulais seulement te demander de les garder. Je n'ai pas de coffre, ni d'endroit sûr.

Nic la contempla en silence d'un air songeur. Puis il baissa les yeux sur les cartons soigneusement alignés, dont le contenu était indiqué en lettres capitales.

— Rowan, je t'ai dit que tu pouvais prendre tout ce que tu voulais. Je voulais que tu répertories les biens appartenant à Cassandra, pas que tu les tries pour les confier à…

— Je ne peux pas prendre grand-chose, coupa-t-elle. Je n'ai pas d'endroit où entreposer.

— Mais tu pourrais vendre des objets de valeur et te servir de l'argent obtenu comme apport personnel pour t'acheter un appartement, par exemple. Et pour financer des études. De quoi comptes-tu vivre ?

Rowan y avait longuement réfléchi pendant cette semaine passée à ranger les affaires de sa mère. Elle avait déjà pris sa décision.

— Frankie a…

— Ne te laisse pas exploiter par ton agent ! l'interrompit Nic. J'ai réglé tes dettes, alors tu ne lui dois plus rien. Et je t'interdis de penser que tu m'es redevable. Oublie les factures liées à tes anciennes cartes de crédit : je me suis conduit comme un salaud parce que j'étais en colère. C'est du passé. Nous nous connaissons un peu mieux, maintenant, non ?

— Tu crois ?

La remarque de Nic lui fit plaisir, mais Rowan ne changerait pas d'avis : elle allait avoir un vrai job. Temporaire mais bien payé, et qui lui permettrait de repartir d'un bon pied.

— Je sais que ton affection pour Olief était sincère, reprit-il. J'ai compris qu'il te protégeait parce qu'il se sentait responsable de toi, comme l'aurait fait n'importe quel père. Je crois que tu l'as aidé à ressentir ses émotions et à les montrer — ce dont je resterai toujours incapable. Je ne saurais même pas comment essayer.

Une tendresse immense envahit Rowan. Elle aurait voulu le détromper, lui avouer que grâce à lui, elle avait découvert des sentiments inconnus. Mais les mots restèrent bloqués dans sa gorge.

— Je suis convaincu qu'Olief avait pris des dispositions vis-à-vis de toi et de ta mère, poursuivit-il. Et s'il ne l'a pas fait, je veillerai à ce que son erreur soit réparée. Tu continueras à bénéficier de ce qu'il t'accordait de son vivant.

Rowan tiqua. Dans un sens, elle était reconnaissante à Nic mais en même temps, un horrible soupçon s'insinuait dans son esprit.

— Et tu me laisseras partager ton lit en échange de tes largesses, c'est ça ? lança-t-elle d'une voix amère.

— Ce n'est pas ce que je voulais dire, se défendit-il, l'air blessé.

— Tu vas payer mes factures sans coucher avec moi ?

Nic détourna les yeux.

— Si je disais que je ne te désire plus, je mentirais. Quoi que je fasse, mon désir pour toi demeure aussi vivace.

Rowan comprit que cela lui était insupportable. Il parlait sans même la regarder ! Pourtant, un espoir infime renaissait au fond d'elle.

— Moi aussi, je te désire encore, mais…

— Alors, pourquoi nous priver de ce que nous pouvons partager ? coupa-t-il en se tournant brusquement vers elle.

— Parce que je ne veux pas être ta maîtresse.

Il recula d'un pas, comme s'il avait reçu un coup de poing.

— Je ne veux être la maîtresse de personne, poursuivit-elle. Je souhaite vivre une relation qui se développe et se construise à deux.

Rowan baissa les yeux et remarqua que ses doigts étaient restés crispés sur le marqueur noir et le gros rouleau de Scotch.

— Même si je ne peux pas avoir d'enfants, je désire partager mon avenir avec un homme qui ressente les mêmes sentiments que moi.

Quand elle releva les yeux, Nic la contemplait d'un air si sombre qu'elle tressaillit.

— Tu as raison, dit-il après un long silence. Nous nous sommes rapprochés dans un moment de crise.

Notre relation n'a pas d'avenir. Je ne jugerai plus jamais Olief pour avoir vécu une liaison purement charnelle à un moment de sa vie.

Ses paroles la poignardèrent en plein cœur. Qu'avait-elle espéré ? Qu'il lui dise qu'il avait changé ? Qu'il s'était rendu compte qu'il ne pouvait pas vivre sans elle ?

Elle hocha machinalement la tête.

— Je vais marcher un peu, Nic. Je dois dire adieu à Rosedale.

— Ne t'approche pas trop de l'eau !

Un petit rire triste lui monta aux lèvres, mais Rowan le ravala et quitta la pièce.

Rowan vint l'avertir qu'il n'aurait pas besoin de l'emmener : elle s'était arrangée avec le transporteur pour qu'il la conduise au port. Elle lui demanda seulement les papiers qu'elle devait porter à son père.

L'entretien fut bref. La porte se referma sur elle, le bruit de ses pas décrut dans le couloir, puis un moteur ronronna avant de s'éloigner et de s'éteindre peu à peu.

Ensuite, le silence se referma autour de lui comme la lourde porte d'une prison. Le parfum de Rowan flotta un instant dans l'air puis se dissipa lui aussi.

Nic se leva et alla ouvrir la fenêtre. Il contempla longuement le jardin, une sensation étrange au creux de la poitrine. Croyant qu'elle partirait dans la soirée, il avait pensé passer une dernière journée avec Rowan ; elle l'avait pris au dépourvu en lui annonçant qu'elle profitait de la présence du transporteur pour gagner le port.

La sensation se transforma en poids, lourde, dense, oppressante, tandis qu'il se rendait compte qu'il cherchait du regard la silhouette mince de celle qui avait été une si bouleversante maîtresse. Mais elle ne se trouvait pas dans le belvédère, elle ne s'avançait pas de sa démarche gracieuse sur l'allée ni sur le chemin traversant les vignes. Elle ne se trouvait pas non plus sur la plage de sable blanc.

La veille, Nic l'avait regardée errer dans le domaine durant des heures. Comme elle s'était souvent retournée vers le manoir, il s'était demandé si elle attendait qu'il la rejoigne ; or, après leur discussion dans le petit salon, il s'était senti trop vulnérable.

« Je ne veux pas être ta maîtresse », lui avait-elle lancé.

Il n'avait jamais réfléchi en ces termes. Sa décision de lui rétablir les droits ouverts par Olief s'était imposée à lui et elle y avait vu une proposition intéressée. À présent, il avait honte de lui avoir coupé les vivres. Car elle n'était pas une fêtarde superficielle et égoïste dépensant son argent à la légère ; au contraire, elle faisait passer avant les siens les besoins des autres — même ceux d'êtres aussi imparfaits que ses parents.

Impulsivement, Nic sortit de son bureau et se dirigea vers la chambre de Rowan. Il resta immobile sur le seuil en voyant les draps pliés avec soin sur le matelas nu. Il ne savait pas à quoi il s'était attendu, mais certainement pas à ce spectacle… La table de nuit et le dessus de la coiffeuse étaient dépourvus de tout objet. Dans la penderie, seuls restaient des cintres. Tous les tiroirs étaient vides et même les parois et le sol de la douche étaient secs, sans plus aucune trace du passage de Rowan.

Soudain, Nic se demanda s'il avait rêvé sa présence, inventé la musique rock qu'elle passait en triant les affaires de Cassandra, imaginé son rire mélodieux, la sensation de sa peau contre la sienne…

Bon sang, cette femme lui avait offert sa virginité ! Cela devait bien signifier quelque chose, non ? Elle avait dit qu'elle ne l'oublierait pas, qu'elle penserait toujours à lui avec affection.

Et pourtant…

Sans réfléchir, Nic s'empara d'un tiroir, le sortit de son logement et le lança dans le miroir. Aussitôt, son reflet fut pulvérisé en mille éclats, qui retombèrent sur la coiffeuse en cliquetant.

Il contempla en cillant les petits morceaux irréguliers, brillants ou mats. Cette fois, il perdait la raison… Mais comment aurait-il pu supporter le vide atroce qui régnait dans la pièce — *et en lui* ?

Depuis son plus jeune âge, il avait assumé nombre de rejets, de séparations, supporté et refoulé beaucoup de souffrances. Et pourtant, ce n'était rien comparé à la douleur qui menaçait maintenant de le détruire.

Rowan n'était plus là.

Elle l'avait quitté.

Il était abandonné, une fois de plus.

12

Quand son assistante vint l'informer que la société de ventes aux enchères désirait lui parler, Nic répliqua avec humeur qu'elle leur demande de rappeler plus tard. Avant de s'en aller, Sofia haussa légèrement les sourcils, d'un air de dire : « Encore ? »

Repoussant sa chaise, il se dirigea vers la fenêtre en se massant la nuque. Son corps entier protestait contre les longues heures de travail qu'il lui imposait et contre celles, encore plus dures, qu'il passait dans la salle de musculation.

Il contempla sans les voir les ruines antiques qui s'étalaient devant ses yeux.

Non seulement la société de ventes aux enchères rappellerait, mais les démolisseurs aussi. Et sa réponse resterait la même. Reporter ayant regardé la mort en face deux fois — sans parler de sa rencontre inopinée avec un jaguar et sa survie à un accès de malaria —, il ne pouvait pourtant pas trouver le courage de faire démolir un vieux manoir et d'avancer dans sa vie.

À vrai dire, il éprouvait même une compassion grandissante envers le père de Rowan, qui noyait ses problèmes dans l'alcool.

Il poussa un juron. Rowan voulait se servir de l'argent des ventes pour ouvrir un compte à Paolo. Pourquoi ne l'appelait-elle pas pour lui demander la raison de ce retard, trois mois après leur départ de Rosedale ?

Nic sortit la clé du manoir de sa poche et la regarda. Il ne pouvait se résoudre à la jeter.

L'architecte lui avait apporté un mois plus tôt ses plans de la villa ultramoderne qu'il souhaitait faire construire sur l'île. Les ouvriers chargés de la démolition attendaient son feu vert. Il était le seul héritier d'Olief. Celui-ci avait pris des dispositions envers Cassandra et Rowan, leur laissant notamment l'usage de Rosedale, mais il avait légué la propriété et tous ses biens à son fils. Par conséquent, non seulement Nic détenait les pleins pouvoirs en tant que propriétaire de Marcussen Media, mais il pouvait librement faire raser le manoir — sans toutefois parvenir à s'y résoudre.

Serrant la clé dans sa main, il se rappela le moment où il avait reçu les documents signés autorisant la déclaration du décès. La grande signature extravagante de Paolo avait été apposée à tous les endroits requis, mais aucun mot de Rowan n'accompagnait l'envoi.

Son cœur se serra. Nic aurait tout donné pour avoir le privilège d'apporter son aide financière à la jeune femme. Mais après de brefs échanges avec son agent, il avait dû accepter de la laisser se débrouiller toute seule. Elle ne voulait rien de lui et ce refus lui était si douloureux qu'il ne pouvait le supporter.

Quand il baissa de nouveau les yeux sur la clé, sa décision était prise. Car il devait absolument savoir s'il existait toujours un lien entre eux.

Était-il en train de devenir aussi sentimental que Rowan ?

L'ironie de la situation lui arracha un pauvre sourire. Mais il irait jusqu'au bout de son idée. Il avait grandi en nourrissant l'espoir fou qu'Olief se manifeste enfin dans sa vie ; lorsque c'était enfin arrivé, il n'avait pu, sans doute trop marqué par des années d'abandon, accepter l'intérêt de son père. Il s'était lui-même empêché de se rapprocher d'Olief, certain qu'à la fin, il perdrait ce père tant attendu.

Et en effet, il l'avait perdu…

Pourquoi alors ressentait-il de nouveau le désir de partager sa vie avec une personne chère ? Tout en lui criait que c'était dangereux — voire *suicidaire* — de prendre le risque d'aimer Rowan et de créer une relation durable avec elle. Mais il se rendait compte qu'il était prêt à tout, même à accepter des miettes. Parce que sans elle, il ne pourrait pas continuer à vivre.

Et puis, il n'était plus un gamin de six ans ; il était devenu un homme sachant obtenir ce qu'il désirait. Il ferait n'importe quoi pour faire revenir Rowan. Et pour qu'elle reste avec lui.

Soudain, une flamme inconnue s'alluma en lui. Un nouvel espoir, de cesser de souffrir, enfin.

Où que soit Rowan, il la retrouverait et la ramènerait avec lui.

Pour toujours.

Rowan regarda la petite fille apparaître et disparaître parmi le flot des passants, le visage marqué par la peur tandis que la pluie tombait sur ses joues pâles. Et quand elle poussa un cri anxieux, Rowan s'apprêta à courir vers elle pour la prendre dans ses bras et la rassurer.

À cet instant, un homme de haute taille aux cheveux blond foncé, vêtu d'un élégant trench-coat, bouscula les figurants.

— Coupez ! cria le réalisateur. Que fait la sécurité, bon sang ?

— Nic…, murmura Rowan avec stupeur.

Reprenant ses esprits, elle s'interposa entre lui et les hommes en chemise rouge qui s'élançaient vers l'intrus.

— Ne vous inquiétez pas, je le connais !

Elle tremblait de tous ses membres. Il était si beau… Mais il avait l'air terriblement fatigué — de petites rides auréolaient ses yeux. L'air agacé, il foudroya du regard l'assistante du réalisateur, qui tentait de lui faire comprendre qu'il fallait qu'il sorte du champ.

— Excusez-moi, j'en ai pour un instant, lança-t-elle au metteur en scène.

Puis elle se retourna vers sa jeune partenaire, qui les regardait d'un air confus.

— Tu as été formidable, Milly. Attends-moi, je reviens tout de suite. Promis.

La petite fille sourit avec fierté, puis se laissa docilement entraîner par la maquilleuse qui la prenait par la main.

Rowan emmena Nic à l'abri des regards curieux, derrière un gros camion transportant du matériel. Il emplissait tout l'espace de son charisme. Elle retint son souffle. Une énergie impérieuse émanait de lui, enivrante. Une chaleur sensuelle se diffusait en elle du fait de sa présence.

Toutefois, il ne fallait pas qu'elle se laisse impressionner.

— Que fais-tu ici ? demanda-t-elle d'une voix ferme. Si quelqu'un faisait irruption dans ton bureau sans s'être annoncé, comment réagirais-tu ?

— S'il s'agissait de toi, je ne protesterais pas, au contraire, répondit-il en fixant ses lèvres. Pourquoi parles-tu avec un tel accent ?

Le son de sa voix profonde lui fit battre le cœur plus rapidement.

— Quand on vit en Irlande, on l'attrape, c'est forcé. D'autant plus qu'ici se trouvent mes racines, tu sembles l'oublier. En plus, j'apprends à ma petite partenaire à parler avec l'accent irlandais : je suis son coach pour les dialogues.

Nic se passa la main dans les cheveux, puis la laissa retomber.

— Frankie m'a dit que tu participais au tournage d'un film. Je ne savais pas si tu jouais dedans... Pouvons-nous aller dans un endroit plus tranquille pour parler ?

Choquée par l'intensité du désir qui rayonnait en elle, Rowan se mordilla la lèvre. Elle brûlait de partir avec Nic, n'importe où. Mais en même temps, elle s'ordonnait de garder la tête sur les épaules.

— Je ne peux pas quitter le tournage comme ça.

— Aimes-tu ce travail ?

Son regard fouillait le sien, pénétrant, inquisiteur. Ces yeux bleus lui avaient tellement manqué ! De même que cette expression sérieuse et la façon dont il la regardait comme s'il s'intéressait vraiment à elle.

— Oui, même si je ne sais pas ce que je ferai ensuite. Frankie m'a parlé d'un film italien. Mais pour l'instant, j'ai un toit et je subviens à mes besoins, c'est l'essentiel.

C'était vrai : elle se sentait bien, même si elle ressentait en permanence un manque cruel. Dont la cause se tenait à présent debout face à elle.

— À propos d'avoir un toit...

Nic s'interrompit et s'éclaircit la gorge. Il enfonça une main dans la poche de son trench.

— J'ai pris quelques dispositions, Rowan.

— Quelles dispositions ? demanda-t-elle avec appréhension.

Il sortit une clé de sa poche et la posa sur une caisse de bois.

— Qu'est-ce que... ?

Elle se tut en reconnaissant la clé de Rosedale. C'était impossible, Nic ne pouvait pas avoir fait tout ce chemin pour lui annoncer que le manoir avait été détruit ! Cela aurait été trop cruel.

— Le manoir est à toi, Rowan.

— Pardon ? lâcha-t-elle, estomaquée.

Elle lut dans le regard de Nic qu'il ne plaisantait pas. Ses genoux se mirent à trembler si violemment qu'elle craignit de s'effondrer sur place. Pourtant, si la générosité de Nic la bouleversait, elle ne pouvait imaginer Rosedale sans lui.

— Non…, murmura-t-elle.

— Tu préfères que je le fasse démolir ? répliqua-t-il en tendant la main vers la clé.

Rowan fut plus vive que lui et s'en empara avant de la serrer sur son cœur. À cet instant, elle vit une lueur satisfaite éclairer le regard de Nic : il avait bluffé.

— Pourquoi, Nic ? Olief stipulait-il quelque chose à ce sujet dans son testament ?

— Non. C'est moi qui l'ai décidé. Olief avait pris des dispositions envers ta mère et toi, mais il m'a tout légué. Et toi, tu dois avoir eu connaissance du testament de Cassandra, maintenant ?

Rowan haussa une épaule. Le legs se résumait exactement à ce à quoi elle s'attendait : des robes et des accessoires divers, des bijoux qu'elle ne souhaitait pas vendre.

— À propos de robes, j'ai reçu des messages de la société de ventes aux enchères, dit-elle en plissant le front. Ils…

— Je sais, l'interrompit doucement Nic. J'ai… pris une autre initiative : je suis allé voir ton père.

— Tu es allé là-bas…, fit Rowan, abasourdie. *Pourquoi ?*

— Olief avait pris ses dispositions vis-à-vis de Cassandra ; comme ton père était encore marié avec elle au moment de sa disparition, j'ai trouvé juste de faire quelque chose pour lui. Ne me regarde pas ainsi, Rowan. Ça s'est bien passé, j'ai même trouvé Paolo très sympathique — j'ai compris de qui tu tenais ton sens de l'humour. Et vu que je suis allé le voir assez tôt le matin, il était encore… relativement à jeun.

Il se passa la main sur la nuque.

— J'ai acheté l'atelier où il vit pour qu'il n'ait plus jamais de problème avec le loyer. Et j'ai embauché un homme à tout faire qui viendra le voir chaque jour. Un type bien qui lui préparera ses repas, fera le ménage… C'est quelqu'un qui a eu lui-même des problèmes avec l'alcool et qui s'en est sorti. Évidemment, je ne peux pas garantir que…

— C'est incroyablement généreux de ta part, Nic, l'interrompit-elle en baissant les yeux. Je te rembourserai…

Il lui prit le menton pour la forcer à le regarder.

— Je ne te le conseille pas, menaça-t-il d'une voix rauque.

La main de Nic était si chaude sur sa peau, si douce…

— Je ne veux pas être débitrice envers toi, chuchota-t-elle.

— Et tu ne veux pas être ma maîtresse, je sais. Je ne te demande rien en échange, Rowan. Je ne suis pas en train de t'acheter. Je veux simplement que tu sois tranquille et en sécurité.

En proie à une agitation complètement inhabituelle, il laissa retomber son bras et se frotta les mains l'une contre l'autre.

— Je serai heureux de savoir que tu vas à Rosedale de temps en temps et que j'aurai peut-être la chance de t'y voir. Que tu n'es pas sortie de ma vie pour toujours.

Un espoir insensé emplit le cœur de Rowan.

— Tu… tu désires me *voir* ? bredouilla-t-elle.

Il enfonça de nouveau la main dans sa poche et en ressortit un petit écrin de velours violet.

— Je veux même t'épouser, répondit-il, les yeux étincelants.

Rowan reçut un tel choc qu'elle recula d'un pas et buta sur une caisse, avant de se retrouver assise dessus. Elle leva les yeux vers Nic en essayant de reprendre ses esprits. La clé, Rosedale, et maintenant une *bague de fiançailles* ?

— Si… si tu ne veux pas, juste te voir me suffira, corrigea-t-il d'une voix étouffée. Ne sors pas de ma vie,

Rowan, et je me contenterai de quelques rencontres par an, je te le promets. Mais je ne peux pas supporter d'aller à Rosedale si tu n'y es pas. Et je ne peux pas non plus faire démolir cette maison, elle contient trop de souvenirs.

— Nic…

Au bord du vertige, Rowan le regarda droit dans les yeux.

— Est-ce que tu m'aimes ?

Les traits de Nic se durcirent, son visage commença à se fermer, mais elle se jeta dans ses bras et l'enlaça à la taille.

— Pardon ! Ne réponds pas. Je n'en ai pas besoin.

— Je veux le dire, répliqua-t-il d'une voix tendue.

— Cela me suffit que tu sois là, insista-t-elle en se pressant contre lui de toutes ses forces. Je t'aime, Nic. Je t'ai toujours aimé.

Une joie immense l'engloutit. Enfin, elle avait réussi à le reconnaître et à le dire à voix haute, devant lui…

Nic la repoussa et la tint à bout de bras.

— Tu m'as toujours aimé ? répéta-t-il d'une voix incrédule. Alors, pourquoi m'as-tu quitté ?

Une vague de remords assaillit Rowan.

— Tu me détestais depuis des années. Tu m'as seulement demandé de rester pour être ta maîtresse, lui rappela-t-elle. Et puisque je ne peux pas te donner d'enfants alors que tu désires en avoir…

Il l'interrompit en l'attirant contre lui ; il la serra sauvagement sur son cœur.

— J'ai toujours lutté contre l'attirance qui me poussait vers toi, Rowan. Depuis la première fois que je t'ai vue. Je savais que tout basculerait si je me laissais aller et en effet, tout s'est écroulé. Je ne peux pas vivre sans toi. J'ai *besoin* de toi. Et je regrette que nous ne puissions pas faire d'enfants ensemble, mais nous fonderons notre famille d'une autre façon. Et s'il n'y a que nous deux, je m'en fiche. *Je t'aime.*

Ses bras puissants l'étouffaient, l'empêchant de respirer.

— Je ne voulais pas te faire de mal, Nic, dit-elle en le repoussant doucement.

Lorsque la bouche de Nic se referma sur la sienne, leur baiser passionné se teinta d'une tendresse nouvelle.

— On t'attend, Rowan ! lança une voix d'homme derrière eux.

Elle éclata de rire en battant des cils pour retenir ses larmes. Mais cette fois, il s'agissait de larmes de bonheur.

— Ton sourire m'a tellement manqué, murmura Nic en lui caressant du pouce le coin des lèvres. Mais quand tu auras terminé de travailler, nous passerons aux choses sérieuses : je veux t'épouser tout de suite.

— Tu en es sûr ? Nous pourrions peut-être d'abord vivre ensemble et voir comment…

— Nous sommes tous les deux des fortes têtes, mais je suis sûr que nous nous entendrons à merveille.

Une chaleur inconnue colorait ses yeux bleus d'un voile doré ; de plus, elle avait perçu autre chose dans sa voix : Nic ne la laisserait plus jamais sortir de sa vie.

— Oui, tu as raison, chuchota-t-elle. Je t'aime et j'accepte avec joie de t'épouser.

Épilogue

Huit mois et demi plus tard

Alors que Nic avait précisé qu'il ne voulait pas être dérangé, quelqu'un frappa à la porte de son bureau. Depuis quelques jours, les ouvriers faisaient tellement de bruit qu'il avait du mal à se concentrer ; il commençait même à envisager d'aller se réfugier à Athènes. Mais comme Rowan supervisait les travaux et ne pourrait pas l'y accompagner, il resterait avec elle à Rosedale.

Il ne souhaitait pas effectuer de changements au manoir, mais Rowan avait insisté pour établir un compromis : ils garderaient ce qu'ils préféraient et apporteraient quelques améliorations prévues par l'architecte.

— Nic ? demanda-t-elle en passant la tête par la porte entrebâillée. Je te dérange ?

— De toute façon, il y a tellement de boucan que je m'entends à peine penser ! plaisanta-t-il.

Il scruta le visage de sa femme avec inquiétude. Elle était blême et serrait convulsivement le téléphone entre ses mains.

— Quelque chose ne va pas, ma chérie ? Qui t'a appelée ?

— Bientôt la *délivrance*, dit-elle avec un sourire qui illumina aussitôt son beau visage.

Nic comprit aussitôt le message.

— C'était l'agence ? demanda-t-il en se levant lentement.

Soudain, ses genoux se mirent à trembler. Lorsqu'ils avaient décidé de lancer une procédure d'adoption, il s'était trouvé confronté à une nouvelle épreuve en découvrant les questionnaires personnels. Ses vieux démons s'étaient alors réveillés, lui répétant qu'il ne serait pas capable d'élever un enfant. Mais au lieu de le dissuader, ses doutes n'avaient fait que renforcer sa détermination d'adopter un petit orphelin.

Les yeux brillants, Rowan hocha la tête en continuant à sourire.

— Ils ont une petite fille dont la maman a été tuée dans l'explosion d'une mine. Elle a été blessée et devra rester à l'hôpital pendant deux semaines. Par ailleurs, elle devra subir plusieurs opérations dans les années à venir, mais…

— … elle a besoin de nous, l'interrompit Nic.

Il prit sa femme dans ses bras au moment où elle fondait en larmes.

— Je suis tellement heureuse !

— Je ne crois pas que je pourrais être plus heureux que je ne le suis déjà, murmura-t-il dans ses cheveux. Je t'aime tant ! Regarde ce que tu as réussi à faire de moi : un père.

Reculant légèrement la tête, elle plongea un regard déterminé dans le sien.

— Tu vas être le papa le plus fabuleux du monde, mon amour. Je suis impatiente de voir ça.

Il la souleva dans ses bras et l'emporta vers le sofa.

— Tu as transformé ma vie, Rowan. Merci de m'aimer.

— Je n'arrive pas à arrêter de pleurer alors que je voudrais t'embrasser ! dit-elle en s'essuyant maladroitement les joues.

Nic s'installa au-dessus de sa femme, dont il caressa le ventre plat.

— Tu crois qu'on peut, vu ton état ?

— Oui ! répondit-elle en éclatant de rire. Et puis mieux

vaut en profiter avant que notre fille ne monopolise toute notre attention !

— Dans ces conditions, je vais prendre mon temps, répliqua-t-il en rapprochant son visage du sien.

Lorsque Nic l'embrassa, Rowan comprit que leur foyer serait le plus heureux et chaleureux du monde.

JENNIFER HAYWARD

L'honneur d'une Sicilienne

Traduction française de
ANNE DE RIVIÈRE-DUGUET

HARLEQUIN

Titre original :
MARRIED FOR HIS ONE-NIGHT HEIR

Ce roman a déjà été publié en 2019

1

— Alors ? Qu'en ont-ils pensé ?

Une tasse de café à la main, Giovanna De Luca s'appuya contre le rebord de fenêtre et savoura la chaleur du soleil qui pénétrait dans l'espace servant d'épicentre de pouvoir pour la luxueuse chaîne d'hôtels antillaise de Delilah Rothchild.

Elle venait de terminer la décoration intérieure de plusieurs villas du complexe touristique bahamien de Delilah, et à la voir si calme et détendue, personne ne devinerait jamais qu'elle attendait avec appréhension l'avis des acheteurs potentiels que cette dernière avait rencontrés le matin même.

— J'ai eu des accords verbaux pour toutes les villas sauf deux qu'on s'arrachera à la prochaine vente, annonça-t-elle avec un sourire radieux. Tout ça en grande partie grâce à toi. La décoration intérieure les a éblouis, Gia.

Gia relâcha son souffle. Une douce chaleur l'envahit tout entière et calma les battements frénétiques de son cœur. Elle avait travaillé jour et nuit pour que ces villas deviennent le fleuron du projet de développement de Delilah et soient encensées par la critique. Mais, en réalité, cela allait beaucoup plus loin. Ce travail avait été pour elle l'occasion de rendre à Delilah tout ce qu'elle lui avait donné et de lui prouver qu'elle avait eu raison de faire confiance à son talent de décoratrice. Et de se prouver à elle-même qu'elle était capable d'avoir la carrière dont elle avait toujours rêvé.

Serrant la tasse entre ses mains, elle refoula la bouffée d'émotion qui la submergea.

— J'en suis heureuse, murmura-t-elle d'une voix émue. Je sais combien ce projet te tient à cœur.

Delilah posa un regard chaleureux sur Gia. Le lien que les deux femmes avaient tissé entre elles au cours des deux dernières années était très fort.

— Tu as fait un excellent travail, Gia, et tu mérites des félicitations. Ce qui m'amène à penser que nous devons fêter cette bonne nouvelle, ajouta Delilah en se versant un café. J'organise un barbecue ce soir pour célébrer Junkanoo. Rien de spectaculaire… Juste quelques amis et connaissances professionnelles. Ce sera l'occasion de nous détendre et de siroter du champagne. Mets une jolie robe et joins-toi à nous.

Gia secoua la tête.

— Je pensais passer une soirée tranquille à la maison avec Leo, un bon livre et un verre de vin.

— Tu as besoin de t'amuser, Gia, insista Delilah. Cela fait deux ans que Franco est mort. Tu as vingt-six ans. Travailler dur et passer tout ton temps libre avec Leo, ce n'est pas une vie.

C'était une vie parfaite, au contraire, songea Gia. Son fils de trois ans, Leo, était tout pour elle. Elle avait fui sa famille — un des plus puissants syndicats du crime organisé des États-Unis — pour le protéger. Il était heureux, se portait bien, et elle n'en demandait pas plus.

— En outre, poursuivit Delilah avec un sourire malicieux, je veux te présenter quelqu'un. Un ami à moi qui travaille dans la finance internationale. Il est célibataire, gentil et très riche. *Et…* Il est beau comme un dieu.

C'était bien la dernière chose que voulait Gia. S'investir

dans une relation avec un homme riche et puissant, alors que sa vie avait jusqu'à présent été gouvernée par de tels hommes, ne l'intéressait pas. Elle ne souhaitait d'ailleurs s'engager avec aucun homme après son désastreux mariage avec Franco. Mais pas question de l'avouer à Delilah, la femme qui lui avait donné refuge durant les mois ayant suivi le meurtre de son mari et qui avait été sa planche de salut depuis.

— Cela ne m'intéresse pas, dit-elle fermement. En revanche, tu as peut-être raison. J'ai besoin de sortir un peu.

Gia songea alors aux longues heures de solitude qui l'attendaient tous les soirs après avoir mis Leo au lit — ces moments où sa mère lui manquait cruellement et où tant de questions s'insinuaient dans son esprit.

Son estomac se noua. Pas question de se morfondre, se morigéna-t-elle. Sa nouvelle vie était fantastique et elle était tout ce dont elle avait toujours rêvé. Delilah avait raison, il était temps pour elle de recommencer à vivre. Cette soirée serait l'occasion rêvée pour ça.

Elle leva un sourcil.

— Que dois-je mettre ?

Delilah la dévisagea d'un regard triomphant.

— Mets quelque chose de léger. De sexy…

Gia secoua la tête.

— Il ne s'agit pas d'un rendez-vous galant, Delilah. Je veux juste m'amuser. C'est tout.

— Tu devrais tout de même porter quelque chose de sexy.

Gia choisit une robe qui n'était ni sexy ni conformiste. D'un rouge corail vif, elle mettait en valeur son teint hâlé.

Après avoir embrassé Leo, elle le laissa avec la baby-sitter, puis traversa à pied la propriété de Delilah où elle vivait et se rendit à la maison principale. Ne plus voir son garde du corps, Dante, la suivre à la trace était encore quelque chose à laquelle elle devait s'habituer, mais ouvrir sa porte d'entrée sans avoir à s'inquiéter de ce qui l'attendait de l'autre côté n'avait pas de prix.

Elle ressentait toutefois une certaine appréhension en gravissant la colline vers l'immense demeure de style colonial inondée de lumière. Elle ne savait pas vraiment comment faire la fête, la vie ne lui ayant que rarement, voire jamais, accordé ce luxe. Ce soir, cependant, elle était Giovanna De Luca, et non pas Giovanna Castiglione. Elle était libre.

Le barbecue qui se tenait sur la terrasse en l'honneur du Bahamas Junkanoo festival — un carnaval très populaire — battait déjà son plein. Un spectaculaire coucher de soleil nimbait le ciel d'une toile rose et or, et des flambeaux illuminaient la nuit. Au milieu de cette ambiance exotique, les invités savouraient du poisson frais grillé et des rafraîchissements à base de rhum au son d'un *steel band*.

En marge du groupe, Gia hésitait à avancer, envahie d'une soudaine appréhension. Il fut un temps où elle avait été jugée pour ce qu'elle était — la famille d'où elle venait, plutôt que la jeune fille qu'elle était, ce qui lui avait brisé le cœur et renforcé ce sentiment d'être toujours exclue malgré tous ses efforts. Mais Delilah qui l'aperçut l'attira dans la foule et lui glissa un verre entre les mains.

Le cocktail corsé l'apaisa, tout comme le séduisant financier que lui présenta Delilah. Il était charmant et se comportait en parfait gentleman. Elle n'avait peut-être pas l'intention de sortir avec lui, mais l'intérêt évident qu'il lui témoignait flatta son ego et lui mit du baume au cœur.

Détendue, elle jeta un coup d'œil sur les invités. Un homme blond qui parlait avec Sophie, la séduisante directrice de la publicité, attira son attention. Musclé et bien bâti, il se dégageait de lui une indéniable autorité. Il portait un élégant costume sombre qui accentuait la puissance de son physique d'athlète. Mais, lorsqu'elle leva les yeux vers son visage, elle en eut le souffle coupé.

Ce ne pouvait être lui. Pas ici. Pas maintenant.

Et pourtant…

Le cœur battant la chamade, elle s'imbiba de la formidable présence de Santo Di Fiore. Grand et mince, il avait un visage taillé à la serpe, les cheveux dorés, et des yeux sombres et veloutés dans lesquels une femme pouvait facilement se noyer.

Ce qu'elle avait fait… une nuit. Un baiser torride un soir d'orage à Manhattan quatre ans auparavant avait fait basculer sa vie. Une simple tentative pour échapper à son sort s'était muée en un brasier qu'aucun des deux n'avait pu éteindre… une fringale qui avait mis dix ans à se réaliser.

Un frisson glacé la parcourut et elle se prit à espérer qu'il était une illusion car Santo Di Fiore avait été la plus grande et la plus coûteuse erreur de sa vie. Une erreur monumentale qui avait déclenché une série d'événements qu'elle n'aurait jamais pu prévoir. Mais il lui avait aussi donné la chose la plus précieuse qu'elle possédait.

Santo leva les yeux et balaya la foule du regard. Elle le vit se raidir lorsqu'il posa un regard étonné sur elle puis froncer les sourcils.

Soudain effrayée, Gia se détourna avant qu'il ne la reconnaisse. Elle était différente. Il y avait peut-être une chance qu'il ne l'ait pas reconnue, mais cela ne durerait pas, elle s'en doutait. Elle devait partir d'ici. Maintenant.

Tournant les talons, elle fendit la foule, mais avant qu'elle ait réussi à fuir Delilah la rejoignit avec un des investisseurs qui avait acheté deux des villas le matin même.

Affichant un sourire contraint, Gia tenta désespérément d'ignorer le fait que son monde était en train de s'écrouler.

Il aurait dû être en route pour New York afin de mener à bien le plus grand lancement de l'histoire de Supersonic, et traiter les centaines de mails qui s'étaient accumulés dans sa boîte de réception pendant qu'il participait à un tournoi de golf de bienfaisance avec son frère, Lazzero. En lieu et place, Santo Di Fiore était sur une île tropicale, invitée par la reine du marché de l'hôtellerie du luxe.

Il n'aurait jamais dû se trouver là. Mais comme Lazzero et lui avaient tout misé sur Elevate — la nouvelle chaussure de course révolutionnaire —, avoir accès à la liste de clients exclusifs de Delilah était une opportunité qu'il n'avait pas pu laisser passer. Après avoir fait le tour de sa magnifique demeure dans l'après-midi, temps durant lequel la star de l'hôtellerie avait exprimé le désir d'abriter dans ses hôtels une demi-douzaine de boutiques Supersonic, Lazzero et lui avaient été invités à s'imprégner de l'atmosphère locale avant leur départ le lendemain matin.

Il porta son verre à ses lèvres et but une gorgée de whisky. Dans des circonstances normales, la jolie rouquine qui était pendue à son bras aurait été une compensation adéquate pour le temps perdu. Mais ce n'était pas possible car il était assailli par des fantômes du passé — fantômes qu'il pensait avoir enterrés depuis longtemps. Parce que la blonde sophistiquée dans la foule des invités ne pouvait tout de même pas être Giovanna ? Il se rappelait les magnifiques cheveux noirs longs et ondulés, et elle avait toujours juré de ne jamais les couper.

Il refoula ses pensées d'un geste irrité. Giovanna Castiglione avait épousé un autre homme. Leur histoire était terminée. Le fait que son mari ait été assassiné, qu'elle n'ait été présente à aucune des manifestations où ils auraient pu se croiser et qu'elle était veuve et donc disponible, était sans importance pour lui. La femme dont il avait été amoureux n'avait été qu'un mirage. Elle n'avait jamais existé.

Alors pourquoi diable ne parvenait-il pas à l'oublier ?

Lazzero le rejoignit au bar.

— Alors, que penses-tu de la proposition de Delilah ?

— Si nous pouvions mettre en place la boutique éphémère à temps pour le lancement d'Elevate, nous aurions accès à une clientèle très différente.

— Ce n'est pas un problème, répliqua Lazzero. Nos équipes l'ont déjà fait en moins d'un mois. Ma seule question est quelle chaîne d'hôtels choisissons-nous ? Celle de Stefano Castiglione ou celle de Delilah ?

Un goût amer envahit la bouche de Santo. Il fut un temps où il n'avait pas été assez bien pour Giovanna — Stefano Castiglione, son père, le lui avait clairement fait comprendre. Or, maintenant, Stefano voulait s'associer avec lui parce qu'il dirigeait la marque de vêtements de sport la plus médiatisée du monde et parce que les célébrités représentant ses vêtements feraient sensation dans ses casinos. Mais il n'en était pas question, se jura Santo.

— Castiglione a un plus grand rayonnement, ajouta Lazzero. Ne laisse pas tes sentiments personnels influencer ton discernement.

— Quels sentiments personnels ? L'homme est un criminel. Ce n'est pas parce qu'il est richissime et tout-puissant que j'ai envie de faire des affaires avec lui.

Lazzero avait grandi dans l'ombre de la puissante famille Castiglione et il savait qu'il était non seulement un des barons de l'immobilier et des salles de jeu les plus puissants des États-Unis, mais que derrière cette façade charismatique il était à la tête d'un syndicat du crime international.

— Nous ne ferons jamais affaire avec lui, Laz, répondit Santo d'un ton sans appel.

Son frère haussa nonchalamment les épaules.

— Je ne l'ai pas suggéré. Je voulais juste voir ta réaction… prévisible, d'ailleurs, répliqua Lazzero en plissant les yeux. Tu es toujours épris d'elle.

— De qui ?

— Gia. Tu es sorti avec la moitié des femmes de la planète depuis le mariage de Gia, mais tu ne t'intéresses à aucune d'elles. En ce qui te concerne, n'importe laquelle fait l'affaire. Ce soir, par exemple. Tu aurais pu avoir cette jolie rouquine — la fille, responsable de la publicité. Comment s'appelle-t-elle déjà… Sylvie ? Sophie ? Mais non, tu sembles distrait.

— Sans doute parce que je devrais être au bureau en train de travailler.

— *Dixit* l'homme qui adore les mondanités, répliqua son frère avec un éclat de rire en faisant tourner le whisky dans son verre, le liquide ambre scintillant à la lumière des torches. Si je te disais donc que Gia se trouvait derrière toi, cela ne t'intéresserait pas ?

Santo se figea. Se retournant lentement, il aperçut la jolie femme qu'il avait remarquée plus tôt en grande discussion avec Delilah et un autre invité. Son cœur fit un bond dans sa poitrine. C'était bel et bien Gia.

Vêtue d'une robe rouge corail qui épousait admirablement ses formes, elle était plus mince que dans ses souvenirs, et ses magnifiques cheveux noirs avaient été coupés et étaient désormais noués en un élégant chignon blond qui lui donnait un tout autre aspect. Elle avait les joues creuses et ses yeux d'un vert profond semblaient vibrer d'émotion.

Exactement comme cette nuit, quatre ans auparavant, lorsqu'elle lui avait donné sa virginité, puis était partie sans un regard en arrière… pour épouser un autre homme.

Retourne-toi et fais comme si elle n'était pas là, se dit-il.

Mais il ne bougea pas d'un pouce et il vit Gia lever la tête et se figer en croisant son regard. Le sang se retira de son visage, la laissant pâle comme un linge.

Il sentit son ventre se nouer. *Maledizione.* Pourquoi ce soir ? Pourquoi ici alors qu'elle n'avait pas été vue en public depuis une éternité ?

— Il ne s'est jamais rien passé de bien entre vous, Santo, dit Lazzero. Laisse tomber.

Il se trompait, songea Santo. Ils avaient été bien cette nuit-là. Parfaits, même. Jusqu'à ce qu'elle lui arrache le cœur. Et, même s'il savait qu'il ferait mieux de garder ses distances, il en était incapable.

Ignorant l'avertissement de son frère, il fendit la foule pour la rejoindre. Mais, quand il arriva là où elle était quelques instants plus tôt, elle avait disparu. Suivant son instinct, il se rendit sur la terrasse où il la trouva, le regard tourné vers la mer, délicate silhouette sur fond de ciel bleu.

Il trouva l'image particulièrement appropriée parce qu'elle représentait parfaitement Gia seule contre le monde… Elle était assise, solitaire, à la cafétéria du lycée la première fois qu'il l'avait vue, rejetée par les autres élèves en raison de son nom, parce qu'elle était escortée au lycée par des gardes du corps, ses amitiés examinées et écartées par son puissant père avant qu'elles aient une chance de prendre leur envol. Il n'oublierait jamais le sourire timide qui avait éclairé son visage lorsqu'il avait posé son plateau à côté du sien et demandé si le siège voisin était libre.

Elle fit volte-face à son approche, comme si elle avait deviné sa présence, le même fil invisible les reliant comme toujours. Le dos raide, le visage impénétrable, elle avait l'air sur ses gardes — vulnérable —, réveillant en lui un besoin primitif de protection, aussi instinctif qu'irrationnel.

— Santo, murmura-t-elle de cette voix rauque qui avait hanté ses rêves. Je ne savais pas que tu serais ici ce soir.

S'arrêtant devant elle, il mit les mains dans ses poches.

— Delilah aimerait voir nos boutiques dans ses hôtels et, comme Lazzero et moi revenions d'un tournoi de golf à Albany, elle nous a suggéré de faire un petit détour.

Gia baissa les yeux, ses longs cils ombrant le délicat contour de ses joues.

— Delilah a parmi ses clients quelques-unes des personnes les plus influentes du monde. Ce serait le partenariat idéal.

— Nous le pensons aussi. J'ai été désolé d'apprendre le décès ton mari, ajouta-t-il en soutenant son regard.

Gia hocha la tête.

— Merci. Cela a été un choc, dit-elle d'une voix posée.

Il aurait pu se laisser prendre à son jeu s'il n'avait pas noté qu'elle serrait de toutes ses forces son sac à main contre elle.

— Gia, murmura-t-il en lui effleurant la joue de son pouce. Est-ce que tu vas bien ?

Elle tressaillit, un mouvement instinctif qui fit naître en lui un élan d'émotion.

— Mais oui. Tu sais très bien que je ne l'aimais pas, Santo.

— Je ne suis pas certain de savoir grand-chose car tu m'as quitté sans un regard, marmonna-t-il.

— Santo…

Il la fit taire d'un geste de la main.

— Tu as disparu de la surface de la terre pendant deux ans pour réapparaître ici ce soir. Pardonne-moi de t'avoir posé cette question. Les vieilles habitudes ont la vie dure.

Elle se mordilla la lèvre inférieure.

— Je travaille pour Delilah depuis deux ans.

— Tu *vis* ici ? s'enquit-il en fronçant les sourcils.

Elle acquiesça.

— Le décès de Franco a été pour moi l'occasion de prendre ma revanche sur la vie. Delilah est une vieille amie de la famille du côté de ma mère. Elle a proposé de m'aider. Elle m'a offert un poste de décoratrice intérieure pour ses hôtels et un endroit où vivre. Je suis connue ici sous le nom de Giovanna De Luca et non de Giovanna Castiglione.

Et elle voulait que cela continue, devina Santo.

— Et qu'en pense ton père ?

Elle redressa imperceptiblement le menton.

— Il n'est pas au courant.

— Comment ça, il n'est pas au courant ?

— Il ne sait pas où je suis. Personne ne le sait, Santo. J'ai quitté mon ancienne vie. Je suis partie.

Elle avait quitté son ancienne vie ? Était partie ?

— Tu t'es enfuie ? s'enquit-il, éberlué.

Une lueur de colère assombrit ses grands yeux émeraude.

— Je suis une Castiglione, Santo. Tu connais mon père. Que pouvais-je faire d'autre ? Lui dire que je voulais partir ? Tu ne quittes pas une vie comme la mienne. Tu t'enfuis, c'est tout, et tu ne regardes pas en arrière.

Stupéfait, il se frotta le menton.

— Si je comprends bien, tu as épousé un homme que tu n'aimais pas parce que ton père l'a décrété et que ta famille est tout pour toi. Puis, quand ton mari est abattu en plein jour, tu quittes ta famille et la protection qu'elle t'offre pour te cacher aux Bahamas où tu es une proie tout ce qu'il y a de plus vulnérable ?

— Cela fait deux ans que je suis partie. Cette sorte de menace n'a plus lieu d'être.

La menace était omniprésente. Faisant partie des hommes les plus riches du monde, Santo avait à s'en préoccuper tous les jours et elle devait y faire face en raison de ce qu'elle était. Mais, manifestement, personne ne savait où elle se trouvait.

Il leva un sourcil interrogateur.

— Et que comptes-tu faire ? Fuir pour le restant de ta vie ?

— Non, répliqua-t-elle en redressant la tête d'un air de défi. Je compte vivre la vie dont j'ai toujours rêvé. J'ai tout ce que je souhaite ici, Santo. Je ne reviendrai plus jamais.

Il étudia les signes de tension, visibles autour de ses yeux et de sa bouche. Quelque chose clochait, mais il n'eut pas l'occasion de poursuivre la conversation car Delilah les rejoignit pour parler affaires.

Gia avait fait la décoration intérieure d'un des espaces commerciaux qu'il avait admiré plus tôt lors de sa visite de l'hôtel, réalisé en partenariat avec une enseigne française à la mode. Delilah pensait qu'une association entre Gia et ses créateurs serait une combinaison parfaite — suggestion que Santo ne pouvait réfuter car il avait adoré l'espace boutique en bord de piscine que Gia avait créé, une oasis qui attirait la clientèle de l'hôtel durant les heures les plus chaudes de la journée. De toute évidence, Gia avait de l'or dans les mains.

Malheureusement, son esprit était légèrement embrouillé et il avait du mal à se focaliser sur la conversation parce que rien de ce que lui avait dit Gia n'avait de sens. Pourquoi avait-elle l'air si terrifiée si sa vie était aussi formidable qu'elle le prétendait ? Pourquoi avait-elle quitté sa famille pour aller vivre seule aux Bahamas quand les liens du sang qui l'avaient toujours liée avaient été sacro-saints ?

Pourquoi n'était-elle pas allée le voir ?

Quatre ans de questionnements, à se demander pourquoi elle était partie ce matin-là sans un au revoir, obnubilèrent son esprit, l'empêchant de penser à autre chose.

Il fallait en finir… une bonne fois pour toutes.

Mais, pour l'heure, il voulait des réponses à ses questions.

2

Peu après, Gia invoqua une migraine pour quitter au plus vite la soirée. Elle avait eu du mal à garder son calme durant ce bref échange avec Santo, tant elle avait eu peur de dire quelque chose qu'il ne fallait pas et de révéler l'impensable.

Elle avait cru être enfin en sécurité après s'être créé une nouvelle identité et évité toute vie sociale où elle aurait pu être reconnue. Delilah avait sans nul doute soigné la liste des invités, mais elle ignorait tout de sa relation avec Santo. Personne n'était au courant. À part sa mère et Franco.

Elle dit bonsoir à Desaray, la baby-sitter, puis s'assura que Leo allait bien. Son fils dormait profondément, ses longs cils ombrant ses joues, son petit corps robuste et potelé lové en position fœtale dans son lit au cadre blanc. Elle effleura de la main ses cheveux blonds et déposa un baiser sur sa joue douce et soyeuse.

Son amour pour lui était si fort qu'il l'apaisa peu à peu. Toutefois, elle était trop énervée pour aller se coucher, aussi enfila-t-elle sa chemise de nuit, puis se dirigea vers la cuisine pour boire une tasse de lait chaud.

Elle avait le sentiment que Santo n'avait pas cru à son histoire qui était truffée de lacunes, comme elle le savait bien. Mais elle était aussi certaine qu'il ne trahirait pas sa confiance et qu'il garderait son secret. Le gros problème était les affaires qu'il envisageait de faire avec Delilah.

S'il comptait installer ses boutiques Supersonic dans ses hôtels, il viendrait souvent aux Bahamas. Ce qui était impensable.

L'angoisse lui noua le ventre. Avec un peu de chance, il enverrait un de ses directeurs superviser le projet et ne viendrait jamais lui-même. Mais si elle se trompait ?

Un coup frappé à la porte la ramena au présent. Pensant que Desaray avait dû oublier quelque chose — ce qui lui arrivait souvent —, elle éteignit la flamme sous le brûleur et alla ouvrir la porte d'entrée.

— Qu'as-tu encore…

Elle s'arrêta net en voyant Santo, adossé nonchalamment au chambranle de la porte.

Son cœur fit un bond dans sa poitrine. Douloureusement consciente d'être quasi nue, elle noua les bras autour de sa poitrine, tandis qu'un doux parfum floral titillait ses narines.

— Santo… Que fais-tu ici ?

— Je suis venu chercher des réponses.

Avec une rapidité déconcertante, il passa devant elle et entra dans la maison. Pétrifiée, elle lui fit face.

— Comment as-tu su où j'habitais ?

— Quand tu as dit à Delilah que tu avais juste à dévaler la colline pour rentrer chez toi.

Elle se mordilla l'intérieur de la bouche. Comment avait-elle pu être aussi stupide ? Elle avait dû perdre la tête, tant elle était désespérée de le voir partir.

Elle devait se débarrasser de lui. Mais comment ?

Elle leva les yeux vers lui puis s'en mordit les doigts, tant l'électricité crépitait entre eux, se propageant dans tout son être. Prenant une profonde inspiration, elle chassa ses pensées et s'efforça de paraître calme.

— Des réponses à propos de quoi ? s'enquit-elle en posant une main sur le chambranle de la porte.

— À propos de la véritable raison de ta présence ici. Que se passe-t-il réellement ?

— Nous en avons déjà discuté. Et il est beaucoup trop tard pour avoir ce genre de discussions.

— Je suis d'accord. J'aurais préféré l'avoir eue il y a quatre ans, mais mieux vaut tard que jamais.

Son estomac se noua. Il n'allait pas lâcher l'affaire, elle le savait. Lorsque Santo voulait quelque chose, il était comme un chien avec un os.

— J'ai mal à la tête, Santo. Si tu persistes à vouloir discuter, pouvons-nous le faire demain matin ?

— Non, car je m'envole pour New York. Pouvons-nous parler ici ? s'enquit-il en indiquant le salon d'un geste de la main.

En proie à la panique, elle secoua la tête.

— Non. Installons-nous sous le porche. Il y fait plus frais.

— Montre le chemin.

Elle ferma la porte derrière elle et l'entraîna sous la véranda qui s'étendait sur toute la longueur de la villa et surplombait les eaux scintillantes de la baie. Une brise légère soulevait les feuilles des palmiers, et le doux parfum des bougainvillées et des frangipaniers embaumait l'air. Mais elle était trop tendue pour le remarquer alors que Santo s'adossait à la balustrade et la fixait en silence.

— Que veux-tu savoir ?

— Pourquoi te caches-tu aux Bahamas quand ta mère doit être morte d'inquiétude pour toi ? À quoi pensais-tu, Gia ?

Elle n'avait pas réfléchi. Elle avait fait ce qu'elle devait faire pour protéger Leo. Et elle le referait, s'il le fallait.

— Je leur ai laissé un mot. Ils savent que je suis en sécurité.

Une lueur sombre traversa le regard de Santo.

— Pourquoi n'es-tu pas venue me voir ? Tu sais bien que je t'aurais aidée.

Elle baissa les yeux.

— Notre histoire était terminée, Santo. Nous sommes tous les deux passés à autre chose. Quel était l'intérêt ?

— C'est faux ! Pourquoi m'as-tu quitté ce matin-là sans me dire au revoir, Gia ? Pourquoi t'es-tu enfuie ?

— Je t'en prie, Santo…

— Après ce que nous avons partagé cette nuit-là, comment as-tu pu me quitter sans un mot et épouser un autre homme ?

Elle ferma les yeux, parcourue d'une douleur intense.

— Tu savais que j'étais promise à lui, Santo. Tu savais pertinemment que j'allais l'épouser.

— Je croyais que tu avais changé d'avis ! s'écria-t-il d'une voix chargée d'émotion. Tu étais très émotive, cette nuit-là. Très vulnérable. Tu ne voulais plus ce genre de vie. Tu voulais mieux.

— J'ai ensuite réalisé ce que je faisais. J'allais me fiancer le lendemain soir, alors comment pouvais-je tout quitter ? Cela aurait détruit l'honneur et la réputation de mon père, sans compter la réputation de la famille Lombardi… C'était impensable, même si je le désirais ardemment.

Elle était sicilienne. Une Castiglione. Son mariage avec Franco Lombardi, l'héritier d'une puissante dynastie du jeu de Las Vegas, avait été décidé le jour de ses quatorze ans lorsque son père avait approuvé l'union entre sa fille unique et le fils aîné des Lombardi — une union qui cimenterait son empire. Poursuivre la carrière dont elle avait toujours rêvé, épouser l'homme qu'elle aimait et fuir son destin n'avaient jamais été une option pour elle, quelque chose qu'elle avait bêtement oublié durant sa nuit torride avec Santo.

Elle inspira profondément, puis relâcha son souffle en croisant le regard sombre de Santo.

— J'étais convaincue que ce serait plus simple si je m'en allais. Il n'y avait aucun avenir pour nous, Santo. Tu le sais.

Quand il se rapprocha, elle respira l'onéreuse eau de toilette qui infiltra ses sens avec un effet dévastateur.

— Tu sais ce que je crois ? dit-il, son souffle chaud lui balayant la joue. Je crois que nous ne le saurons jamais car tu es partie, Gia. C'était plus facile pour toi de te soumettre à l'inévitable que d'affronter ce qu'il y avait entre nous.

Le frottement de sa jambe nue contre sa cuisse musclée fit naître un frisson dans tout le corps de Gia. Hypnotisée, elle vit son regard s'assombrir, tandis que la puissance de ce qu'ils avaient vécu reprenait vie. Un pas et elle serait dans ses bras, sa bouche sur la sienne. Ce serait magique. Inoubliable.

Son pouls battant de façon frénétique et incontrôlable, elle recula.

— Tu as raison, Santo. Ce que nous avons vécu est de l'histoire ancienne. Nous sommes tous les deux passés à autre chose. Peut-être devrions-nous nous en tenir là.

Elle lut une myriade d'émotions sur son visage, comme s'il réfléchissait à la conduite à tenir. Soudain, quelque chose derrière elle sembla attirer l'attention de Santo et une expression décontenancée traversa son visage.

Une sonnette d'alarme retentissant dans son esprit, elle pivota lentement et aperçut Leo, son pouce dans la bouche et traînant derrière lui sa couverture bleue. Manifestement réveillé par les éclats de voix, les joues toutes rouges et les cheveux ébouriffés, il scrutait Santo d'un regard endormi.

Puis son fils marcha vers elle et lui tendit les bras.

Son pouls battant la chamade, Gia le souleva dans ses bras et le serra contre elle. Les sourcils froncés, Santo regardait la scène. La curiosité dans son regard s'intensifia, tandis qu'il fixait Leo. Puis ses yeux s'écarquillèrent.

Gia vit le moment où la lumière se fit en Santo, vit le sang se retirer de son visage.

La respiration erratique, Santo fixait d'un regard stupéfait les grands yeux sombres qui auraient pu être les siens et l'épi qui avait tant exaspéré les trois frères Di Fiore durant leur jeunesse. Impossible. L'enfant était forcément celui de Lombardi… Sauf qu'il n'y avait rien du visage anguleux de l'Italien dans le petit garçon agrippé à Gia, mais seulement son image identique qui le regardait à son tour. Une certitude profonde et viscérale l'envahit.

Et il y avait aussi la peur panique dans le regard de Gia et la façon dont elle tenait son petit garçon serré contre elle. Les événements de la soirée commencèrent à s'additionner les uns aux autres, soulevant d'innombrables questions. Pourquoi Gia avait-elle été si terrifiée en le voyant ? Et pourquoi avait-elle été si anxieuse de se débarrasser de lui ?

Parce qu'elle gardait un secret depuis quatre ans.

Il s'efforça tant bien que mal de se ressaisir.

— Je ne savais pas que tu avais un fils, dit-il, le regard rivé au visage inquiet de Gia. Quel âge a-t-il ?

Elle ne répondit pas. L'attente dura si longtemps qu'il sentit son cœur bondir dans sa poitrine.

— *Dannazione*, Gia ! Réponds à ma question.

— Il a trois ans.

L'esprit en ébullition, il se sentit perdre pied. L'enfant le fixait d'un regard à la fois curieux et légèrement appréhensif, et le silence sous le porche était assourdissant.

— Ami ? murmura le petit garçon en regardant Santo.

Ami ? Santo faillit suffoquer en entendant ce mot.

Une expression étrange s'afficha sur le visage de Gia.

— Oui, un ami. Et toi, tu devrais être au lit, dit-elle avant de se tourner vers Santo. Je dois…

— Va, dit-il d'une voix posée, comme si elle ne s'apprêtait pas à s'éloigner avec son fils, comme si le monde n'était pas en train de se désagréger sous ses pieds. Nous parlerons à ton retour.

Ce furent les dix minutes les plus longues de sa vie tandis qu'il arpentait le porche, accompagné du chant des cigales. Il avait mis un préservatif cette nuit-là, il en était certain. Sauf que la nuit avait été longue et les préservatifs avaient la fâcheuse habitude de se déchirer. Par ailleurs, lorsque Gia s'était dévêtue, plus rien n'avait eu d'importance hormis l'explosion sensuelle qui avait suivi.

Submergé de doutes, il refoula les violentes émotions qui menaçaient de l'engloutir, préférant attendre confirmation de ce qu'il savait pourtant déjà.

Le visage de Gia était blême lorsqu'elle le rejoignit. Vêtue maintenant d'un pantalon de yoga et d'un T-shirt, elle frottait ses mains sur ses cuisses en s'arrêtant devant lui.

— C'est le mien.

— Oui, dit-elle en déglutissant.

Une rage, comme il n'en avait jamais ressenti auparavant, le saisit. Les poings serrés, il tenta en vain de la réprimer et poussa un grondement presque animal.

— Santo, laisse-moi t'expliquer…

— Expliquer quoi ? Le fait que j'ai un fils de trois ans dont tu ne m'as jamais parlé ? Il n'y a pas une seule raison valable qui pourrait expliquer pourquoi tu m'as caché quelque chose d'aussi important.

— Franco…, dit-elle d'une voix étranglée. Il allait te tuer.

Il la dévisagea, stupéfait.

— De quoi parles-tu ?

Elle pressa une main sur sa tempe.

— J'ai découvert que j'étais enceinte quelques semaines

avant mon mariage. J'étais terrifiée. C'était un désastre, vu les circonstances. Je ne savais pas quoi faire. Je ne pouvais en parler à mon père, c'était inconcevable. Je suis donc allée voir ma mère et elle m'a conseillé de le dire à Franco.

— Tu aurais dû venir me voir, marmonna Santo.

— Pour quoi faire ? s'écria Gia, une lueur de colère dans les yeux. Je m'apprêtais à épouser un des hommes les plus puissants du pays. Une alliance fondamentale qui cimenterait les intérêts commerciaux de mon père à Las Vegas qui étaient à l'époque en péril. Il n'y avait aucune issue.

Il la fusilla du regard.

— Tu as donc choisi d'épouser Lombardi, alors que tu portais mon enfant ?

— Rien n'était simple, riposta-t-elle en glissant une main nerveuse dans ses cheveux. Franco était furieux. Mon coup de tête avait mis l'ensemble du partenariat en danger. Lorsque Franco s'est enfin calmé, il m'a dit que nous devions faire en sorte que notre mariage fonctionne. Il accepterait mon fils comme le sien et lui donnerait son nom… si personne ne découvrait la vérité. Et si j'acceptais de ne plus jamais te revoir. Dans le cas contraire, il te tuerait.

Maledizione. Il ne pouvait en croire ses oreilles.

— Je peux me protéger, rétorqua-t-il ton cassant. Tu aurais dû venir me voir, Gia.

Elle secoua la tête, le regard sombre.

— Rien n'aurait pu te protéger contre sa colère. Il avait le pouvoir d'éliminer qui il voulait. Il pouvait le faire et l'aurait fait sans l'ombre d'un doute.

Santo secoua la tête. Gia était intimidée par la puissance et le charisme de son père, il le comprenait parfaitement. Elle l'avait toujours été — raison pour laquelle elle avait accepté d'épouser Lombardi. Humilier son père en changeant d'avis aurait été impensable. Mais de là à faire passer son fils pour celui de Lombardi… C'était incompréhensible.

Il la fixa longuement, sa colère palpable.

— Tu as donc permis à mon fils d'être élevé par Franco Lombardi ? Dans la même culture de violence que celle dans laquelle tu as été élevée ? Celle que tu détestais tant ?

— J'ai protégé Leo, riposta-t-elle. Il n'a jamais été exposé à tout ça, Santo. Je ne l'aurais pas toléré, Franco le savait.

Leo. Son fils s'appelait Leo.

Il absorba cette information ahurissante.

— Pourquoi es-tu partie après le meurtre de Franco alors ? Pourquoi as-tu quitté ta famille ?

Une émotion qu'il ne put lire traversa son visage.

— Franco a été assassiné en plein jour et je ne me sentais pas en sécurité. Comme je ne pouvais faire confiance à personne pour protéger Leo, j'ai préféré fuir.

Il refoula la colère qui menaçait de le submerger à la pensée que son fils aurait pu être en danger.

— Pour aller te réfugier chez Delilah ?

— Oui. J'ai connu Delilah en faisant la décoration intérieure des hôtels de Franco et nous sommes devenues amies. Elle se doutait, je crois, que quelque chose n'allait pas dans notre mariage, mais elle n'a jamais rien dit. Elle m'a juste informée que si j'avais besoin de quelque chose je devais aller la voir. Ce que j'ai fait. Je lui ai expliqué ma situation et que je ne voulais pas que Leo vive ce genre de vie. Elle m'a fait sortir du pays.

— Ta mère sait donc où tu es ?

— Oui, et elle est la seule à le savoir. Nous restons en contact via Delilah.

Il frotta sa barbe naissante du dos de la main. Pourquoi diable n'avait-elle pas fait le choix qui s'imposait ?

— Si Franco avait disparu du tableau, qu'est-ce qui t'empêchait de venir me voir ?

Elle s'empourpra.

— Tu sortais avec une femme différente toutes les semaines. Tu n'étais en aucun cas prêt à fonder un foyer et tu étais manifestement passé à autre chose.

— Gia, marmonna-t-il, prêt à exploser. Dis-moi la vérité.

Elle le fixait de son regard vert perçant.

— J'avais peur que tu ne me pardonnes jamais pour ce que j'avais fait et que tu me prennes Leo.

Elle n'avait peut-être pas eu tort, songea Santo, vu la rage qui le consumait et l'empêchait de réfléchir.

Il était père. Il avait un fils de trois ans. Il avait manqué tant de moments importants, d'événements marquants qu'il ne connaîtrait jamais. Des souvenirs perdus à jamais.

C'était si éloigné de l'image de la famille parfaite dont il avait toujours rêvé — celle que lui-même n'avait jamais eue — qu'il n'arrivait même pas à l'appréhender. Au lieu de cela, il avait un fils dont il n'avait jamais entendu parler, une femme qui lui avait préféré un autre homme et à qui il ne pouvait faire confiance.

Il avait envie de hurler.

Rien n'aurait dû empêcher Gia de lui dire la vérité sur son fils, quelles que soient les circonstances. Mais il n'était pas non plus dans les meilleures dispositions pour réfléchir de façon rationnelle, aussi se tourna-t-il pour poser les mains sur la balustrade et fixer la baie scintillante.

Il était censé prendre un avion dans la matinée, mais ce n'était plus possible. De fait, il ne voulait pas laisser son fils hors de sa vue. Cependant, Gia et Leo — il portait le nom du grand-père de Gia, nota Santo — étaient en sécurité pour la nuit. Et il avait besoin de souffler.

Gia l'observait, s'efforçant manifestement d'anticiper son prochain mouvement.

— À quoi penses-tu ?

— Que j'ai besoin de temps pour réfléchir.

Elle lui lança un regard suppliant.

— Nous avons une bonne vie ici, Leo et moi. Il est heureux. Il joue sur la plage tous les après-midi et adore ses amis. Il ne souffrira jamais de la stigmatisation d'être un Castiglione.

— Il devrait être un Di Fiore ! s'écria Santo d'une voix empreinte d'émotion. Seigneur, Gia. As-tu la moindre idée de ce que tu m'as pris ? Volé ?

Elle blêmit et redressa le menton.

— Oui, je le sais, murmura-t-elle. Mais j'ai fait ce que je croyais être le mieux pour Leo.

Il poussa un juron.

— Je le sais bien et c'est ce qui me surprend le plus. Tu penses tellement comme une Castiglione que tu ne sais pas la différence entre le bien et le mal.

Une expression anéantie traversa le visage de Gia, mais il l'ignora, l'esprit trop préoccupé pour analyser.

— Voici comment je vois les choses, dit-il d'un ton sec. Je te contacterai demain et tu auras intérêt à être là, Gia, sinon j'aurai recours à tous les moyens légaux possibles pour te retrouver. Et, lorsque ce sera le cas, tu pourras dire au revoir à ton fils car, avec ton passé criminel, il n'y aura pas un juge au monde qui ne m'accordera pas la garde de Leo. Le temps de la fuite est terminé.

3

Gia n'arrivait pas à dormir. Assise sous la véranda, le regard fixé sur l'océan, elle se faisait à l'idée que le secret qu'elle gardait depuis plus de trois ans n'en était plus un. Elle se demanda quelles en seraient les conséquences parce qu'il y en aurait, inévitablement. Santo avait été très clair là-dessus.

Son estomac se noua. Elle pressa ses mains sur son ventre, espérant ainsi dénouer les nœuds qui l'empêchaient de respirer normalement. Avait-elle vraiment cru pouvoir garder son secret indéfiniment ? Que son amour pour Leo serait suffisant pour les protéger tous les deux — même si elle était consciente qu'à un moment donné la vérité finirait bien par éclater ?

Elle refoulait cette crainte à chaque fois qu'elle refaisait surface, la sécurité de Leo ayant toujours été essentielle à ses yeux. Mais sa trahison envers Santo la tracassait depuis toujours car elle savait au plus profond d'elle-même qu'elle avait mal agi. Même si elle n'avait pas eu le choix.

Mais maintenant la culpabilité était si forte qu'elle comprimait sa poitrine et menaçait de la consumer. Sa décision lui avait semblé si juste à l'époque : faire ce qui était nécessaire pour protéger son fils. Mais, après avoir été témoin de l'émotion sur le visage de Santo quand il avait appris l'existence de son fils, elle n'était plus si sûre d'avoir fait le bon choix. Et puis, toute cette tragédie n'aurait-elle pas pu être évitée si elle n'avait pas eu cet instant de faiblesse ?

Elle s'était résignée à épouser Franco la veille de ses fiançailles. Elle avait toujours su qu'elle avait pour rôle d'affermir la puissance des Castiglione grâce à une alliance politique, plutôt que de poursuivre ses rêves. Mais croiser par hasard Santo dans un salon d'aéroport l'avait bouleversée.

Une nuit d'orage hivernal avait semé le chaos sur la côte Est, annulant tous les vols pour la soirée. Les nerfs en pelote car elle savait que Franco serait furieux de son retard, elle avait accepté la proposition de Santo de lui trouver une chambre d'hôtel près de la sienne. Ils avaient fini par dîner ensemble au bar de l'hôtel.

Ils en avaient profité pour rattraper le temps perdu, tant leurs vies avaient été bien remplies depuis le lycée ; Santo qui fondait une société, et elle qui terminait ses études de décoration d'intérieur et faisait un stage dans une entreprise de renom. Ils étaient certes restés en contact — une soirée par-ci, un café par-là —, mais ils avaient tous les deux accepté le fait que mettre une certaine distance entre eux était la meilleure solution. Mais elle n'avait jamais réussi à briser totalement ce lien. Santo avait toujours été le refuge vers lequel elle courait lorsque la vie devenait trop difficile.

Ses pensées tumultueuses avaient été en parfaite harmonie avec la tempête qui faisait rage dehors. Consciente de ce qu'elle s'apprêtait à faire et terrifiée à cette idée, elle avait longtemps hésité, avant de faire fi de toute prudence, tant le désir de contrôler son propre destin, ne serait-ce qu'une seule nuit, l'avait tenaillée.

Durant le repas, elle n'avait pu avaler une gorgée de la bouteille d'amarone tant l'attirance qu'elle éprouvait pour lui était puissante, une force vive qu'elle n'avait jamais pu réprimer. Mais Santo avait étouffé tout espoir en elle en suggérant qu'ils aillent se coucher.

Ce qui aurait pu fonctionner s'ils ne s'étaient pas retrouvés seuls dans l'ascenseur et si son désespoir n'avait pas atteint des sommets, sa peur et sa frustration la poussant dans les bras de Santo. L'instant d'après, elle s'était retrouvée dans une chambre où elle avait passé une nuit inoubliable. Une nuit pour elle, avant qu'elle n'épouse un homme dont elle n'était pas amoureuse. Mais au petit matin l'âpre réalité s'était fait jour. Ce qu'elle avait fait et ce qui l'attendait…

Peut-être en effet que cela avait été plus facile de fuir que d'assumer ses actes et ce qu'elle ressentait pour Santo. Peut-être s'était-elle convaincue qu'il passerait à autre chose et qu'elle en aurait le cœur brisé. Et peut-être avait-elle choisi une porte de sortie facile, comme il l'avait suggéré.

Elle finit par aller se coucher au petit matin et se réveilla peu après, les yeux rougis et certaine que son petit monde bien ordonné allait voler en éclats, une perspective qu'elle ne pouvait empêcher.

Elle déposa Leo à la garderie de l'hôtel et le regarda rejoindre les autres enfants, un sourire attendri aux lèvres. Elle ne pouvait pas le perdre. Il était tout pour elle. Ils avaient été seuls contre tous depuis trois ans. Elle se sentait désemparée comme jamais auparavant et cela ravivait en elle des souvenirs qu'elle ne voulait plus revivre. Elle ne serait plus jamais impuissante et à la merci des forces l'entourant.

Delilah — baromètre éclairé de ses humeurs — apparut dans son bureau quelques instants plus tard. Vêtue d'un élégant tailleur écarlate, ses ongles parfaitement manucurés et en harmonie avec sa tenue, elle était comme toujours tirée à quatre épingles.

— Clairement, j'ai échoué, dit-elle, son éternelle tasse

de café à la main. Y a-t-il quelque chose que je devrais savoir à propos de Santo Di Fiore ?

L'estomac de Gia se noua.

— Tu as remarqué ?

— C'était difficile de ne pas le remarquer. La tension entre vous était palpable. Il écoutait à peine ce que je disais.

Gia déglutit.

— Santo est le père de Leo… Son vrai père.

Delilah la dévisagea, bouche bée, et comme du café se répandait sur sa main tremblante, elle posa sa tasse sur la table.

— Excuse-moi, tu peux répéter ?

Gia sortit une serviette du tiroir de son bureau et la tendit à Delilah.

— Santo et moi avons passé une nuit ensemble, un peu avant mon mariage avec Franco. Nous avons conçu Leo.

— Pourquoi ? Tu savais que tu allais épouser Franco.

— J'étais pétrifiée et Santo était là, expliqua-t-elle en se renfonçant dans son siège. On se connaissait depuis le lycée. Il était le garçon le plus populaire de l'école, l'athlète star que tout le monde adorait. J'étais, quant à moi, *persona non grata*, une Castiglione. Personne ne voulait passer du temps avec moi et, les rares occasions où ils le voulaient, Dante les faisait vite changer d'avis. Mais Santo s'est approché de ma table à la cafétéria, s'est assis et a commencé à me parler comme si c'était la chose la plus naturelle du monde. Il m'a littéralement éblouie.

— Et tu es tombée amoureuse de lui, conclut Delilah.

— Ce n'était pas si simple. J'étais promise à Franco. Nous… sommes devenus amis. On courait ensemble le matin, parlait ensuite dans les gradins. Une attirance s'est peu à peu développée entre nous. Dante l'a bien compris et en a informé mon père qui a transmis un message à Santo, lui disant que je n'étais pas pour lui et ne le serais jamais.

Elle raconta à Delilah comment son amitié avec Santo s'était développée peu à peu. Comment il avait toujours été celui vers qui elle courait. Comme le soir de la fête donnée à l'occasion de son seizième anniversaire, quand sa nouvelle amie n'était pas venue car on le lui avait interdit. Le jour où elle avait appris qu'elle avait été acceptée dans un prestigieux programme d'échange en France, pour s'entendre dire ensuite que cela posait trop de risques en termes de sécurité. Le jour où elle avait obtenu une place dans l'équipe d'athlétisme et découvert après que son père avait tordu le bras au responsable de l'équipe pour l'obtenir. Santo avait toujours été là.

Et puis, il y avait eu cette nuit avec lui qui avait bouleversé sa vie. Elle raconta à Delilah la colère de Franco et la promesse qu'elle lui avait faite de ne plus jamais revoir Santo.

Le regard de Delilah s'assombrit.

— Cela explique pourquoi ton mariage avec Franco était si chaotique. À cause de Leo…

— Oui.

— Et comment Santo a pris la nouvelle ?

— Pas bien.

C'était l'euphémisme de l'année.

Delilah soupira puis but une gorgée de café.

— Tu es dans de beaux draps, mais tu le sais déjà, Gia. Santo est un des hommes les plus influents du monde. Veut-il son fils ?

Gia acquiesça.

— Alors, je tâcherai de réfléchir avec lui. C'est ta seule option. Et, pendant que tu y es, tu ferais bien de déterminer ce que tu ressens pour lui. Il y a clairement des sentiments non exprimés entre vous.

Gia entendait ignorer la dernière partie de ces conseils parce que Santo la détestait pour ce qu'elle avait fait.

L'homme qui l'avait quittée hier soir était un étranger froid et dur qu'elle ne connaissait pas. Et réfléchir avec lui ne lui semblait pas possible. Mais elle devait essayer parce qu'elle devait réussir à convaincre Santo qu'elle avait fait ce qui s'imposait.

Adossé à la balustrade de la terrasse de sa suite, Santo observait le magnifique soleil couchant — véritable flamboiement de teintes roses dans le ciel. Il avait passé la nuit précédente à réfléchir à l'ahurissante nouvelle et avait marché des heures sur la plage pour contenir les émotions qui le consumaient puis décider de la suite des opérations. Il en était arrivé à la conclusion qu'il n'y avait qu'une solution viable pour sortir de cette situation.

Dès le lendemain matin, il en parlait avec son avocat qui avait qualifié sa proposition de « très satisfaisante ». En revanche, changer la paternité de Leo sur un plan juridique serait une autre paire de manches — un véritable champ de mines de tracasseries administratives qui lui donnait la migraine. Et les mots d'adieu de son frère le matin même n'arrangèrent rien.

— Tu sais ce que je pense.

Oh oui. Mais il ne serait jamais comme lui. Son père avait épousé sa mère, une danseuse de Broadway, lorsque celle-ci était tombée enceinte. Il avait été si amoureux d'elle qu'il n'avait pas pensé aux conséquences. Il s'était lié à une femme qui n'avait jamais voulu être épouse et mère, une femme qui l'avait épousé pour son argent, puis avait entrepris de lui pourrir la vie. Mais sa relation avec Gia ne se passerait pas ainsi. Son père s'était peut-être laissé guider par ses émotions, tout comme lui avec Gia au début, mais leur relation serait désormais basée sur la rationalité. Les besoins de Leo seraient prioritaires.

Elle arriva à l'heure, comme il le prévoyait, car il

disposait de tous les atouts dans cette situation ubuesque et il entendait les utiliser. Son plan fut momentanément oublié toutefois lorsqu'il ouvrit la porte et la trouva sur le seuil.

Elle était vêtue d'une robe vert olive à dos nu dont le fin tissu moulait ses courbes parfaites, faisant plus particulièrement justice à son magnifique fessier qui avait attiré l'attention de tous les garçons du lycée avant qu'ils ne lui tournent le dos lorsqu'ils se rappelaient qui elle était.

Mais, refusant de tomber dans ce piège, il se concentra sur le visage fermé de Gia. Elle n'était pas maquillée, hormis un léger gloss sur les lèvres, et ses yeux étaient cernés. Elle paraissait inquiète. Effrayée. Ce qui en temps normal l'aurait bouleversé, mais pas cette fois.

Il lui indiqua un siège de la main.

— Veux-tu boire quelque chose ?

Secouant la tête, elle s'assit sur l'accoudoir du fauteuil. Il se dirigea alors vers le bar, se versa deux doigts de whisky, ajouta des glaçons, puis lui fit face.

Le regard rivé au sien, Gia se mordillait la lèvre inférieure.

— Je ne crois pas que nous ayons été très raisonnables hier soir, commença-t-elle d'une voix hésitante. La discussion a pris un tour assez émotionnel. Peut-être pouvons-nous tout reprendre de zéro sous un autre angle ?

Il serra son verre dans ses mains.

— En fait, je me suis réveillé ce matin avec une parfaite vision de la situation, dit-il d'un ton pensif. Tu m'as volé mon fils, Gia. Tu as gardé le secret de son existence pendant trois ans et tu aurais certainement continué à le faire sans ma visite inopinée d'hier soir. Donc, à partir de maintenant, c'est moi qui prendrai les décisions et toi qui écouteras.

Elle déglutit avec peine.

— Tu dois te montrer raisonnable.

— Crois-moi, ma proposition est très raisonnable au vu des pensées qui m'ont traversé l'esprit. Au fait, qui prend soin de Leo pendant que tu es ici ?

— Sa baby-sitter. Je pensais préférable que nous nous entretenions en privé.

— Et pendant la journée, quand tu travailles ?

— Il va à la garderie de l'hôtel.

— La garderie ? répéta-t-il d'un air dégoûté, l'idée même de savoir son fils gardé par des étrangers le révulsant.

— Je travaille, Santo. J'ai un emploi qui me permet de subvenir aux besoins de mon fils. Par ailleurs, Leo adore la garderie. Tout le monde là-bas est merveilleux.

— Il grandit donc sans père et sans mère ?

Elle redressa la tête, des étincelles s'allumant dans ses prunelles vertes.

— Au contraire. Je commence et termine mon travail tôt chaque jour. Je passe une bonne partie de mes après-midi avec Leo et toutes mes soirées. Il ne manque pas d'amour, Santo, et voir d'autres enfants du même âge est bon pour lui. Il doit apprendre à créer des liens avec d'autres enfants.

Ce qu'elle n'avait jamais pu faire, songea Santo. Lui, en revanche, avait connu l'inverse. Il savait ce que c'était que de rentrer le soir et de trouver la maison vide car sa mère les avait abandonnés.

Il était âgé de treize ans quand sa mère les avait quittés après la faillite de la société de son père. Ils avaient tout perdu — la maison, la voiture et le style de vie qu'ils avaient connu jusque-là. Son père avait noyé son chagrin dans l'alcool, laissant Nico subvenir aux besoins de la famille tandis que Lazzero devenait obsédé par le basket. Santo s'était senti si seul dans l'appartement miteux qu'il avait préféré passer ses soirées chez son ami, Pietro, et profiter de la chaleur qui lui était prodiguée là-bas.

Quelque chose que Leo ne connaîtrait jamais, se jura-t-il.

— Que mon fils fréquente d'autres enfants ne me pose aucun problème, riposta-t-il. D'ailleurs, j'y suis même favorable. Je parle ici du fait que tu as non seulement privé Leo de son père, mais aussi de sa famille élargie, parce que tu as tourné le dos à la tienne et l'as empêché de voir la mienne. Nico et Chloe ont un fils de deux ans, Jack, un cousin qu'il ne connaît pas. En quoi cette situation est-elle juste ?

Gia blêmit et serra les bras autour d'elle.

— Je suis désolée, Santo. J'ai mal agi, j'en suis consciente, malgré ce que tu crois. Mais j'ai fait ce que je croyais le mieux pour Leo à l'époque et je le referais parce que je ne veux pas qu'il grandisse comme moi. Comme un Castiglione… C'est la seule chose que j'avais en tête quand je suis partie.

Elle se redressa et avança le menton d'un air belliqueux. Voilà ce qui l'avait gardé éveillé toute la nuit : qu'elle croie à tort qu'elle avait bien agi. Parce que Gia n'avait connu qu'un seul monde — un monde dans lequel les liens du sang et la loyauté signifiaient tout. Un monde dans lequel le pouvoir et l'intimidation régnaient en maître, sauf qu'elle n'avait aucun pouvoir dans ce monde-là. Dans son esprit, il n'y avait eu aucune échappatoire.

— Qu'allais-tu dire à Leo lorsque le temps serait venu ? La vérité ? Ou comptais-tu lui dire que son père était un malfrat de grande envergure ?

Elle tressaillit et pressa sa main contre sa gorge.

— Je n'y avais pas encore pensé, Santo. Nous étions trop occupés à essayer de survivre et de bâtir notre vie. Le bien-être de Leo a toujours été ma priorité.

Il la croyait bien volontiers. C'était d'ailleurs la seule raison pour laquelle il n'allait pas partir avec son fils sous le bras. En effet, il avait beau être furieux de ce qu'elle avait fait, il devait prendre en compte la situation dans laquelle elle s'était trouvée. Il lui avait fallu du courage pour quitter cette vie. Elle avait pensé à Leo en premier, une chose que sa mère n'avait jamais faite. Et elle avait été jeune et effrayée, ce qu'il ne pouvait ignorer.

Gia le regarda d'un air inquiet.

— Je ne peux pas changer le passé, Santo, ni les décisions que j'ai prises. Mais je peux améliorer les choses. Comme tu voudras certainement faire partie de la vie de Leo, j'ai pensé à des solutions hier soir. Tu pourrais nous rendre visite ici… Habituer Leo à te voir parmi nous, et quand il sera plus grand et à même de comprendre la situation nous pourrions lui dire la vérité.

À ces mots, il sentit la rage monter en lui.

— Et que proposes-tu de lui dire quand je viendrai vous rendre visite ? Que je suis cet ami dont tu as parlé hier ? Combien d'amis as-tu, Gia ?

Il vit son visage se durcir.

— Je bâtis une vie ici, je construis une carrière. Je n'ai pas de temps pour des relations amoureuses. Je ne fais que travailler et passer du temps avec Leo qui n'est pas toujours facile, comme tu peux l'imaginer.

Ses propos défensifs lui restèrent sur l'estomac.

— Non, j'ai dû mal à l'imaginer parce que tu m'as privé de ce droit élémentaire, Gia. Tu m'as privé de tout.

Elle blêmit. Se détournant, il posa son verre sur le bar.

— Je suis son père, et j'ai manqué trois ans de sa vie. Crois-tu qu'un week-end de temps en temps me satisferait ? Je ne me contenterai pas de miettes, Gia, ajouta-t-il en secouant la tête. Je veux vivre tous les jours avec lui. Je veux me réveiller le matin et le voir sauter sur le lit. Je veux l'emmener au parc et jouer au foot avec lui. Je veux qu'il me parle de sa journée quand je le borde dans son lit. Je veux tout.

— Comment faire ? Tu vis à New York et moi ici. Leo est heureux et bien adapté à sa nouvelle vie. Une garde partagée limitée me semble la seule solution réaliste.

— Ce n'est pas une proposition viable, marmonna-t-il. Ce n'est pas ainsi que cela va marcher, Gia.

Elle le dévisagea d'un air circonspect.

— Quelle partie n'est pas viable ?

— Tout. J'ai une offre non négociable à te faire. C'est à prendre ou à laisser.

La méfiance qui se reflétait sur son visage s'intensifia.

— C'est quoi ?

— Nous allons faire ce qui est dans le meilleur intérêt de notre fils. Épouse-moi. Nous vivrons tous ensemble à New York et offrirons à Leo la famille qu'il mérite.

Le ventre noué, Gia fixa Santo d'un regard horrifié, ne sachant pas trop laquelle de ses propositions la décontenançait le plus. Être une fois de plus contrainte à épouser un homme qui désormais la détestait, ou qu'il s'attende à ce qu'elle quitte la vie qu'elle s'était bâtie ici pour le suivre à New York.

Elle secoua la tête.

— Je ne peux pas faire ça. Ma vie est ici maintenant. Tout ce que j'ai est ici. Leo adore cet endroit. Tu ne peux pas me demander d'abandonner tout cela.

L'expression de Santo demeura inflexible.

— Je dirige une société internationale dont le siège social est à Manhattan. Je ne peux pas vivre aux Bahamas, quand bien même cette idée est alléchante.

Pensive, Gia se frotta la nuque d'une main. Elle songea à la façon dont elle s'était dissociée de son ancienne vie qu'elle ne reprendrait pour rien au monde. Son père avait déménagé avec toute sa famille à Las Vegas une dizaine d'années plus tôt, lorsqu'il avait concentré ses activités autour des salles de jeu, mais il avait toujours des intérêts financiers à New York. Ils allaient forcément se croiser tôt ou tard.

— Je ne peux pas retourner à New York, dit-elle d'un ton sans appel. Tu sais ce que mon retour impliquerait, Santo. Leo serait exposé à ma famille et il deviendrait un Castiglione.

Une lueur meurtrière brilla dans le regard de Santo.

— Leo sera un Di Fiore et, en tant que tel, sera protégé, tout comme toi. Ce qui m'amène à la dernière partie de ma proposition. Leo n'aura aucun contact avec ta famille. Jamais… Sauf si c'est ta mère en visite surveillée. Si tu passes outre cette condition, notre accord sera nul et non avenu.

Et elle perdrait Leo… Elle sentit aussitôt un frisson glacé le parcourir le dos.

— Mon père n'acceptera jamais un tel arrangement, tu le sais bien, Santo. Comme mon frère, Tommaso, n'a jamais eu de fils, Leo est son petit-fils, son futur héritier.

— Ton père a d'autres sujets d'inquiétude.

Santo prit le journal posé sur la table et le lui tendit. Elle vit l'article dont il parlait en bas de page.

Castiglione fait un pied de nez à l'audience du Congrès, titrait l'article.

Le cœur de Gia fit un bond dans sa poitrine. Elle parcourut rapidement l'article qui faisait référence à la volonté du nouveau procureur général de réprimer sévèrement la résurgence du crime organisé aux États-Unis avec une série d'auditions du Congrès prévue le mois prochain à Washington. Son père avait sans surprise été convié à témoigner. Sans surprise également, il avait refusé d'assister à l'audience, choisissant à la place de séjourner en Calabre.

Gia prit une profonde inspiration. Cette décision blesserait profondément sa mère. Son mari était tout pour elle et toute sa vie tournait autour de lui.

— Ils s'en prendront à ses intérêts financiers, commenta-t-elle. Ensuite, à mon frère.

— Sans doute, mais cela prendra du temps, commenta Santo. En attendant, Tommaso gérera les affaires à Vegas pendant que ton père contactera son avocat, j'imagine.

Sans aucun doute. Son père, toujours méticuleux pour ce qui concernait la protection de son empire, veillerait à être totalement protégé avant de refaire surface. La bataille qu'il menait contre les forces de l'ordre avait toujours été le fléau de son existence, mettant sa famille sur la sellette alors qu'il aurait préféré opérer dans l'ombre.

— Il reviendra, car il ne fera jamais confiance à Tommaso pour gérer ses affaires, répliqua Gia. Il se rendra intouchable puis invoquera le cinquième amendement. À ce moment-là, il apprendra que Leo et moi sommes revenus à New York. Je ne peux risquer ça.

— Tu n'auras pas à t'occuper de lui, Gia. C'est moi qui le ferai.

Oh non ! songea Gia, paniquée. Ce serait un désastre.

— Tu sais ce qu'il pense de toi, Santo.

Un sourire narquois lui étira la bouche.

— Que je ne suis pas assez bien pour toi ? Oh ! ce message était fort clair il y a dix ans. Assez étrangement toutefois, nous sommes sur un pied d'égalité maintenant…

À cette pensée, elle sentit son estomac se nouer. Mais l'instant d'après sa peur se mua en panique.

— Tu as l'intention de lui dire que tu es le père de Leo.

Ses yeux étincelèrent.

— Bien évidemment, parce que cet homme ne posera plus jamais les yeux sur Leo. Il doit le savoir.

C'était un cauchemar, songea Gia, le cœur au bord des lèvres. Elle devait faire quelque chose avant qu'il ne soit trop tard.

Elle parcourut la distance qui la séparait de Santo d'un

pas incertain et s'arrêta à quelques centimètres de lui. Son cœur battait la chamade en le voyant si beau avec sa chemise blanche aux manches retroussées jusqu'aux coudes et son jean noir qui moulait ses hanches à la perfection. Elle avait jusqu'à présent toujours réussi à faire appel à son côté tendre. Il n'avait jamais pu lui résister et, en ce moment, elle n'hésiterait pas à utiliser tous les moyens nécessaires pour l'empêcher de faire éclater son petit monde.

— Ne fais pas ça, murmura-t-elle. Tu es en colère, je le comprends. J'ai mal agi. Mais je ne peux pas retourner là-bas. Je n'y retournerai jamais.

Le regard de Santo se posa sur les doigts agrippés à son bras. Et toute pensée cohérente quitta Gia lorsqu'il leva son regard ardent vers elle.

— Santo, susurra-t-elle. Non.

Il inclina la tête jusqu'à ce que sa bouche soit à un souffle de la sienne. Son pouls s'accéléra, menaçant de lui couper le souffle, et lorsque son haleine tiède lui effleura les joues, elle sentit une douce chaleur monter en elle.

— Belle tentative, mais ton petit numéro de demoiselle en détresse n'a plus d'effet sur moi, Gia. La seule option possible est que nous vivions ensemble à New York avec notre fils, comme cela aurait dû l'être dès le départ.

Elle recula d'un pas, les joues enflammées.

— Je faisais appel à ta raison.

— Alors, écoute-moi. C'est toi qui as créé cette situation inextricable en ne venant pas me voir, Gia. C'est toi qui as fait passer mon fils pour celui d'un autre homme... une question juridique complexe qui prendra des mois à être démêlée. C'est toi qui as choisi de fuir plutôt que de faire face à tes problèmes. Donc, tu devrais aisément comprendre que c'est la seule option viable pour nous.

Elle releva le menton.

— Je ne fuis pas, Santo. Je suis libre, un concept que, tout comme mon père, tu n'as jamais compris.

— Tu seras libre à New York. Tu auras tout l'argent qu'il te faut et tu pourras faire ce que tu veux.

— Sauf vivre la vie que je souhaite mener, répliqua-t-elle en le fusillant du regard. Tu savais les rêves que j'entretenais.

Il haussa les épaules.

— Reste, alors. Vis ta vie. Mais Leo vient avec moi.

Le coup était violent. Précis. Mortel. Foudroyée par la colère, elle serra les poings et le défia.

— Et si les tribunaux se rallient à ma cause ? Je suis partie pour protéger mon fils, Santo. Je crois que c'est la preuve suprême de ce que je suis prête à faire pour préserver sa sécurité.

— Ton père est à la tête du plus puissant réseau de crime organisé du monde. Quel argument valable peux-tu avancer ? Et puis, il y a le risque que tout cela soit rendu public si nous devions aller devant les tribunaux, et ta vie ici serait révélée.

Gia prit une profonde inspiration. Contrairement à ce qu'elle avait cru, il ne comptait pas lâcher prise, mais cet homme n'était pas celui qu'elle connaissait, et elle commençait à le comprendre. Il était temps de changer de tactique.

— Ton père a épousé ta mère parce qu'elle était enceinte de Nico, et regarde quel désastre cela a été. Le mariage de mes parents était arrangé et mon père n'a jamais été fidèle à sa femme. Mon mariage avec Franco était tout aussi peu sensé. Comment peux-tu croire que cela marchera mieux pour nous ?

Il serra les mâchoires.

— Le mariage de mes parents était un désastre parce que ma mère s'est mariée par intérêt. Aussi, quand l'argent s'est fait rare et que la réalité l'a rattrapée, elle est partie. Ton père est un incurable mégalomane qui entretient son ego avec le pouvoir et les femmes. Il n'a jamais donné la priorité à sa famille. Notre mariage, en revanche, ne ressemblera à rien de la sorte parce que nous mettrons toujours Leo au premier plan. De plus, nous avons un passé en commun sur lequel nous appuyer.

— Absolument pas, nous ne nous connaissons même plus répliqua-t-elle, les mains sur les hanches et le regard rivé au sien. Penses-tu sérieusement que je m'attende à ce que tu abandonnes ton style de vie débridé pour m'épouser et que nous vivions heureux ensuite ?

— Oui, dit-il sans hésiter. Parce que c'est dans l'intérêt de Leo que nous soyons heureux. Et tu auras ton rôle à jouer aussi parce qu'il faut être deux pour réussir un mariage… une autre leçon que j'ai tirée du passé. Donc, si tu acceptes ma proposition, ce sera une authentique union dans tous les sens du terme parce que je n'ai pas l'intention de me marier plus d'une fois.

L'estomac de Gia se noua. Sa proposition était inconcevable, mais la perspective de devenir la femme de Santo dans le vrai sens du terme était la chose la plus terrifiante de toutes. Parce qu'elle se souvenait de cette nuit, se souvenait de la façon dont il l'avait dépouillée de toutes ses défenses et comment il avait insisté pour qu'elle lui donne tout.

La peur la submergea. Et soudain ce fut trop pour elle.

— J'ai besoin de temps pour réfléchir. Tu me demandes l'impossible, Santo.

— Je veux mon fils, Gia, que tu aurais dû me donner à sa naissance, conclut-il avant d'avaler d'un trait son whisky et de poser le verre sur le bar. Je t'accorde vingt-quatre heures, Gia. Fais le bon choix.

4

Gia passa la matinée suivante en plein brouillard. Elle aurait dû se lancer dans un autre projet — la décoration intérieure du nouveau complexe touristique de l'île du Paradis. C'était un projet à la fois passionnant et exigeant, mais elle n'arrivait pas à se concentrer, tant l'ultimatum de Santo prédominait ses pensées.

Elle ne pouvait le blâmer d'être en colère contre elle, mais sa demande en mariage pour offrir à Leo une vie de famille était loin d'être une proposition anodine comme il l'avait prétendu. Certes, Leo était sa priorité et l'avait toujours été. Mais Santo lui demandait de quitter une fois de plus la vie qu'elle s'était choisie pour protéger Leo de son passé. Une vie qu'elle adorait.

Revenir à New York et exposer Leo à l'influence de sa famille lui semblait inconcevable. Presque autant que de se retrouver mariée à un homme puissant qui ne l'épousait que par convenance. Pour son fils. Un homme pour qui elle éprouvait des sentiments depuis toujours, un homme qui lui faisait ressentir des choses qu'elle avait passé sa vie à refouler de peur d'être rejetée.

C'était insensé. Tôt ou tard, Santo lui en voudrait de l'avoir forcé à l'épouser et ce ressentiment finirait par les séparer, exactement comme avec Franco. Sans compter que la tension inévitable entre ses parents serait préjudiciable pour Leo, comme elle l'avait elle-même appris à ses dépens.

Mais quel autre choix avait-elle ? Elle pouvait affronter Santo devant un tribunal pour la garde son fils, mais cela ne ferait que prolonger l'inévitable car elle était certaine qu'il gagnerait le procès. Sa seule alternative était de lui faire comprendre qu'un mariage n'était pas une bonne idée et que Leo serait mieux ici. Ils trouveraient sûrement un moyen de contenter tout le monde.

Au milieu de l'après-midi, elle renonça à travailler, alla chercher Leo à la garderie et remplit une glacière de sandwichs pour un après-midi à la plage. Lorsqu'ils se retrouvèrent une demi-heure plus tard sous un ciel sans nuages, face à une mer bleu turquoise dont les vagues clapotaient doucement sur le sable, elle se détendit enfin.

Assise sur une serviette, genoux relevés, bras entourant ses jambes, elle regardait Leo jouer dans le sable, tandis qu'une légère brise marine glissait sur sa peau.

— Maman, creuse, ordonna Leo en agitant sa pelle.

Agenouillé dans le sable, ses cheveux dorés retombant sur son front, il adressait à sa mère un sourire lumineux. Trop préoccupée, elle se força à lui rendre son sourire.

— Dans une minute.

Les yeux soudain écarquillés, Leo regarda vers la maison.

— Ami ici.

Médusée, Gia pivota et vit Santo traverser la plage d'un pas vif. Il était vêtu d'un T-shirt blanc et d'un short bleu marine frappé du logo rouge Supersonic qui mettait en valeur ses muscles gagnés par les différents sports qu'il pratiquait. Avec ses lunettes de soleil et ses cheveux en désordre, il était d'une beauté à couper le souffle. Pas étonnant que les femmes lui courent après depuis toujours.

Elle les avait vues faire depuis le lycée, certaines de façon subtile et d'autres moins. Un phénomène qui s'était amplifié lorsque l'entreprise de Santo avait été cotée en Bourse. Chaque femme avait voulu approcher le brillant golden-boy, mais même celles qui réussissaient à attirer son attention ne la conservaient pas longtemps. En effet, Santo avait beau aimer les femmes, aimait les charmer et flirter avec elles, aucune d'elles n'avait jamais répondu à ses attentes.

— Je veux une femme aussi intéressante à l'intérieur qu'à l'extérieur. Une âme sœur, lui avait-il dit une fois.

Ce qui l'avait aussitôt écartée des candidates possibles. Elle était une Castiglione — un détail qui ne changerait jamais, peu importe la distance qu'elle mettrait entre sa famille et elle. Elle n'était pas non plus Miss Arkansas, la dernière petite amie en date de Santo, une femme d'une beauté, à la fois intérieure et extérieure, époustouflante.

Les battements de son cœur s'accélérèrent lorsque Santo s'assit à côté d'elle.

— Ami, dit Leo joyeusement en regardant Santo de ses grands yeux sombres, si semblables à ceux de son père.

Gia se raidit, mais Santo ne parut pas étonné cette fois.

— Oui, répondit-il posément. Tu t'amuses ?

Leo hocha la tête et se mit à creuser, gardant un œil sur Santo. Gia jeta à Santo un regard en coin, ce qui ne fut pas forcément une bonne idée car, à la vue de ses muscles déliés, elle ressentit une douce chaleur l'envahir.

— Je croyais que nous avions fixé 17 heures, dit-elle. La baby-sitter n'est pas encore arrivée.

Il haussa les épaules.

— J'ai fini ma conférence téléphonique plus tôt que prévu et, comme tu m'as dit que vous passiez vos après-midi sur la plage, j'ai décidé de me joindre à vous.

Parce qu'il avait voulu voir son fils. À cette pensée, une boule se forma dans la gorge de Gia, tandis qu'une vague de culpabilité l'envahissait.

— Creuse, maman, demanda de nouveau Leo.

Santo retira ses lunettes de soleil et regarda Leo.

— Je peux ?

Son cœur fit un bond dans sa poitrine devant la voix émue de Santo. Leo jaugea son père du regard.

— Oui, dit-il en lui tendant une pelle jaune.

La prenant, Santo rejoignit Leo dans le sable. Aussitôt, son fils se mit à lui donner des instructions d'une voix assurée. Ils construisaient une maison de super-héros. Santo, né avec un cerveau inventif comme en témoignait le tissu high-tech qu'il avait développé pour ses vêtements de sport, le propulsant sur la voie de la réussite, était comme un poisson dans l'eau.

— Il devrait vivre en pleine montagne, dit-il. Un refuge secret avec une piste d'atterrissage.

L'idée fut approuvée sans réserve par Leo. Ils se mirent aussitôt au travail sur la structure élaborée de plusieurs niveaux. Santo se perdit un peu dans les détails, mais le résultat fut prodigieux. Ravi, et les yeux brillant d'excitation, Leo se lança dans les effets sonores requis, emplissant l'air de ses *pschitt* et *kapoks*.

Santo ôta sa chemise malgré le soleil de plomb et, à la vue du torse musclé de son père, Leo, les yeux écarquillés, lui demanda s'il était lui aussi un super-héros. À ces mots, Gia se mordit l'intérieur des joues, à la fois pour s'empêcher de rire et pour juguler des émotions plus profondes et plus sombres. Santo était un parfait étranger pour Leo, mais son fils était totalement envoûté par lui. En partie en raison de son charme naturel, mais également parce que le lien entre eux était manifestement inné.

Un frémissement grandit en elle, lui tordant les entrailles. Santo était le père de Leo. Comment avait-elle pu imaginer une seule seconde que son fils n'aurait jamais besoin de lui ? Que l'amour qu'elle lui vouait serait suffisant pour remplacer le lien que son père et lui auraient pu avoir ensemble ?

Elle avait passé sa vie entière à essayer d'obtenir l'amour de son père, ce qui lui avait toujours été refusé. Peut-être s'était-elle convaincue que Leo n'en avait pas besoin non plus ? Peut-être s'agissait-il d'un mensonge dont elle s'était satisfaite parce que rester à New York avait été un prix trop cher à payer ? Pourtant, voilà que Santo semblait prêt à offrir un amour inconditionnel à son fils. L'émotion la submergea, et son cœur se gonfla de gratitude envers Santo. Elle avait terriblement mal agi, reconnut-elle, honteuse. Et elle ne pourrait jamais réparer ses torts.

Déclarant la construction du fort terminée, Leo rejoignit sa mère et posa les pelles et les seaux dans le sable. Gia leur donna à tous les deux des bouteilles d'eau fraîche. Santo s'assit à côté d'elle sur la serviette pour boire la moitié de la bouteille d'un trait. Après avoir avalé une gorgée, Leo se pencha vers la glacière.

— Faim, annonça-t-il.

— À moi de jouer, dit Desaray, se matérialisant derrière eux. Désolée du retard. Comment va mon petit poussin ?

Leo se jeta dans ses bras en riant tout en faisant tourner une mèche de cheveux de Desaray autour de son doigt.

— Bien. Du pain bana ? demanda-t-il, plein d'espoir.

— Banane, corrigea Desaray. Et oui, j'en ai apporté.

Elle lança un regard curieux et approbateur à Santo avant de reporter son attention sur Gia.

— L'école a duré plus longtemps que prévu. Désolée. Voulez-vous que je ramène Leo à la maison et lui donne un petit en-cas ?

Gia acquiesça puis fit les présentations.

— Je vais me changer, ajouta-t-elle, tandis que Desaray et Leo repartaient vers la maison. Puis nous pourrons parler.

— Pourquoi ne parlerions-nous pas ici ?

Pourquoi pas, en effet ? songea Gia. Ce serait plus intime. Mais le cadre romantique, associé à son émotivité actuelle, n'était pas forcément une sage combinaison. Elle s'apprêtait à refuser lorsque Santo la fit taire d'un regard.

— Assieds-toi, Gia.

Elle s'installa sur la serviette, gardant toutefois une certaine distance entre eux et reprit sa posture — genoux remontés jusqu'à la poitrine et bras entourant ses jambes.

— Qu'est-ce qui ne va pas ? s'enquit Santo doucement.

En dehors du fait qu'il était à moitié nu et que son propre cœur battait la chamade ? Qu'il était toujours l'homme le plus séduisant qu'elle ait jamais rencontré et que, malgré le temps qui s'était écoulé depuis leur unique nuit d'amour, elle n'avait jamais pu l'oublier ?

Faisant un effort de volonté, elle refoula ses pensées, car c'était cette incoercible attirance qui l'avait initialement mise dans cette situation.

— C'était de vous voir ensemble, répondit-elle. J'ai cru avoir pris la bonne décision, que je pouvais suffire au bonheur de Leo. Mais en vous observant tous les deux je comprends à quel point j'ai eu tort de t'avoir caché son existence.

Une émotion qu'elle n'arrivait pas à lire traversa le regard de Santo.

— Tu étais jeune et tu avais peur.

— Oui, mais je crois toujours que Leo est mieux ici avec moi, Santo. Loin de l'influence de ma famille. Il y a d'autres façons de gérer la situation que par le mariage. Nous trouverons sûrement un moyen satisfaisant de partager la garde de Leo.

Son regard se durcit, devenant implacable.

— Je t'ai déjà dit qu'il était hors de question que nous vivions séparés. Je ne suis pas intéressé par une sorte de pseudo-arrangement moderne, Gia. Une pseudo-famille. Je veux un vrai mariage et je ne ferai aucun compromis.

L'estomac noué, elle porta son regard sur la mer.

— J'essaye de déterminer qui je suis vraiment. J'aime ce que je suis ici, Santo. Je suis bien ici.

— Et tu ne peux pas l'être en étant mon épouse ?

Non, elle ne le pouvait pas. Elle passerait son temps à essayer d'être à la hauteur de sa vision de la femme idéale, sachant qu'il ne l'avait pas épousée par choix, mais par nécessité. En effet, en dépit de ce qu'ils avaient autrefois partagé, elle avait toujours su que ce qu'elle représentait finirait par détruire leur relation. Comme toujours.

Elle lui fit face.

— Tu m'ordonnes de t'épouser, Santo. Exactement comme mon père l'a fait avec Franco. Tu ne me donnes pas le choix. Comment veux-tu que ce soit là le fondement d'une relation saine ? Comment cela peut-il être bon pour Leo de voir deux personnes se marier par convenance ?

Une lueur de défi brilla dans son regard sombre.

— Parce que nous allons transformer cette union en quelque chose de bien, Gia. Nous étions amis, autrefois, Nous pouvons reconstruire notre amitié.

Elle considéra sa mâchoire volontaire. Son inflexibilité. Et l'indécision l'envahit. Elle avait été certaine qu'épouser Santo serait une erreur, mais après l'avoir vu jouer avec Leo cet après-midi, après avoir été témoin de ce qu'elle lui avait refusé, elle n'était plus certaine de rien.

Du pouce, Santo lui releva le menton.

— C'est la bonne décision, Gia, tu le sais bien, dit-il d'une voix douce.

L'estomac de Gia se noua. Une fois de plus, on attendait d'elle qu'elle prenne la bonne décision. En fait, la bonne décision pour tout le monde *sauf* elle. Cela lui laissait un goût amer car ses rêves étaient précieux à ses yeux puisqu'elle avait dû lutter pour les atteindre. Mais Santo ne lui laissait pas d'autre choix. Comment pouvait-elle le combattre sur tous les fronts ?

Les images de son fils jouant dans le sable avec Santo défilèrent à nouveau dans son esprit. Le lien fort qu'il pourrait créer avec son père si celui-ci était présent dans sa vie tous les jours, par opposition à la garde partagée qu'elle préconisait. Leo pourrait avoir tout ce qu'elle n'avait jamais eu. Voilà ce qui fit pencher la balance.

Elle avait peut-être fait une erreur impardonnable en empêchant Leo de voir son père, mais il n'était pas trop tard pour la corriger. Même si cela lui brisait le cœur.

— C'est d'accord, dit-elle enfin. Je t'épouserai.

Les jours suivants furent marqués par la confusion. Gia fit de son mieux pour y aller étape par étape et éviter de perdre la tête, mais ce fut presque impossible tant tout allait vite.

En dépit de son travail titanesque, Santo s'occupa de la logistique pour leur retour à New York, ainsi que pour leur mariage — une cérémonie civile et privée qui se tiendrait sur la plage devant la propriété de Delilah.

Il était déterminé à la voir porter son nom avant leur retour pour les protéger, Leo et elle, et envoyer par la même occasion un signal fort à son père. Et même si l'idée d'appartenir à Santo, ou à n'importe quel homme, d'ailleurs, la faisait frémir de rage, elle ne pouvait en contester la nécessité.

Pas plus qu'elle ne pouvait nier l'attrait d'une cérémonie privée, comparée à son grand mariage fastueux… un événement somptueux et excessif qu'elle avait détesté. Sa mère, occupée à assurer la cohésion de la famille durant l'absence de son père et inquiète de la tournure des événements, avait pensé préférable de maintenir les liens coupés jusqu'à ce que la fureur médiatique se calme. Elle était aussi inquiète des ramifications politiques de son retour.

Ce fut un coup dur car sa mère lui manquait terriblement.

Mais cela faisait déjà deux ans qu'elle ne l'avait pas vue et elle avait appris à faire abstraction de ses émotions. Quelques semaines de plus ne signifiaient rien…

Avant même d'en avoir conscience, elle épousait Santo au cours d'une brève cérémonie sur la plage, avec pour seule compagnie Delilah, Desaray et Leo. Le léger baiser que lui donna Santo à la fin de la cérémonie fendit à peine la coquille dans laquelle elle s'était repliée. C'était la seule manière pour elle de s'en sortir car, à la pensée de ce que l'avenir lui réservait, elle était terrifiée.

Santo lui avait peut-être promis de la protéger, mais une rencontre avec son père était plus que probable. Sa mère aurait compris ses combats intérieurs, aurait même appuyé sa décision, mais pas son père. Il serait furieux. Pour lui, la famille, la loyauté, représentaient tout. Et elle le lui avait lancé à la figure.

L'esprit en tumulte, elle refusa de regarder en arrière lorsqu'ils partirent pour l'aéroport. Quitter Delilah et le petit coin de paradis où elle avait pansé ses plaies et était devenue une autre personne était un crève-cœur pour elle.

Les trois heures de vol jusqu'à New York passèrent très vite. Leo, qui avait six mois lorsqu'ils s'étaient envolés pour les Bahamas, était tout excité et se voyait déjà en super-héros en route pour effectuer une mission — une distraction bienvenue pour Gia car plus ils approchaient de leur destination, plus sa nervosité croissait.

New York était la ville où elle avait grandi avant d'épouser Franco et de partir s'installer à Las Vegas. Mais elle avait beaucoup changé depuis cette époque-là et elle aimait cette nouvelle version d'elle-même. En reprenant son ancienne vie, ne risquait-elle pas de redevenir ce qu'elle avait été ? Elle ne pouvait l'accepter.

Ils atterrirent sur un petit aéroport privé dans le New Jersey un magnifique soir de mai. Benecio, le chauffeur de

Santo, qui avait eu la prévoyance d'installer un rehausseur pour Leo dans la Bentley, les attendait. Leo, impressionné par la coupe militaire de Benecio et sa virilité accentuée par son costume sur mesure, trouva vite dans les gratte-ciel new-yorkais une nouvelle distraction. Il ne cessa de les contempler jusqu'à ce qu'il s'endorme à mi-chemin du penthouse de Santo sur la Cinquième Avenue, ce qui laissa Gia libre de prendre la mesure du dynamisme de la cité. Les klaxons et l'incessante cacophonie étaient une véritable surcharge sensorielle après sa vie paradisiaque.

L'immense appartement duplex de Santo était magnifique avec sa terrasse privée et sa piscine à débordement qui offraient une vue panoramique sur Central Park. Le salon au plafond cathédrale, tout de verre et de bronze, était spectaculaire, comme l'escalier métallique en colimaçon.

Leo endormi dans ses bras, Santo intercepta le regard dubitatif de Gia comme elle inspectait autour d'elle en montant l'escalier.

— L'appartement ne conviendra pas à nos besoins, dit-il. Je vais demander à mon agent immobilier de nous trouver autre chose. Nico et Chloe ont acheté une maison à Westchester. Peut-être est-ce quelque chose que nous pourrions envisager. Ou les Hamptons.

Le cœur de Gia se serra. Les choses allaient trop vite. En même temps, rester ici n'était pas envisageable, Santo avait raison. Elle ne pourrait quitter Leo des yeux une seconde sans craindre qu'il ne glisse sur la rampe de l'escalier. La piscine, en revanche, pourrait être le parfait antidote pour l'absence de la mer.

Santo la fit entrer dans la jolie chambre bleue que sa gouvernante, Felicia, avait préparée pour Leo. Elle n'avait pas le charme de sa chambre de petit garçon à Nassau. Tout était lisse et parfaitement ordonnancé, mais la collection d'animaux en peluche, envoyée en avance et disposée en pile au milieu du lit, serait avec un peu de chance suffisante pour lui éviter le mal du pays.

Elle réveilla brièvement son fils pour lui enfiler son pyjama puis le borda au milieu du grand lit. Elle laissa la lampe allumée au cas où il se réveillerait effrayé dans un environnement inconnu, puis suivit Santo dans une visite du deuxième étage qui incluait la superbe suite parentale. Décorée dans les tons marron, crème et gris et offrant une autre vue panoramique, la chambre était manifestement masculine. Un antre de plaisir digne d'un sultan avec son grand lit en bois d'acajou, sa cheminée et son puits de lumière qui permettait d'admirer les étoiles.

Elle ne pouvait qu'imaginer le nombre de femmes que Santo avait reçues ici. Refoulant cette pensée, elle étudia le reste de la pièce. L'immense dressing qui abritait déjà ses vêtements, la salle de bains qui ressemblait presque à un spa était magnifique, tout comme le chandelier qui scintillait au plafond — une touche décadente que Santo n'avait sans doute pas choisie, devina-t-elle. Tout était superbe et même elle, avec son regard critique, ne trouva rien à y redire.

— Tu devrais te détendre et t'installer, dit Santo. J'ai quelques mails à envoyer avant de te rejoindre.

Pour faire quoi ? s'inquiéta Gia en hochant malgré tout la tête. Il s'était montré froid et distant depuis qu'elle avait accepté de l'épouser. Durant la cérémonie aujourd'hui où il l'avait à peine touchée, hormis pour lui glisser une superbe bague sertie de diamants au doigt. Attitude qui l'avait à la fois surprise et blessée car Santo avait toujours été là pour elle dans les moments difficiles. Mais elle avait tout gâché en couchant avec lui cette nuit-là et brisé une amitié de longue date qu'elle avait considérée comme sacro-sainte pour la remplacer par quelque chose de plus inquiétant et de beaucoup plus puissant.

Et peut-être, admit-elle en ôtant ses chaussures, était-ce là une autre raison pour laquelle elle s'était enfuie le lendemain matin. Parce qu'elle ne savait pas comment gérer ce qu'elle avait libéré. Ce qui la laissait avec la question de savoir ce que Santo attendait d'elle ce soir. L'éclat du chandelier attira son attention sur le superbe diamant qui brillait à son doigt. Elle était sa femme. S'attendait-il qu'elle partage son lit, ce soir ? Elle ne s'imaginait pas retrouver l'intimité qu'ils avaient autrefois partagée. Mais Santo avait été très clair. Il voulait que son mariage soit vrai dans « tous les sens du terme ».

Plutôt que de s'appesantir sur cette effrayante perspective, elle se fit couler un bain. Allongée dans l'eau chaude adoucie par les huiles de bain, elle eut tout le loisir de réfléchir.

Fermant les yeux, elle se laissa aller à ses souvenirs. Ses années de mariage avec Franco avaient été les pires de toute sa vie. Elle avait bloqué la plupart de ses souvenirs, mais maintenant ils remontaient à la surface.

Franco avait été distant et difficile à connaître, tout comme son propre père. Furieux de sa grossesse, il s'était montré froid avec elle jusqu'à la naissance de Leo. Comme il appréciait son talent, il lui avait permis de faire quelques travaux de décoration dans ses hôtels pour qu'elle s'occupe. Il lui avait laissé entendre qu'une fois qu'ils auraient des enfants, leur mariage serait une réussite. Mais ce n'était jamais arrivé.

Il l'intimidait tellement qu'elle ne s'était jamais sentie à l'aise avec lui. Plus elle essayait de concevoir un enfant, moins elle y arrivait, et la jalousie de son mari vis-à-vis de Santo était devenue si forte qu'elle avait créé un fossé entre eux. Elle n'en avait pas voulu à Franco car elle savait que tout était sa faute. Toutefois, les remarques blessantes de son mari concernant son incapacité à concevoir et à être une bonne épouse l'avaient profondément blessée. Il avait pris une maîtresse, ce qui avait été presque un soulagement pour elle, mais avait aussi insisté pour qu'elle arrête de travailler et se concentre sur sa famille. Et lui donne un héritier. Aussi s'était-elle sentie encore plus piégée et isolée que jamais.

Elle avait organisé des dîners pour lui, ne s'était jamais mêlée de ses affaires et avait fait tout ce qu'elle était censée faire. Mais, chaque jour, le gouffre entre eux s'était élargi jusqu'à ce que le meurtre de son mari mette fin à son mariage bancal.

Elle laissa son regard errer au loin, les lumières de la ville clignotant comme des larmes accrochées aux immenses et imposants gratte-ciel. Peut-être était-ce vrai que ses sentiments pour Santo avaient détruit son mariage. Mais, maintenant que sa relation avec lui avait été détruite par ses actes, elle ne savait pas ce qu'elle éprouvait pour lui.

Elle se sentait totalement perdue.

Santo sirotait son cognac dans son bureau, tandis que la nuit tombait sur Manhattan. Il avait appelé ses frères pour les prévenir de son retour et répondu à ses nombreux mails durant le vol du retour. Il ferait mieux de rejoindre Gia et de dormir un peu avant la folle journée qui l'attendait. Mais il s'attarda pour finir son verre et réfléchir. Et peut-être y avait-il une part d'évitement aussi, reconnut-il.

Il était rentré à New York, marié et père d'un enfant de trois ans. Sa vie de célibataire endurci était désormais terminée. Il aurait dû être perturbé par cette situation, mais, étrangement, il se sentait plutôt engourdi tandis qu'il ressassait les propos de Lazzero cette nuit-là à Nassau.

« Tu es sorti avec la moitié des femmes de la planète depuis Gia, mais tu ne t'intéresses à aucunes d'elles… En ce qui te concerne, n'importe laquelle fait l'affaire. »

Il n'était pas certain que ce soit vrai. Il avait une liste

précise des qualités qu'il recherchait chez une épouse. Abigail, la dernière candidate en date, avait beaucoup d'humanité, mais elle manquait de feu et de passion. Katy, la massothérapeute avec ses doigts de fée, l'avait terriblement ennuyé. Suzanne, celle avant Abigail, avait été à la fois intelligente et sexy, mais sa promotion au poste de substitut du procureur de New York avait mis fin à leur relation.

C'était un point sur lequel il ne ferait jamais de compromis. Il cherchait une femme qui voulait bâtir un foyer solide, qui se satisferait d'être mère au foyer et mettrait sa vie familiale au premier plan. Tout ce que lui-même n'avait jamais eu.

Il but une gorgée de cognac, l'alcool traçant un chemin brûlant le long de sa gorge. Pour sa défense, aucune de ces femmes n'avait été conforme à ses désirs. Mais Lazzero avait peut-être raison, le problème avait toujours été Gia. Il avait cru cette nuit-là qu'elle était l'heureuse élue. Son âme sœur. Mais ses illusions avaient été brisées quand elle était partie.

À dix-huit ans, il n'était pas de taille à affronter Stefano Castiglione. Gia avait été promise à quelqu'un d'autre. Elle n'était pas pour lui — un refrain qu'il s'était souvent répété au cours des années suivantes. C'était mieux, plus facile, ainsi, s'était-il dit, jusqu'au jour où il l'avait croisée dans l'ascenseur quatre ans plus tôt. Son innocence et sa passion l'avaient bouleversé, et il avait alors pris la ferme décision qu'elle serait sienne.

Il s'était réveillé le lendemain, décidé à parler à son père, parce qu'il voulait la soustraire à sa vie actuelle et bâtir un avenir avec elle. Mais elle était partie sans un regard en arrière et avait épousé Franco Lombardi, claquant la porte sur tout ce qu'ils avaient partagé. Il lui avait fallu des mois pour effacer de son esprit les images d'elle avec

Franco, pour se convaincre qu'elle était aussi fragile sur le plan émotionnel que sa mère l'avait été et qu'il était bien mieux sans elle. Lorsqu'il avait fini par faire taire ses souvenirs, il s'était juré de ne plus jamais refaire la même erreur.

Ses doigts se refermèrent sur son verre. Alors que diable venait-il de faire ?

Son devoir, lui murmura une petite voix intérieure. En effet, son mariage avait été nécessaire pour protéger sa femme et son fils. Comme il l'avait promis.

Et c'était justement ce qu'il comptait faire, songea-t-il en finissant d'un trait son cognac. Il allait tenter de renouer la relation qu'il avait eue auparavant avec Gia et de reconstituer une famille unie et soudée.

Après avoir posé son verre dans la cuisine, il monta à l'étage. Son épouse avait pris un bain puis revêtu une chemise de nuit en soie rose peu sexy qui lui arrivait aux genoux. Mais c'était le corps dessous qui l'attirait. Il savait à quel point il était parfait. La courbe de ses hanches qui tenait dans la paume de ses mains. La façon dont ces courbes se rétrécissaient à la taille, puis s'élargissaient au niveau de des seins voluptueux aux pointes roses si sensibles.

C'était une image qui resterait gravée dans son esprit pour toujours. Et qui ne l'aidait pas maintenant, tandis que son regard perçant détaillait son beau visage, sa bouche pulpeuse et ses immenses yeux verts, mettant tous ses sens en émoi.

Il désirait donc sa femme. N'était-ce pas une bonne chose puisque son mariage allait s'installer dans la durée ?

Le bain avait quelque peu dissipé la tension de Gia, mais elle sentit la nervosité la gagner à nouveau lorsque Santo entra dans la chambre.

Avec ses manches de chemise retroussées et son col

ouvert révélant une peau tannée, il était à la fois familier et étranger. Une nouvelle maturité avait quelque peu changé ce corps tout en muscles qu'elle avait autrefois connu de façon intime. La tempête d'émotions qui l'animait atteignit de nouveaux sommets. Lorsqu'il parcourut sa silhouette du regard, s'attardant sur sa bouche pleine, l'arrondi de ses seins et la courbe de ses hanches, elle sentit son cœur s'emballer. La réserve qu'il avait montrée toute la journée disparut, remplacée par une lueur de désir qui lui coupa le souffle.

— Comment était ton bain ? murmura-t-il, le regard toujours rivé sur elle.

— Relaxant. As-tu fini ton travail ?

— Oui, répondit-il en jetant son portable sur le lit. J'ai un rendez-vous tôt demain matin, mais c'est une semaine calme sur le plan social. C'est une bonne chose car cela te donnera le temps de t'installer. Benecio est à ta disposition. Je veux qu'il t'accompagne chaque fois que tu quittes l'appartement.

Un élan de frustration l'envahit.

— Je suis donc à nouveau prisonnière de ma propre vie ?

— Je ne verrais pas les choses ainsi. Mais que tu sois une Castiglione ou mon épouse, tu es une cible, Gia. Tout comme Leo. C'est une réalité dont tu dois tenir compte.

Ce qui n'aurait pas eu lieu d'être si elle était restée aux Bahamas. Les larmes aux yeux, elle sortit un peignoir en soie de la penderie et l'enfila prestement. Santo couvrit la distance entre eux d'un pas lent mais déterminé, faisant accélérer les battements de son cœur. S'arrêtant devant elle, il plaça une main sur le chambranle de la porte du dressing, l'empêchant de sortir.

L'odeur enivrante de son after-shave — mélange entêtant de bergamote et de citron vert — lui titilla les narines, tandis qu'elle se plaquait contre le mur et tentait d'échapper à la chaleur qui montait en elle en fixant d'un regard absent un point sur son torse.

Lui enserrant la nuque d'une main, Santo tira sur ses cheveux pour lui relever le menton et étudier son visage avec une telle intensité qu'elle se sentit nue sous son regard. Comme s'il pouvait lire en elle et voir à quel point elle brûlait pour lui.

— Qu'est-ce qui ne va pas, Gia ?

La frustration et l'angoisse, et quelque chose de bien plus puissant qu'elle n'arrivait pas à identifier, surgirent en elle.

— Je me sens déstabilisée, Santo. Perdue. Tu m'as arrachée à une vie que j'adorais pour me ramener ici, dit-elle en tendant la main vers l'immense baie vitrée qui offrait une vue spectaculaire sur Manhattan. Suis-je censée redevenir comme j'étais avant comme si rien n'avait changé ?

— Non, bien sûr. Tu as besoin de temps pour t'acclimater et commencer une nouvelle vie centrée autour de la famille que nous allons créer ensemble.

Son cœur se serra. Et à quoi cette nouvelle vie allait-elle ressembler ? Elle ne pouvait pas voir sa mère, la seule personne qui aurait pu l'y ancrer en dehors de Delilah. Les Di Fiore ne l'accueilleraient sûrement pas à bras ouverts. Elle avait, après tout, pris le fils de Santo et s'était enfuie avec lui, les privant de trois ans de sa vie. Et puis il y avait son père et la question lancinante de Leo.

Soupirant, elle s'adossa au mur.

— Que se passera-t-il lorsque mon père refera surface ? Il va sauter au plafond lorsqu'il apprendra ce que j'ai fait.

L'expression de Santo se durcit.

— Je t'ai dit que je m'occuperais de ton père.

— Comment ? Il ne va pas se montrer correct avec toi parce que tu le lui demandes, Santo. Tu sais qui il est.

— Tu n'as pas à le savoir, dit-il d'un froid et sans appel. Je sais exactement qui est ton père, Gia, et je me chargerai de lui. Ce qu'il faut que toi tu fasses, c'est te concentrer sur ta nouvelle vie et aider Leo à s'acclimater.

Elle le fusilla du regard.

— Je ne suis pas une poupée en porcelaine.

— Manifestement pas. Tu as pris ton enfant et tourné le dos à une des familles du crime organisé les plus puissantes du monde. Cela demande du courage. Mais il est désormais temps de me laisser m'occuper de tout.

Elle en mourait d'envie, reconnut Gia, mais se sentait si vulnérable qu'elle ne savait que penser. Et il ne fallait pas oublier son père, un électron libre capable de tout.

Santo fit courir son index sur sa joue, faisant naître en elle une coulée de lave chaude.

— Que se passe-t-il d'autre dans cette tête ?

— J'ai peut-être accepté de t'épouser, mais cela ne veut pas dire que je l'ai fait de bon cœur. Tu as bouleversé ma vie, Santo, et je suis en colère contre toi. Furieuse, même.

— Bien, murmura-t-il. Nous sommes deux, alors. Nous trouverons un moyen de dépasser cela, mais je veux que tu exprimes tes pensées et tes sentiments, Gia. Je peux gérer ta colère, mais pas ta froideur. Et, en ce qui concerne ta colère, tu vas devoir la surmonter rapidement car nous allons faire en sorte que ce mariage fonctionne.

Gia déglutit avec peine. Il était bien trop près d'elle à son goût. Avec sa barbe naissante et ses longs cils ombrant ses magnifiques yeux couleur acajou, il exsudait une sensualité dévastatrice qui l'empêchait de réfléchir.

— Je pensais dormir avec Leo ce soir, balbutia-t-elle. Il ne connaît pas la maison et risque d'avoir peur.

Le regard de Santo erra sur ses joues empourprées, les battements effrayés de son pouls à la base de son cou.

— Excellente idée, dit-il en rivant son regard au sien. Dors avec lui pour quelques nuits, il aura sans doute besoin d'être réconforté. Mais que les choses soient claires, je ne suis pas d'accord avec le concept de lits séparés car cela créera une distance entre nous avant même que nous ayons commencé. Et comme je compte commencer cette relation sur le bon pied, nous partagerons un lit… relations sexuelles ou pas. Nous allons construire une véritable intimité ensemble et, pour cela, tu devras me révéler tes pensées et tes craintes.

Cette simple idée la fit frémir. Elle passa la langue sur ses lèvres en un geste nerveux, les propos de Franco lui disant qu'elle était « glaciale » et qu'elle n'en « valait pas la peine » lui revenant en mémoire.

— Je ne suis pas sûre d'en être capable.

— Mais si, Gia. Tu ne veux pas le faire, c'est tout. Depuis que je te connais, tu as toujours préféré te réfugier dans ton petit monde qui te protégeait de la vraie vie. C'est comme ça que tu as réussi à survivre. Mais cela ne marchera pas pour nous.

Son cœur se serra devant son ton implacable.

— Même si j'apprends à me confier, cela ne se fera pas du jour au lendemain.

— Je ne te le demande pas. Je dis seulement que le temps de la fuite est terminé. Il n'y aura plus que la vérité entre nous, Gia. Mets-toi bien cela dans la tête.

5

Les jours suivants, Gia fit de son mieux pour s'habituer à sa nouvelle vie. Une étonnante chaleur estivale régnait sur la ville en ce début d'été et les températures atteignaient les trente degrés. Habillée d'un short et d'un T-shirt tout comme Leo, elle joua avec lui dans le parc sous l'œil attentif de Benecio, avant de céder à leur rituel de l'après-midi : manger une glace et se rafraîchir dans la superbe piscine de l'appartement.

C'était New York dans toute sa splendeur qui se transformait en un joyau de verdure. La ville dégageait une énergie, une atmosphère d'effervescence que Leo adorait, voyant sa nouvelle vie comme une grande aventure. Mais le calme et la tranquillité des îles manquaient à Gia, ainsi que la simplicité de sa vie là-bas et le travail qu'elle avait tant aimé. Et surtout sa liberté. Elle avait l'impression de recevoir un coup au plexus à chaque fois qu'elle y pensait.

Sans parler du fait qu'elle était toujours très en colère contre Santo pour l'avoir arrachée à tout ce qu'elle aimait. Malgré tout, elle savait qu'il avait raison. Elle devait dépasser sa rancœur si elle voulait que leur mariage soit une réussite, mais elle voulait s'y complaire, parce que perdre l'indépendance qu'elle avait si chèrement gagnée était un supplice pour elle.

Par-dessus tout, il y avait la couverture médiatique dont avait bénéficié son père qui avait échappé à la justice en se réfugiant en Calabre. Les journaux traitaient sa fuite comme une intrigue internationale — un enchevêtrement politique entre deux gouvernements étrangers. Son père, par l'intermédiaire de son avocat, clamait qu'il s'agissait d'une tactique de la part du gouvernement américain pour dévoiler des actifs qu'il ne possédait pas. Un grand drame se jouait.

Gia s'inquiétait pour sa mère et se demandait comment celle-ci gérait la situation. Elle était forte, certes, mais cela ne voulait pas dire pour autant qu'elle n'en souffrait pas.

En attendant, elle dînait ce soir avec le clan Di Fiore, un événement qu'elle appréhendait. Elle avait grandi avec Nico et Lazzero, et les connaissait bien, mais là, c'était différent. Elle craignait qu'ils ne comprennent pas les décisions qu'elle avait prises concernant Leo. Exactement comme Santo.

Elle avait essayé et rejeté cinq tenues différentes avant même le retour de Santo. Debout devant le miroir de son dressing, elle étudiait sa dernière option, une robe turquoise dévoilant ses épaules avec un ourlet à volants, lorsqu'elle entendit la porte d'entrée s'ouvrir.

La voix surexcitée de Leo qui courait pour accueillir son père lui noua le ventre. Si une chose semblait juste dans cette affaire, c'était la décision qu'elle avait prise concernant son fils.

Tous les soirs, Santo rentrait à temps pour dîner en famille, puis mettait Leo au lit, avant de travailler jusqu'à minuit. Il était clairement résolu à se montrer le père que le sien n'avait jamais été. Leone Di Fiore avait été tellement pris par sa carrière florissante, puis par son goût prononcé pour la bouteille, que Santo n'avait que de vagues souvenirs des liens qu'ils avaient autrefois partagés. Elle avait mal pour lui rien que d'y penser.

Son mari entra dans la chambre après avoir laissé Leo

à sa collection de petites voitures. Vêtu d'un costume bleu marine agrémenté d'une cravate jaune pâle, il était si beau avec sa barbe naissante que son cœur fit un bond dans sa poitrine.

— Tu es éblouissante, murmura-t-il en lui jetant un regard appréciateur avant de s'incliner et d'effleurer sa joue d'un baiser. Laisse-moi cinq minutes pour que je me change. Il fait bien trop chaud pour rester en costume.

Ce qui était bien dommage, songea Gia, légèrement décontenancée par son arrivée.

Santo recula d'un pas et défit sa cravate.

— Comment s'est passée ta journée ? s'enquit-il.

Elle haussa les épaules d'un geste désinvolte.

— Comme d'habitude. Le parc, la glace, la piscine… Je suis éreintée, tout comme Benecio.

Il fit la moue.

— Peut-être devrions-nous inverser les rôles. J'ai supporté quatre heures de réunion ce matin, passé mon heure de repas à débattre de la stratégie de nos réseaux sociaux après qu'un de nos athlètes a boosté son compte Twitter en envoyant à sa petite copine des photos de lui nu. Puis j'ai passé l'après-midi à tenter de régler un défaut de fabrication avec l'équipe de conception d'Elevate, poursuivit-il tout en retirant sa cravate qu'il posa sur le dossier d'une chaise. Ce n'est pas ce dont j'avais besoin en ce moment.

— As-tu résolu le problème ?

Il leva un sourcil interrogateur.

— Tu parles des photos ou du défaut de conception ?

— Les deux.

— Oui, dit-il en lui adressant un sourire ravageur.

Puis il défit les boutons de sa chemise, exposant une peau tannée qui la fit saliver.

— Je voudrais reprendre ma carrière, murmura-t-elle

dans l'espoir de se changer les idées. Une fois que Leo sera habitué à sa nouvelle vie.

— Bien sûr. Mais il n'y a pas d'urgence. Et en attendant tu peux te concentrer sur nous.

Et sur le fait qu'il venait d'ôter son pantalon, révélant un caleçon bien ajusté qui laissait peu de place à l'imagination. Aussitôt, le souvenir de leur nuit torride lui revint en mémoire et combien il avait été séduisant et viril. Ce n'était pas ce dont ses nerfs à vif avaient besoin maintenant.

Elle tâtonna dans son coffret à bijoux à la recherche de boucles d'oreilles et opta pour de simples pendants en diamant qui rehausseraient la féminité de sa robe.

Fidèle à sa parole, Santo lui avait donné un peu d'espace. Elle dormait avec Leo depuis leur retour à New York, mais elle allait tôt ou tard devoir affronter ses démons.

Vêtu à présent d'un jean sombre et d'un T-shirt noir qui moulait son torse à la perfection, Santo s'adossa à la coiffeuse et riva son regard au sien.

— Tu es nerveuse.

— Un peu, dit-elle, refusant de montrer à quel point elle l'était.

— Ne le sois pas. Tu connais Nico et Lazzero, et tu as déjà rencontré Chloe plusieurs fois. Quant à Chiara, elle est merveilleuse, ajouta-t-il. Tu vas l'adorer.

Elle se mordit la lèvre inférieure.

— Que savent-ils de nous ? De Leo ?

— La vérité : que j'ai un fils de trois ans et que nous sommes mariés. Ils n'ont pas besoin d'en savoir plus. Nico et Chloe sont ravis que Jack ait un copain de jeu.

Ce qu'elle lui avait refusé depuis deux ans, reconnut-elle en son for intérieur. En proie à des émotions contradictoires, elle se tourna pour que Santo puisse lui attacher la fermeture Éclair de sa robe. Sa proximité la rendait fébrile et ce fut pire lorsqu'il fit courir ses doigts le long de son dos, de sa nuque à sa taille, éveillant en elle de délicieuses sensations.

Ses jambes nues frôlèrent son jean rugueux et elle tressaillit en sentant la chaleur de son corps.

— Cesse de penser au passé. Pense à maintenant, Gia, et à ce nouveau départ que nous prenons.

La peau brûlante sous l'effet de ses caresses, elle sentit une douce chaleur monter du plus profond de son être. Le regard rivé au sien dans le miroir, elle ne pouvait nier à quel point la pensée de réussir son mariage était alléchante. Que quelque part, au milieu de toute cette folie, de toutes les erreurs qu'elle avait faites, quelque chose de bien pouvait émerger. Mais elle ressentait aussi de la crainte à l'idée de se rendre de nouveau aussi vulnérable.

Baissant la tête, il effleura de la bouche la peau délicate de son cou, faisant naître en elle un long frisson. Ivre de désir, elle se pressa contre lui en un mouvement involontaire. Il posa les mains sur ses hanches et continua de déposer une multitude de baisers sur sa gorge qui mirent le feu en elle. L'instant d'après, il la fit pivoter et Gia s'appuya contre la coiffeuse. Consciente du battement frénétique et incontrôlable de son pouls à la base de son cou, elle lut un désir ardent dans le regard de Santo avant qu'il n'incline la tête vers elle. Un frisson d'anticipation la parcourut juste avant qu'une petite tornade ne se jette sur eux.

— Wou-hou…, cria Leo en agitant son camion de pompier.

Le regard de Santo se teinta d'une légère lueur d'agacement.

— La quintessence même d'un moment inopportun. Ce n'est pas grave, nous reprendrons plus tard.

Il se pencha pour soulever son fils dans ses bras. L'esprit en tumulte et les joues en feu, Gia entreprit de chercher ses chaussures pour ne pas avoir à s'appesantir sur ce qui venait de se passer.

La magnifique demeure géorgienne de Nico et de Chloe, située sur les rives de la rivière Hudson, était baignée de lumière dans le soleil de cette fin d'après-midi. Nichée dans un écrin de verdure, elle se fondait dans le paysage pittoresque et luxuriant qui l'entourait. Un grand portail s'ouvrait sur la résidence principale entourée d'une multitude de terrasses en pierre et d'une piscine creusée dans le sol.

Il fallut à Leo environ cinq minutes pour se sentir à l'aise avec son cousin, Jack, un adorable garçonnet aux cheveux noirs et au caractère bien trempé, et partir jouer avec lui. Privée de la présence enjouée de son fils, Gia se sentit scrutée à la loupe.

Chloe et Chiara étaient fantastiques — chaleureuses et accueillantes. Nico et Lazzero en revanche étaient polis, mais un peu distants avec elle. Particulièrement Lazzero. Ce qui en soit n'avait rien de surprenant. Les trois frères avaient toujours été proches, et il lui faudrait du temps pour regagner leur confiance. Mais cela n'avait-il pas toujours été le cas ? Coupable jusqu'à preuve du contraire ? Elle n'avait jamais profité du bénéfice du doute. À chaque fois, elle avait dû se battre pour démontrer son innocence. Ce ne serait pas différent, aujourd'hui.

Redressant les épaules, elle affronta leurs regards. Chloe, douce et gentille, la prit rapidement sous son aile et suggéra qu'elles aillent boire un verre de vin sur la terrasse, tandis que les hommes jouaient au foot avec les garçons.

Brillante scientifique, ayant développé quelques-uns des parfums les plus populaires du monde chez Evolution, l'entreprise de cosmétique qu'elle dirigeait avec Nico, Chloe leur parla de la nouvelle fragrance qu'elle avait prévu de lancer lors de la soirée des jeunes patrons organisée au

Metropolitan Museum — un des plus grands événements de l'année. Chacun des invités, triés sur le volet, recevrait une bouteille en cadeau pour l'occasion, mais elle promit d'en donner un flacon à Gia dès ce soir.

Chiara, une jeune et talentueuse créatrice de vêtements, était à l'opposé de Chloe, et Gia devinait aisément pourquoi l'insaisissable Lazzero était tombé fou amoureux d'elle. Superbe avec son teint mat et sa personnalité flamboyante, Chiara leur annonça que sa toute nouvelle ligne de vêtements, ovationnée par les passionnés de la mode, venait d'être sélectionnée par l'un des plus importants magasins de la ville.

— On m'a demandé d'habiller plusieurs personnalités pour la soirée du Met. Parlant de ça, Abigail Wright va sauter au plafond lorsqu'elle apprendra que Santo s'est marié, ajouta-t-elle en trinquant avec Gia. Elle me disait encore la semaine dernière qu'elle était toujours amoureuse de lui et qu'elle sortait avec Carl O'Brien, le quarterback de l'équipe des Stars, seulement pour le rendre jaloux.

Abigail Wright. Gia réfléchit à toute vitesse. Miss Arkansas… Le parangon de vertu dont elle n'arriverait jamais à la cheville, elle en était certaine.

— Beaucoup de New-Yorkaises doivent être en deuil, coupa Chloe sèchement. Rien de très surprenant.

— Non pas que j'aille continuer à l'habiller, reprit Chiara précipitamment. Au fait, Santo ne l'a jamais regardée comme il te regarde toi, Gia. Tu n'as pas lieu de t'inquiéter.

Gênée, Gia baissa les yeux.

— Que veux-tu dire ?

— Comme s'il fallait lui passer au travers du corps pour t'atteindre. Je ne l'ai jamais vu comme ça.

Gia sentit ses joues s'empourprer. Il s'était toujours comporté ainsi avec elle. Mais dans le cas présent cela ne voulait rien dire. Il l'avait épousée pour être avec son fils et il protégeait son investissement. En effet, il était prêt à tout pour fonder la famille idéale dont il avait toujours rêvé.

— La raison de notre mariage me semble évidente, dit-elle, consciente que ces deux femmes étaient trop intelligentes et perspicaces pour ne pas deviner la vérité. Nous nous sommes mariés pour Leo.

Chloe l'étudia longuement avant de répondre.

— Vraiment ? Je ne sais pas ce qui s'est passé entre Santo et toi, et cela ne me regarde pas, mais tu le connais aussi bien que moi. Se marier contre son gré est bien la dernière chose qu'il ferait. En matière de femmes, il a toujours eu l'embarras du choix, donc il y a certainement quelque chose entre vous… quelque chose qui peut marcher, selon lui.

En tout cas, il ferait tout dans ce sens, se dit Gia en son for intérieur car il n'avait pas le choix.

Les propos de Chloe lui restèrent cependant à l'esprit, tandis que la soirée s'étirait lentement. Un délicieux repas fut servi sur la terrasse sous un magnifique crépuscule. Chloe avait peut-être raison. Santo semblait déterminé à ce que leur mariage soit une réussite. C'était peut-être elle, la pierre d'achoppement. Peut-être devait-elle surmonter sa colère et croire tout ce qu'il lui disait.

Lorsque à la nuit tombée son mari lui proposa de partir, un frisson d'anticipation la parcourut. Elle monta à l'étage avec Chloe pour prendre le flacon de parfum qu'elle lui avait promis et s'apprêtait à rejoindre les autres à l'avant de la maison quand elle se rappela avoir oublié son étole sur une chaise de la terrasse. Elle traversa la maison et posait le pied dans l'ouverture des portes-fenêtres lorsque la voix grave de Santo la fit se figer.

— Qu'est-ce qui ne va pas chez toi ?

— Je m'efforce de tenir ma langue, riposta Lazzero.

Ton mariage éclair nous a tous surpris, Santo. J'essaye juste de me faire à cette idée.

— Un accueil chaleureux aurait pu être sympathique.

— Elle est une Castiglione, marmonna son frère entre ses dents. Son père est à la une des journaux. Elle est un fardeau pour toi. Défier Stefano Castiglione est pure folie, surtout avec le lancement d'Elevate qui arrive à grands pas.

— Elle est la mère de mon enfant. Que pouvais-je faire d'autre ? Tu aurais fait la même chose.

— Non, rétorqua son frère. Je crois que tu as fait une grave erreur en l'épousant. Je sais tenir ma langue pour ce qui est de tes innombrables liaisons, mais ne me demande pas de mentir à propos de ce que je ressens.

— Tu ne la connais pas encore. Tu la juges par rapport à sa famille et non pas pour ce qu'elle est.

— Je la juge d'après ce que j'ai vu pendant une décennie. Elle se précipitait sur toi dès qu'elle avait un problème, et toi, tu jouais les chevaliers servants. Tu vas passer le reste de ta vie à t'évertuer à rendre une femme comme elle heureuse, à gérer son passé douloureux, et tu n'y arriveras jamais.

Le cœur de Gia se brisa en miettes. Incapable d'en entendre davantage, elle tourna les talons, les larmes aux yeux. C'était le dernier commentaire qui lui avait fait le plus mal parce que c'était vrai. Santo avait toujours été son refuge. Elle avait toujours couru vers lui quand elle avait eu besoin de réconfort. C'était exactement ce qu'elle avait tenté de changer lorsqu'elle avait refait sa vie aux Bahamas. Mais même cela, maintenant, elle l'avait perdu.

6

Santo suivit Gia dans l'appartement. Frustré, il ôta sa montre et la jeta sur la table de nuit dans la chambre pendant qu'elle mettait Leo au lit. Ils avaient pourtant progressé dans leur relation, il en était certain. Alors pourquoi s'était-elle repliée sur elle-même sur le chemin du retour ?

Il enregistra son regard glacial lorsqu'elle entra dans la chambre, ôta sa pince à cheveux qu'elle jeta sur la table du dressing, ses cheveux blonds soyeux virevoltant contre le délicat contour de sa mâchoire.

— Qu'est-ce qui ne va pas ? marmonna Santo. Tout le monde s'est efforcé de te mettre à l'aise, ce soir. Tout allait bien et, soudain, rien ne va plus.

— Ce n'est rien, dit-elle d'un ton glacial. Je suis fatiguée. Je vais me coucher.

— Oh ! non ! dit-il en couvrant la distance qui les séparait en quelques foulées. On ne va pas recommencer ce petit jeu. Ce n'est pas comme ça que notre mariage va fonctionner, j'ai été très clair là-dessus.

Elle le dévisagea, furieuse.

— Ce n'est rien, répéta-t-elle. Tu fais fausse route, Santo. Je suis fatiguée et je veux aller au lit. C'est tout.

— Gia… Tu peux me dire tout de suite ce qui ne va pas ou nous pouvons y passer la nuit. À toi de choisir…

— J'ai entendu Lazzero dire que tu avais eu tort de m'épouser, répliqua Gia après une légère hésitation.

Maledizione. Gêné, il passa une main dans ses cheveux.

— Ce que pense Lazzero n'a aucune importance. Il s'agit de nous, pas de lui.

— Il désapprouve totalement notre union, tout comme tes deux frères.

Il haussa les épaules.

— Et alors ? Je regrette que tu aies entendu ça. Lazzero se comporte comme… Lazzero. Tu sais comment sont mes frères. Mais cela ne veut pas dire qu'il a raison. Tu dois arrêter de t'inquiéter autant de ce que pensent les gens et te concentrer sur nous.

— Comment le pourrais-je ? Tu n'as jamais vécu comme moi sous le jugement constant. Peu importe si je prouve que je suis différente. Aux yeux des gens, je suis et serais toujours une Castiglione.

— Eh bien, élève-toi au-dessus de ça. Choisis qui tu veux être au lieu de laisser les autres te définir. Nous avons eu cette conversation des dizaines de fois, Gia.

Exact. Pourtant, l'histoire se répétait à chaque fois.

Il agita la main vers elle.

— Tu crois que j'ignore ce que c'est que de vivre avec un lourd héritage ? Des milliers de gens se sont retrouvés au chômage lorsque l'entreprise de mon père a fait faillite, et les experts se sont fait une joie de le descendre en flèche dans la presse. La chute libre de l'enfant chéri de Wall Street… Lazzero et moi avons dû vivre constamment avec ça. Au moindre faux pas, on nous compare à notre père. Lorsque nous rencontrons le succès, on nous dit que notre croissance est trop rapide. Quoi qu'on fasse, on est toujours critiqués.

— Tu ne peux pas comparer les deux situations. Ton

père était un homme honnête. Mon père est… Tu sais ce qu'il est.

— Quoi ? insista-t-il. Pourquoi ne le dis-tu pas ?

Le regard de Gia s'assombrit.

— Parfait. Tu veux qu'on en parle ? Alors, parlons-en. Mon père est un criminel, Santo. Un monstre en costume, cravate. Il a gravi les échelons en exerçant une brutalité sans nom. Il a du sang sur les mains.

Stupéfait, Santo la fixa en silence.

— Les gens pensent que je suis coupable par association, enchaîna-t-elle. Comment pourrais-je ne pas l'être en vivant ce genre de vie ? Quand je cautionnais ce qu'il était ?

— On ne choisit pas son père. Tu étais trop jeune pour comprendre ce qui se passait, Gia. Et, lorsque tu as grandi et que tu as pu prendre tes propres décisions, tu es partie.

Mais elle avait été façonnée de façon indélébile par son passé, comme Santo le lui avait fait remarquer aux Bahamas. Les bras noués autour d'elle, elle se dirigea vers la fenêtre. Tout ce qu'elle avait gardé au plus profond d'elle-même depuis si longtemps remontait à la surface : les secrets, les souvenirs et, surtout, la honte.

Elle ressentit soudain le besoin de s'épancher avant que cela ne la détruise.

— Je ne savais pas ce qu'il était au début. Je l'adorais. Et il était tout pour moi. Je le voyais quelques minutes tous les soirs avant d'aller me coucher. Je faisais mon possible pour lui dire quelque chose qui en valait la peine : une blague que j'avais entendue, un fait intéressant que j'avais lu dans le numéro du *National Geographic* pour enfants. Il riait et me disait combien j'étais intelligente et drôle. C'était le meilleur moment de la journée pour moi.

Sa naïveté vis-à-vis de son père était encore bien présente à ce moment-là, reconnut-elle en son for intérieur.

— Mais peu après les rumeurs ont commencé à circuler,

poursuivit-elle. Mon père gravissait les échelons tout en exerçant sa mainmise sur la famille. Il travaillait tout le temps et se montrait de plus en plus distant. J'entendais les gens murmurer des choses sur lui à l'école et, quand je rentrais à la maison et demandais à ma mère si c'était vrai, elle me répondait que le succès attisait la convoitise et la méchanceté des gens et que je ne devais pas croire ce que j'entendais. Pas plus que je ne devais en parler.

— Tu n'as jamais dit un mot sur ton père, dit Santo. Même quand je te posais des questions.

— J'étais liée par l'omerta, la loi du silence. Parler de nos affaires pouvait envoyer mon père en prison et nous obliger à témoigner contre lui. Ou pire, on aurait pu s'en servir contre nous.

Les bras serrés autour elle, Gia laissa les souvenirs l'envelopper.

— Je n'ai compris qui il était vraiment que la veille de mon treizième anniversaire. Nous venions de terminer le dîner et maman était partie voir ses sœurs. J'étais donc seule et je m'ennuyais, furieuse de ne pas pouvoir sortir avec des amies comme tout le monde. Mon père tenait toujours des réunions secrètes la nuit, dans sa bibliothèque. Comme j'étais curieuse de savoir ce qui s'y passait, je me suis glissée dans le compartiment secret derrière le mur de la pièce.

Le souvenir était gravé dans son esprit pour toujours. Les doigts agrippés aux étagères en chêne, elle avait collé son oreille au panneau de bois, son cœur battant si fort qu'elle avait cru qu'il allait exploser. Elle avait été assez âgée pour deviner que ce que les gens disaient était vrai, mais avait tout de même gardé espoir tant elle avait voulu prouver que toutes ces rumeurs étaient infondées. Parce que cela ne pouvait pas être vrai. Son père n'était pas ainsi.

— Mon père était en réunion avec mon oncle Louis qui

n'était pas mon oncle du tout, d'ailleurs, poursuivit-elle en faisant la moue. Il était le bras droit de mon père. Ils parlaient de Giuliano Calendri, le célèbre chanteur de jazz dont mon père était proche. Giuliano refusait de chanter dans un des casinos de mon père et celui-ci a informé Louis que si Giuliano ne trouvait pas le temps pour jouer son concert, il veillerait à ce qu'il ne puisse plus jamais jouer sur la côte Est. Ensuite, il lui briserait les genoux.

— C'est à ce moment-là que tu as su, murmura Santo.

— Oui.

Elle avait pourtant eu le sentiment de ne rien savoir. En effet, si son oncle Louis n'était pas son véritable oncle, qu'est-ce qui était vrai dans tout cela ? Les histoires dans les journaux étaient-elles vraies ? Et sur quoi d'autre son père lui avait-il menti ?

— J'ai cru que je m'en étais bien sortie jusqu'à ce qu'un des hommes de sécurité de mon père m'aperçoive en train de rentrer dans la maison, ajouta-t-elle.

Elle frissonna au souvenir de la fureur de son père. Au souvenir de la brûlure sur sa joue quand il l'avait giflée si fort que sa tête avait été rejetée en arrière. Elle avait été choquée. Son père était dur, impitoyable même, mais il ne l'avait jamais encore frappée.

— Il m'a giflée, dit-elle en levant les yeux vers Santo. Il m'a dit que je ne devais jamais recommencer, que je devais savoir quelle était ma place… Je ne lui ai jamais donné de raison pour qu'il recommence.

Santo la regardait calmement.

— Tu es donc devenue une étudiante exemplaire, tu as remporté toutes les compétitions dans lesquelles tu as concouru et fait ton possible pour mériter son approbation, y compris épouser Franco. Et tourner le dos à notre amour.

Blessée par les propos de Santo, elle redressa le menton.

— Cela n'aurait jamais marché entre nous, Santo. Voilà

pourquoi, je suis partie. Nous le savions tous les deux… raison pour laquelle nous avons toujours ignoré l'attirance que nous éprouvions l'un pour l'autre.

— Je l'ai ignorée parce que tu étais promise à quelqu'un d'autre au cas où tu aurais oublié cet élément pertinent. J'essayais de me montrer raisonnable pour nous deux, Gia.

— Et le fait que la situation était compliquée, que j'étais compliquée, ne t'a pas traversé l'esprit ?

Son regard fuyant lui fit l'effet d'une gifle.

— Quelle importance ? Nous avons dépassé ce stade et sommes maintenant ensemble. Cesse d'essayer de mettre des obstacles entre nous.

Une douleur atroce lui vrilla le ventre. Elle lui en voulait de refuser d'admettre la vérité et se sentait en colère contre elle-même d'avoir accepté ce mariage et d'avoir cru, l'espace d'un instant, qu'ils auraient pu être heureux. Elle ne serait jamais ce dont il avait besoin et ce qu'il désirait.

Pour autant, elle refusa de lui laisser voir ses sentiments.

— Je ne fais que dire la vérité. Cela n'aurait pas marché entre nous à l'époque et cela ne marchera pas maintenant.

Santo nota la souffrance assombrissant le regard de son épouse, la vit se replier sur elle-même. La situation avait effectivement été compliquée et il s'était tenu en retrait pour ne pas envenimer les choses. Il l'avait malgré tout soulevée dans ses bras et emportée dans sa chambre d'hôtel parce qu'il avait pensé qu'elle en valait la peine. Quelle n'était pas son exaspération de voir qu'elle niait tout ce qu'ils avaient vécu ensemble.

Traversant la pièce d'un pas rageur, il s'arrêta devant elle.

— C'est *toi* qui es partie, Gia. La situation était peut-être compliquée, mais je pensais qu'elle en valait la peine. De plus, si tu étais restée jusqu'à la fin de ma conversation avec Lazzero, tu m'aurais entendu lui dire que tu étais une femme forte et courageuse qui avait tourné le dos à la vie qu'elle connaissait pour protéger Leo. Je te respecte pour ça, même si je n'ai pas compris toutes les décisions que tu as prises.

Les yeux de Gia s'écarquillèrent de surprise.

— Et pour conclure, sache que je me moque de ce que les autres pensent de nous. La seule chose qui m'importe est la réussite de notre couple. Alors, pourquoi ne nous concentrerions-nous pas là-dessus ?

Du pouce, il traça le contour de sa lèvre inférieure.

— De quoi as-tu si peur ? murmura-t-il.

— Je n'ai pas peur, marmonna-t-elle.

Il secoua la tête.

— Gia…

— Tout est allé trop vite, Santo. Je ne sais pas comment réagir, comment rassembler les morceaux.

— Eh bien, prenons notre temps et apprenons de nouveau à nous connaître.

Elle le fixa d'un air incertain. Sans transition, il plaça ses mains de part et d'autre de la fenêtre. Puis il inclina la tête et sa bouche s'arrêta à un souffle de la sienne. Quand elle leva le menton, il combla la distance qui les séparait et captura ses lèvres en un lent et doux baiser.

Lent, sensuel, magique — c'était si différent des caresses impatientes et brusques de Franco que Gia vibrait de tout son être pour lui. Glissant ses doigts dans les cheveux de Santo, elle s'abandonna à sa passion. Ils réapprenaient à se connaître, proclamaient ce qu'ils avaient autrefois été.

Quand il approfondit son baiser, elle entrouvrit les lèvres et se laissa envahir par sa langue chaude et hardie, tandis que les souvenirs autrefois savourés et jamais oubliés la submergeaient.

Une douce chaleur l'inonda alors qu'il l'embrassait avec passion jusqu'à ce qu'elle se retrouve pantelante.

Écartant la tête, Santo la dévisagea. Le feu aux joues, la respiration saccadée, elle le vit baisser les yeux sur la pointe de ses seins qui se dressaient sous le tissu soyeux de sa robe. Son pouls battit à un rythme effréné lorsqu'il effleura d'un doigt son téton durci.

— Santo, murmura-t-elle en s'arc-boutant.

— Tu aimes ?

— Oui.

Reportant son attention sur l'autre téton, il le caressa doucement. Une sensation languide s'éveilla en elle et la tension entre eux devint presque palpable.

— Tu es si belle, susurra-t-il tandis que sa bouche traçait un chemin de feu le long de son cou.

Lorsqu'il frôla de ses lèvres le point sensible à la base de sa gorge, elle poussa un petit cri et rejeta la tête en arrière pour mieux s'offrir à ses caresses qu'il poursuivit, encouragé par sa réaction.

Passant un doigt sous la bretelle de sa robe, il la fit descendre sur son épaule, révélant un sein haut et rond qu'il prit entre ses mains. L'estomac de Gia se noua à la vue du regard ardent de Santo juste avant qu'il ne capture un téton entre ses lèvres. Un frisson de volupté la traversa, si intense que ses jambes faillirent se dérober sous elle. Insérant une jambe musclée entre les siennes, il l'attira contre lui. Son sexe dressé se pressa contre son bas-ventre, l'excitant au plus haut point.

— Santo…, gémit-elle, ivre de désir.

Il fit glisser l'autre bretelle sur son épaule et passa la langue sur son mamelon, lui offrant ce qu'elle demandait. Émerveillée par l'intensité de son désir, elle se serra contre lui et faillit crier de déception lorsqu'il s'écarta. Mais ce fut seulement pour baisser la fermeture Éclair de sa robe.

Celle-ci tomba sur le sol avec un doux frou-frou. Soudain embarrassée d'être ainsi exposée à son regard, Gia se raidit, car même le désir qu'elle lut dans le regard de Santo n'était pas suffisant pour lui faire oublier les cruelles moqueries que lui avait jetées Franco à la figure lorsque la tension entre eux avait atteint son paroxysme.

Les doigts de Santo se refermèrent autour de sa taille.

— Oublie-le, murmura-t-il en posant ses lèvres sur la peau délicate de son cou.

Elle se liquéfia sous ses caresses sensuelles, sous la multitude de baisers qu'il déposait partout sur elle. Contrairement à l'excitation et la passion de la dernière fois où ils avaient fait l'amour, il prit son temps cette fois-ci. Il embrasa son corps de ses mains expertes, la rendant consciente de chaque centimètre carré de peau, tandis qu'il traçait un chemin de feu sur la courbe arrondie de ses fesses.

Elle leva un pied pour lui permettre de lui ôter un escarpin et retint son souffle lorsqu'il embrassa la voûte plantaire. Puis il tendit le bras et fit de même avec l'autre pied.

Elle sentit une moiteur chaude monter du plus profond de son être lorsqu'il la retourna, une main ferme posée sur ses hanches. Elle crut que son cœur allait exploser en le voyant agenouillé devant elle. Entièrement nue à part son slip de dentelle, elle aurait dû se sentir gênée, aussi dépourvue de charme que Franco l'avait dépeinte, mais elle ne lisait que le désir dans le regard de Santo.

Capturant l'arrière de son genou, il fit glisser sa paume sur toute la longueur de sa cuisse jusqu'à la courbe de ses fesses. Les yeux rivés aux siens, il traça du doigt le contour de sa petite culotte, notant le frisson qui lui parcourut le corps.

— Je peux te la retirer ? demanda-t-il.

Incapable de parler, elle acquiesça d'un imperceptible mouvement de la tête. Passant les doigts sous les bords de l'étoffe légère, il la fit glisser le long de ses cuisses. Les mains sur les épaules de Santo, le bout des doigts s'enfonçant dans ses muscles tendus, elle fit un pas de côté. Il jeta le triangle de soie sur le sol puis l'attira contre lui.

— Santo, chuchota-t-elle tandis qu'il déposait un baiser sur la peau tendre entre ses cuisses. Que fais-tu ?

— Je ralentis les choses. Laisse-toi faire et détends-toi.

Elle était pourtant loin d'être détendue. Elle était même particulièrement fébrile car il n'avait pas fait cela cette nuit-là. En même temps, elle était très excitée et tout son corps vibrait d'attente, tandis qu'elle agrippait à deux mains l'encadrement de la fenêtre. Santo lui ouvrit les cuisses puis il promena son regard sur son intimité. L'instant d'après, il se penchait pour poser ses lèvres à l'endroit où palpitait son désir.

Les caresses de sa langue firent naître en elle de délicieuses étincelles. À la fois révérencieuses et décadentes, elles déferlaient dans tout son être, lui procurant un plaisir inouï et tout nouveau pour elle. Ses jambes vacillèrent et faillirent lâcher. Lui saisissant le genou, Santo l'encouragea à placer une jambe sur son épaule et à se retenir avec les doigts dans ses cheveux. Puis il la dévora, la savoura de la façon la plus intime, la plus érotique possible.

Seigneur ! Elle faillit gémir de soulagement lorsqu'il la souleva et la déposa sur le lit. Mais la torture ne cessa pas pour autant. Il s'allongea à son tour et, lui écartant les cuisses, il immisça un doigt dans les replis les plus intimes.

Ses caresses expertes la rendirent folles. Elle se cambra, tout son corps en tension, et murmura son nom. Lorsqu'il inséra un autre doigt, la sensation de plénitude fut si grande qu'elle cria de plaisir.

— Santo. S'il te plaît…

Il se pencha pour l'embrasser, tout en massant du pouce son bouton de plaisir.

— Laisse-toi aller, susurra-t-il. Jouis pour moi, Gia.

Elle pressa ses hanches contre sa paume pour mieux sentir ses caresses, libérant en elle une onde de plaisir qui se répercuta dans tout son être. Ses doigts magiques la caressaient avec un raffinement diabolique, à un rythme de plus en plus effréné, quand, soudain, l'orgasme éclata, ravageur, aveuglant.

Lorsqu'elle émergea enfin des brumes du plaisir, elle vit Santo, à genoux, la fixant d'un regard incandescent. Soudain embarrassée de la façon dont elle s'était laissée aller, elle se sentit rougir. Passant la langue sur ses lèvres sèches, elle détourna les yeux, seulement pour voir la formidable érection qui pointait sous son jean.

— Tu penses faire quelque chose pour remédier à ça ?

S'ils n'avaient pas partagé ce qu'ils venaient de partager, s'ils ne s'étaient pas déjà mis à nu lors de cette nuit d'orage quatre ans auparavant, elle se serait peut-être figée. Au lieu de cela, des images de son sexe lui revinrent en mémoire… chaud, dur et soyeux. Divin. Et la tentation fut irrésistible.

Se redressant, elle s'agenouilla devant lui et caressa le renflement dur à travers le tissu grossier.

— Peut-être est-ce une mauvaise idée, murmura-t-il.

Il la laissa néanmoins glisser la fermeture Éclair de son jean pour libérer son sexe tendu. Il retint son souffle lorsqu'elle se mit à faire courir ses doigts sur lui, les muscles de son abdomen se contractant sous l'effet de ses caresses. Laissant échapper une sorte de grognement, il lui repoussa la main et se leva pour ôter ses vêtements à la hâte. Puis il se tourna et se tint nu devant elle. Il était exactement comme dans ses souvenirs — un concentré de splendeur virile d'une perfection époustouflante.

Mais ce fut son regard possessif qui alluma un brasier en elle. La façon dont il la contemplait. Comme si elle était spéciale à ses yeux.

L'instant d'après, il la rejoignait sur le lit et, la soulevant, il la plaqua sur lui. Le long baiser sensuel qu'il lui vola annihila ses dernières défenses.

— Je veux être en toi, murmura-t-il.

Son sexe tendu était pressé contre son bas-ventre. Une odeur de musc et d'humidité flottait dans l'air — un mélange enchanteur et sensuel qui lui ôta toute pensée cohérente. Se redressant, elle le prit entre ses mains et, lentement, descendit sur lui. Il l'emplit comme jamais personne ne l'avait fait. Elle retint son souffle tandis qu'elle absorbait le choc de sa passion dévorante. La première fois, elle avait ressenti une brève douleur avant d'être consumée de plaisir. Cette fois-ci, il n'y avait que le plaisir. Enfoui au plus profond d'elle-même, le sexe de Santo palpitait en elle, tel un baiser charnel qui faisait écho à son âme.

— Tu me détruis, Gia, confia-t-il, le regard rivé sur elle. À chaque fois, c'est la même chose.

À cet aveu, elle sentit son cœur battre plus vite, heureuse de savoir qu'il la désirait autant qu'elle, qu'il ressentait la même chose qu'elle.

— Gia..., dit-il d'une voix rauque. Bouge, *cara*. Maintenant.

Enhardie par le désir qu'elle lisait sur le visage de Santo, elle se pencha en avant et lui saisit les mains pour entrelacer ses doigts aux siens. Puis elle se mit en mouvement, chaque frottement de son sexe en elle émoustillant ses sens.

Il la laissa prendre le contrôle. Elle se souleva puis l'accueillit à nouveau en elle, balançant ses hanches pour s'ajuster à sa possession virile. Une rougeur colora ses pommettes quand elle l'emmena encore plus loin, chaque poussée plus puissante que la précédente.

Il se libéra, et elle le laissa faire car elle voulait qu'il reprenne les rênes, qu'il lui donne le plaisir auquel elle s'attendait. Plaquant les mains sur ses fesses, il l'orienta de manière à ce que son sexe caresse sa chair électrisée. Rejetant la tête en arrière, elle laissa échapper un long râle de plaisir, tandis que chaque coup de reins l'amenait plus près du précipice.

— Santo…

Les doigts enfoncés dans sa peau, Santo accéléra le rythme tout en lui soufflant à l'oreille combien il se sentait bien et la désirait. Haletant, des gouttes de sueur perlant sur son visage, il était au bord de l'implosion.

Les spasmes naquirent dans le ventre de Gia et se propagèrent en elle en vagues de plus en plus puissantes, tandis que Santo lui saisissait la nuque d'une main ferme et la regardait se perdre dans la jouissance. C'était l'expérience la plus intime, la plus érotique de toute sa vie.

Baissant la tête, elle captura ses lèvres et l'accompagna tandis qu'il se laissait aller à son tour à l'orgasme.

Santo était réveillé, Gia blottie dans ses bras, ses cheveux blonds étalés sur son épaule, tandis qu'un rayon de lune filtrait dans la pièce. La tête trop pleine d'interrogations et le cœur trop plein d'émotions pour dormir, il caressait la peau douce et soyeuse de son dos et la délectable courbe de ses fesses.

Elle l'avait anéanti ce soir, bouleversé, avec sa franchise. Pourtant, cela lui avait permis de comprendre beaucoup de choses sur elle. Pourquoi elle s'abritait derrière les murs qu'elle avait érigés. Pourquoi elle s'était enfuie quatre ans auparavant. Elle avait en effet appris que la confiance était une illusion et compris que la seule personne en qui elle pouvait avoir confiance était elle-même. Voilà pourquoi elle avait pris son fils et s'était enfuie.

Et son mariage avec Lombardi n'avait rien arrangé à en juger par sa réaction de ce soir, conclut-il, agacé. Mais il valait mieux ne pas y penser s'il ne voulait pas s'énerver.

Il captura une boucle de ses cheveux entre ses doigts plutôt que de s'appesantir sur la boule qui se formait dans son ventre et observa le clair de lune jouer avec les mèches dorées, songeant à l'intensité et la singularité de ce qu'ils venaient de partager. Sa combinaison particulière de force et de vulnérabilité avait toujours touché une corde sensible en lui, tout comme la solitude qui avait toujours émané d'elle. Le sentiment qu'elle était toujours seule contre tous. Peut-être parce que cela reflétait une part de lui-même.

Voilà pourquoi cela avait été si intense. C'était son côté protecteur qui avait parlé, celui qu'il n'avait jamais pu mettre de côté lorsqu'il s'agissait d'elle. Mais il n'allait pas laisser ses émotions prendre le dessus parce qu'il ne s'autoriserait jamais à éprouver les sentiments qu'il avait eus autrefois pour elle. Pas quand elle l'avait déjà détruit. Pas quand Stefano Castiglione allait immanquablement revenir en ville pour affronter la justice — un danger qu'il ne pouvait se permettre d'ignorer. Pas quand Lazzero avait raison.

Son avenir était en jeu avec Elevate. Il devait concentrer toute son attention sur ses affaires afin de s'assurer que le lancement se déroulerait sans anicroche. En effet, le moindre faux pas pouvait faire tout s'écrouler.

Il devait donc impérativement préserver le lien qu'il avait créé avec Gia et traverser les turbulences de son mariage, ce qui était désormais possible, croyait-il. Il commençait tout juste à comprendre ce qui faisait vibrer sa femme… la bataille était à moitié gagnée, en somme.

Un début bien prometteur.

7

Lorsque Gia se réveilla, la lumière entrait à flots par les immenses fenêtres du penthouse. Encore une belle journée qui s'annonçait. Soudain, elle sursauta. Elle n'était pas dans la chambre d'amis avec Leo, mais dans la chambre principale. Elle était dans le lit de Santo, et ils avaient passé une nuit torride ensemble. Les yeux écarquillés, elle repoussa les draps et s'apprêtait à aller secourir un Leo terrifié lorsqu'elle se rappela qu'on était samedi et qu'il était déjà debout. Tôt ce matin, Santo lui avait murmuré à l'oreille de continuer à dormir avant de se lever pour aller préparer le petit déjeuner de son fils.

L'appartement était néanmoins bien silencieux — contraste saisissant avec le brouhaha de la ville à l'extérieur.

Elle se sentait vulnérable et bouleversée après leurs ébats de la veille, en proie à des émotions qu'elle ne savait pas comment gérer. La dernière fois qu'elle s'était sentie si désemparée, elle avait fui, rejetant ce que Santo et elle avaient partagé. Ce qui avait été un désastre total.

Cette fois, cependant, elle ne fuirait pas. Elle s'était engagée dans cette nouvelle vie avec lui, engagée à faire de ce mariage une réussite. Ce qui l'amena à se demander pour quelle raison exactement elle avait fui.

Les propos de Santo lui revinrent en mémoire.

« La situation était peut-être compliquée, mais je pensais qu'elle en valait la peine. »

Pensive, elle se mordilla la lèvre inférieure. Avait-elle laissé ses craintes et ses incertitudes détruire quelque chose qui aurait pu être merveilleux ? Quelque chose dont elle avait toujours rêvé ?

Son cœur se noua. Sans jamais oser se l'avouer, elle avait toujours voulu être l'épouse de Santo et elle avait été blessée de le voir papillonner d'une femme à l'autre, sachant qu'elle ne serait jamais celle qu'il choisirait. Mais s'était-elle trompée sur toute la ligne ?

Elle lui avait avoué ses honteux secrets, hier soir. Pourtant, Santo n'avait pas bronché comme si rien de tout cela n'avait la moindre importance. Mais que se passerait-il lorsque la nouvelle de son mariage serait rendue publique et qu'elle deviendrait le fardeau que Lazzero avait prédit ? Santo regretterait-il alors sa décision ?

Ses pensées furent interrompues par des éclats de voix suivis par une cavalcade et, l'instant d'après, son fils se précipitait dans sa chambre puis se jetait sur le lit.

— Maman…, s'écria-t-il en la serrant dans ses bras dodus. Nous avons acheté des *bugels*.

— Bagels, corrigea Santo qui entra à son tour dans la chambre, une tasse de café et un sac marron à la main. Ton fils en a mangé deux, à ce propos. Manifestement, il aime autant manger que moi.

— Paresseuse…, dit Leo en lui ébouriffant les cheveux. Maman fatiguée ?

Le regard amusé de Santo croisa le sien par-dessus la tête de son fils.

— Maman a eu une nuit bien remplie. Elle avait besoin de dormir.

— Santo…, murmura-t-elle, horrifiée.

— Quoi ? rétorqua son mari en posant le café et le sac sur la table de nuit, avant de se pencher vers elle et de déposer un long baiser sur ses lèvres. Tu étais… occupée.

Leo les dévisageait, un grand sourire aux lèvres.

— Et s'il répète ce que tu viens de dire ? ajouta Gia.

— Il oubliera ce qu'il a entendu d'ici une minute. Sa capacité d'attention est semblable à celle d'un moucheron. Il était une véritable menace dans le trafic new-yorkais…

Gia blêmit et son cœur fit un bond dans sa poitrine.

— Détends-toi. Il était tout le temps collé à moi.

Leo tira sur son T-shirt.

— Regarde, dit-il fièrement. Ce sont les mêmes.

Gia regarda le T-shirt que portait son fils. C'était l'exacte réplique de celui de son père en plus petit. Elle ressentit une étrange émotion à voir les deux hommes de sa vie habillés de façon identique, aussi beaux l'un que l'autre avec leur même mèche rebelle.

— Vous êtes allés faire des courses ? demanda-t-elle.

Santo haussa les épaules.

— Il a vu le T-shirt, une création de Supersonic, dans la vitrine du magasin. Façonner la loyauté commence très jeune… Nous avons eu une conversation à propos de Joe DiMaggio au retour, même si c'est moi qui parlais le plus car Leo était occupé à chasser un papillon.

La boule dans sa gorge s'intensifia, et le regard de Santo s'assombrit en voyant l'émotion se peindre sur son visage.

— Tu devrais te lever, dit-il, lui caressant le menton du pouce. Nous avons des choses à faire.

Fronçant les sourcils, elle saisit sa tasse de café.

— C'est samedi. Qu'allons-nous faire ?

— Nous allons visiter une maison. Mon agent immobilier m'a contacté ce matin. Une propriété à Southampton vient d'être mise sur le marché. En front de mer…

Southampton. C'était un de ses lieux favoris, avec ses panoramas sublimes et ses plages balayées par le vent. Le paradis. Avoir une maison là avait toujours été son rêve.

— Mer…, répéta un Leo, ravi. Il nous faut des pelles.

Southampton, situé à l'extrémité sud-est de Long Island, avait été le foyer de célèbres dynasties durant des décennies. Sa beauté sauvage avait attiré quelques-uns des plus grands géants de l'industrie, les financiers les plus influents, et tous les plus grands noms du gotha new-yorkais. Bourdonnant d'activité en cette période estivale, le village regorgeait de voitures de luxe et de tenues dernier cri.

La maison fut à la hauteur de leurs espérances. Située à un jet de pierre de la rue principale du village avec ses galeries marchandes, ses restaurants et ses boutiques haut de gamme, elle se trouvait au bout d'une grande rue bordée d'arbres qui donnait directement sur la plage. Magnifique villa de style colonial, elle disposait de cinq chambres et d'une vaste véranda qui offrait une vue imprenable sur l'océan.

Gia tomba aussitôt amoureuse de ses hauts plafonds et de ses immenses cheminées. La maison, accueillante et chaleureuse en dépit de sa vastitude, lui rendit un peu de la sérénité qu'elle avait eue aux Bahamas. Santo s'extasia devant les courts de tennis, les vastes terrasses en granit bleu et la piscine en front de mer, et, comme prévu, Leo s'enthousiasma devant l'océan et les bateaux.

— Cette maison te plaît, dit Santo, tandis qu'ils se tenaient côte à côte sur la terrasse, admirant la vue pendant que l'agent immobilier montrait la plage à Leo.

— Cette maison te plaît, dit-elle. Tu salives devant les courts de tennis.

— Et le sentier de randonnée pédestre le long de l'océan. On pourrait courir tous les matins et tu pourrais admirer la vue pendant que je te pulvérise.

L'idée de courir ici tous les matins avec Santo comme ils le faisaient avant lui serra un instant la poitrine.

— Tu veux dire quand je te pulvériserai !

— Tu ne l'as fait qu'une fois, si mes souvenirs sont bons, murmura-t-il. Et seulement parce que j'avais une crampe.

Pas faux, songea-t-elle à contrecœur. Cela dit, elle adorait la maison.

Ils l'achetèrent sur-le-champ. Leo, surexcité par cette journée bien remplie, dormait à moitié lorsqu'ils ouvrirent la porte de l'appartement. Santo le porta jusqu'à sa chambre et le déposa sur le lit pour lui mettre son pyjama tandis que Gia cherchait sa couverture bleue.

— Veux mon lit…, gémit Leo en levant les bras pour que Santo puisse lui enfiler son pyjama.

— Tu y es presque. Les super-héros doivent mettre leur costume, tu sais.

La lèvre inférieure de Leo trembla.

— Veux mon lit.

Gia leva la tête. Elle avait toujours su que cela arriverait, le moment où son fils comprendrait que cette grande aventure était désormais permanente. Quand tout ce qui lui était familier commencerait à lui manquer. Mais le regard de désolation inscrit sur son visage lui serra le cœur.

— Nous vivons ici maintenant, répondit gentiment Santo. Tu te souviens de la jolie chambre bleue que tu as vue cet après-midi ? Ce sera la tienne. Nous en ferons une cachette de super-héros.

Leo secoua la tête.

— Veux ma chambre, mes amis. Veux rentrer à la maison.

Santo essaya de réconforter son fils, mais Leo était trop fatigué et bouleversé pour entendre raison. Une larme glissa le long de sa joue, et il repoussa Santo à coups de pied, l'empêchant de lui mettre son pyjama. Gia ramassa la couverture et s'avança rapidement avant qu'il ne soit trop tard. En vain. Son fils, en pleurs, donnait des coups de poing sur le torse de Santo en exigeant de rentrer à la maison.

Gia prit Leo des bras de son mari qui paraissait choqué. Agrippé à la couverture, Leo sanglotait contre sa poitrine, ses larmes mouillant son T-shirt. Elle s'assit et le serra contre elle.

— Laisse-moi seule avec lui, Santo, murmura-t-elle. La journée a été longue.

Santo se fit un café dans la cuisine et répondit à quelques mails urgents. Le lancement approchait à grande vitesse et il était obligé de travailler aussi le week-end pour faire face à la surcharge de travail. Mais il était si troublé par la crise de colère de son fils et son incapacité à le réconforter qu'il avait du mal à se concentrer.

Cet épisode lui rappelait le jour où son propre monde avait basculé. Il avait treize ans à l'époque où son père noyait son chagrin dans l'alcool après la faillite de son entreprise et le départ de sa mère. Il avait passé la semaine suivante à se demander quel vélo apporter dans le minuscule appartement qu'ils avaient loué au-dessus de la quincaillerie où Nico avait trouvé un travail, tout en essayant d'assimiler le fait que sa mère était partie pour toujours.

Lorsqu'il était entré dans cet appartement lugubre pour la première fois, il avait eu un choc. Tout lui avait semblé étrange et fort éloigné de ce qu'il avait connu jusqu'à présent — le voisinage peu avenant, l'espace exigu du minuscule deux-pièces dans lequel sa famille avait dû s'entasser.

Il avait eu une grosse crise de colère, ce soir-là, incapable qu'il était d'accepter tous ces changements : devoir partager une chambre avec Lazzero, devoir prendre le train tous les matins pour se rendre à l'école, devoir s'occuper de son père… une expérience terrifiante compte tenu de la loque humaine qu'il était devenu. Puis son frère, Nico, lui avait ordonné sèchement de prendre sur lui car ils allaient faire en sorte que cela fonctionne. Et peut-être était-ce de voir son frère aîné aussi perdu et incongru que lui dans cet endroit sordide qui lui avait fait le plus peur. Ses frères avaient été consumés par leurs propres batailles intérieures. Les liens qu'ils partageaient à cette époque-là se résumaient à leur survie. La différence avec Leo, conclut Santo en prenant une grande respiration, était que son fils ne grandirait jamais dans un vide émotionnel. Il bénéficierait de tout l'amour et du soutien matériel et affectif que Santo n'avait jamais eu.

Une tasse de café à la main et le regard tourné vers la vue qu'offraient les grandes fenêtres de son bureau, Santo se renfonça dans son fauteuil. Il s'était tellement occupé d'agir au mieux pour son fils qu'il n'avait pas tenu pleinement compte de l'impact que tous ces changements avaient eu sur lui. Il avait commis une erreur, concéda-t-il, le ventre noué. N'avait-il pas fait subir à Leo ce que lui-même avait subi ? L'arracher à tout ce qui lui était familier ?

Sauf Gia. Il se remémora la façon dont Leo s'était blotti dans ses bras. Elle était tout pour lui. Elle était la constante de sa vie. Elle faisait toute la différence.

Ce qu'il devait faire, conclut Santo, était de garder le cap. Tenir les promesses faites à Gia.

Peu après, Gia le rejoignit.

— Comment va-t-il ? s'enquit Santo en levant les yeux du rapport qu'il étudiait.

— Il dort. Il ne fait pratiquement jamais de crise de nerfs, mais ces dernières semaines ont été éprouvantes pour lui.

Le ventre de Santo se noua. Il ne voulait plus jamais voir son fils dans cet état-là. Jamais.

— Il va très bien, murmura Gia d'une voix douce en lui effleurant le visage de la main. À quoi penses-tu ? Tu as l'air ailleurs.

Refoulant ses pensées, il laissa errer son regard sur le T-shirt blanc et le minuscule short rouge cerise qu'elle portait.

Elle s'empourpra sous son regard ardent.

— Je ne pensais pas à ça, Santo.

— Moi si.

D'un mouvement ample, il l'attira sur ses genoux. Voyant la flamme qui brillait dans ses yeux magnifiques, il comprit pourquoi aucune autre femme ne l'avait jamais attiré. Parce qu'aucune d'elles n'avait été Gia.

Plutôt que d'analyser cette pensée gênante, il la prit par la nuque pour l'embrasser avec passion et calmer la douleur qui l'habitait.

Gia passa les semaines suivantes à s'occuper de la maison de Southampton et à parfaire la décoration qu'elle envisageait pour la vaste salle de séjour contemporaine. Elle était ainsi tenue occupée pendant que Santo travaillait sans relâche en prévision du futur lancement. Il partait tôt le matin et ne rentrait qu'à l'heure du dîner.

De fait, le seul véritable moment qu'elle passait avec lui était la nuit où leur passion l'un pour l'autre était insatiable. Ce qui ne l'aidait pas à garder ses distances. En effet, même si Santo finissait par lui pardonner, elle serait stupide de croire qu'il l'aimerait comme avant.

Se distraire semblait préférable. Fort heureusement, la soirée des Jeunes Patrons, organisée tous les ans par le Met, se profilait à l'horizon. C'était un des événements les plus prisés de la ville. Cette soirée marquerait ses débuts en tant qu'épouse de Santo et sa réintroduction dans la haute société. Elle avait l'impression d'être à nouveau jetée aux loups. Mais puisque Chloe, une des plus grandes donatrices du musée, était la présidente d'honneur de l'événement, refuser d'y aller était impensable.

Hélas, le jour même de la soirée, Gia s'aperçut que sa robe de soirée était tachée. N'étant jamais sortie à Nassau, sa garde-robe était très limitée et impossible pour elle d'espérer trouver une autre tenue dans son placard. Dieu merci, Chiara vint à sa rescousse. Non seulement sa belle-sœur avait très bon goût, mais elle avait la même silhouette qu'elle.

Une fois Leo et son cousin Jack sous la bonne garde de la nourrice de Chloe, Anna, les deux femmes se rendirent dans une minuscule boutique détenue par une amie de Chiara sur West Broadway et Gia tomba instantanément sous le charme d'une séduisante tenue. Dans les tons crème, la robe dos nu avait un décolleté torsadé dont l'avant plongeait jusqu'à la taille en portefeuille.

Sa robe à la main, elle se rendit dans une cabine pour l'essayer. Une fois habillée, elle se présenta devant Chiara, admirant son reflet dans les grands miroirs.

— N'est-ce pas un peu trop osé ? s'enquit-elle.

Chiara l'examina de la tête aux pieds, un léger sourire aux lèvres.

— C'est parfait. La couleur te va à ravir.

— Mais que penses-tu de ceci ? s'inquiéta Gia en montrant son décolleté plongeant. Je ne peux rien mettre en dessous.

— C'est le but, répondit Chiara, les yeux pétillants de malice. La robe est sexy, mais pas trop. Elle est juste parfaite. Santo va baver devant toi, fais-moi confiance.

Elle faisait confiance à Chiara, mais n'était pas certaine de vouloir connaître la réaction de Santo, tant son esprit était embrumé. Elle acheta donc la robe.

Il ne lui restait plus qu'à museler sa nervosité.

La soirée des Jeunes Patrons du Met se tenait au Cloisters, un des joyaux caché de New York — un musée regroupant plusieurs cloîtres médiévaux, situé au nord de Manhattan et abritant une superbe collection d'objets médiévaux.

Construit dans les années 1930 par le magnat du pétrole américain, John D. Rockefeller, pour présenter la vaste collection d'objets médiévaux qu'il venait d'acquérir, puis offert au Met, le Cloisters était niché dans un cadre naturel pittoresque surplombant la rivière Hudson. Aucun des invités ne regrettait le trajet de près d'une heure pour accéder à ce site magnifique tandis qu'ils gravissaient les marches recouvertes d'un tapis rouge et étaient accueillis par des serveurs portant des plateaux de champagne.

Le hall principal, où se tenait le cocktail, était baigné de projecteurs roses et pourpres qui éclairaient les œuvres d'art anciennes et les vitraux d'un éclat lumineux. Pour Gia, l'atmosphère sombre correspondait au ton de la soirée. Tout le gratin new-yorkais était présent, ce soir.

Certains des visages lui étaient familiers, d'autres moins. En revanche, ce qui n'avait pas changé, c'était la prédilection de cette microsociété pour les commérages. Santo était une personnalité trop connue pour que son récent mariage ne soit pas un sujet de conversation passionnant. Bien entendu, son nom à elle fut bientôt sur toutes les lèvres et les conversations concernant les affaires sordides de son père allèrent bon train.

Elle était un mets de choix. Elle le voyait dans les regards obliques qu'on lui lançait, l'entendait dans les questions perfides qu'on lui posait. Il aurait fallu qu'elle soit sourde et aveugle pour ne pas le remarquer. La seule différence avec toutes les autres soirées mondaines auxquelles elle avait assisté était que Santo était à ses côtés.

Extrêmement séduisant dans un costume gris anthracite et une chemise bleu foncée, les doigts aux siens, il ne la quittait pas d'une semelle tandis qu'ils faisaient le tour des invités. Heureusement d'ailleurs car ils tombèrent nez à nez avec un groupe de femmes notoirement désagréables qu'elle avait connues à l'école.

Le détestable trio l'avait toujours ignorée par le passé et faisait de même ce soir. La boule au ventre, elle les regarda fondre sur Chloe et Chiara et les inviter à se joindre au comité pour le Conservatory Garden de Central Park qu'elles présidaient tout en l'ignorant totalement.

Son sourire vacilla sous ce nouvel affront, mais Santo resserra son emprise autour de ses doigts et lui murmura à l'oreille :

— Plus dure et plus forte, cela te rappelle quelque chose ?

Ses propos la ramenèrent plusieurs années en arrière. Au jour où elle avait appris que son père avait tordu le bras à son entraîneur pour qu'il la prenne dans l'équipe d'athlétisme de l'école. Cela avait pourtant été le plus beau jour de sa vie quand elle avait quitté le terrain, les joues roses de bonheur. Mais elle avait surpris une conversation entre deux filles de l'équipe qui parlaient de son père dans le tunnel qui les ramenait aux vestiaires. Et à quel point elles trouvaient cette situation injuste.

Mortifiée, elle avait fait demi-tour, les larmes aux yeux. Elle avait pourtant pensé mériter cette place dans l'équipe et que, pour une fois dans sa vie, elle n'avait pas été choisie pour ce qu'elle était, mais pour ses performances sur le terrain. Mais, une fois de plus, cela s'était avéré une illusion.

Santo, qui s'entraînait sur le terrain de football non loin de là, lui avait jeté un seul regard avant de quitter le terrain et de la rejoindre — geste qui avait failli lui coûter sa place dans l'équipe. Mais, au lieu de lui témoigner de la sympathie comme elle s'y était attendue, il lui avait dit qu'elle ne devait pas songer un seul instant à abandonner. Elle devait au contraire s'endurcir et se montrer forte afin de prouver aux autres qu'elle était la meilleure. En effet, c'était là la seule chose qui ferait taire ses opposants.

Ce qu'elle avait fait, s'entraînant plus que les autres. Ses efforts avaient payé car elle avait enregistré le meilleur temps féminin cette année-là durant les championnats d'athlétisme de la ville.

Elle redressa les épaules et releva le menton tandis qu'ils déambulaient au milieu des invités. Santo avait raison. Pas question de laisser leurs propos méchants l'atteindre.

Chiara, resplendissante dans une robe bleu nuit ornée de perles de sa propre création et Chloe, dans une élégante robe blanche signée Roberto Cavalli, l'entraînèrent avec elle pour admirer les magnifiques œuvres d'art et discuter. Enveloppée par la chaleur des deux autres femmes, elle se détendit peu à peu. Elle n'avait jamais eu d'alliées. D'amies. De femmes qui prendraient soin d'elle, à part Delilah. Une famille qui la protégerait. Et, maintenant, tout cela avait changé.

Adossé au bar, Santo gardait un œil sur Gia tout en écoutant Lazzero lui raconter son voyage en Europe. Les plus belles femmes de New York se trouvaient ici ce soir, mais aucune ne faisait accélérer son pouls comme le faisait son épouse dans sa robe sexy. Elle avait les plus belles jambes du monde, sans parler du reste de son anatomie qui l'ensorcelait toujours autant après toutes ces semaines.

Elle avait réagi avec une grande dignité face aux commérages. Elle avait peut-être été déstabilisée, mais tenait le coup. Éblouissante comme le joyau le plus lumineux de la soirée, il était fier d'elle et ne pouvait la quitter des yeux.

— Tout va bien au paradis ?

Sursautant, il reporta son attention sur son frère. Il ignora sa remarque comme il avait évité toute conversation sur son épouse au cours des dernières semaines, craignant que cela se transforme en débat sur Stefano Castiglione et le fait qu'il continuait à faire les gros titres.

— En fait c'est parfait. Merci de demander.

Sa vie personnelle était telle qu'il l'avait toujours souhaitée. Il avait une ravissante épouse, une vie sexuelle épanouie et un fils sûr de lui et heureux qui le faisait sourire tous les soirs. Que demander de plus ?

— C'est bon à entendre, répondit Lazzero en buvant une gorgée de whisky. J'ai croisé Gervasio Delgado à l'aéroport de Madrid. Nous dînons ensemble samedi soir.

Santo cligna des yeux. Gervasio Delgado, le roi de la vente au détail, avait réinventé la façon dont la mode était distribuée à la population avec son modèle de fabrication sur demande. Il était aussi le propriétaire de la plus populaire chaîne de magasins de vêtements du monde, Divertido.

— Delgado est un introverti notoire, dit Santo, étonné. Comment as-tu réussi ton coup ?

Son frère haussa les épaules.

— Il a posé beaucoup de questions sur nos activités. Je lui ai donc parlé d'Elevate. Sa curiosité a été piquée.

— Tu crois qu'il y a du potentiel de ce côté-là ? s'enquit Santo d'une voix excitée.

— Il a besoin d'une chaussure pour sa campagne de printemps. Ce pourrait être une chance formidable pour nous.

Santo comprenait pourquoi Lazzero tempérait son enthousiasme. Gervasio Delgado avait une personnalité créative et passionnée et il était connu pour ses lubies. Son intérêt pour Elevate pouvait n'être qu'un feu de paille. Ou au contraire quelque chose de très positif.

— Delgado vient avec son épouse. Chiara a failli tomber de sa chaise lorsque je lui ai dit avec qui on allait dîner. Ce qui peut s'avérer un problème, ajouta-t-il d'un ton ironique. Je serais peut-être obligée de la museler. Gia, en revanche, pourrait être un atout. Delgado a mentionné que sa femme, Alicia, rénovait leur maison de Marbella. Elles pourront ainsi parler boutique.

Parfait, songea Santo. Sa femme était une excellente décoratrice d'intérieur à en juger par les croquis qu'elle faisait pour leur maison. Elle serait le complément idéal d'Alicia Delgado. Mais, pour l'heure, tout ce qu'il voulait faire était de ramener son épouse à la maison, lui ôter sa robe et profiter de chaque centimètre carré de son corps magnifique.

Le dîner fut servi dans les jardins du monastère, un décor spectaculaire. Des tables étaient dressées à l'ombre de colonnes de marbre rose, des bougies vacillaient sous la brise vespérale, tandis que des serveurs en livrée papillonnaient ici et là pour que tout soit parfait. Une fois le somptueux dîner servi et que Gia eut bu plusieurs verres du délicieux vin pétillant qui accompagnait les mets délicats, elle se sentait légèrement étourdie.

Peut-être était-ce parce que Santo trouvait n'importe quel prétexte pour la toucher — sa main qu'il gardait posée sur sa cuisse, les regards ardents qu'il lui lançait régulièrement… Il lui était impossible d'ignorer ces signes.

Après le dîner, ils retournèrent à l'intérieur pour assister au divertissement musical dans la spectaculaire chapelle Fuentiduena. Les lumières de la chapelle construite avec des pierres provenant d'une église romane espagnole avaient été baissées et luisaient d'une mystérieuse couleur bleue pour attirer l'attention sur le magnifique dôme et les superbes fresques byzantines.

— Je crois que nous devrions danser, murmura Santo en lui prenant la main.

À cette seule idée, elle avait les mains moites et les jambes flageolantes mais, ne pouvant verbaliser ses pensées, elle le suivit sur la piste de danse.

Ils étaient presque arrivés lorsqu'ils furent interceptés par l'éblouissante Abigail Wright et son armoire à glace de petit copain, le joueur de football américain, Carl O'Brien. Avec son visage en forme de cœur, ses longs cheveux châtains et ses immenses yeux verts, Abigail, la belle du Sud, était indéniablement une très jolie femme. Sa voix traînante lorsqu'elle accueillit Santo ne fit qu'ajouter à son charme.

— Les nouvelles vont vite, murmura Abigail, une lueur blessée dans le regard. Ton équipe de relations publiques m'a contactée la semaine dernière afin que j'anime l'événement à Munich. Je n'en ai pas cru mes oreilles lorsqu'ils m'ont annoncé la nouvelle. Félicitations…

Santo l'embrassa sur les deux joues.

— Merci. Et merci d'avoir accepté d'animer l'événement dans un délai aussi court. Mon équipe apprécie vraiment. Tu seras éblouissante, comme d'habitude. Carl, ravi de te revoir, ajouta-t-il en se tournant pour accueillir le doux géant. Quand vas-tu quitter le côté obscur et te joindre à nous ?

L'homme, très séduisant dans un style un peu rude, haussa légèrement les épaules.

— Mon contrat se termine le mois prochain. Nous sommes en pleine négociation et je pourrais me laisser tenter si l'offre était intéressante.

— C'est bon à savoir, répondit Santo en souriant.

Ils discutèrent de la conférence des jeunes dirigeants, sponsorisée par Supersonic — événement durant lequel Santo avait manifestement l'intention de faire un discours. Aussitôt, une bouffée de jalousie submergea Gia. Abigail et lui seraient ensemble en Allemagne, très certainement dans le même hôtel luxueux. Peut-être partageraient-ils même un dîner intime ?

Inconsciente du tumulte intérieur de Gia, Abigail posa

un tas de questions sur la manifestation. C'était, après tout, sa tribune sur le futur de la jeunesse d'aujourd'hui comme force motrice derrière le changement mondial qui lui avait permis de gagner le titre de Miss Arizona.

Gia aurait aimé pouvoir la détester, mais en était incapable. Abigail était une supportrice acharnée et passionnée de la cause qu'elle défendait. Elle aurait été la femme parfaite pour Santo. Le couple idyllique. Ils auraient été la coqueluche de Manhattan. Abigail n'aurait pas causé de vagues par sa seule présence aux côtés de Santo.

Son estomac se noua. Elle fit de son mieux pour refouler ses pensées moroses lorsque la conversation enfin terminée Santo l'entraîna sur la piste de danse.

Du pouce, Santo lui releva le menton.

— Qu'est-ce qui ne va pas ?

— Rien.

Un lent sourire étira ses lèvres.

— Menteuse… Tu es jalouse !

— Elle aurait été la femme parfaite pour toi, Santo.

— Sur le papier, peut-être. Elle est jolie, talentueuse et intelligente. Mais il lui manque quelque chose.

— Quoi ?

Il lui sembla dangereux de poser la question et de laisser transparaître ses sentiments, mais elle ne put s'en empêcher.

— L'enthousiasme, le dynamisme, murmura-t-il, les yeux rivés sur elle. Cela dit, j'aime bien te voir jalouse et savoir que je compte à tes yeux. Cela montre que tu t'investis dans notre relation et que je ne suis pas le seul à vouloir faire de notre mariage une réussite.

La lueur d'amusement dans son regard s'était éteinte, laissant place à une interrogation profonde tandis qu'il l'attirait dans ses bras. Son message était clair. La balle était désormais dans son camp. Elle était terrifiée à l'idée de s'ouvrir à lui. Terrifiée de comprendre qu'elle tombait peu à peu à nouveau amoureuse de lui. À moins qu'elle n'ait jamais cessé de l'aimer.

Santo gardait sa main dans le creux de son dos pour la protéger des autres danseurs, nombreux dans cet espace exigu. Ils étaient proches, son corps musclé pressé contre le sien et sa barbe naissante frottant contre sa joue.

Son pouls s'accéléra lorsque Santo glissa une main dans ses cheveux et lui releva le visage. Elle sentit la douce caresse de son souffle juste avant qu'il ne capture sa bouche dans un long baiser. Tout passa au second plan — la musique, les autres danseurs, le cadre spectaculaire —, et chaque caresse langoureuse de sa bouche sur la sienne l'entraîna plus loin dans l'abîme.

Elle se fondit en lui, sentit son sexe dur pressé contre sa cuisse. Aussitôt, elle ouvrit les yeux et croisa le regard ardent de Santo.

— Nous partons, annonça-t-il.

Ils allèrent dire au revoir aux Di Fiore, puis Gia se rendit aux toilettes pendant que Santo discutait avec Lazzero. Elle avait remis un peu de rouge à lèvres, s'était repoudré le nez et retournait dans le hall principal pour retrouver Santo quand une voix la héla.

Pivotant, elle vit Nina Ferrone, une hôtelière qui possédait plusieurs hôtels-boutiques en ville, se ruer sur elle. L'élégante blonde de cinquante ans était vêtue d'une superbe robe de haute couture.

— Je suis ravie de pouvoir enfin te parler, dit Nina en l'embrassant sur chaque joue. Je t'ai aperçue un peu plus tôt dans la soirée, mais je n'ai pas pu traverser la salle pour te rejoindre. Tu sais comment sont les choses…

Elle lui présenta sa fille puis entra dans le vif du sujet.

— Delilah m'a dit que tu étais rentrée à New York. J'ai besoin d'aide pour rafraîchir le Billiards Room dans l'Upper East Side. Delilah a mentionné que tu avais fait la décoration intérieure du Rothchild Nassau, un superbe travail. Serais-tu intéressée pour faire la même chose pour moi ?

Le cœur de Gia bondit dans sa poitrine. Le Billiards Room était un des hôtels les plus chics de Manhattan. Avec son charme suranné, il n'était pas sans rappeler d'autres temps et d'autres lieux, et Gia adorait cet endroit. Mais Nina voudrait sans doute que le travail soit fait dans l'heure.

Elle ravala une pointe de regret.

— Je ne pense pas pouvoir le faire… Mon fils, Leo, n'a que trois ans et il est ma priorité. J'avais un emploi du temps très flexible avec Delilah.

— Elle l'a mentionné, effectivement, mais selon elle ton travail est irréprochable et, comme ce n'est pas une mission que je peux confier au premier venu, je peux t'accorder un emploi du temps très flexible. Ma seule condition est que le travail doit être fait avant la fin du printemps. Je ne peux pas passer à côté de la saison d'été.

Le pouls de Gia s'accéléra. Elle aurait largement le temps de réaliser ce projet si elle avait une bonne équipe, et Nina lui avait assuré que ce serait le cas.

Un sentiment d'excitation la gagna. Une amie de Chloe connaissait une excellente nourrice qui cherchait du travail. Si elle réussissait à avoir le même genre d'emploi du temps qu'à Nassau, cela pourrait marcher, et elle se sentirait moins inutile qu'actuellement.

Nina lui tendit sa carte. Après avoir convenu de déjeuner ensemble la semaine suivante, elles se saluèrent puis Gia rejoignit Santo, le cœur léger.

Peut-être que le vent allait enfin tourner. Peut-être que sa nouvelle vie lui apporterait un bonheur qu'elle n'aurait jamais cru possible.

Ils déposèrent Lazzero et Chiara sur le chemin du retour, et Gia dut patienter jusqu'à ce qu'ils arrivent à l'appartement pour annoncer à Santo la bonne nouvelle. Seuls dans leur chambre douillette avec une vue imprenable sur Manhattan, la tension qui les avait habités toute la soirée prit soudain une tout autre dimension.

Les doigts de Santo se figèrent sur son nœud de cravate.

— Approche-toi, murmura-t-il. Tu es bien trop loin.

Il la détailla de la tête aux pieds de son regard intense.

— Je ne t'ai pas encore annoncé la bonne nouvelle, murmura-t-elle, un escarpin à la main. J'ai croisé Nina Ferrone ce soir. Elle a besoin de quelqu'un pour rafraîchir le décor du Billiards Room. Elle m'a proposé le poste.

Santo se figea aussitôt.

— Quand ?

— Le mois prochain. Elle fera aussi preuve de souplesse avec mes horaires. Je dois juste m'assurer que le travail soit fait au printemps, ce qui ne posera aucun problème étant donné l'équipe que je vais avoir.

Santo retira sa cravate qu'il jeta sur une chaise.

— Pourquoi changer ce qui va bien ? Leo est heureux et tout va bien entre nous.

Quelque chose dans la voix de Santo lui fit lever la tête.

— Parce que j'aime mon travail, répondit-elle calmement. Parce que c'est l'occasion idéale de me faire connaître. Avoir un client aussi influent que Nina va lancer ma carrière new-yorkaise. C'est une opportunité en or.

— Tu n'as pas besoin de te faire un nom ni de travailler, dit Santo en croisant les bras et s'adossant à la commode. Leo commence tout juste à s'habituer à sa nouvelle vie et de nouveaux changements dans sa routine risquent de le déstabiliser. En revanche, il a besoin de toi.

Gia sentit la colère la submerger. Elle ne savait pas ce qui l'agaçait le plus : qu'il ose mettre en doute ses priorités alors qu'elle avait passé les trois dernières années à privilégier Leo, ou qu'il balaye sa carrière d'un revers de la main. Exactement comme Franco l'avait fait avant lui.

Désabusée, elle jeta son escarpin au sol.

— J'en suis consciente, dit-elle sèchement. Le bien-être de Leo a toujours été ma priorité, Santo, et le sera toujours. Travailler et prendre soin de lui n'est pas pour autant incompatible. Je n'ai pas besoin de travailler, je veux travailler.

— Attaque-toi alors à un projet moins ambitieux... Fais-toi plaisir avec notre nouvelle maison de Southampton. Mon hangar à bateaux dans le Maine a bien besoin d'être rénové et mon bureau aussi.

— Je vois. Et lorsque j'aurai termin, je pourrai peut-être rénover ton dressing ? Trouver un meilleur agencement pour tes élégants costumes ? Concevoir un moyen de rangement plus économique pour tes chaussures onéreuses ?

Il lui lança un regard d'avertissement.

— Gia...

Tremblante de rage, elle se baissa, retira son autre chaussure et, les deux à la main, marcha vers l'élégante penderie où elle jeta d'un geste rageur les escarpins sur une étagère, avant de se tourner vers la porte.

Santo tendit le bras pour lui barrer la route, le regard déterminé.

— Quel est ton problème ? s'enquit-il d'une voix trop calme. Je t'ai tout accordé, Gia. Une nouvelle maison, un mariage, de la patience envers toi. Est-ce trop exiger que de faire ce que je te demande sur ce point ?

— Oui, marmonna-t-elle, le feu aux joues. J'avais une vie à Nassau, Santo. Un rêve. Une carrière. J'étais heureuse. Et à présent je suis de retour à New York où je n'ai jamais voulu habiter, je suis ton épouse presque malgré moi, et, maintenant, tu veux me retirer la seule chose qui donne un sens à ma vie.

— Je ne te demande pas de renoncer à ta carrière ! Je te demande seulement de prendre du recul. D'attendre avant de vouloir tout bouleverser que Leo soit à l'école, au moins. Tu pourras ensuite organiser tes horaires pour être à la maison quand il rentrera le soir.

— C'est bizarre, riposta-t-elle, la colère menaçant de la submerger. La seule à devoir faire des compromis ici c'est moi. Toi et ta prestigieuse carrière restent intouchables.

Il haussa les épaules.

— Je suis le P-DG d'une entreprise valant plusieurs milliards de dollars. Je passe le plus de temps possible avec Leo. Je suis avec lui matin et soir. Je crois que cet arrangement nous convient parfaitement.

— Je n'en doute pas une seconde, répliqua Gia, railleuse et les poings serrés. Cette situation te convient, à toi, Santo, mais pas à moi.

— Pourquoi n'essaierais-tu pas alors de concentrer ton attention sur moi ? Cela pourrait peut-être te distraire. Leo a trois ans. Il a attendu assez longtemps pour avoir un petit frère ou une petite sœur. Peut-être devrions-nous y songer ?

Gia retint son souffle. Le désir qui avait frémi en elle toute la soirée s'embrasa. Il était si beau dans son élégant costume et sa chemise bleue qu'elle n'arrivait pas à réfléchir.

— Non seulement, tu n'arrives pas à me distraire, mais tu m'agaces avec tes opinions butées et machistes, Santo. Avec ton approche digne d'un éléphant dans un magasin de porcelaine.

— Je ne t'ai pas menti, Gia. J'ai toujours été très clair sur ce que je pensais à propos du fait de mettre Leo en garderie. Au pire, j'ai menti par omission.

Sentant la fureur monter en elle, Gia enfonça ses ongles dans la peau douce de sa paume.

— Et le soir où on s'est tenus ici et où j'ai insisté sur le fait que je voulais travailler ? Et tu m'as répondu « bien sûr » ?

Santo demeura impassible.

— Je pense effectivement que c'est une bonne idée. Mais pas maintenant.

Gia se sentit pâlir. Il l'avait épousée sachant qu'il ne la laisserait jamais travailler. Il avait calculé son coup avec précision car, une fois mariée, elle n'aurait pas le choix. En effet, qui en ville l'embaucherait ? Qui, en dehors de Nina, aurait le courage de le faire ?

Il se rapprocha d'un pas et lui effleura la joue de son pouce.

— Allez, chérie. Tu connaissais mes sentiments à ce propos. Ne gâche pas tout alors que nous formons une bonne équipe, toi et moi, et que je suis trop occupé pour réfléchir.

Ce fut son dernier commentaire qui mit le feu aux poudres. Se baissant, elle ramassa la première chose qui lui tomba sous la main — un escarpin rouge — et le lui jeta à la figure. Santo l'attrapa au vol avant qu'il ne l'atteigne, mais la sensation que Gia en retira fut si exaltante qu'elle recommença…

Encore et encore jusqu'à ce qu'elle ait vidé sa penderie. Saisissant la dernière chaussure d'une main tremblante, elle s'apprêtait à le viser une fois de plus lorsqu'elle croisa son regard menaçant.

— Encore une chaussure et je ne réponds plus de rien, murmura-t-il. C'est à tes risques et périls, Gia.

Un mélange de peur et d'excitation lui noua le ventre. Les yeux rivés sur Santo, elle leva le bras, consciente de franchir une ligne.

Vif comme l'éclair, il s'élança et saisit la chaussure au vol qu'il jeta sur le sol avant d'avancer sur elle, de la soulever dans ses bras et de la déposer sur l'immense lit. L'instant d'après, il s'allongeait sur elle, l'emprisonnant sous son corps puissant.

— Nous trouverons un compromis, mais je ne veux plus de crise de nerfs, Gia. Ça suffit avec ton numéro de princesse outragée.

Ces seuls mots lui donnèrent envie de lui arracher les yeux. Elle lutta pour garder son sang-froid et tenter d'y voir clair, mais le seul mot que son esprit embrumé avait intégré était *compromis*. Santo était disposé à faire des compromis.

L'instant d'après, il traçait un chemin le long de sa gorge avec sa langue ensorcelante, son sexe tendu pressé contre sa cuisse, et elle fut perdue.

— Tu devrais me le dire maintenant si tu ne veux pas que je continue, murmura-t-il, lui donnant ainsi l'occasion de mettre un terme à la passion qui les avait animés toute la soirée.

Mais elle ne put s'y résoudre. Elle avait attendu ce moment avec tant d'impatience.

Il lui remonta sa robe sur les cuisses et, passant une main sous son slip, il entreprit d'explorer la douceur humide de sa fleur secrète.

— Tu me veux ? s'enquit-il.

Oh ! oui ! songea-t-elle, malgré elle. Elle creusa les reins pour mieux s'offrir à ses caresses ensorcelantes et répondit avec frénésie à ses sollicitations. Lorsqu'il caressa son bouton gorgé de désir, elle gémit.

— Oui, dit-elle dans un souffle.

Tâtonnant, elle trouva la boucle de sa ceinture, fit sauter le bouton de son caleçon et libéra son sexe. Se soulevant, elle l'accueillit tout entier en un seul mouvement.

Alors qu'il était enfoui au plus profond d'elle, Gia pouvait sentir les pulsations de son pouls, son membre aussi doux et vigoureux que le reste de son corps. C'était comme s'il l'emplissait tout entière, de la tête aux pieds.

Elle prit une bouffée d'air et tenta de trouver un point d'ancrage. À cet instant, leurs regards se croisèrent dans un échange incandescent. L'intensité était si forte que c'en était presque troublant. Puis, une main agrippée à ses cheveux, il commença à bouger, chaque coup de reins étant une promesse de délices à venir.

Elle avait les yeux braqués sur son visage. Ses traits expressifs exprimaient un désir intense, ses yeux étaient si sombres qu'ils en étaient presque noirs.

Inclinant la tête, il prit sa bouche pour un baiser lent, profond. Fermant les yeux, Gia se laissa envahir par sa langue chaude. Aiguillonnée par ses assauts de plus en plus puissants, de plus en plus dévastateurs, l'orgasme déferla en elle, telle une vague incontrôlable.

Le corps secoué de frissons, elle laissa échapper un râle de plaisir. L'instant d'après, Santo lui saisissait la cuisse pour la poser autour de sa taille et trouver l'angle parfait pour la pénétrer plus profondément. Elle accueillit ses coups de reins avec une respiration saccadée, juste avant que de nouveaux spasmes déferlent dans son corps et son esprit abasourdi.

Une fois de plus, il la fit crier, la fit basculer vers d'infinis plaisirs. Et, cette fois-ci, il la rejoignit dans l'extase.

Gia émergea lentement des brumes du plaisir. Comblée, elle se lova dans la couette douillette et observa Santo retirer son élégant costume.

— C'était…

— Incroyable, murmura Santo.

Oui, c'était exactement ça, songea Gia, se mordillant les lèvres lorsqu'il ôta sa chemise.

— Concernant ce compromis… Je déjeune avec Nina la semaine prochaine et j'en saurai plus sur le travail qu'elle me propose. Chloe connaît une nourrice épatante qui est sur le point de perdre son emploi. Nous pouvons la rencontrer et…

Santo leva une main.

— J'ai dit un compromis. Ce qui signifie que nous allons trouver une solution à ce problème qui nous convienne à tous les deux, Gia. Tu ne travailleras pas pour Nina car ce travail sera beaucoup trop exigeant, t'obligeant à être disponible nuit et jour. Je te propose de créer une petite entreprise te permettant de travailler de la maison. Tu pourras accepter des petits travaux pendant que la nourrice s'occupera de Leo. Comme ça, tu auras le meilleur des deux mondes.

« Le meilleur des deux mondes » ? N'en croyant pas ses oreilles, elle se redressa d'un bond et rabattit d'un geste vif sa robe sur ses jambes.

— Et qui va m'embaucher ? riposta-t-elle, furieuse. Qui, en dehors de Nina, voudra travailler avec la fille de Stefano Castiglione ? S'associer avec moi ?

— S'ils te jugent sur ton nom, ils ne méritent pas ton intérêt. Tu as du talent, Gia. Si Nina est prête à t'employer, d'autres suivront.

— Et tu as vu comment cela a fini ce soir, marmonna-t-elle, exaspérée. J'étais la meilleure élève dans mon école de design, Santo, mais mes camarades d'étude ont tous trouvé du travail facilement, et pas moi. Tout le monde avait peur de mon père. Et ça, c'était avant qu'il soit à la une des journaux de tout le pays.

Il la dévisagea d'un air obstiné.

— Dans ce cas, tu devrais peut-être privilégier ta

famille. C'est impossible pour deux personnes dans un couple d'avoir des métiers prenants, Gia. Les enfants sont toujours ceux qui en souffrent et je ne veux pas de ça pour Leo.

— Et comment font Nico et Chloe, alors ? insista-t-elle.

Son visage se rembrunit.

— Ils ne sont pas nous. Et ce n'est pas ainsi que je conçois le mariage.

— Non, toi, tu veux tout. Tu veux que je me conforme à tes plans grandioses, à ta vision de ce que devrait être notre mariage. Et, juste au moment où je commence à entrevoir un espoir pour nous, tu me prouves que tu n'es pas plus digne de confiance que les autres. Tu savais à quel point travailler était important pour moi, mais tu m'as épousée quand même.

Le regard sombre de Santo se durcit.

— J'ai fait ce qu'il fallait pour protéger mon fils. S'il y a un manque de confiance dans cette relation, Gia, la faute en revient à toi. C'est toi qui as commencé en ne faisant pas face à tes responsabilités.

Elle sursauta, ayant l'impression de recevoir une claque dans la figure, et tout espoir d'être pardonnée s'envola en fumée. Cela ne voulait pas dire pour autant qu'elle le laisserait la traiter de manière cavalière, le laisserait lui enlever tout ce pour quoi elle avait travaillé si dur. Pas question de passer ses journées à essayer de rendre son mari heureux pendant qu'elle mourait à petit feu. Exactement comme elle l'avait fait avec Franco.

Sautant à bas du lit, elle lui fit face.

— Je ne suis pas intéressée par tes compromis, dit-elle, le menton en avant. Lorsque tu seras décidé à faire en sorte que notre mariage fonctionne, lorsque tu seras prêt à donner autant que tu demandes et à montrer ton attachement, tu sais où me trouver.

La frustration se peignit sur ses traits.

— Gia…

Elle l'ignora. Marchant d'un pas rageur vers le dressing, elle prit une chemise de nuit et alla se coucher dans la chambre d'amis, tous ses rêves démolis en l'espace d'un instant.

8

Santo quitta la réunion à laquelle il assistait avec son équipe de créateurs, assuré que le défaut de fabrication qu'ils avaient décelé était désormais résolu sans causer de préjudice au design de la chaussure, et la production avait repris.

Ce qui était essentiel car, dans quelques semaines à peine, la chaussure de sport serait dans tous les magasins du globe pour le lancement mondial, appuyé par une vaste campagne de marketing. Elevate aurait bientôt une notoriété mondiale et les critiques seraient réduites au silence. Son mariage, en revanche, ne suivait pas la même trajectoire ascendante. Il suppurait, telle une plaie ouverte qui ne guérissait pas.

Il prit les messages que lui tendait son assistante, Enid, et se dirigea vers son bureau. Fini les dîners intimes en famille qu'il en était venu à adorer, remplacés par de courts repas durant lesquels Gia n'ouvrait pas la bouche. Fini aussi les longues nuits torrides, remplacées par une Gia froide comme un glaçon. Sa femme n'était pas heureuse, c'était évident. Et lui non plus. De fait, ce qu'ils vivaient était si loin de la vision idyllique qu'il s'était faite du mariage que c'en était à pleurer. Gia et lui étaient dans une impasse, et il ne savait pas comment en sortir.

D'après son expérience, il n'avait jamais vu un mariage fonctionner lorsque les deux partenaires avaient des emplois à haute responsabilité. Certes, Nico et Chloe se débrouillaient, mais sans plus. Même Nico avait admis qu'ils devaient jongler pour tout faire. Comme Chloe aurait aimé passer plus de temps avec Jack, elle envisageait de réduire son temps de travail. Ce qui ne faisait que confirmer ce qu'il pensait. Il avait proposé à Gia la solution idéale selon lui, mais elle l'avait refusée. Et, pour couronner le tout, elle avait déjeuné avec Nina.

Lazzero entra dans son bureau, l'observant pensivement. S'il faisait encore une remarque sur le paradis, il lui arracherait la tête, songea Santo, furieux. Mais son frère sembla conscient de son humeur et parla d'autre chose.

— Carlos vient d'appeler. Il veut que nous donnions notre avis sur l'accord commercial et il souhaite des renforts.

Santo soupira. Il devait orchestrer une campagne de marketing de plus d'un million de dollars pour Elevate, déjeuner avec le plus grand joueur de football du monde mercredi parce que celui-ci était la vedette de leur campagne de publicité et, le samedi suivant, il devait dîner avec Gervasio Delgado. Que les négociations concernant l'accord commercial s'intensifient maintenant alors qu'elles avaient été au point mort depuis des mois n'arrangeaient pas ses affaires. Mais si Carlos Santino, le président de leur filiale mexicaine, voulait des renforts, c'était qu'il en avait besoin.

— Quand ?

— Cette semaine. J'irai, ajouta son frère. Je suis plus doué que toi avec les chiffres et tu es plus occupé que moi. Mais tu devras gérer Gervasio tout seul. Je ne serai pas de retour à temps pour le dîner.

— Parfait.

Il avait rencontré Gervasio Delgado plusieurs fois et ils s'entendaient bien. Conclure l'affaire serait un jeu d'enfant.

— Chiara va me tuer, dit Lazzero.

— Elle aura l'occasion de le voir quand nous signerons le contrat, répliqua Santo.

Sa femme, en revanche, pourrait être un problème. Il avait besoin d'elle pour séduire Alicia Delgado. Mais pour cela elle devait accepter de lui parler, ce qui n'était pas gagné.

— Quand pars-tu ?

— Demain matin. Le plus tôt sera le mieux.

— Tu as raison.

Resté seul, Santo jeta des documents dans son attaché-case, déterminé à boire une bière fraîche, jouer avec son fils et discuter avec sa femme. De préférence dans cet ordre.

Gia poussa de l'épaule la porte d'entrée, un sac de provisions à la main et un café dans l'autre. S'attendant à ce qu'Anna soit en train de donner le bain à son fils, elle fut étonnée d'entendre Leo rire aux éclats et une voix profonde lui répondre.

Son cœur fit un bond dans sa poitrine. Santo était rentré ?

Elle croyait pourtant qu'il devait travailler tard ce soir, raison pour laquelle elle avait accepté la proposition de Chloe de lui prêter sa nourrice pendant quelques heures afin qu'elle puisse faire des courses. Mais, lorsqu'elle entra dans le salon, elle vit son mari, étendu sur le sol et tenant à bout de bras Leo qui agitait ses bras en tous sens.

— Maman ! s'écria son fils. Regarde-moi, je vole.

— Mais oui, murmura-t-elle. C'est vrai.

Santo posa son fils contre son torse et la vue de ses muscles saillants fit naître des frissons sur la peau de Gia. Il était vraiment séduisant, même si elle le détestait.

— Peut-être que maman devrait jouer avec nous, suggéra Santo. Cela pourrait l'amuser.

Gia lui jeta un regard glacial. Pas question de se laisser attendrir.

Leo les regarda à tour de rôle, visiblement soucieux de décrypter leur humeur.

— Je crois que maman est en colère contre moi, Leo, ajouta Santo. Que crois-tu que je doive faire ?

— Des fleurs, répondit Leo sans hésiter. Des fleurs roses.

Gia faillit sourire au souvenir de Leo émergeant du jardin de Delilah, un bouquet de fleurs roses dans la main et le visage souriant. Elle avait été horrifiée, mais Delilah en avait fort heureusement été amusée.

— Bonne idée…, dit Santo en se redressant. Je garderai ça en tête. Savais-tu que même les super-héros avaient besoin de dormir ? Surtout les super-héros car leur pouvoir leur est conféré à ce moment-là.

Les yeux écarquillés, Leo courut embrasser Gia avant que Santo ne le soulève dans ses bras et l'emporte au lit.

Pendant ce temps, Gia rangea ses provisions puis ouvrit une bouteille de vin pour se servir un verre qu'elle emporta pour se blottir dans un fauteuil du salon avec son bloc, désireuse de peaufiner quelques croquis qu'elle avait faits pour la maison des Hamptons.

Santo la rejoignit quelques instants après, vêtu d'un jean et d'un T-shirt.

— J'ai ramené une barquette d'antipasti de la charcuterie si tu as faim, dit-elle sans lever les yeux de son croquis.

— J'ai déjeuné tard. Je vais plutôt boire un verre de vin en ta compagnie.

— Ce n'est pas la peine. Tu as sûrement du travail à faire.

— Nous devons parler, Gia.

Elle le regarda.

— Pour quoi faire ? Tu ne me vois pas, Santo. Tu ne vois que ce qui t'arrange.

Malgré l'attitude glaciale de son épouse, Santo se versa un verre de vin et prit place à côté d'elle.

— Dis-moi, alors, pourquoi ce doit être ce travail et pas

un autre plus gérable ? Je sais que travailler avec Nina est une grande opportunité pour toi, mais il y en aura d'autres.

Elle redressa le menton.

— Parce que c'est une remarquable opportunité. Parce que je peux le faire avec la super équipe que Nina m'a promise.

— Et lorsque le directeur des travaux t'appellera à 22 heures pour une urgence ?

— Je gérerai. N'est-ce pas ainsi que tu fais ? T'entourer de gens compétents pour effectuer le travail ?

— Oui, mais je fais aussi des journées de seize heures. Nous ne pouvons pas tous les deux faire ça, riposta-t-il en la scrutant par-dessus son verre. Si tu ne veux pas travailler pour moi, rejoins à mi-temps le service de conception de Supersonic. Nous avons un surplus de travail en ce moment et ton aide serait la bienvenue.

— Je ne peux pas travailler pour toi, répliqua-t-elle, butée.

— J'essaye de trouver un compromis, Gia ! s'écria-t-il, exaspéré. Mais tu dois, toi aussi, faire un effort.

Gia repoussa une mèche de cheveux derrière une oreille.

— Tu dois comprendre mon passé, mon histoire, Santo. Ma mère savait dans quoi je m'engageais en épousant Franco. Elle a donc passé un marché avec mon père. Elle a exigé que j'aille à l'université avant de l'épouser pour que je puisse retomber sur mes pieds si quelque chose arrivait.

— Comme quoi ?

Il la vit hésiter à briser l'omerta que sa famille lui imposait puis, dans un soupir, elle se lança.

— Mon père avait déjà été deux fois en prison. D'abord pour vol de voiture dans sa jeunesse et, ensuite, pour avoir organisé des jeux de hasard quand je devais avoir environ sept ans. À cette époque, il gravissait encore les échelons et faisait ses armes. La *famiglia* a pris soin de nous, mais il ne restait plus d'argent pour des extras. Ma mère en a été très affectée.

— Cela n'a pas dû être facile, je l'admets. Est-ce que Tommaso et toi saviez ce qui se passait ?

Elle fit la moue.

— Ma mère nous a dit qu'il gérait l'entreprise au Mexique, mais on se doutait que quelque chose n'allait pas. Ma mère était toujours bouleversée, stressée, même si elle le cachait bien. Elle est la personne la plus forte que je connaisse.

— Comme toi. Tu lui ressembles beaucoup, Gia.

Une lueur d'émotion traversa le regard de sa femme.

— Voilà pourquoi ma carrière est si importante à mes yeux. Elle est un filet de sécurité pour moi. D'ailleurs, au début, Franco n'y voyait aucun inconvénient. Mais après la naissance de Leo, quand nous avons essayé d'avoir un enfant à nous, les choses se sont vite… dégradées.

Santo sentit sa poitrine se serrer. Il ne voulait pas l'imaginer avec un autre homme. Mais il avait aussi besoin de connaître la vérité pour chasser enfin les fantômes du passé.

— Je n'arrivais pas à concevoir, sans doute parce que Franco m'intimidait. Il se montrait froid. Inflexible. Il était jaloux de toi, je pense. Il m'a interdit de travailler, disant que je devais plutôt essayer de fonder une famille. Il a pris une maîtresse — un soulagement, en fin de compte… Il est devenu de plus en plus distant jusqu'à ce que notre mariage batte de l'aile.

En proie à une violente colère, Santo se contint. Ce récit était si éloigné de la vision idyllique qu'il avait eue du mariage de Gia avec le tout-puissant Franco Lombardi qu'il n'arrivait pas à concilier les deux. Mais force lui était de constater qu'il s'était trompé sur toute la ligne.

— Mais tu es restée parce que tu n'avais pas le choix.

Gia acquiesça.

— J'ai hésité à partir. J'ai même failli le faire deux fois, d'autant que Delilah m'a proposé de m'aider. Mais dès que je m'apprêtais à faire mes valises, je pensais à mon père et à quel point il serait furieux, et je ne pouvais pas le faire.

La tristesse, l'impuissance de ces jours noirs, l'envahirent.

— Je suis donc restée et j'ai joué mon rôle. J'ai reçu à dîner les clients de Franco, je suis restée à l'écart de ses affaires… Bref, j'ai fait tout ce qu'on attendait de moi.

— Jusqu'à ce qu'il soit assassiné devant son casino, te donnant l'occasion de partir, conclut Santo.

Elle acquiesça.

— Delilah nous a fourni des passeports et nous a fait partir par avion la nuit même des funérailles de Franco.

Elle se souvint des rafales de vent et de Leo blotti dans ses bras et combien elle avait eu peur que la voiture de Delilah ne soit pas au rendez-vous. Mais tout s'était bien passé.

— J'étais frigorifiée quand je suis arrivée chez Delilah. Je n'arrivais pas à croire ce que j'avais fait et j'étais terrifiée des répercussions éventuelles. Mais Delilah avait pris garde de ne laisser aucune trace et, peu à peu, nous nous sommes installés dans notre nouvelle vie. Delilah m'a donné un travail. J'ai alors commencé à croire que ma vie pouvait être différente. J'avais fait table rase du passé et je pouvais enfin être ce que j'avais toujours voulu être.

— Jusqu'à ce que j'arrive et t'arrache à cette nouvelle vie.

Elle opina silencieusement.

— J'étais en colère, Gia. Tu m'avais pris mon fils. J'ai donc fait ce que je croyais devoir faire. Alors oui, tu as raison. J'ai cette vision du mariage parfait, mais il y a une raison à ça.

Gia le dévisagea longuement.

— Parce que tu ne l'as jamais connu enfant…

— Oui, répliqua-t-il en sirotant son vin. Ma mère n'a

jamais été maternelle. Elle était plus intéressée par ses organismes de bienfaisance pour accroître son influence, et à dépenser sans compter l'argent de mon père. Nous avions des nourrices pour prendre soin de nous, mais elle était là. Elle veillait à ce que nous soyons nourris et vêtus et à appliquer les règles en l'absence de mon père qui était tout le temps au bureau. Elle se mettait aussi entre nous et notre père lorsque celui-ci avait abusé de la bouteille.

Il se rembrunit et appuya sa tête contre le dossier du canapé.

— Elle nous a quittés le jour de l'an. La semaine suivante, la banque est venue prendre possession de la maison. J'étais en état de choc, me demandant quand ma mère reviendrait comme elle l'avait toujours fait.

Mais pas cette fois, songea Gia, le cœur serré.

— Heureusement, tu avais tes frères, dit-elle.

— Oui, mais ils avaient leurs propres batailles internes, et lorsque je rentrais le soir dans cet appartement vide et lugubre, je voyais mon père s'enivrer. Jusqu'au jour où la nouvelle de notre déconvenue s'est répandue dans le voisinage et *mamma* Esposito, la mère de mon meilleur ami Pietro, a insisté pour que je me rende chez elle après l'école. Ça a été comme un choc culturel. Il y avait des gamins partout et tout le monde riait. Au début, je ne disais rien, tellement j'avais le cœur en miettes. *Mamma* Esposito avait posé une assiette de gâteaux devant moi sans rien dire, Elle était juste *là*. Et peu à peu je me suis détendu et j'ai commencé à lui parler. À vrai dire, je crois qu'elle m'a sauvé. Je ne sais pas ce que je serais devenu si elle n'avait pas été là.

Imaginer Santo si perdu, si impuissant, fit fondre le cœur de Gia. En effet, Santo avait toujours été le plus fort avec ses rêves un peu fous. Jamais il n'aurait accepté une vie médiocre et il lui avait tant appris.

Elle entrelaça ses doigts aux siens.

— Je suis si heureuse que tu aies connu cette femme, Carmela. Elle semble merveilleuse.

— Elle l'était, dit Santo, les yeux dans le vague. Je ressentais beaucoup de culpabilité. Je croyais que mes frères et moi étions responsables du départ de ma mère. Carmela m'a expliqué que le problème n'était pas que ma mère ne nous aimait pas, mais qu'elle n'était pas faite pour être mère… chose que je n'arrivais pas à comprendre.

C'était exactement les qualités qu'il recherchait dans une épouse, comprit soudain Gia. Et cela expliquait beaucoup de choses : sa vision de la famille idéale et de l'épouse qu'il désirait. De fait, il voulait une femme comme Carmela.

— Je ne peux pas être Carmela, Santo, dit-elle d'une voix douce. J'ai besoin de mon travail, de mon indépendance. J'ai besoin de voler de mes propres ailes.

— Je comprends, marmonna Santo.

Elle vit la lueur d'hésitation dans son regard et sut en l'espace d'un instant que la décision qu'il allait prendre allait les réunir ou les séparer à tout jamais.

— Tu es une mère formidable, ajouta-t-il d'une voix rauque. Je m'émerveille de voir Leo si sûr de lui et confiant dans la vie. C'est grâce à toi, Gia. Toutefois, si tu acceptes le poste de Nina, tu ne pourras pas maîtriser tes horaires. Ce sera de la folie et Leo en souffrira. *Nous* en souffrirons.

Indécise, Gia se mordilla la lèvre inférieure. C'était un vaste projet, même avec l'équipe que Nina lui donnerait. Elle ne pouvait le nier. Nina était perfectionniste, comme Delilah. Mais à Nassau, étant célibataire, elle avait pu facilement travailler jusqu'à minuit, une fois Leo couché, mais ce serait moins facile maintenant.

C'était une décision impossible. Son mariage avec Franco l'avait rendu malheureuse et elle ne voulait pas revivre la même chose. Cela dit, elle ne voulait pas non plus rompre avec Santo. Une seconde fois.

— Je peux le faire, je te le promets, Santo. Et la raison pour laquelle Leo est un enfant si sûr de lui est que j'ai appris moi-même à l'être. Quel exemple serais-je pour lui si je ne lui enseignais pas à poursuivre ses rêves ?

Toute une série d'émotions traversa le visage de Santo. Elle le vit lutter contre son besoin de tout contrôler, de tout diriger. Puis il finit par céder.

— Très bien… Prends ce travail si tu penses en avoir besoin. Je vois à quel point c'est important pour toi.

Il posa son verre sur la table et fit de même avec le sien.

— En attendant, ajouta-t-il en la saisissant par la taille pour l'installer sur ses genoux, je crois que tu devrais m'embrasser. Je suis cruellement en manque de câlins.

— Le sexe ne me fera pas changer d'avis, dit-elle, tous ses sens en émoi lorsqu'il posa les doigts sur sa gorge en un geste possessif. J'en ai besoin, Santo.

— Je le sais bien. Je te désire. Fortement.

Ces simples mots balayèrent ses dernières hésitations. Seigneur, comme il lui avait manqué. Elle s'était sentie si seule sans lui. Tout avait été si vide sans lui.

Sans plus réfléchir, elle enfouit les doigts dans ses cheveux et l'embrassa. Un baiser lent et doux, et, surtout, libérateur. Avec un soupir de plaisir, elle déposa des petits baisers sur le contour de sa mâchoire.

Santo défit les boutons de son chemisier et sa bouche trouva sa peau douce sous le fin coton. L'instant d'après, sa jupe fut retroussée jusqu'à la taille et le fragile rempart de son slip de dentelle fut balayé d'un revers de la main. Soudain, il n'y eut plus que sa virile possession et elle laissa échapper un soupir de plaisir.

Le front appuyé contre le sien, les derniers rayons de soleil éclairant leurs corps, elle fit durer ce plaisir aussi longtemps que possible. Lentement, ils bougèrent à l'unisson, chaque coup de reins la poussant plus près du point de non-retour, jusqu'au dernier qui la propulsa sur les hauteurs magiques de l'extase, où il la rejoignit, le corps secoué de spasmes.

9

Ils dînèrent avec le géant de la grande distribution espagnole, Gervasio Delgado, chez Charles, le restaurant français le plus renommé de New York. Imprégné de l'histoire culinaire française et dirigé par le célèbre Charles Fortier, il était réputé pour sa cuisine raffinée, sa cave à vin et son accueil chaleureux.

Avec ses plafonds à caissons éclairés par des chandeliers Bernardaud, son élégante architecture de style néoclassique et ses murs blancs — parfait écrin pour les œuvres d'art qui ornaient les murs —, le restaurant était l'un des plus beaux de toute la ville, convint Gia. Les saisissants tableaux étaient l'œuvre d'un artiste espagnol, renommé pour ses peintures classiques et que Charles et Gervasio appréciaient.

Vêtu d'un costume sombre, d'une chemise bleue associée à une cravate d'une teinte plus soutenue, Santo était très élégant. Gia ne l'avait jamais vu aussi concentré, ce qu'elle comprenait fort bien. Si Delgado choisissait de placer dans les vitrines de ses grandes chaînes de magasins une chaussure Elevate, celle-ci serait à la mode du jour au lendemain.

Gervasio, un homme séduisant d'une soixantaine d'années, avait quitté l'école à l'âge de quinze ans pour travailler comme apprenti chez un tailleur afin de subvenir aux besoins de sa famille, exactement comme l'avait fait

Nico. Il appréciait manifestement la similitude entre les deux familles — leur ascension fulgurante et leur soudaine célébrité. Mais, surtout, il aimait les athlètes de renom qui étaient liés à Elevate par contrat et le potentiel qu'ils pouvaient apporter à sa propre enseigne. Il était aussi intrigué par le concept d'Elevate. À Santo de le convaincre ce soir de faire le bon choix stratégique.

Bouche bée, Gia vit Santo en action — ce qu'elle n'avait jamais eu l'occasion de faire. Elle le regarda, admirative, faire sortir le timide Gervasio de sa coquille.

Le temps qu'ils prennent l'apéritif et boivent la première bouteille de pouilly-fuissé, tout semblait allait pour le mieux. La conversation était vive et animée et, pendant que Santo concentrait son attention sur Gervasio, Gia se focalisait sur son éblouissante épouse, Alicia. Adepte d'un style élégant et classique, propre à toutes les femmes européennes, selon Gia, Alicia montrait beaucoup d'intérêt pour la décoration intérieure parce que celle-ci influait sur les tendances de la mode qu'elle créait avec Divertido. Elle rénovait aussi sa maison de Marbella, ce qui leur donna matière à discussion.

Alicia et elle discutaient des tendances en matière de couleurs lorsqu'une certaine effervescence à l'entrée du restaurant attira l'attention de Gervasio.

— N'est-ce pas Stefano Castiglione qui vient d'entrer ?

Gia se figea. Elle tournait le dos à la porte, mais le regard choqué de Santo lui fit perdre contenance.

Ce n'est pas possible. Pas lui. Pas ici. Pas ce soir.

Se retournant, elle aperçut la chevelure grisonnante de son père et sa haute stature familière tandis qu'il parlait avec Charles qui était venu les accueillir, lui et la jolie blonde pendue à son bras. Sa dernière maîtresse en date, songea Gia, hébétée.

Les doigts agrippés à sa chaise, elle entendit Santo

murmurer quelque chose à Gervasio avant de voir son père balayer la salle du regard de cet air altier qui imposait inévitablement admiration et respect. Et peut-être aussi, songea-t-elle, tandis qu'un frisson glacé la parcourait, une certaine appréhension. Elle le comprenait. Il était son père, après tout. Elle l'avait aimé autant qu'elle l'avait détesté et craint.

Elle sentit ses cheveux se dresser sur la tête lorsqu'il tourna la tête dans sa direction, comme s'il avait perçu son regard posé sur lui. Elle le vit écarquiller les yeux lorsqu'il la repéra, et son regard vrillé sur elle lui fit l'effet d'un coup de poing à l'estomac. L'instant d'après, il marchait vers elle d'un pas résolu, sa jolie compagne à sa suite.

— Giovanna..., dit-il en s'arrêtant devant la table. Pardonne-moi, mais je ne savais pas que tu serais ici ce soir. Ta mère a juste mentionné que tu étais de retour à New York.

Sa voix calme et posée ne trahissait aucune émotion. Tout était dans son regard — un mélange de colère et de quelque chose d'autre qu'elle avait du mal à décrypter.

Inspirant profondément, Gia se leva, vaguement consciente que Santo faisait de même.

— Cela ne fait pas longtemps que je suis rentrée, murmura-t-elle en agrippant le dossier de sa chaise. J'ai été assez prise.

— Je vois.

Ces deux mots étaient lourds de sens et elle sentit son estomac se nouer lorsque son père se tourna vers Santo, la main tendue.

— Santo... Content de vous croiser. Nous devons discuter de nos affaires.

Santo lui serra la main.

— *Mi dispiace*, répondit-il. J'ai été submergé de travail.

Malheureusement, j'ai signé un contrat d'exclusivité avec Delilah Rothchild pour les deux prochaines années.

Le regard de son père étincela de fureur.

— Fort bien, dit-il d'une voix doucereuse. Mon offre est toujours sur la table si vous changez d'avis.

Il poussa en avant la jolie femme blonde qui paraissait à peine plus âgée que Gia. Manifestement, les goûts de son père en matière de femmes n'avaient pas changé.

— Julianne, voici ma fille, Giovanna Castiglione.

— Di Fiore, corrigea Santo.

L'expression de son père devint glaciale.

— Bien sûr. Pardonnez-moi. Julianne dirige la galerie d'art Derringer dans l'Upper East Side de Manhattan.

L'estomac noué, Gia vit Santo faire les présentations. Gervasio, que son père avait l'air très intéressé de rencontrer, semblait particulièrement froid et distant.

De plus en plus nerveuse, elle commença à avoir la nausée lorsqu'un long silence s'ensuivit. Son père finit par le rompre en se tournant vers elle.

— Puis-je te parler en privé ?

Santo se raidit, sans doute prêt à protester, mais Gia posa une main sur son bras. Elle devait désamorcer la situation. Maintenant. Par ailleurs, le moment était peut-être venu de montrer à son père qu'elle avait changé. Elle ne pouvait laisser Santo mener ce combat à sa place, quand bien même elle le voudrait.

— Je crois que c'est une bonne idée, affirma-t-elle en balayant la tablée du regard. Si vous voulez bien m'excuser.

Les sourcils froncés, Santo sembla hésiter. Puis il hocha la tête et se pencha vers elle.

— Cinq minutes, murmura-t-il à son oreille.

Ils sortirent dans la cour, située à l'arrière du bâtiment. Celle-ci était déserte, hormis un homme qui fumait un cigare dans un coin. La nuit était magnifique, et l'air parfumé et chaud caressait sa peau. Mais c'était son père qui réclamait toute son attention tandis qu'il s'adossait à l'une des colonnes en pierre.

Ses colères étaient légendaires et se manifestaient toujours de deux façons : soit une explosion de colère aussi violente qu'un orage d'été et qui brisait tout sur son passage, soit une rage froide qui transparaissait dans son regard, comme c'était le cas maintenant.

— Je ne sais même pas par où commencer, dit-il. Comment as-tu pu t'en aller comme ça et revenir mariée à Santo Di Fiore sans même avoir eu la politesse de nous prévenir ?

Gia passa la langue sur ses lèvres sèches. Son père semblait plus agacé que Santo lui ait jeté son mariage à la figure que par son retour impromptu. Attitude typique de son père. Se redressant, elle affronta son regard furieux.

— J'avais besoin de temps pour trouver mes marques. Et tu sais pourquoi je suis partie, papa. Tu savais que j'avais peur après ce qui était arrivé à Franco. Je ne me sentais pas en sécurité. Leo n'était pas en sécurité. J'ai tout expliqué dans mon mot.

— Parlons-en de ton mot, marmonna son père. Croyais-tu vraiment qu'un mot éviterait à ta mère d'avoir le cœur brisé ? Ne pensais-tu qu'à toi ?

En proie à une soudaine colère, Gia se redressa et affronta son regard.

— Je pensais à tout sauf à moi lorsque j'ai épousé un homme dont je n'étais pas amoureuse et lorsque j'ai renoncé à mes rêves pour toujours. J'ai fait mon devoir. Comme toujours. Et puis, mon mari a été assassiné devant son casino par des hommes de main. Et si cela avait été Leo ? Et si une balle perdue l'avait tué à la place ?

Son père secoua la tête.

— Ce ne serait jamais arrivé. Tu étais protégée.

— Comme mon mari ? Tu étais en guerre contre les Bianchi. Cela n'allait jamais se terminer.

— Et pourtant ça s'est terminé. Ne parle pas de choses que tu ne peux pas comprendre, Gia.

— Oui, mais à quel prix ? Je referais la même chose si la situation se répétait. Leo ne grandira pas dans ce monde et il ne prendra jamais la place de Franco. J'y veillerai.

Son père la dévisagea longuement d'un regard calculateur.

— Où étais-tu ? Avant que tu ne reviennes ?

Elle se raidit.

— Tu n'as pas besoin de le savoir, répliqua-t-elle, désireuse de protéger Delilah et sa mère.

— Tu ne pouvais pas être avec Santo. Son incapacité à rester fidèle à une femme est de notoriété publique. Tu étais donc avec quelqu'un d'autre.

Comme elle restait silencieuse, il poursuivit :

— Et Leo ? Où est-il ? Les Lombardi seraient sûrement intéressés de savoir où se trouve leur petit-fils. Le lien entre nos deux familles est très important pour moi, Gia, au cas où tu l'aurais oublié.

Elle frissonna, en proie à une soudaine nausée. Elle devait dire la vérité, elle le savait. Mais les mots semblaient bloqués dans sa gorge.

— Leo n'est pas le fils de Franco, dit-elle enfin. C'est celui de Santo.

Santo essayait de suivre la conversation, mais son esprit était ailleurs. Il ne cessait de penser à son épouse ultra-vulnérable et à ce qui se passait dans la cour du restaurant. Gia avait eu l'air pétrifié en voyant son père, et Stefano avait eu du mal à cacher sa fureur sous son masque de bienséance.

L'effervescence dans la salle de restaurant ne se calmait pas. Après tout, l'homme le plus recherché du monde

— figure emblématique du crime organisé — était là. Il avait apparemment accepté de témoigner devant le Congrès la semaine prochaine et le restaurant de Charles Fortier était l'écrin idéal pour redorer son blason.

Gervasio dit quelque chose qu'il n'entendit pas.

— Excusez-moi, dit-il en posant son verre. Je suis distrait. Si vous voulez bien m'excuser, j'aimerais vérifier que mon épouse va bien.

— *Por supuesto*, répondit l'Espagnol. J'aurais fait pareil.

Se levant, Santo suivit le chemin que Gia et son père avaient pris quelques instants plus tôt et sortit dans la nuit chaude. Balayant la cour du regard, il les aperçut parlant à voix basse sous le portique. Du moins, la voix de Gia était basse contrairement à celle de Stefano, tonitruante. Il entendit alors son épouse annoncer à son père la véritable identité de Leo.

Maledizione. Pourquoi n'avait-elle pas attendu que ce soit lui qui s'en charge ?

Une rougeur apparut sur les hautes pommettes du père de Gia.

— Manifestement, tu as oublié toute moralité cette nuit-là, lorsque tu as non seulement sali le nom de ton mari, mais le mien. Lorsque tu t'es comportée comme une vulgaire traînée.

Santo vit rouge, mais, curieusement, Gia ne sembla pas particulièrement perturbée par ces paroles blessantes.

— Que dire de toi, papa ? Tu manques de respect à maman à chaque fois que tu te montres en public avec ta maîtresse, quand tu l'humilies et la traites comme quelqu'un sans importance.

— Cela n'a rien à voir. En revanche, ce que tu as fait est impardonnable, Giovanna.

— Ça suffit, intervint Santo, avant de s'approcher de Gia et de glisser un bras autour de ses épaules.

Elle tremblait comme une feuille, remarqua-t-il.

Stefano le fusilla du regard.

— C'est une conversation privée avec ma fille.

— Elle est terminée, rétorqua Santo en affrontant le regard glacial de Stefano. Puisque vous connaissez maintenant la vérité, je vais vous dire comment je vois les choses.

— C'est-à-dire ? s'enquit Stefano d'un air hautain.

— Gia a choisi de tourner le dos à sa famille. Elle n'est plus une Castiglione, alors merci de respecter ses choix.

— Ou bien ?

— Ou bien cette bataille deviendra publique, ce que vous souhaitez éviter, je présume.

Gia blêmit. La publicité était bien la seule chose que son père ne pouvait supporter. Elle attirait l'attention sur ses pratiques douteuses, mettait en lumière sa famille alors que celle-ci préférait opérer dans l'ombre. Elle attirait l'attention sur lui et ce n'était pas franchement le moment.

Stefano observait Santo d'un œil suspicieux.

— Vous êtes vexé car je vous ai dit que vous n'étiez pas assez bien pour elle. Maintenant, vous voulez vous venger.

— Cela n'a rien à voir ! En fait, c'est vous qui l'avez rendue triste. Il est temps que cela cesse.

Un long silence s'ensuivit, lourd de tension, que Stefano finit par rompre en haussant les épaules.

— Prenez-la, alors, marmonna-t-il en lançant un regard méprisant à Gia. Elle n'est plus ma fille après ce qu'elle a fait.

Il pivota et entra dans le restaurant, laissant un grand silence derrière lui. Santo étudia le visage blême de son épouse. Elle paraissait ébranlée, décomposée. Mais quoi d'étonnant à cela ? Son père venait de la désavouer. Il n'avait pas besoin de lui demander ce qu'elle ressentait, il le savait, tandis que les mots d'adieu de sa mère retentissaient à ses oreilles.

« C'est trop, Leone. Trois garçons, et maintenant ça. Je ne peux pas continuer. Je n'ai pas signé pour ça. »

Voyant le choc qui se reflétait dans le regard de Gia, il lui effleura la joue.

— Est-ce que ça va ?

— Je ne m'attendais pas à autre chose, dit-elle d'une voix brisée. Je savais qu'il réagirait ainsi, son honneur était en jeu.

— Cela n'enlève rien à ce que tu dois ressentir, murmura Santo. Rien ne justifie ce qu'il vient de faire, Gia. *Rien.*

Elle cligna des yeux d'un air hagard puis se frotta le front du dos de la main.

— Tu n'aurais pas dû le provoquer. Ce n'était pas prudent.

— Il fallait qu'il sache que Leo et toi ne faisiez plus partie de la famille Castiglione. C'est fait, maintenant.

Elle inspira profondément.

— Nous devrions rentrer. Les Delgado se demandent sûrement ce que nous faisons.

Comme Santo hésitait, elle ajouta :

— Je vais bien. Je ne le laisserai pas tout gâcher, Santo.

Elle n'avait pas l'air bien du tout, mais quel choix avait-il ? Il ne pouvait pas quitter abruptement les Delgado.

Il la serra plus fort contre lui.

— En es-tu sûre ?

— Oui.

Ému par l'expression déterminée de Gia, Santo noua ses doigts aux siens pour l'entraîner dans le restaurant sous le regard curieux des clients. Stefano et sa compagne étaient assis à une table près de la fenêtre. Après leur avoir lancé un coup d'œil, Gia détourna résolument la tête.

— *Está todo bien ?* s'enquit Gervasio en les voyant arriver.

Santo acquiesça.

— *Mil disculpas*. Tout va bien. J'espère que vous avez apprécié votre repas.

Les Delgado le rassurèrent sur ce point. Santo commanda une autre bouteille de vin et fit de son mieux pour sauver la soirée, mais voir son épouse recroquevillée sur sa chaise le torturait. Sans parler du changement d'ambiance à table — à peine perceptible certes, mais bel et bien là. Gervasio était plus froid et distant qu'avant. Il était redevenu insaisissable.

Pour couronner le tout, un comité d'accueil les attendait à la sortie. Tenu en respect par les agents de sécurité du restaurant, un groupe de reporters se tenait, caméras au poing, prêt à prendre un cliché de Stefano et de sa compagne quittant le restaurant, mettant ainsi la touche finale à la débâcle de la soirée.

Ce ne fut qu'une fois rentrée dans leur appartement cossu que Gia put enfin respirer. L'esprit engourdi, elle ôta ses chaussures et s'approcha des baies vitrées, laissant son regard errer sur les lumières de la cité.

Santo la rejoignit, un verre rempli d'un liquide ambre à la main. Elle secoua la tête quand il le lui tendit, mais il l'obligea à le prendre.

— Bois. Tu en as besoin. Tu es pâle comme un linge.

Les doigts serrés autour de son verre, elle but une gorgée à contrecœur et sentit l'alcool se distiller en elle. Mais, comme elle reprenait lentement ses esprits, le souvenir de cette soirée cauchemardesque lui revint en mémoire avec une clarté cristalline.

Une sensation de nausée l'envahit. Elle était peut-être ignorante de certains faits, mais elle n'avait pas manqué de voir la façon dont Gervasio s'était replié sur lui-même après l'arrivée de son père et la façon dont la conversation à table ne s'était jamais vraiment rétablie. Sans parler du regard étonné du magnat des affaires espagnol en voyant la frénésie médiatique devant le restaurant.

Une main de fer lui comprima la poitrine à l'idée de ce qui allait suivre. La déposition de son père serait étalée à la une des journaux et sa mère serait effondrée. Son père deviendrait une cible de choix car la liste des personnes qu'il incriminerait et ferait tomber avec lui était le gratin du milieu criminel, songea-t-elle, un frisson glacé courant dans son dos.

Personne ne serait à l'abri.

Son père pourrait bien sûr invoquer le cinquième amendement, mais lui en laisseraient-ils l'occasion ? N'essaieraient-ils pas de l'éliminer avant ?

Elle se tourna vers Santo et comprit en voyant son regard sombre qu'il avait déjà envisagé cette possibilité.

— Je suis désolée pour ce soir, murmura-t-elle. J'ai tout gâché. C'était exactement ce que je voulais éviter.

Il secoua la tête.

— Ce n'était pas ta faute. Une coïncidence malchanceuse, c'est tout. Je tenterai d'arrondir les angles avec Gervasio demain matin.

S'adossant au cadre de la fenêtre, elle retint ses larmes. Pas question de pleurer. Elle avait su le jour où elle avait tourné le dos à sa famille que son père ne le lui pardonnerait jamais et elle l'avait accepté depuis longtemps. Alors pourquoi avait-elle l'impression d'avoir reçu un coup au plexus ?

— Je ne comprends pas pourquoi je m'inquiète de le décevoir ! s'écria t-elle en levant les bras au ciel. Comment peut-il encore avoir ce pouvoir sur moi alors que je sais qui il est et ce dont il est capable.

— Parce que c'est ton père et tu aimerais qu'il t'aime.

C'était vrai. Elle avait toujours recherché l'amour de son père. Même quand elle avait su à quoi s'en tenir. Même quand elle avait su qu'elle ne l'obtiendrait jamais. Même quand elle avait su qu'il n'en était pas digne.

Santo lui effleura la joue du dos de la main.

— Tu es mieux sans lui. C'est un sociopathe, Gia. Parfois, il faut lâcher prise. Cesse d'espérer de l'amour de sa part et commence à croire que tu vaux mieux que ça.

La lueur d'émotion qui traversa le regard de Santo la toucha. Il parlait de sa mère, elle le savait. Il avait appris cette leçon à ses dépens. Cela dit, il avait raison. Mais l'accepter était une autre histoire.

Une larme roula sur sa joue et mourut au coin de ses lèvres. La rejoignant en deux enjambées, Santo lui retira le verre des mains et la serra contre lui.

— Il ne mérite pas tes larmes, murmura-t-il à son oreille.

Alors les larmes coulèrent librement sur ses joues, trempant la chemise de Santo. La soulevant dans ses bras, il s'assit sur le sofa avec elle. Lorsque ses larmes se tarirent enfin, il l'emporta au lit où elle finit par s'endormir, fatiguée et émotionnellement vidée.

Incapable de dormir et l'esprit en tumulte après les événements de la soirée, Santo enfila un jean et un T-shirt et descendit travailler dans son bureau.

Il ferait mieux d'appeler Lazzero pour faire le point de la situation avec lui. Mais qu'allait-il lui dire exactement ? Que l'arrivée inopinée de Stefano Castiglione au restaurant avait presque certainement fait capoter la réunion ? Et que lui-même avait été plus préoccupé par sa femme que par le fait de créer une alliance avec le plus grand détaillant du monde ?

Le ventre noué, il soupira. Il s'était pourtant juré de ne pas s'impliquer au plan émotionnel avec sa femme, mais il commençait à comprendre que c'était impossible. En effet, le besoin qu'il avait de la protéger et de prendre soin d'elle avait toujours été le plus fort. Elle était son talon d'Achille et elle contribuerait à sa perte, s'il n'y prenait pas garde.

Le coup de fil pouvait attendre demain, décida-t-il. Il appellerait tout d'abord Gervasio pour arranger les choses et lui faire comprendre que les liens entre Stefano Castiglione et lui étaient personnels et non pas professionnels.

Mais, lorsqu'il essaya de le joindre le lendemain matin, Gervasio était en route pour Madrid aussi ne put-il lui parler. Lazzero l'appela à 8 heures alors que Santo, une tasse de café à la main, regardait d'un air absent la ville se réveiller.

— S'il te plaît, dis-moi que tu n'étais pas chez Charles en même temps que Stefano Castiglione, dit son frère.

Santo jeta un regard à la pile de journaux qui jonchait son bureau. Une photo de Stefano Castiglione et de sa maîtresse sortant du restaurant s'étalait à la une de chaque quotidien. Il soupira.

— Les nouvelles vont vite…

— C'est partout sur Internet, Santo. Impossible de le manquer.

— Nous étions là. Stefano est venu à notre table pour se présenter.

Et aussi anéantir sa femme, songea Santo *in petto*.

Lazzero poussa un long soupir.

— Comment a réagi Gervasio ?

Tendu. Distant. Renfermé.

— Gervasio n'est pas fan de Stefano, mais il adore les idées que nous avons pour le lancement et aime beaucoup notre choix d'athlètes. Il y a beaucoup de synergies entre les deux marques.

— Et comment cela s'est-il terminé ? s'enquit son frère d'un ton suspicieux. Tu as bien négocié un contrat avec lui ?

Santo grimaça.

— Pas encore.

— Qu'entends-tu par « pas encore » ?

— L'ambiance s'est un peu refroidie en fin de soirée. Gervasio affichait une expression indéchiffrable. Je ne sais pas trop ce qu'il pensait.

Lazzero jura.

— Ce n'est pas sorcier, pourtant. Gervasio est l'homme le plus conservateur de la planète, et une bonne réputation est essentielle à ses yeux. Ton épouse est la fille de la plus grande figure du crime organisé des États-Unis. Que crois-tu qu'il pense ? Il ne veut rien à voir avec nous.

— Il n'a pas dit ça, protesta Santo. C'est de la pure projection. Il s'est montré méfiant dès le début. Je ne suis pas certain que j'aurais obtenu son accord même avant l'arrivée de Castiglione. Il a besoin de temps pour y réfléchir.

Il y eut un silence à l'autre bout du fil. Santo pressentait ce que son frère allait dire, aussi prit-il les devants.

— Ne dis rien, murmura-t-il. Je vais arranger les choses, Laz. Mais, surtout, ne dis rien.

Son frère but une gorgée de café, visiblement contrarié, mais il n'ajouta rien, lui demandant seulement de le tenir informé. Puis il le mit au fait de la situation au Mexique.

Après avoir raccroché, Santo se dirigea vers la fenêtre et regarda le soleil se lever. Il essaierait d'arranger les choses avec Gervasio, se promit-il. Il s'agissait d'une décision commerciale, après tout, et l'Espagnol était un homme d'affaires avisé. Mais plus il réfléchissait, plus il voyait le désastre se profiler à l'horizon.

Il devait réagir vite et frapper avant qu'il ne soit trop tard.

10

Lorsque Gia se réveilla seule dans le grand lit, les rayons de soleil pénétraient à flots par le puits de lumière et se déversaient sur les draps de soie. La joie de profiter d'une autre belle journée d'été disparut dès que le souvenir de la soirée de la veille lui revint en mémoire, tel un nuage sombre et sinistre.

Son père la rejetterait totalement et interdirait même à sa mère de la voir. À cette pensée, elle sentit une grande douleur l'envahir, mais elle n'avait hélas pas le loisir de s'y attarder car elle devait faire face à une inquiétude plus immédiate : le risque que son père ait pu causer des dommages irréversibles à la relation d'affaires entre son mari et Gervasio Delgado.

En proie à un sentiment de crainte, elle enfila un T-shirt et un short puis descendit à la cuisine où une bonne odeur de café l'accueillit. Leo, qui avait pris l'habitude de se lever avec son père, jouait dans le salon, tandis que Santo arpentait la terrasse en parlant au téléphone. Il semblait avoir peu dormi, nota-t-elle en voyant son apparence négligée.

Après avoir embrassé son fils, elle se versa une tasse de café puis partit à la recherche des journaux qu'elle trouva étalés sur le bureau de Santo. Sa crainte s'intensifia lorsqu'elle les parcourut rapidement. Son père était à la une de tous les quotidiens. Sous chacun des articles figurait une photo de son père et de sa maîtresse quittant le restaurant. *Seigneur !* Sa mère allait être mortifiée, songea Gia.

Elle prit un des journaux et commença à lire l'article. Son père était revenu au pays pour témoigner, confirmaient ses avocats. Mais il ne disait pas s'il se soumettrait à la « chasse aux sorcières » du procureur général ou s'il invoquerait son droit de ne pas contribuer à sa propre incrimination — ce qu'il ferait, elle en était sûre.

Le procureur général pensait manifestement comme elle. D'après l'article, la nouvelle figure emblématique à la tête du système judiciaire américain se disait prête à poursuivre quiconque refuserait d'échanger de manière « complète et transparente » — menace directement dirigée contre Stefano Castiglione et qui mettait son père dans une position intenable : trahir ses contacts ou risquer d'aller en prison.

— Ah, tu es debout…

Santo se dirigea vers elle, une tasse de café à la main. Les cheveux ébouriffés et le regard perçant, il était si beau dans son jean et son T-shirt qu'elle avait envie de se jeter dans ses bras. Mais son regard préoccupé l'en dissuada.

— Ne lis pas ça. Ce n'est que de la spéculation.

— Sa tête sera mise à prix.

— Il en est parfaitement conscient. Cela ne te concerne plus, Gia. Tu es une Di Fiore, désormais. Laisse ton père mener ses propres combats.

— Je ne suis pas inquiète pour lui, mais pour ma mère.

— Elle est entourée par sa famille. Elle ira bien.

Sûrement, mais elle aurait aimé le constater par elle-même.

Santo sembla lire dans ses pensées.

— Tu n'iras pas à Las Vegas, Gia. Nous nous sommes mis d'accord là-dessus. La situation est beaucoup trop explosive.

À cause des Lombardi, songea Gia, consciente qu'il avait raison. Comme elle détestait se sentir aussi impuissante.

— As-tu pu contacter Gervasio ?

— Non, il est déjà en route pour Madrid, marmonna Santo. J'essayerai de le joindre plus tard.

Elle acquiesça. Si elle avait espéré s'être inquiétée pour rien, cet espoir s'évanouit à la vue du regard sombre de Santo.

— Je suis désolée, répéta-t-elle.

Il eut un geste désinvolte de la main.

— Ce n'est pas ta faute. Sors te promener avec Leo, cela te fera du bien. Concentre-toi sur la vie que tu mènes maintenant, sur ta famille, et sur les possibilités qui s'offrent à toi plutôt que sur ton père. Cette partie de ta vie est désormais terminée.

Elle hocha la tête, espérant qu'il lui montrerait un peu de tendresse, mais il avait manifestement l'esprit ailleurs. Si elle était déçue et déroutée par son changement d'attitude, surtout après la façon dont il l'avait tenue serrée contre lui la veille, elle refoula ses sentiments. La seule chose qui importait était que Gervasio signe le contrat.

Elle suivit les conseils de Santo et refusa de s'appesantir sur la couverture médiatique occasionnée par la déposition imminente de son père. Si elle avait cru que Nina reviendrait sur sa proposition au plus fort du scandale, la femme d'affaires au caractère bien trempé l'étonna, haussant un sourcil lorsque Gia aborda le sujet lors d'un déjeuner.

— Si tu avais vu autant de scandales politiques que moi, tu saurais que celui-ci passera comme les autres. Ne t'occupe de rien, fais ton travail et, surtout, garde la tête haute. Si tout le monde était défini par son passé, nous serions tous morts dans l'œuf. C'est ce que nous en faisons qui compte.

Portée par les encouragements et les sages conseils de Nina, Gia se focalisa sur son travail — une distraction bienvenue quand son mari était occupé par le lancement d'Elevate.

Il rentrait dîner mais, à peine la dernière bouchée avalée, il s'enfermait dans son bureau pour travailler jusqu'au petit matin avant d'aller se coucher sans la réveiller. Elle avait beau se dire qu'il était submergé de travail, elle n'arrivait pas à se défaire du sentiment que quelque chose n'allait pas. Il s'était replié sur lui-même depuis le dîner avec Gervasio, un peu comme si cette terrible soirée avait brisé le lien fragile qu'ils commençaient à tisser. Par ailleurs, l'absence d'intimité physique entre eux n'arrangeait rien.

Elle en était à la fois décontenancée et blessée car le naufrage avait commencé exactement ainsi avec Franco. Il l'avait désirée au début mais, lorsqu'il s'était rendu compte qu'elle n'était pas l'atout qu'il espérait, il était devenu froid.

Peut-être réagissait-elle de façon excessive, se dit-elle en quittant l'hôtel sous un soleil ardent. Peut-être avaient-ils seulement besoin d'une occasion pour renouer — un bon dîner avant le départ pour Munich, par exemple.

Sa décision prise, elle acheta les produits alimentaires nécessaires pour préparer le plat préféré de Santo, ainsi qu'une bonne bouteille de vin pour accompagner le repas, puis elle rentra à l'appartement pour permettre à la nourrice de Leo de rentrer chez elle. Tia était une jeune Hollandaise pleine de vie et Leo l'adorait, tout comme Santo.

Elle appela ensuite son mari pour savoir à quelle heure il comptait rentrer. Après 20 heures, lui répondit-il, ce qui lui allait parfaitement. Elle mettrait Leo au lit et l'attendrait pour le dîner. Ensuite, ils auraient une soirée romantique ensemble et elle oublierait ses doutes ridicules.

Elle prépara un délicieux plat de bœuf qu'elle mit au réfrigérateur avant d'aller nager dans la piscine avec Leo.

Ils jouèrent ensemble sous le soleil radieux, puis elle lui donna son bain, son dîner et le mit au lit.

Une fois le dîner dans le four, elle prit une douche et enfila la robe préférée de Santo. Après avoir dressé le couvert sur la terrasse et posé des bougies sur la table, elle mit un CD de guitare espagnole dans la chaîne hi-fi. Puis elle se lova dans un fauteuil du salon avec un verre de vin et attendit Santo, le cœur battant très fort.

20 heures sonnèrent, puis 20 h 30. Puis 21 heures. Il finit par arriver à 21 h 15 alors que la nuit tombait sur la ville. Posant son attaché-case sur le sol en marbre de l'entrée, il entra dans le salon et retira sa veste qu'il jeta sur le dossier d'une chaise.

Son regard alla de la table éclairée par les bougies à la bouteille de vin ouverte et il fronça les sourcils.

— *Mi dispiace.* Je ne savais pas que tu avais préparé un bon repas.

— C'était censé être une surprise, dit-elle en se levant. J'espérais passer un peu de temps avec toi avant ton départ.

Une expression désolée traversa le visage de Santo.

— J'ai un dossier à lire avant mon rendez-vous de demain matin et un contrat à envoyer à mon avocat ce soir.

Le cœur de Gia se serra. Ne pouvait-il pas lui accorder une demi-heure de son précieux temps ?

— Aucune importance, dit-elle, le feu aux joues. Le repas est probablement brûlé de toute façon.

Il jeta un bref regard à sa montre.

— Je pourrais peut-être passer quelques minutes avec toi.

— Laisse tomber, dit-elle sèchement. Va faire ton travail.

— Gia…

Elle se leva d'un bond et se dirigea vers la cuisine où elle jeta le ragoût à la poubelle. Puis elle se rendit dans sa chambre et ôta sa robe qu'elle jeta sur une chaise. Le détachement de Santo pour elle était donc bien réel, elle ne l'avait pas imaginé.

Une sensation d'effroi la submergea. L'histoire se répétait.

L'esprit en tumulte, elle accomplit son rituel du coucher en mode automatisé. Elle avait tant espéré regagner l'amour de Santo, mais il ne voulait manifestement pas s'impliquer dans leur relation et semblait même décidé à lui retirer le peu qu'il lui avait accordé jusqu'à présent.

Malheureuse, elle se roula en boule. Elle avait pourtant fait exactement ce que Santo lui avait demandé et avait fait de gros efforts pour créer une certaine intimité entre eux. Pour rien…

Gia se réveilla le lendemain après une nuit agitée. Santo était parti de bon matin. Il lui avait laissé un mot, lui disant de prendre Deacon, son garde du corps personnel, avec elle lorsqu'elle irait travailler et de laisser Leo avec Benecio.

Rien de plus.

Ravalant sa déception, elle obtempéra à sa requête, même si elle ne voyait pas la nécessité d'être accompagnée.

Sa journée fut bien remplie, mais plus les heures passaient, plus le conflit avec Santo lui nouait le ventre et elle se sentait perdue. La seule personne sur qui elle avait cru pouvoir compter et dont elle avait tellement besoin n'était pas là.

Son mari l'avait appelée une fois — une conversation brève et guindée — qui n'avait fait qu'accroître son désarroi.

À la fin de la semaine, Gia était épuisée. Après avoir mis Leo au lit, elle se versa un verre de vin et sortit sur la terrasse pour admirer le magnifique soleil couchant qui enveloppait Manhattan d'une lueur dorée. Elle aurait pu accepter l'offre de Chiara de venir la voir, mais n'en avait pas eu le courage. Affirmer à la jeune femme amoureuse et pleine de vie que tout allait bien était au-dessus de ses forces.

Elle demeura là un long moment avant de prendre son portable et d'appeler son mari à Munich. Santo finit par décrocher après une dizaine de sonneries. Il riait et son ton amusé la prit au dépourvu — tout comme la musique forte qu'elle entendait en arrière-plan. Il était à une réception, se rendit-elle compte. Détendu. Rien à voir avec son attitude avec elle durant ces dernières semaines.

— C'est Gia, dit-elle dans un souffle.

— Gia…, répondit-il d'une voix étonnée. Tout va bien ?

— Oui… Je…

Sa voix mourut. Qu'avait-elle voulu lui dire ? Elle ne le savait plus.

— Gia, que se passe-t-il ? insista-t-il d'un ton plus inquiet. Pourquoi m'appelles-tu ?

Parce qu'elle voulait l'entendre.

— Santo…

Le cœur de Gia se serra quand elle reconnut la voix. Cet accent lent et traînant n'appartenait qu'à une seule personne : Abigail Wright. Et le fait que son mari soit avec cette femme à une soirée informelle lui fit mal.

« Son incapacité à rester fidèle à une femme est de notoriété publique. »

La remarque désobligeante de son père vis-à-vis de Santo lui revint en mémoire, tout comme le souvenir des innombrables femmes qui avaient traversé sa vie au cours des dernières années.

— Gia ? Parle-moi. Que se passe-t-il ?

— Rien, marmonna-t-elle.

Elle sentait la colère l'envahir. Cela faisait des jours qu'elle cherchait un moyen de sauver leur mariage avant qu'il ne soit trop tard, mais son mari n'avait visiblement pas les mêmes inquiétudes. Il faisait la fête avec des amis et flirtait avec la femme qui aurait dû être son épouse.

— Je vais bien, ajouta-t-elle. Leo voulait que je t'embrasse. Voilà, c'est fait. Je te laisse.

— Gia...

Elle raccrocha puis jeta le portable sur la table, son regard errant sur l'horizon tandis que l'appareil recevait trois appels avant de devenir silencieux.

Qu'il s'inquiète. Qu'il ressente un peu ce qu'elle éprouvait, songea Gia, la poitrine si comprimée qu'elle avait du mal à respirer. Posant ses mains sur la rambarde, elle prit une profonde inspiration. Pourquoi avait-elle pensé qu'elle pouvait sauver son mariage et être l'épouse dont Santo avait besoin ? Quand donc était-elle devenue aussi stupide ?

Elle cligna des yeux pour refouler ses larmes, furieuse contre elle-même. Pour Leo, elle s'était crue capable de se marier à nouveau par convenance. Mais elle s'était trompée. Santo ferait certes tout son possible pour que leur mariage soit une réussite, mais il la détesterait un peu plus chaque jour. Elle le savait car elle l'avait déjà vécu. Sauf que, cette fois, ce serait pire parce qu'elle aimait Santo et l'avait toujours aimé.

Elle se coucha au petit matin et fut réveillée un peu plus tard par Leo qui sautait sur son lit.

— Maman ! s'écria-t-il en l'embrassant avec effusion.

Ce débordement de tendresse eut raison de Gia et une vague d'émotion la submergea, provoquant ses larmes.

Stupéfait, Leo la serra dans ses bras.

— Maman va bien ?

Elle acquiesça et embrassa son fils sur le front en le serrant contre elle jusqu'à ce que ses larmes se tarissent. Elle s'apprêtait à se lever pour préparer le petit déjeuner quand son portable sonna. Elle le prit, espérant que ce serait son mari et fut déçue de voir que l'appel venait de Las Vegas.

Quand elle décrocha, elle sentit le sang refluer de son corps en entendant la voix de sa tante Carlotta à l'autre bout du fil. Sa mère avait été admise à l'hôpital pour des douleurs dans la poitrine, un malaise cardiaque. Les médecins ne connaissaient pas encore la gravité de son état.

Horrifiée, Gia s'adossa aux oreillers. Sa mère n'avait jamais eu de soucis cardiaques, mais le stress occasionné par la déposition de son mari avait été terrible pour elle.

Sa décision fut prise. Santo lui avait interdit d'aller à Las Vegas, mais elle n'avait pas le choix. Il s'agissait de sa mère, après tout. Au diable Santo. Au diable son père. Elle irait à Las Vegas.

Elle descendit avec Leo pour prendre le petit déjeuner et trouva Benecio dans la cuisine en train de préparer du café.

— Vous allez bien ?

— En fait, non pas très bien… Je crois que Leo et moi allons rester ici et regarder des vidéos. Si vous avez des choses à faire, sentez-vous libre.

Après une brève hésitation, il hocha la tête puis sortit. Consciente de n'avoir que peu de temps devant elle, Gia nourrit Leo en toute hâte et l'habilla. Puis elle sortit une valise du placard et entreprit de jeter des vêtements à l'intérieur, sous le regard attentif de son fils.

— Voyage ? s'enquit-il d'une voix excitée. Avion ?

— Oui. Nous allons voir Nonna. Va chercher Rudolfo, s'il te plaît. Et ta couverture.

Leo rapporta son nounours et sa couverture aussi vite que ses petites jambes le lui permettaient. Gia boucla sa valise tout en réservant un vol sur son portable. Moins d'une heure après, Leo et elle quittaient l'appartement.

Troublé, son fils leva la tête vers elle.

— Et Benecio ?

— Benecio est en vacances pour la journée, répondit-elle posément.

Santo entra dans l'appartement vers midi. Il était exténué, mais satisfait après son périple de quatre jours en Europe. Son voyage avait été un franc succès.

Il avait organisé une réunion avec le plus grand détaillant d'Allemagne, suivie de plusieurs autres moins importantes, puis clôturé le congrès avec un discours qui lui avait valu une ovation. Pour finir, il était allé à Madrid essayer de recoller les morceaux avec Gervasio.

Et il avait réussi. *Grazio Dio.*

Au final, cela n'avait pas été seulement ses arguments commerciaux qui avaient convaincu l'Espagnol, mais aussi l'impeccable réputation de Supersonic, éclipsant même ses connexions douteuses avec la famille Castiglione. Puis, avec la demande de Gervasio de transmettre le bonjour à Gia, il était rentré chez lui.

Un problème qu'il avait mis en veilleuse ces dernières semaines, songea Santo en posant sa valise dans l'entrée. En effet, tant que le lancement d'Elevate n'avait pas eu lieu, il ne pouvait se permettre de renouer le dialogue avec sa jolie femme impétueuse et s'immerger dans la relation passionnée qu'ils partageaient.

Il était venu, toutefois, avec un rameau d'olivier — un bouquet de roses rouges. Quand il entra dans le salon, seul le silence l'accueillit. Gia et Leo étaient peut-être partis se promener. Impatient de voir sa femme et son fils, il appela Benecio sur son portable.

— *Ciao*, dit-il. Où es-tu ?

— Je rentre à l'appartement, répondit son chef de la sécurité. Comme Gia ne se sentait pas bien, elle n'est pas sortie.

Santo fronça les sourcils.

— Elle n'est pas là.

Il y eut une pause à l'autre bout du fil.

— J'arrive.

Santo appela Gia sur son portable, mais il fut dirigé sur la boîte vocale. Peut-être était-elle allée à la pharmacie pour des médicaments. Mais pourquoi dans ce cas n'avait-elle pas prévenu Benecio ? Et pourquoi ne répondait-elle pas ? Quand il fit une nouvelle tentative avec le même résultat, il refoula son sentiment croissant d'inquiétude. Leo et elle allaient sûrement bien, mais il était persuadé que certaines personnes ne reculeraient devant rien pour empêcher Stefano Castiglione de témoigner — même se servir de sa fille et de son petit-fils.

Il appela Gia une troisième fois. Cette fois, elle répondit. Soulagé d'entendre sa voix, il fronça les sourcils en distinguant un brouhaha derrière elle.

— Où es-tu ? s'enquit-il.

— À Las Vegas. Ma mère a eu une crise cardiaque sans gravité. Elle est à l'hôpital en ce moment où elle passe une batterie de tests.

Il glissa une main nerveuse dans les cheveux.

— Dieu merci… Mais pourquoi diable ne m'as-tu pas appelé ?

Il y eut un long silence, et, soudain, Santo écarquilla les yeux.

— Bon sang, ta mère est hospitalisée, Gia ! Croyais-tu vraiment que je t'aurais empêchée d'aller la voir ?

— Oui. Je suis consciente d'avoir brisé notre accord, mais je devais y aller. Elle est tout ce que j'ai.

— Dans ta famille, il y a Leo et moi, corrigea Santo d'un ton distrait en marchant vers la fenêtre. Ma famille. *Cristo*… J'ai des réunions toute la matinée et l'inauguration est prévue mercredi. Je ne peux pas te rejoindre.

— C'est bon, murmura-t-elle. Je n'ai pas besoin de toi.

Quelque-chose dans le ton de sa voix lui donna la chair de poule. C'était comme si elle s'était de nouveau retranchée dans sa tour d'ivoire.

— Je sais que les choses étaient tendues entre nous avant mon départ, Gia, mais j'avais un travail fou, tu le sais bien. Je peux venir te voir pour quelques heures, ajouta-t-il en jetant un coup d'œil à sa montre.

— Non, dit-elle d'un ton sans appel. J'ai besoin d'être seule. Il me faut du temps pour réfléchir.

— À propos de quoi ?

— De nous. De tout.

Santo sentit son sang se glacer dans ses veines.

— Que veux-tu dire ? demanda-t-il, méfiant.

— Je dois y aller. Donne-moi juste un peu de temps, Santo. J'en ai besoin.

La ligne fut coupée. Hébété, il fixa son portable, hésitant sur la marche à suivre. Comment avait-elle pu lui dire une chose pareille sachant qu'il ne pouvait rien faire ?

Benecio entra alors dans l'appartement.

— Quelle partie de la phrase « ne les laisse pas hors de ta vue » n'as-tu pas comprise ?

— Elle m'a dit qu'elle ne se sentait pas bien, répliqua son garde du corps. Cet immeuble est parfaitement sécurisé, et lorsque je suis revenu voir si elle allait mieux la porte de sa chambre était fermée. J'ai pensé qu'ils faisaient la sieste.

Santo laissa échapper un soupir. En vérité, ce n'était pas la faute de Benecio. Gia était passée maître dans l'art d'échapper à ses gardes du corps.

— Elle est à Las Vegas.

Benecio écarquilla les yeux.

— Voulez-vous que j'aille la retrouver ?

Santo hésita. Il se sentirait certes mieux s'il savait que Gia était entourée de gardes du corps, mais la famille Castiglione était bien gardée. Leo et elle ne couraient aucun danger, et sa femme avait clairement indiqué qu'elle ne voulait pas le voir. Après avoir décliné l'offre de Benecio, il le congédia puis, une tasse de café à la main, il réfléchit à la situation.

Il était conscient d'avoir blessé Gia le soir où elle lui avait préparé un bon repas, mais il avait été débordé au point de ne plus pouvoir réfléchir. Il avait cependant eu l'intention d'arrondir les angles avec elle une fois les choses plus calmes. Ce qui avait manifestement été une erreur.

Sa femme lui avait peut-être semblé confuse, mais il ne pouvait se méprendre sur ses propos. Le message avait été on ne peut plus clair. Elle remettait en question leur mariage.

Il éprouva soudain un vif sentiment de colère car Gia agissait toujours de la même manière. Elle gardait ses souffrances pour elle et refusait de les affronter. Sauf qu'elle avait essayé de se rapprocher de lui, reconnut Santo, notamment ce fameux soir du repas et lorsqu'elle l'avait appelé à Munich et semblait si perdue. Mais, focalisé sur son travail, il n'avait pas prêté attention à elle. Et maintenant son épouse était à Las Vegas sans sa protection et il avait une semaine éprouvante devant lui.

Gia et sa tante Carlotta se succédèrent au chevet de sa mère au cours des jours suivants. Elle allait mieux et, d'après les médecins, elle ne devrait pas avoir de séquelles, les dommages causés par sa crise cardiaque étant minimes.

Toute la famille vint lui rendre visite, surtout du côté de sa mère, ce qui fut un soulagement car la réponse qu'elle avait reçue des Castiglione, y compris de son frère, avait été plutôt froide. Ils auraient manifestement préféré qu'elle s'abstienne de venir. Mais la redoutable tante Carlotta les fit taire en les accueillant chez elle et s'assurant que Leo puisse jouer avec ses cousins.

Gia put passer un peu de temps seule avec sa mère. C'était déconcertant de la voir si pâle et affaiblie, allongée dans son lit d'hôpital, tandis que ses grands yeux en amande, si semblables aux siens, se remplissaient de larmes en découvrant Leo qu'elle n'avait pas vu depuis ses six mois.

— Il ressemble tellement à Santo, murmura sa mère. Je crois que si tu étais restée, cela aurait été difficile de le cacher.

À l'évocation de son mari, Gia sentit sa gorge se serrer. Les sourcils de sa mère se froncèrent, et elle demanda à Carlotta d'emmener Leo manger quelque chose et à l'infirmière de quitter la pièce. Lorsqu'elles furent seules, elle posa une main frêle sur celle de Gia.

— Dis-moi ce qui ne va pas.

Gia baissa les yeux.

— Suis-je si transparente ?

— Seulement pour moi. Tu m'as parlé de la magnifique maison que Santo et toi avez achetée, de ton nouveau travail et combien Leo adore New York. Tout semble merveilleux, non ? Alors pourquoi as-tu l'air si malheureux ?

Des larmes perlèrent à ses yeux, une réaction que seule sa mère pouvait provoquer. Comme si elle avait à nouveau cinq ans et s'était écorché le genou.

— C'est Santo… Il est distant avec moi depuis le dîner avec Gervasio Delgado. J'ai peur que notre mariage ressemble à celui que j'avais avec Franco et je ne sais pas quoi faire pour y remédier.

— Santo n'est pas Franco, Gia. Pas plus qu'il n'est ton père. C'est un homme bon qui t'aime. Tu as dit qu'il était très occupé avec le lancement d'Elevate et qu'il subissait une pression énorme en ce moment. Peut-être est-ce tout simplement ça.

Peut-être, songea Gia, mais elle savait aussi au plus

profond d'elle-même que Santo s'était replié sur lui-même. Et les fantômes du passé étaient trop forts pour être ignorés.

Le regard de sa mère s'adoucit.

— En as-tu parlé à Santo ? Lui as-tu seulement dit ce que tu ressentais ?

— Je n'ose pas, murmura-t-elle, penaude. J'ai peur qu'il ne me fasse plus jamais confiance car j'ai brisé quelque chose entre nous lorsque je suis partie avec Leo. J'ai peur de ne pas être son premier choix.

Sa mère fronça les sourcils.

— Pourquoi penses-tu une chose pareille ? Il a toujours été fou de toi, Gia. Au point que ton père s'en est mêlé.

— À cause de qui je suis. J'ai peur que cela nous brise encore et encore jusqu'à ce qu'il ne veuille plus de moi.

Sa mère s'adossa aux oreillers, une lueur sombre dans le regard. Elle demeura longtemps silencieuse avant de parler.

— Tu n'auras jamais les réponses à tes questions si tu ne les poses pas, *mia cara*. Tu as l'opportunité d'avoir ce que je n'ai jamais eu… un mariage basé sur l'amour et la tendresse. Je sais que Santo t'a forcé la main mais, comme tu es amoureuse de lui, cela ne vaut-il pas la peine d'essayer de savoir si tes craintes sont fondées ou non ?

Gia déglutit avec peine. Elle n'était pas certaine de vouloir connaître la réponse à cette question. Après avoir passé sa vie à être rejetée, elle ne supporterait pas de l'être par Santo.

Sa mère lui pressa la main très fort.

— Tu fuis tes sentiments depuis longtemps, Giovanna. Il est temps que tu t'arrêtes et les regardes en face.

Gia hocha la tête. Sa mère avait raison. Elle savait au plus profond de son cœur que Santo avait encore des sentiments pour elle. C'était évident dans son attitude. Mais le fait qu'il ne se laisserait sans doute jamais aller à l'aimer totalement la terrifiait.

« La situation était peut-être compliqué, mais je pensais qu'elle en valait la peine. »

Son cœur fit un bond dans sa poitrine. Peut-être était-ce à elle désormais de dire à Santo ce qu'elle ressentait, de corriger les erreurs du passé. À elle de se lancer en espérant ne pas se tromper sur le fait que Santo pouvait l'aimer encore.

Elle s'était toujours battue pour tout dans sa vie. Peut-être était-il temps de se battre pour Santo.

11

Par une magnifique nuit d'été, et sous les crépitements des flashs, les célébrités défilaient et posaient l'une après l'autre devant Liberte, le nouveau haut lieu de Chelsea. Le célèbre night-club avait installé des brumisateurs à l'extérieur pour rafraîchir la foule, mais rien ne pouvait tempérer l'enthousiasme des invités triés sur le volet.

Toutes les personnes influentes dans le sport et la mode montaient sur le podium pour un moment de gloire et, si cela ne suffisait pas, l'engouement dans les cercles privés de la mode était à son comble. Avec l'appui des célébrités, la chaussure de sport allait devenir l'accessoire le plus convoité de la planète et personne ne voulait manquer ses débuts.

Depuis l'entrée éclairée et bourdonnante d'activité, les invités descendaient une volée de marches et entraient dans une oasis éthérée, tout un monde de plaisir sensoriel. L'espace était décoré en noir et blanc, en lien avec la percutante campagne de publicité, et égayé par des touches de rouge pour rappeler la couleur de Supersonic. Des serveurs, tout de noir vêtus, circulaient parmi les invités en offrant des coupes de sangria tandis que s'affichaient, projetées sur les murs blancs, les images des athlètes qui avaient tourné dans la campagne de publicité d'Elevate, accompagnées de messages touchants expliquant comment Elevate les avait aidés à améliorer leurs performances. C'était le seul clin d'œil fait aux affaires dans une soirée réservée à la fête, hormis la basket elle-même, délicatement imbriquée dans le décor et mise en valeur par un éclairage subtil.

Santo se tenait au centre de la pièce, adossé au bar. À sa gauche, se trouvait le directeur de la plus grande chaîne de magasins des États-Unis, et à sa droite, Carl O'Brien, le quarterback vedette qui avait signé son contrat avec Elevate aujourd'hui même, sans Abigail qui l'avait quitté. Devant lui, le footballeur le mieux payé du monde s'amusait avec des amis et, quelque part dans la foule, se trouvait Gervasio Delgado, venu de Madrid pour l'événement.

Cela aurait dû être la soirée la plus importante de sa vie, le couronnement de dix ans de travail passés à développer et à mettre sur le marché le produit le plus important de l'histoire de sa société, pourtant, il se sentait triste. Mort à l'intérieur. Il était incapable de montrer son enthousiasme dans ce qui était incontestablement un moment de triomphe parce que son épouse n'était pas là pour le partager avec lui. Et sans elle, rien ne semblait bien.

Pire, il commençait à croire que tout était sa faute. Il avait été trop occupé par son travail, trop occupé à tenir Gia à distance de peur que sa sublime épouse brise son cœur une fois de plus. Et peut-être avait-il détruit son mariage.

Il écouta d'une oreille distraite une jeune starlette hollywoodienne lui parler de son dernier film, seulement conscient des nombreuses erreurs qu'il avait commises. Il avait forcé Gia à l'épouser contre sa volonté et avait excusé son propre comportement tyrannique en se convainquant d'avoir agi pour le bien-être de son fils, alors qu'en réalité tout ce qu'il voulait c'était Gia. Il avait ensuite aggravé la situation en refusant d'admettre ses sentiments pour elle et en la repoussant au moment où elle avait eu le plus besoin de lui.

Attitude qui révélait son véritable talon d'Achille, reconnut-il en buvant une gorgée de cognac. De fait, il avait eu tellement peur de devenir comme son père et de faire les mêmes erreurs que lui qu'il n'avait pas vu ce qui était devant son nez. Que dans la famille imparfaite qui lui avait été donnée, il avait tout ce qu'il était possible de désirer.

L'actrice s'éloigna, comprenant enfin que Santo n'avait pas écouté un mot de ce qu'elle avait raconté, et l'instant d'après Lazzero se matérialisait à côté, une bouteille de champagne et trois verres à la main.

— Pour un homme sur le point de conquérir le marché de la basket de luxe, tu n'as pas l'air très heureux.

Santo haussa les épaules.

— La poussée d'adrénaline ne dure pas éternellement. Il faut bien redescendre sur terre.

Un sourire énigmatique étira les lèvres de son frère.

— Pas tout de suite, *fratello*. Je viens d'obtenir les résultats des ventes de la journée. Ils sont excellents.

Cette bonne nouvelle lui mit un peu de baume au cœur et il s'efforça de se montrer enthousiaste en regardant Nico, qui les avait rejoints, verser le champagne et proposer un toast.

— À Elevate, dit-il en levant son verre.

Il but une gorgée de l'excellent millésime et écouta les remarques grivoises de Nico sur les jolies danseuses, mais sans pouvoir se mêler à la conversation car il les avait lui-même à peine regardées.

— Qu'est-ce qui ne va pas ? s'enquit Nico, après l'avoir dévisagé longuement. C'est censé être ta grande soirée.

— Son nom commence par un G et se termine par un A, dit Lazzero. J'ai l'impression que cela devient une habitude, Santo, mais tu devrais peut-être te retourner.

Santo fit volte-face pour apercevoir Gia en haut des marches. Vêtue d'une robe rouge qui épousait admirablement ses formes, ses cheveux attachés derrière la nuque dans un style à la fois élégant et sophistiqué, elle était époustouflante.

Il n'était manifestement pas le seul à le remarquer car la plupart des hommes présents s'étaient retournés et la fixaient. Ce fut l'assurance de Gia cependant qui étonna Santo. Épaules droites, tête relevée, elle avait l'air sûre d'elle. Provocante. Déterminée. Plus trace de l'hésitation qui la caractérisait.

La poitrine soudain oppressée, il eut dû mal à respirer. Gia avait affronté la tempête de ces deux dernières semaines avec la détermination qui la caractérisait. Elle était la femme la plus forte et la plus courageuse qu'il connaissait.

En un instant, tout devint clair. Il avait toujours cru vouloir une épouse qui s'intégrerait dans le monde parfait qu'il s'était forgé. Or, c'était de Gia dont il avait toujours été amoureux.

Il la vit scruter la foule puis son regard croisa le sien. La vulnérabilité et le doute qui se reflétèrent aussitôt sur son visage lui nouèrent le ventre. Il en était responsable.

Furieux contre lui-même, il se dirigea vers elle d'un pas décidé. Il la rejoignit au moment où elle descendait la dernière marche. Avide de la voir, de la toucher, il la serra contre lui.

— Tu es venue, murmura-t-il. Tu es superbe.

— C'est ta grande soirée. Je n'aurais voulu la manquer pour rien au monde. Désolée d'arriver si tard, mais mon vol a été retardé et j'ai dû déposer Leo chez Chloe. Puis je ne trouvais pas de robe et j'ai dû choisir parmi les vêtements de Chloe et…

Il vit les larmes perler à ses paupières. Bouleversé, il posa un doigt sur sa bouche pour arrêter le flot de paroles.

— Aucune importance. Tu es là. Comment va ta mère ?

— Très bien. Elle quitte l'hôpital demain, répondit-elle

en balayant la salle du regard. Y a-t-il un endroit où nous pouvons parler ?

Entrelaçant ses doigts aux siens, il fendit la foule pour la faire entrer dans le salon privé à l'arrière du night-club et ferma la porte.

Composée d'un bar minuscule, de deux canapés, d'une table basse, et éclairée de lampes dont la lumière était tamisée, la pièce était petite et intime. Lorsqu'ils se firent face, le silence tomba entre eux, assourdissant. Incertain de ce qu'il devait faire de ses mains, Santo les enfonça dans ses poches.

— Gia…

— Non, laisse-moi parler, coupa-t-elle en levant une main.

Il n'aimait pas son regard blessé, mais comme il en était responsable, il se tut et se força à l'écouter.

— Je suis désolée de t'avoir dit tout ça au téléphone, mais j'étais blessée. Déboussolée. Lorsque tu m'as repoussée après le dîner avec Gervasio, j'ai cru que quelque chose s'était brisé entre nous. J'avais l'impression de revivre mon mariage avec Franco et je ne savais pas quoi faire pour y remédier. Je t'ai donc préparé un bon dîner, mais tu m'as posé un lapin. Puis quand je t'ai appelé à Munich, j'ai entendu la voix d'Abigail en arrière-plan te proposant de te faire rencontrer quelqu'un. Comme si vous sortiez ensemble tous les deux…

Santo pesta intérieurement. Il avait été tellement préoccupé par la soirée qui battait son plein et par le fait que son épouse semblait si perdue qu'il n'y avait pas prêté attention. Pour lui, Abigail faisait simplement son travail.

— Ce n'était rien, dit-il. Tu le sais bien. Tu me connais, Gia.

Elle hocha la tête.

— Je n'étais pas rationnelle, mais tu as ravivé toutes

mes incertitudes en me repoussant. Lorsque j'ai eu des difficultés à concevoir avec Franco, il a changé, me traitant de frigide, de glaçon. Ses liaisons étaient certes un soulagement pour moi, car il me laissait en paix. Mais elles ont aussi brisé ma confiance en moi. Je commençais à le croire quand il disait que j'étais bonne à rien, d'autant que je n'avais pas une grande estime de moi pour commencer.

— J'essayais de garder la tête hors de l'eau, murmura-t-il. Je ne pouvais pas me permettre de m'impliquer avec toi sur un plan émotionnel car cela m'aurait empêché de réfléchir.

Elle le fixa de ses grands yeux verts.

— J'avais besoin de toi.

Cet aveu lui fit l'effet d'un coup de couteau en plein cœur.

— Mon passé a pris le dessus. Cela m'a rappelé mon père et la relation qu'il partageait avec ma mère, expliqua-t-il, choisissant ses mots. Celle-ci était passionnée. Houleuse. Et les choses ont empiré quand mon père a créé sa propre entreprise. Ma mère était furieuse, elle voulait qu'il garde son emploi à Wall Street où son salaire était assuré, mais mon père n'en a pas démordu. Leurs disputes étaient mémorables et, au lieu de se consacrer à ses affaires comme il l'aurait dû, il passait son temps à essayer de rendre ma mère heureuse. Comme la pression était trop forte, il a perdu un gros contrat et il a fait faillite.

Elle le fixa d'un air de reproche.

— Tu craignais que j'agisse comme ta mère ?

— Je savais juste que j'allais tout gâcher si je ne calmais pas le jeu. Je me suis donc replié sur moi-même. J'ai eu tort, je sais, et si je pouvais revenir en arrière, je le ferais.

Une émotion qu'il ne put déchiffrer traversa le visage de Gia.

— Quoi ? s'enquit-il.

Gia prit une profonde inspiration avant de se lancer.

— J'ai peur d'avoir brisé quelque chose entre nous quand je me suis enfuie avec Leo et que tu ne m'aimes plus jamais comme avant, dit-elle d'une voix incertaine. Certes, tu feras de ton mieux pour que notre mariage soit une réussite, mais je crains d'être une nécessité pour toi, non un choix.

Il cligna des yeux, stupéfait de voir combien elle avait tort. Mais n'était-ce pas sa faute si elle pensait cela ?

— Tu avais une idée de la femme parfaite, Santo. Elle devait être intelligente et venir d'un bon milieu social. Elle devait être capable de tenir une conversation à table avec tes associés d'affaires, mais pas trop axée sur une carrière car la famille restait prioritaire. Pour finir, elle ne devait pas avoir un passé trop lourd car cela pouvait poser souci.

Elle avait raison, songea Santo. C'était bel et bien son inventaire, et il le connaissait par cœur. Mais rien de tout cela n'avait eu la moindre importance avec Gia parce que ce qu'il ressentait pour elle avait toujours supplanté la raison. Il ouvrait la bouche pour le lui dire, mais elle le fit taire d'un regard.

— J'ai peur de toujours être un fardeau pour toi, d'être ce maillon faible comme l'était ta mère pour ton père. J'ai peur que ce que je suis finisse par nous détruire et que tu ne veuilles plus de moi.

Son cœur se serra à la vue de son air vulnérable. C'en était trop… Il franchit les quelques mètres qui les séparaient et s'arrêta devant Gia.

— Tout d'abord, rien de ce que dit ou fait ton père ne pourra nous séparer. Jamais. Je te le promets. J'ai signé le contrat avec Gervasio à Madrid, Gia. Il est ici et m'a même demandé de tes nouvelles. Et quand à l'avenir les choses deviendront compliquées — ce qui arrivera car la vie est compliquée —, nous y ferons face ensemble. Ensuite, voici la seule chose qui m'importe : toi, murmura-t-il en posant une main sur la poitrine de Gia. C'est la seule chose qui m'a toujours intéressé. Et, oui, j'avais fait cet inventaire, mais tu as toujours été plus importante à mes yeux.

Elle écarquilla les yeux.

— Et enfin, conclut-il d'une voix rauque, je suis tombé amoureux de toi le jour où je t'ai vue assise toute seule à la cafétéria du lycée. Tu étais si forte, déterminée à ne pas te laisser vaincre par le monde. Je t'ai ensuite regardée grandir et devenir cette extraordinaire jeune femme sûre d'elle. Je savais que tu ne serais jamais mienne car tu étais promise à un autre. Puis tu m'as embrassé dans l'ascenseur et j'ai oublié toutes mes bonnes résolutions. Je comptais aller voir ton père le lendemain pour lui dire que tu allais m'épouser moi, et non Franco. Mais je n'en ai jamais eu l'occasion car tu es partie sans dire un mot.

Gia le dévisagea, éberluée. Il avait eu l'intention d'aller voir son père ? Il avait été amoureux d'elle ?

— Je ne savais pas, dit-elle, effleurant du bout des doigts sa barbe naissante. Nous n'avions pas parlé cette nuit-là.

Un sourire ironique étira ses lèvres.

— Nous étions trop occupés à…

Une brusque chaleur l'envahit au souvenir de cette nuit torride. Combien elle avait été parfaite. Mais elle réveilla aussi en elle l'incertitude de ces dernières semaines et toutes les nuits où il ne l'avait pas touchée.

Santo devina aussitôt ses pensées.

— Tu crois vraiment que je ne t'aime pas ? dit-il en lui capturant le visage entre ses mains. Tu crois vraiment que je ne te désire pas chaque minute où je suis avec toi ? Lorsque je t'ai vue à cette soirée à Nassau, j'ai su tout de suite que rien n'était fini entre nous. Pourquoi sinon serais-je venu frapper à ta porte à minuit ?

Elle s'adossa au mur, les jambes flageolantes. Elle

avait tellement espéré entendre ces mots — en avait rêvé, même — qu'ils lui semblaient désormais surréalistes. Son cœur battait si fort qu'elle pensait qu'il allait exploser.

— Je t'aime, murmura-t-elle. Je t'aime tellement que cela me terrifie.

Il inclina la tête pour l'embrasser avec passion. Nouant les bras autour de son cou, elle se pressa contre lui et se noya dans ses baisers — chaque caresse étant une confirmation de ce qu'ils étaient, le couronnement des promesses qu'ils s'étaient faites.

— Nous devrions aller retrouver tes invités, dit-elle à contrecœur.

— Plus tard.

Le souffle coupé, elle répondit avec frénésie à ses baisers torrides, mais, très vite, même cela ne suffit plus à la contenter. Elle voulait plus, voulait effacer la souffrance de ces dernières semaines.

La repoussant contre le mur, Santo fit glisser ses mains sur toute la longueur de son corps, faisant naître en elle des étincelles délicieuses. Emportée par le désir, elle cambra les reins pour mieux s'offrir à lui. Le tissu scintillant étant une entrave à un contact plus intime, il lui remonta la robe sur les cuisses. L'instant d'après, il pressait contre elle son sexe dur et tendu, et, ivre de désir, elle se tortilla, le voulant en elle.

Il glissa une de ses jambes autour de sa taille et poussa un gémissement lorsqu'elle ondula contre lui, exacerbant son désir.

— Santo…, dit-elle, les yeux rivés aux siens. Aime-moi.

— Toujours, susurra-t-il, le regard brûlant.

Ce qu'il fit. Lentement. Passionnément. Chaque coup de reins, chaque caresse lui montrant combien il l'aimait et avait besoin d'elle, cimentant le lien qu'ils avaient toujours partagé.

— Je dois faire un discours, marmonna Santo lorsqu'ils reprirent enfin leurs esprits. Encore quelques heures et je vous ramène, Leo et toi, à la maison. Nous partirons ensuite une semaine à Nassau. Seuls. Une sorte de lune de miel tardive, offerte par Delilah.

Gia le regarda ajuster sa cravate, le cœur en émoi devant tant de splendeur virile.

— Une semaine juste tous les deux. Cela semble merveilleux ! s'écria-t-elle avant de froncer les sourcils. Mais qu'en est-il de mon travail avec Nina ? J'ai déjà manqué plusieurs jours.

— Elle est d'accord, dit Santo avec l'aplomb qui le caractérisait. Dire que je pensais devoir passer la semaine à essayer de te convaincre. Et par tous les moyens…

À cette pensée, elle se sentit faiblir.

— Vendu…, dit-elle en se hissant sur la pointe des pieds pour déposer un baiser sur ses lèvres.

La saisissant par la main, il se dirigea vers la porte.

— Prête ?

Elle acquiesça. Elle ne craignait plus d'affronter les aléas de la vie parce qu'elle savait que Santo se tiendrait toujours à ses côtés, et c'était tout ce dont elle avait besoin.

Main dans la main, ils rejoignirent la fête. Un léger sourire étirait les lèvres de Gia lorsque les invités se rassemblèrent autour de la fontaine de champagne car, cette fois, elle était au cœur de la lumière.